KB162673

당시, 그림으로 읽다
당시화보 唐詩畵譜

당시, 그림으로 읽다

당시화보 唐詩畵譜

황봉지(黃鳳池) 편

조성환 역해

역락

책머리에

한시 번역은 언제나 어렵다는 생각이 든다. 조예가 깊어야 하고 시대적 배경이나 원작자의 관련 생애도 소상히 꿰뚫어야 어느 정도 원작에 가까운 맛이 나올 것이다. 그리고 시의 내면에 감추고 있는 함축을 풀어내기란 여간 어려운 일이 아니다.

우리는 한글이 반포된 후 상당한 시간이 지난 뒤부터 중국시를 번역한 경험을 공유하고 있다. 언해본, 특히 두시언해는 현대의 번역본과 비교해보아도 신선한 느낌을 준다. 현대에 들어서는 주로 시인들이 중국시 번역 대열에 합류했다. 대표적으로 김억(金億), 신석정(辛夕汀, 1907~1974), 김달진(金達鎭, 1907~1989), 신석초(申石艸, 1909~1976), 임창순(任昌淳, 1914~1999), 이원섭(李元燮, 1924~2007) 등의 역서가 한글세대에게 당시의 맛을 깃들이게 해주었고, 이후엔 중문과와 한문과, 국문과 교수와 재야 학자들이 중국시 번역 대열에 들어서면서 제법 많은 중국시 번역이 출간된 것으로 알고 있다.

당시를 뽑아 선집으로 만든 책으로는 명대 고병(高棅, 1350~1423)의 ≪당시품휘(唐詩品彙)≫, 이반룡(李攀龍, 1514~1570)의 ≪당시선(唐詩選)≫과 청대 왕부지(王夫之, 1619~1692)의 ≪당시평선(唐詩評選)≫, 모기령(毛奇齡, 1623~1716)의 ≪당칠율선(唐七律選)≫, 심덕잠(沈德潛, 1673~1769)의 ≪당시별재집(唐詩別裁集)≫, 손수(孫洙, 1711~1778)의 ≪당시삼백수(唐詩三百首)≫ 그리고 당시를 총합한 ≪전당시(全唐詩)≫에 이르기까지 부지기수다. 이들 선집은 조선에 들어와 지식인 사이에 광범하게 읽혔을 것이다. 반면에 명말, 청초에 이르면 조선의 시선집도 중국 대륙에서 간행하게 된다. 명대 오명제(吳明濟)의 ≪조선시선(朝鮮詩選)≫, 남방위(藍芳威)의 ≪조선고시(朝鮮古詩)≫, 초굉(焦竑, 1540~1620)의 ≪조선시선(朝鮮詩選)≫, 서진(徐振)의 ≪조선죽지사(朝鮮竹枝詞)≫, 손치미(孫致彌, 1642~1709)의 ≪조선채풍록(朝鮮採風錄)≫ 등이 그렇다. 이들 시선집은 오로지 시만 수록되어 있다. 조선 시대의 문인들도 나름대로 심미안을 가지고 중국시를 뽑아 간행하기도 했다. 대표적인 것으로 율곡 이이(李珥, 1536~1584)가 편찬한 중국 시선 ≪정언묘선(精言妙選)≫과 신위(申緯, 1769~1845)의 ≪당시화의(唐詩畵意)≫가 있다.

　출판문화가 흥성한 명말엔 각종 삽도본이 선보인다. 이번에 내는 ≪당시화보≫도 삽도본의 일종이다. 뛰어난 기획력과 감식력, 심미안을 가졌던 휘주 출신의 서상(書商), 출판가, 장서가 황봉지가 기획하고 편찬한 당시선집 삽도본이다. 그는 당시 가운데 오언, 칠언, 육언 순으로 절구를 뽑아 각 시의 의경을 바탕으로 서예가에게는 글씨를, 화가에게 밑그림을 부탁하여 원고를 모으고 이를 다시 저명한 각공에게 조각을 부탁하여 이 책을 간행했다. 시, 그림, 글씨 소위 예술가의 삼불후(三不朽)를 한데 모은 책이다. 따라서 이 책을 통해 당시, 그림, 서예를 동시에 공부할 수 있어 당시 교본, 회화 교본, 서예 교본으로서의 역할을 충분히 했을 것으로 판단된다. 시를 읽다가 이해가 되지 않으면 이미지를 통해 파악했다는 얘기다. ≪당시화보≫에는 시, 서예, 그림, 작자에 대한 부가적인 설명이 들어 있지 않다. 이번에 번역하면서 기존 연구 성과를 참조하여 시와 그림에 대한 해설, 서예가와 시 작자에 대한 간략한 소개를 붙여보았다.

　지금은 '리모컨 시대'라고 불린다. 티브이를 시청하다가 재미가 없으면 채널을 곧바로 돌려버린다. 책도 마찬가지다. 재미가 없으면 그냥 덮어버린다. '리모컨 시대'에 이런 책을 내는 게 현실성이 떨어지겠지만, 당시와 그림, 서예에 흥미를 가진 사람에게 조금이라도 도움이 된다면 그것으로 만족하겠다. 전공도 아니면서 무모하게 내는지 모르겠다. 독자의 질정을 달게 받을 것이다. 끝으로 이 책을 흔쾌히 맡아준 도서출판 역락의 이대현 사장과 그림 스캔과 번거로운 편집을 맡아준 권분옥 선생에게 감사드린다.

2015년 10월 11일
안서산방에서 조성환

차례

오언당시화보

칠언당시화보

육언당시화보

◌ 일러두기

1. 이 책은 명대 황봉지(黃鳳池)의 ≪당시화보(唐詩畵譜)≫를 완역하고 원시의 해설과 시를 쓴 서예가, 그리고 시의도(詩意圖)를 그린 화가를 소개했으며 그림에 대한 설명을 덧붙였다.

2. ≪당시화보≫는 원래 선시후도(先詩後圖)의 구조로 되어 있으나 이 한글 번역본에서는 원시, 번역, 시 해설, 서예, 서예가 소개, 그림, 그림 해설, 시 원작자 소개 순으로 배열했다.

3. 한글 번역문은 원문과 대조하여 볼 수 있도록 원시는 왼쪽, 번역문을 오른쪽에 배열했다.

4. ≪당시화보≫가 출판된 순서는 오언→칠언→육언 순이다. 따라서 이 책에서도 출판된 순서에 따라 오언절구, 칠언절구, 육언절구 순으로 배열했다.

5. 이 책은 오언절구 50수, 칠언절구 50수, 육언절구 58수 합계 158수를 수록했다.

6. 이 시의 해제는 산동화보출판사(山東畵報出版社)의 ≪당시화보≫ 판본과 제로서사(齊魯書社)의 ≪당시화보설해(唐詩畵譜說解)≫를 참조했으며 판본마다 글자가 다를 경우 해제에 부기하여 놓았다.

7. 이 책의 그림은 주로 금성출판사(金城出版社)의 ≪당시화보≫ 판본을 이용했으며 간혹 산동화보출판사 판본을 쓰기도 했다.

8. 서예가, 화가, 시 원작자가 중복될 경우에도 부득이한 경우를 제외하고는 모두 독자의 편의를 위해 그대로 실어주었다.

9. 이 책의 약호는 책명일 경우는 ≪ ≫로, 편명이나 작품명은 < >로 표기했다.

10. 독자의 이해도를 높이기 위해 부록으로 기존의 연구 성과를 바탕으로 ≪당시화보≫ 해제를 달았다.

오언당시화보

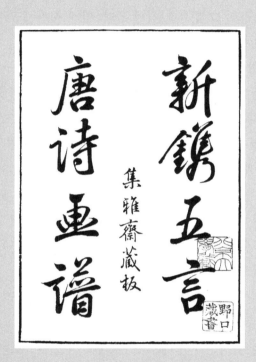

오언당시화보 서문

시는 성당시가 뛰어나지만 시 속에 그림이 있는 것이 당시 가운데 더욱 훌륭한 시다. 무릇 뜻이란 마음속에서 표출되어 시가 되는데, 전고를 따르지도 않고 화려한 표현을 빌리지도 않으며 직언하여 이루면 저절로 그 뜻을 다하게 된다. 안개 서린 수면이 광대하고 모두 눈앞에 모였으니 어느 것이 그림이 아닐까!

이 도는 이미 쇠미해져서 시문을 쓰는 사람들은 모두 억지로 구하고 물색하며 조탁하고 세심하게 새기는 것을 뛰어나다고 여긴다. 그러므로 "다섯 글자를 읊조리는데 한 마음을 다 쏟는다."는 비난이 있었다. 심한 경우엔 평상과 와탑에 누워 얼굴을 가리고 가족의 떠드는 행위도 물리치고 닭, 개를 쫓아버리고 영아, 어린 딸도 안고 이웃집으로 보내 청정함을 꾀한다. 그러나 정신이 피폐해지고 고갈되었는데도 함부로 시취가 있다고 말한다. 그러나 어찌 노심초사한들 따분하여 재미없는 줄 알겠는가? 시에 어찌 그림이 담겨 있겠는가? 인간은 견문에 구속되지 말고 명리에 빠지지 말아야 한다. 나의 심령으로 저 경계를 헤아리면, 하늘이 환하게 비추고 융통하며 꽃처럼 빛나고 눈과 마음을 놀라게 할 것이니, 이것이 없다면 그림이 아닐 것이다. 이러한 도는 오로지 성당의 대가만이 체득했다.

봉지 황공은 오랫동안 깨우친 바가 있어 당시 100수를 뽑고 널리 명사를 구해 쓰게 하고, 명필을 초빙하여 그리게 하였다. 각자가 정신을 다 쏟아 부어 그 교묘함을 풀어냈으며, 법도와 규칙에 들어맞고 풍성한 정신과 빛나는 윤기 밖에 깨달음이 모이게 되었다. 구방고는 말을 잘 감정했는데 암말, 수말, 검은 말, 노란 말을 품평할 때 모두 외형에 구애받지 않았다. 이 화보에 새긴 것은 천하의 기이한 볼거리다. 내 생각에 동서남북의 선비들은 이를 서로 감상하고 읽어보며 수주나 화씨벽 같은 보배로 여길 것이다. 사람들은 웃돈을 주고 간절히 얻길 원하여 발자국이 집밖에 어지러울 정도였다. 다른 서점에서 어지럽게 판각하고 가득 쌓아두고 높은 다락에 묶어두었다 하니, 어찌 천양지차가 아니겠는가! 대저 세상에 썩지 않는 것은 세 가지가 있다. 그것은 시, 글씨, 그림이다. 이 세 가지는 지극히 아름답고도 지극히 선하다. 때로는 읊조리고 때로는 임모하며 때로는 명승지를 유람하다 보면, 끝없이 광대하고 흩어지는데 이를 마음속에 체득하고 이를 손으로 맞이하면 포정해우처럼 황홀하고 필묵이 오솔길 밖으로 초연해진다. 이를 집안에 비치하여 소장하면 어찌 헛되이 일세에 드리우는 것이겠는가?

장차 세세토록 이를 진귀하게 여겨 소장할 것이다. 무릇 이를 얻어 읽어 본 사람이라면 황공의 공로가 쇠락하지 않았음을 칭송할 것이다. 나도 이를 손에서 놓을 수 없었기에 책머리에 서문을 써서 감상하는 데 일조하고자 한다.

전당 왕적길

五言唐詩畫譜叙

詩以盛唐爲工[1], 而詩中有畫[2], 又唐詩之尤工者也. 蓋志在於心, 發而爲詩[3], 不緣假借, 不藉藻繢[4], 矢口[5]而成, 自極旨趣. 煙波浩渺, 叢聚目前, 孰非畫哉! 此道旣微, 操觚染翰者, 皆强探力索, 以雕琢鏤刻爲工. 故有"吟成五字, 費盡一心"之誚. 甚者僞臥床榻, 蒙閉頭面, 家人屛語, 鷄犬逐跡, 嬰兒、幼女, 抱寄鄰室, 圖取清淨. 而竭精弊神[6], 猥云詩趣, 詎知勞心焦思, 索然無味, 詩安有畫哉! 人惟勿束於見聞, 勿泪於聲利, 以我心靈, 參彼境界, 天天栩照, 在在員通, 葩華璀璨, 劇目鉥心, 無之而非畫矣. 此道惟盛唐大家得之. 鳳池黃公[7]久有悟焉, 遴選唐詩百首, 廣求名公書之, 顯請名筆畫之, 各極神精, 益紓巧妙, 契合於繩墨規矩之中, 悟會於豐神色澤之外, 卽九方皐[8]之相馬, 牝牡驪黃, 均不得而泥之. 茲譜所鐫, 殆宇內之奇觀哉! 吾料東西南北之士, 交賞而共鑒之, 寶若隋珠[9]和璧[10], 人之增價懇求, 履將錯於戶外, 視夫他

---

1) 송 엄우(嚴羽) ≪창랑시화(滄浪詩話)≫, 명 고병(高棅, 1360~1423) ≪당시품휘(唐詩品彙)≫, 명대 전칠자(前七子)의 주장.
2) 소식(蘇軾, 1037~1101)의 <왕유의 '남전연우도'에 쓰다(書摩詰藍田煙雨圖)>에 나오는 말이다. "왕유의 시를 맛보면 시 속에 그림이 있다(味摩詰之詩, 詩中有畫)."
3) 이 구절은 중국 고대 시학이론 중의 하나인 '시언지(詩言志)'로서, 그 기원은 ≪상서・요전(舜典)≫ "시는 뜻을 말하고 노래는 말을 길게 읊조린다(詩言志, 歌永言)"에서 나왔다.
4) 종영(鍾嶸) <시품서(詩品序)> "고금의 뛰어난 표현을 보면 대부분 고사를 빌어다 붙인 것이 아니라 모두 직접 찾아낸 것이다(觀古今勝語, 多非補假, 皆由直尋)." 참조
5) 시구(矢口) : 말을 바로하다. 직언하다.
6) 이 구절은 송 섭몽득(葉夢得)이 시를 괴롭게 짓는 진사도(陳師道, 1053~1102)의 모습을 본 기록에서 나왔다. "세상 사람들의 말에 의하면, 진사도는 산에 올라 유람하다가 시구를 얻으면 급히 돌아와 와탑에 누워 이불로 얼굴을 가리고 다른 사람의 말소리 듣는 것을 싫어했다고 한다. 이를 '음탑[시를 읊조리는 와탑]'이라 한다. 가족이 이를 알고는 고양이와 개를 모두 쫓아내고 영아와 어린자식을 안고 이웃집에 맡기고는 시가 완성할 때까지 천천히 기다렸다가 연후에 다시 일상생활로 돌아올 수 있었다.(世言陳無己每登覽得句, 卽急歸臥一榻, 以被蒙首, 惡聞人聲, 謂之吟榻, 家人知之, 卽猫犬皆逐去, 嬰兒, 稚子亦抱寄隣家, 徐待詩成, 乃敢復常.)"(≪송시기사≫에서 인용)
7) 황봉지(黃鳳池) : 자는 운정(雲程), 신안(新安, 지금의 안휘 휘주) 사람으로 만력, 숭정 연간에 활동했으며 항주 집아재서사(集雅齋書肆) 주인이다.
8) 구방고는 춘추 시대 말을 잘 감정했던 사람이다. 백락(伯樂)은 그를 진 목공(秦穆公)에게 추천하여 목공의 명으로 말을 구하러 나갔다가 석 달 만에 돌아와 "벌써 구해 놓았습니다."라고 보고했다. 목공이 무슨 말이냐고 물으니 그는 누런 암말이라고 대답했다. 목공이 사람을 시켜 가보니 검은 수말이었다. 목공은 백락을 불러 "실패했다. 그대가 말을 구하러 보낸 사람은 말의 색깔이나 암컷인지 수컷인지도 모르는데, 어찌 말을 잘 본다고 하겠는가?" 하므로, 백락이 "구방고가 본 것은 천기(天機)이기에 정(精)한 것만 보고 추한 것은 보지 않으며, 내용만 보고 겉은 보지 않기 때문입니다."라고 대답했다. 말을 몰아다 놓고 보니 과연 천하의 양마(良馬)였다 한다. ≪열자(列子)・설부(說符)≫

坊雜刻, 汗牛充棟[11], 束之高閣者, 弗啻天淵矣. 大都世所稱不朽者有三[12] : 詩也, 字也, 畵也. 三者盡美
盡善, 時而吟詠, 時而摹臨, 時而覽勝, 洋洋灑灑, 得之心而應之手, 恍若庖丁解牛[13], 超然筆墨蹊徑之外,
而彼置爲家藏也, 豈徒垂之一世哉? 將世世珍之矣. 凡得於披閱者, 將誦黃生之功不衰也. 予玩不能釋手,
因爲序之於首, 以爲鑒賞之一助云.

錢唐王迪吉

---

9) 옛날 수(隋)나라 임금이 뱀을 도와 준 공으로 얻었다는 보배로운 구슬

10) 전국 시대 초(楚)나라의 변화씨(卞和氏)는 산 속에서 옥의 원석을 발견하자 곧바로 여왕에게 바쳤다. 여왕이 보석 세
  공인에게 감정시켜 보니 보통 돌이라고 했다. 화가 난 여왕은 변화씨를 월형[발뒤꿈치를 자르는 형벌]에 처했다. 여
  왕이 죽은 뒤 변화씨는 그 옥돌을 무왕(武王)에게 바쳤으나 결과는 마찬가지였다. 이번에는 왼쪽 발뒤꿈치를 잘리고
  말았다. 무왕에 이어 문왕(文王)이 즉위하자 변화씨는 그 옥돌을 안고 궁궐 문 앞에서 사흘 낮 사흘 밤을 울었다.
  문왕이 그 까닭을 묻고 옥돌을 세공인에게 맡겨 갈고 닦아 본 결과 천하에 둘도 없는 옥이 영롱한 모습을 드러냈
  다. 문왕은 변화씨에게 많은 상을 내리고 그의 이름을 따서 이 옥을 '화씨지벽'이라 명명했다. 그 뒤 화씨지벽은 조
  (趙)나라 혜문왕(惠文王)의 손에 들어갔으나 이를 탐내는 진(秦)나라 소양왕(昭襄王)이 15개의 성(城)과 교환하자는
  바람에 한때 양국 간에는 긴장감이 조성되기도 했다. 이에 연유하여 화씨지벽은 '연성지벽(連城之璧)'이라고도 부른
  다. ≪한비자(韓非子)・변화(卞和)≫

11) "(책을) 수레에 실어 끌면 소가 땀을 흘리고, 쌓아올리면 용마루에 닿을 만하다. 책이 엄청나게 많다."는 뜻이다. 당
  대 문장가 유종원(柳宗元)이 지은 <육문통선생묘표(陸文通先生墓表)>에 나온다. 유종원은 당대 학자 육질(陸質)을
  추모하는 글을 썼다. 육질은 공자(孔子)가 지은 ≪춘추(春秋)≫의 전문가로 ≪춘추집주(春秋集注)≫ 등 많은 저작을
  남겼다. 유종원은 그를 추모하는 글 첫머리에 "공자가 ≪춘추≫를 지은 지 1,500년이 지났다. 그 이름이 전하는 것
  으로 다섯 종이 있고 지금 통용하는 것으론 세 종이 있다. 목간본을 손에 쥐고 고심하여 사고하며 여기에 주석을
  달고 논의한 사람이 엄청나게 많다. 그들은 서로 공격하며 들춰내고 분노했으며 말투도 공격적이고 배타적이었다.
  그들이 쓴 책을 보존해두었으면 집에 가득 찼을 것이고 실어내려면 소와 말도 땀을 흘렸을 것이다.(孔子作春秋千五
  百年, 以名爲傳者五家, 今用其三焉. 秉觚牘, 焦思慮, 以爲論注疏說者百千人矣. 攻訐狠怒, 以詞氣相擊排冒沒者, 其爲
  書, 處則充棟宇, 出則汗牛馬.)"라고 썼다.

12) 삼불후(三不朽) : 입덕(立德), 입공(立功), 입언(立言)을 가리킨다. ≪좌전・양공 24년≫

13) 포정해우(庖丁解牛) : 소를 잡는데 신기에 가까운 기술을 가지고 있어 이 방면에 도통했다고 소문난 이로 제(齊)나라
  의 백정 도우토(屠牛吐)라는 사람이 있었다. 하루아침에 아홉 마리의 소를 잡아도 칼이 전혀 무뎌지지 않아서 소의
  털까지 자를 수 있었다. 그런데 포정(庖丁)이라는 사람은 그보다 한 수 위였다. 무려 19년 동안이나 칼을 갈지 않아
  도 그가 사용하는 칼날은 전혀 무뎌지지 않았다. 원래 포정은 전국시대 위나라 사람이다. 문혜군(文惠君)의 주방장
  이기도 했던 그는 소를 잡는 데 도통하여 소 한 마리쯤은 눈 깜짝할 사이에 해치웠다. 뿐만 아니라 어찌나 능수능
  란했던지 손놀림이나 어깨 위에 둘러매는 것, 발을 내디디는 것, 무릎으로 밀어치는 동작, 살점을 쪼개는 소리, 칼
  로 두들기는 소리가 마치 뽕나무 숲에서 춤을 추듯 음악에 맞고 조화를 이루었다. 이를 보고 감탄한 문혜군이 말했
  다. "정말 훌륭하도다! 경지에 이르는 비결이 무엇인고?" 그러자 포정이 말했다. "소인은 항상 도(道)를 위해 몸 바
  쳤습니다. 도는 단순한 기술보다 고상하지요. 제가 처음 소를 잡았을 때는 소 전체가 눈앞에 보였습니다. 그러나 3
  년 정도 지나니 소를 보지 않게 되더군요. 지금은 눈으로 보지 않고 마음으로 봅니다. 즉, 육감의 지배를 받기보다
  는 오직 마음으로 일을 하지요. 그래서 소의 신체구조를 따라 뼈마디와 마디 사이로 칼날을 놀립니다. 자연히 살점
  과 심줄은 건드리지도 않고 큰 뼈를 다치지도 않지요." 이 고사는 ≪장자(莊子)≫ 양생주편(養生主篇)에 나온다.

1 태종황제가 방현령에게 주노라(太宗皇賜房玄齡)__태종(太宗) 황제

太液仙舟迴,   태액지에 신선 탄 배는 아득하고
西園引上才.   동작원엔 우수한 인재 끌어들인다.
未曉征車度,   날 밝지 않아 인재 찾는 수레 떠나고
雞鳴關早開.   닭 울자 관문도 일찌감치 열린다.

❁ 시 해설

이 시는 당 태종 이세민이 방현령(578~648)에게 준 시다. 방현령은 태종 때 재상을 지냈는데 두여회(杜如晦, 585~630)와 함께 이세민을 보좌했다. 방현령은 지략이 출중하고 두여회는 판단력이 뛰어나 역사에서는 '방모두단(房謀杜斷)'이라고 부른다. 보필을 잘해 '정관의 치(貞觀之治)'에 큰 기여를 했다. 이 시에서는 재주가 많은 방현령을 찬양하고 있다.

태액지는 당나라 대명궁(大明宮) 안에 있던 연못 이름이다. 동작원(銅雀園)은 문창전(文昌殿) 서쪽에 있었기에 '서원'이라 부른다. 조씨 부자 및 건안(建安) 칠자가 이곳에 자주 노닐며 연회를 베풀었는데, 그 터는 지금의 하북성(河北省) 임장현(臨漳縣) 서남쪽에 있다.

≪전당시≫에 이 시의 제목은 <방현령에게 주노라(賜房玄齡)>으로 되어 있고, 둘째구의 '인(引)'자는 '은(隱)'으로 표기되어 있다.

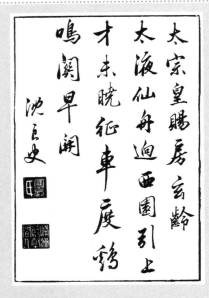

● 서예가 소개

심량사(沈良史)의 생애 연대를 알 수 없다. 명대 만력(萬曆, 1573~1620) 연간의 사람으로 행서에 뛰어났으며 ≪시여화보(詩餘畫譜)≫에도 그의 글씨(소식의 <수룡음(水龍吟)·양화(楊花)>)가 수록되었다.

● 방하규필의 (倣夏珪筆意)

하규(夏珪)는 하규(夏圭)라고도 하는데
자는 우옥(禹玉), 전당(錢塘, 지금의 절강
항주) 사람이다. 영종(寧宗, 1195~1224)
때 화원(畫院)의 대조(待詔)를 지냈으며
금대(金帶)를 하사받았다. 인물화, 산수화
에 뛰어났으며 유송년(劉松年, 약 1155~
1218), 이당(李唐, 1066~1150), 마원(馬
遠, 1190~1279)과 함께 '남송 4대가'라
불린다.

이 그림의 왼쪽 상단에는 궁궐(동작원)
앞에 내건 깃발이 바람에 펄럭이고, 중간
의 태액지에는 신선이 배를 젓고 있으며,
하단에는 관모를 쓴 관리가 수레를 타고
인재를 선발하러 행차한다. 태평성대를
구가하는 그림이라 하겠다.

● 시 원작자 소개

당 태종 이세민(李世民, 599~649)의 원적은 농서(隴西) 성기(成紀, 지금의 甘肅 泰安)이며 장안
(長安)에서 성장했다. 제2대 황제이며 당 고조 이연(李淵, 566~635)의 차남이다. 이름 '세민'의 본
래 뜻은 제세안민(濟世安民), 즉 세상을 구하고 백성을 편안케 하라는 뜻이다. 그는 실제로 뛰어난
장군이자, 정치가, 전략가, 그리고 서예가였으며 중국 역대 황제 가운데 최고의 성군으로 불려 청
대의 강희제(康熙帝, 1654~1722)와도 비교된다. 그가 다스린 시대를 '정관의 치'라 했다. ≪전당
시≫에 그의 시 1권이 전한다.

2 봄밤(春夜)__우세남(虞世南)

春苑月裴徊,　　봄날 동산엔 달 배회하고
竹堂侵夜開.　　죽당에 점차 밤기운 스며든다.
驚鳥排林度,　　놀란 새는 숲 헤치며 올라가고
風花隔水來.　　바람결에 꽃향기 물 건너오노라.

❀ 시 해설

이 시는 봄날 한밤중의 청신한 정경을 묘사했다. 고요한 봄날에 작자는 대나무 집에서 걸어 나와 원림을 산보한다. 깃들어 쉬던 새들은 인기척에 깜짝 놀라 하늘로 날아올라 수면을 스치고 지나간다. 봄바람이 맞은 편 꽃가지에 불어와 향기를 날린다.

이 시는 시각, 청각, 후각을 절묘하게 운용하여 맑은 달빛, 푸르른 대나무, 푸드득 날아가는 새, 향기로운 꽃을 묘사한 영물시다.

● 서예가 소개

진계유(陳繼儒, 1558~1639)는 명대 문학가, 서화가로 자는 중순(仲醇), 호는 미공(眉公), 미공(糜公)이고 화정(華亭, 지금의 상해시 松江) 사람이다. 은사로 자처하고 소곤산(小昆山)에 거주했다. 서예는 소식, 미불(米芾, 1051~1107)의 기풍을 이었고 산수화, 수묵화에 뛰어났다. 저작으로는 ≪국조명공시선(國朝名公詩選)≫, ≪황명서화사(皇明書畵史)≫, ≪보안당비급(寶顔堂秘笈)≫, ≪서화금탕(書畵金湯)≫, ≪진미공전집(陳眉公全集)≫ 등이 있다. 그는 '사군자'라는 개념을 처음 정립한 장본인이다.

● 방마화지필의 (倣馬和之筆意)

마화지는 남송 화가로 전당(지금의 절강 항주) 사람이다. 고종 소흥(紹興) 연간에 진사가 되었으며, 공부시랑(工部侍郞)을 역임했다. 인물화, 불상, 산수화에 뛰어났으며 인물화는 오도자(吳道子)를 모방하여 사람들은 그를 '소오생(小吳生)'이라 불렀다. 전하는 그림으로는 <당풍(唐風)>, <적벽후유(赤壁後遊)>, <모시도(毛詩圖)>, <고본유천도(古本流泉圖)> 등이 있다.

이 그림에서는 시에는 등장하지 않는 세 인물을 그렸다. 관리 복장을 갖춰 입은 두 사람은 물 위의 교각에 서서 휘영청 밝은 달을 감상하며 이야기를 나누고, 교각 아래의 시동은 언제 내릴지 모르는 분부를 기다리며 서있다.

● 시 원작자 소개

우세남(虞世南, 558~638)은 당대 초기의 서예가다. 자는 백시(伯施), 월주(越州) 여요(余姚, 지금의 浙江) 사람으로 수대 때 이미 문학자로 이름이 났다. 능연각(凌煙閣) 24 공신 가운데 한 사람이며, 당 태종 때에 벼슬은 홍문관학사(弘文館學士), 태자중사인(太子中舍人)에까지 이르렀다. 글씨는 왕희지(王羲之) 필법을 배웠으며, 특히 해서에 능하여 해서의 아름다운 모양을 완성한 사람으로 알려져 있다. 구양순(歐陽詢, 557~641), 저수량(褚遂良, 596~659)과 더불어 당대 초기의 3대가로 일컬어진다. 그의 작품으로는 <공자묘당비(孔子廟堂碑)>, <여남공주묘지명(汝南公主墓志銘)>, <적시첩(積時帖)> 등이 있으며, 저서로는 《북당서초(北堂書鈔)》, 《우세남집》(30권) 등이 있다. 그의 시는 변새시, 영물시가 뛰어났는데, 《전당시》에 그의 시 1권이 전한다.

3 고요한 밤에 그리며(靜夜相思)__이군옥(李群玉)

山空天籟寂,	산속 허공에 자연의 소리 적막하고
水榭延輕凉.	물가 정자는 청량한 기운 끌어들인다.
浪定一浦月,	물결 잔잔해지자 물가에 달뜨고
藕花閑自香.	연꽃은 한가롭고도 절로 향기 인다.

❀ 시 해설

이 시의 핵심은 그리움에 있다. 그러나 그 그리움은 밖으로 드러나지 않고 시적 화자의 내면에 감춰져 있다. 여기에서 늦은 밤의 고요함과 한적함을 묘사했다. 산속의 허공은 고요하고 자연의 소리는 조용하며 물가의 정자는 청량하다. 물결이 잔잔해지자, 달빛은 물처럼 희고 연꽃에서는 향기가 피어난다. 그윽한 달밤에 시인은 멀리 떨어진 가족이나 친구를 그리워하며 사념에 젖어 있다.

● 서예가 소개

심원선(沈元善)은 명대 만력(1573~1629) 때의 사람으로 초서에 뛰어났다.

　이 그림에서는 두 사람을 화폭에 담았다. 시적 화자는 고요한 달밤에 술을 마시다가 그리움에 사무쳐 술자리를 벗어나 누각 난간에 기대 담배를 피우며 사념에 젖어 있고, 왼쪽에 선 시녀는 부채를 들고 부치고 있다.

● 시 원작자 소개

　이군옥(약 810~약 862)은 자가 문산(文山), 예주(澧州, 지금의 湖南 澧縣) 사람이다. 젊어서 과거에 여러 번 응시했으나 급제하지 못했다. 일찍이 호남관찰사 배휴(裴休, 791~846)의 막부에 기탁했는데, 배휴가 재상이 되자 홍문관교서랑(弘文館校書郞)으로 천거되었다. 작품집으로는 ≪이군옥집≫(3권)이 있고, ≪전당시≫에 그의 시 3권이 전한다.

4 말위에서 짓노라(馬上作)__두순학(杜荀鶴)

五里復五里,	5리를 가고 다시 5리 가니
去時無住時.	떠날 때는 있어도 멈출 땐 없다.
日將家漸遠,	날마다 집에서 점차 멀어지는 것 같아
猶恨馬行遲.	오히려 말 운행이 더딤을 탓하노라.

✿ 시 해설

이 시는 집에 빨리 돌아가고 싶은 심정을 묘사했다. 주인공이 탄 말은 쉴 겨를도 없이 끊임없이 질주한다. 날이 점차 어두워지자 집도 석양을 따라 멀리 벗어나는 것 같다. 그러나 작자는 말을 멈추지 않았음에도 불구하고 말이 너무 느리다고 탓하며 더욱 발걸음을 재촉한다. 시어가 평이하고도 청신하다.

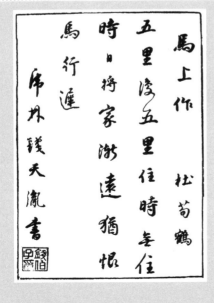

● 서예가 소개

전천윤(錢天胤)은 호림(虎林, 지금의 항주 서북쪽) 사람으로 자는 연지(延之), 호는 정재(定齋), 전백자(錢伯子)라고도 하며 서예에 뛰어났다.

● 화보 해설

　원경의 산은 선으로 윤곽을 잡았고 만리장성 같은 톱니 모양의 기호가 새겨진 성 위에는 5리 간격으로 이정표가 붙어 있다. 성 앞엔 말을 탄 인물이 고개를 뒤로 돌려 현지 주민에게 길을 묻고 있다. 오른손에 채찍을 들고 왼손에 고삐를 조이며 고개를 뒤로 젖혀 대화하는 모습은 그만큼 갈 길이 멀어 말의 운행을 재촉하는 역동적인 표현이다.

　참고로 중국의 역전(驛傳) 제도의 기원은 주대(周代)부터 시작되었는데 통상적으로 5리마다 우(郵 : 도보로 전송), 10마다 정(亭), 30리마다 역(驛 : 말로 전송)을 설치하여 공문서 전송, 여객의 숙박 업무 등을 관장했다.

● 시 원작자 소개

　두순학(846~904)의 자는 언지(彦之), 지주(池州) 석체(石棣, 지금의 安徽 石臺) 사람이다. 구화산(九華山)에 은거했기에 자신을 '구화산인(九華山人)'이라 불렀다. 어려서 집안이 가난하여 구화산에서 공부하고 진사 시험에 여러 번 응시했으나 급제하지 못했다. 산중에서 15년간 은거했으며 대순(大順) 2년(891) 46세의 나이로 진사에 급제했다. 저서로 ≪당풍집(唐風集)≫, ≪두순학문집(杜荀鶴文集)≫이 있고 ≪전당시≫에 그의 시 3권이 전한다.

5 앞산(前山)__배이직(裴夷直)

只謂一蒼翠.　　청산은 하나뿐이라지만
不知猶數重.　　대체 봉우리가 몇 개인지.
晚來雲映處,　　저녁에 구름 비추는 곳에
更見兩三峰.　　두세 봉우리가 더 보인다.

❀ 시 해설

이 시는 해질녘 산속의 맑고 그윽한 경치를 묘사했다. 앞의 두 구는 연이은 푸른 산봉우리를 묘사했고, 뒤의 두 구는 석양에 비치는 산천의 아름다운 정경을 그려냈다.

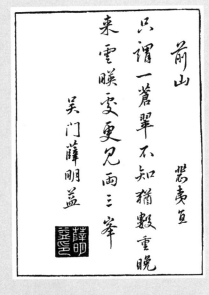

● 서예가 소개

설명익(薛明益, 1563~약 1640)의 자는 우경(虞卿)이고 오문(吳門, 지금의 강소 소주) 사람이다. 명대 서화가로 숭정(崇禎) 연간에 일찍이 공생(貢生)으로 노주(瀘州, 지금의 사천에 속함) 훈도(訓導)를 지냈다. 불학, 서예, 시에 뛰어나 그 이름이 향리에 자자했다. 명대 왕가옥(汪珂玉, 1587~?)은 <산호망(珊瑚綱)>에서 "우경의 해서는 문징명(文徵明) 이후의 일인자다(虞卿楷書, 衡山後一人也)"라고 평가했다.

● 채충환 그림

채충환(蔡冲寰), 즉 채원훈(蔡元勳)의 자는 여좌(汝佐), 충환(冲寰)이며 명대 화가다. 일찍이 <단계기(丹桂記)>, <옥잠기(玉簪記)> 삽도와 <도회종이(圖繪宗彝)>를 그려 이름이 났다.

이 그림은 오른쪽 하단과 왼쪽 상단으로 나누고 중간은 비어 있어 상상의 여지를 남긴다. 그리고 왼쪽 상단의 세 봉우리는 운무에 잠겨 있다. 소나무 밑에선 두 사람이 운무에 잠긴 산을 바라보고 있으며, 그 밑의 계단에서 한 시동이 두 사람의 분부를 기다리며 서있다.

● 시 원작자 소개

배이직의 자는 예경(禮卿)이고 오(吳, 지금의 강소 소주) 사람이다. 원화(元和) 10년(815)에 진사에 급제했고 우습유(右拾遺), 좌사원외랑(左司員外郎), 중서사인(中書舍人), 산기상시(散騎常侍) 등직을 역임했다. 그의 시는 대부분 절구이고 감회시, 응수시가 많다. ≪전당시≫에 그의 시 1권이 전한다.

6 비온 뒤 호숫가에 거주할 생각을 하며(雨後思湖居)__허혼(許渾)

前山風雨凉,　　　앞산엔 비바람 차갑게 불어와

歇馬坐垂楊.　　　말 멈추고 수양버들 밑에 앉는다.

何處芙蓉落,　　　어느 곳에 부용꽃 떨어지는가?

南渠秋水香.　　　남쪽 도랑엔 가을물 향기롭다.

🌸 시 해설

《전당시》에서 이 시의 제목은 <비온 뒤 호숫가에 거주할 생각을 하며(雨後思湖上居)>로 되어 있다. 시의 제목에서 나타나듯이 앞의 두 구에선 '우(雨)'자를, 뒤의 두 구에선 '사(思)'자를 써서 묘사했다. 앞의 두 구는 가랑비가 내리고 차가운 바람이 부는 가운데 시적 화자는 말을 수양버드나무에 매어 두고 비오는 정경을 감상하고 있다. 바로 이때 이 호숫가에 살고 싶다는 생각에 잠긴다. 부용꽃은 가랑비 내리는 가운데 물속에 떨어지고 그 은은한 향기는 물속에 젖는다.

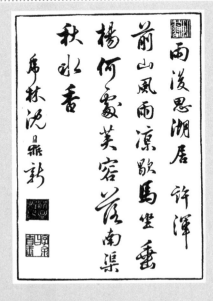

● 서예가 소개

심정신(沈鼎新)의 자는 자옥(自玉)이고 무림(武林, 지금의 항주) 사람이다. 서예와 산수화에 뛰어났으며 명대 만력(1573~1620) 연간의 《명공선보(名公扇譜)》에 그가 그린 산수선(山水扇)이 들어 있다. 황면중(黃冕仲)이 발문을 쓴 《시여화보(詩餘畵譜)》에도 그의 글씨가 있다.

　　시의 내용과는 달리 이 그림에서 주인공은 호숫가에서 시동과 작별하고 있다. 시동이 끌고 가는 말은 앞과 뒤의 다리를 한발씩 떼고 주인과 헤어지기 아쉬운 듯 땅을 향해 고개를 숙이고 있다. 시동과 말을 떠나보내는 장면으로 보아 주인공은 이곳에 눌러 살기로 작정하고 일상용품을 구해오라 보내거나 아니면 가족에게 이 소식을 전해주라고 보내는 듯하다.

● 시 원작자 소개

　　허혼(약 788~약 858)의 자는 용회(用晦) 혹은 중회(仲晦)이고 원적은 안주(安州) 안륙(安陸, 지금의 湖北)이며 윤주(潤州) 단양(丹陽, 지금의 강소)에서 살았다. 거처하는 곳 가까이에 정묘교(丁卯橋)가 있었기에 그를 '허정묘(許丁卯)'라고도 부른다. 그는 재상 허어사(許圉師, ?~679)의 후손이다. 어려서 집안이 가난했지만 부지런히 공부했으며 쇠약하고 병이 많았다. 문종 대화(大和) 6년(832)에 진사에 급제했고 당도현령(當塗縣令), 감찰어사, 윤주사마(潤州司馬) 등직을 역임했다. 칠언율시에 뛰어났으며 그의 시에 운용한 대구가 절묘하고 원숙하다고 하여 후인들이 그를 롤 모델로 삼았다. 작품으로는 ≪정묘집(丁卯集)≫이 있고 ≪전당시≫에 그의 시 11권이 전한다.

7 봄을 보내며(送春)__고병(高騈)

水淺魚爭躍,	얕은 물속에 물고기 다투어 뛰놀고
花深鳥競啼.	깊은 꽃 속의 새도 질세라 우노라.
春光看欲盡,	봄빛을 보니 다하려는 듯하여
拌却醉如泥.	화끈하게 진탕 취해보리라.

✿ 시 해설

앞의 두 구는 봄날의 정경을 묘사했고, 뒤의 두 구는 봄을 보내는 사람이 심취했음을 그렸다. 주인공은 꽃이 피고 새가 우는 봄 풍경에 심취했는가, 아니면 꽃이 다 져서 슬픈 나머지 술에 취한 걸까? 아마 둘 다일 것이다. 마지막 구의 '반(拌)'자는 ≪전당시≫에 '판(判)'자로 되어 있다.

이 시는 두보의 <장차 성도초당에 다다르려는데, 도중에 지은 시가 있어 먼저 엄정공에게 부치노라 (將赴成都草堂, 途中有作, 先寄嚴鄭公)> 시 구절 "거칠게 자란 뜨락의 저 봄풀을 깔아뭉개며, 그대와 함께 흠뻑 취하고 싶다(肯藉荒亭春草色, 先判一飮醉如泥)"의 뜻을 빌려 7언을 오언절구로 바꾸었다.

● 서예가 소개

호림 사람 12동(十二童) 심유원(沈維垣)이 쓴 글씨다.

黎汝佐寫

● 채여좌 그림

채여좌(蔡汝佐)가 그렸다. 채여좌는 채충환이다. 채충환(蔡沖寰), 즉 채원훈(蔡元勳)의 자는 여좌(汝佐), 충환(沖寰)이며 명대 화가다. 일찍이 <단계기(丹桂記)>, <옥잠기(玉簪記)> 삽도와 <도회종이(圖繪宗彝)>를 그려 이름이 났다.

이 그림에서는 주인공이 술을 마신 뒤 시동의 부축을 받으며 걸어가면서도 곧 시들 아름다운 봄날의 정경이 아쉬운지 자연에 둔 시선을 좀처럼 거두지 못한다.

● 시 원작자 소개

고병(821~887)의 자는 천리(千里)이고 유주(幽州, 지금의 北京) 사람이다. 그의 집안 대대로 금군(禁軍)의 장령(將領)을 지냈기에 어려서부터 무예를 익혀 일찍이 화살 하나로 수리 두 마리를 쏘아 떨어트린 적이 있어 사람들은 그를 '낙조 장군(落雕將軍)'이라 불렀다. 그 또한 문학을 애호했으며 형남절도관찰사(荊南節度觀察使), 회남절도사(淮南節度使), 영주대도독부좌사마(靈州大都督府左司馬), 신책군도우후(神策軍都虞侯) 등직을 역임했으며 연국공(燕國公)에 봉해졌다. 후에 군대를 보유하고도 자중하면서 한 곳에서 할거하려다가 부하 필사탁(畢師鐸, ?~887)에게 구금되어 살해당했다. 그의 시는 5언, 7언 절구가 많은데 《전당시》에 시 한 권이 남아 있다.

8 밤에 낚시하며(夜漁)__장교(張喬)

釣艇去悠悠,	낚싯배는 유유히 떠나가고
煙波春復秋.	안개 낀 물결에 봄 지나고 다시 가을.
惟將一點火,	오로지 불빛 한 점에 의지해
何處宿蘆洲.	어느 갈대밭에서 묵으려나.

❈ 시 해설

　《전당시》의 제목은 <어부(漁家)>로 되어 있다. 이 시는 사물에 기탁하여 감회를 읊은 작품이다. 표면적으로는 늦은 밤에 강에서 낚시하는 어부를 묘사했으나, 실제로 작자는 속세의 시비를 벗어나 강호에 은거하는 생활을 시에 담았다.

● 서예가 소개

　심문헌(沈文憲)의 자호는 독성자(獨醒子), 완초도인(完初道人), 전당노인(錢塘老人)으로 전당(지금의 항주) 사람이며 서예에 뛰어났다.

이 그림은 배를 탄 어부 가족을 그렸다. 남편은 낚싯대를 드리워 물고기를 잡고, 부인은 아이를 업은 채 화로에 불을 지피고 있다. 일가가 강호에 은둔하며 지내는 평온하고도 고요한 생활을 화폭에 담았다.

● 시 원작자 소개

　　작자를 장교(張嶠)라 표기했는데 장교(張喬)의 오기다. 자는 백천(伯遷)이고 지주(池州, 지금의 安徽 貴池) 사람이다. 일찍이 구화산에 은거했으며 '구화사준(九華四俊)'의 하나다. 함통(咸通) 11년(870)에 진사에 합격했으며 '함통십철(咸通十哲)' 혹은 '방림십철(芳林十哲)'의 하나로 불린다. ≪당재자전(唐才子傳)≫에서는 "시구가 청아하여 그와 짝할 사람이 없다(詩句清雅, 逈少其倫)"고 평가했다. ≪전당시≫에 그의 시 2권이 전한다.

9 강마을에서 밤에 돌이오며(江邨夜歸)__항사(項斯)

日落江路黑,　　해 떨어지자 강 길 어둡고
前村人語稀.　　앞마을엔 사람 소리 성기다.
幾家深樹裏,　　인적 드문 깊은 숲속 마을로
點火夜漁歸.　　어부는 등불 밝히고 밤에 돌아온다.

✿ 시 해설

　≪전당시≫의 제목은 <강촌에서 밤에 묵으며(江村夜泊)>이며, 제4구의 '점화(點化)'는 '일화(一火)'로 되어 있다. 이 시는 수묵화 같은 필치로 밤에 돌아오는 어부를 묘사했다. 마지막 두 구는 캄캄한 밤에 희미한 등불로 길을 밝히며 귀가하는 어부를 형상화했다. 두보의 "들판과 길은 먹구름으로 어두운데, 강에 뜬 배의 등불만 홀로 빛난다(野徑雲俱黑, 江船火獨明)"(<春夜喜雨>) 시구와 견줄 만하다.

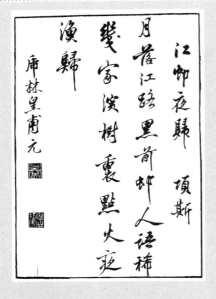

● 서예가 소개
　호림 사람 황보원(皇甫元)이 쓴 글씨다.

● 화보 해설

　이 그림은 낚시를 마치고 어두운 밤에 귀가하는 어부의 모습을 그렸다. 그런데 어부는 낚싯대를 왼쪽 어깨에 메고 오른손으론 밤길 밝혀줄 등불을 쥐고 있으나, 잡은 고기의 모습은 어디에도 보이지 않는다. 결국 이 어부의 낚시질은 생계를 위한 노동 수단이 아니라, 유유자적한 일상생활의 일환이라 하겠다.

● 시 원작자 소개

　　항사(약 802~약 847)의 자는 자천(子遷)이고 대주(臺州, 지금의 浙江 臨海) 사람이다. 처음에는 산속에서 30년간 은거했다. 당대 보력(寶歷), 개성(開成) 연간에 시로 이름이 나서 당시의 명사 양경지(楊敬之)가 알아주었다. 양경지는 <항사에게 주노라(贈項斯)>라는 시를 주어 "평생 남의 장점 감출 줄 몰라 어디든 만나는 사람마다 항사를 말하리라.(平生不解藏人善, 到處逢人說項斯.)"라고 했다. 회창(會昌) 4년(844)에 진사 시험에 급제했고 단도현위(丹徒縣尉)를 지내다가 부임지에서 사망했다. ≪전당시≫에 그의 시 1권이 남아 있다.

10 성 밖 벌판에서 저녁에 바라보며(郊原晚望)_좌언(左偃)

歸鳥入平野,　　돌아오는 새는 평야로 들어오고
寒雲在遠村.　　차가운 구름은 먼 촌락에 걸쳤다.
徒令睇望久,　　애오라지 오래도록 바라보아도
不復見王孫.　　다시는 왕손이 보이질 않는다.

❀ 시 해설

　《전당시》의 제목은 <성 밖 벌판에서 저녁에 바라보며 이 비서를 그리노라(郊原晚望懷李秘書)>이다. 앞의 두 구는 해질 무렵 교외의 경치를 묘사했다. 일망무제의 들판에 귀소하는 새들이 멀리 나는 그림자가 점차 사라지고 음랭한 구름이 먼 마을을 뒤덮고 있어 감상적인 색채를 더해준다. 시적 화자는 여기에서 오랫동안 우두커니 서서 멀리 떨어진 친구를 그리워한다. 언제 다시 볼 수 있을까? 이 시에서 친구간의 진한 우정을 느낄 수 있다.

● 서예가 소개
　승오(僧寤) 심응두(沈應斗)가 쓴 글씨다.

● 화보 해설

　이 그림은 두 명을 화폭에 담았다. 당대 복장을 갖춰 입은 시적 화자는 뒷짐을 진 채 성밖으로 가는 방향을 바라보고 있으며, 시동은 어깨에 행리를 메고 뒤따라온다. 오랫동안 친구를 만나지 못한 그리움이 목을 길게 빼고 응시하는 모습을 통해 절실히 우러나온다.

● 시 원작자 소개

　　좌언은 남당(南唐) 때 사람이다. 그는 품은 뜻이 커서 작은 일에 구애되지 않았고 몸가짐이 단정하고 강직했다. 금릉(金陵, 지금의 江蘇 南京)에 거주하던 그는 시를 지으며 즐겼고 평생토록 벼슬자리에 나가지 않았다. 만당, 오대의 명사 이중(李中), 한희재(韓熙載, 902~970)와 친구다. ≪전당시≫와 ≪전당시보편(全唐詩補編)≫에 그의 시 10수와 8구가 남아 있다.

11 가족에게 보이노라(示家人)_이백

三百六十日,	일년 삼백 육십 일
日日醉如泥.	날마다 고주망태.
雖爲李白婦,	비록 이백 부인이라지만
何異太常妻.	어찌 태상의 처와 다르리?

❊ 시 해설

≪만수당인절구(萬首唐人絶句)≫와 ≪전당시≫의 제목은 모두 <아내에게 주노라((贈內)>이다. 개원(開元) 15년(727), 당시 27세의 이백은 호북 안륙(安陸)에서 고종 때 재상을 지낸 허어사의 손녀를 아내로 삼았다. 아내는 이백과 727년 결혼해서 740년에 사망했으며 슬하에 딸 평양(平陽), 아들 백금(伯禽)을 두었다고 전한다. 그 뒤 이백은 세 번 더 결혼했다. 술을 너무나 좋아하던 이백을 두고 두보는 "술 한 말에 시 백편(斗酒詩百篇)"(<飮中八仙歌>)이라 말했다. 이때 이백은 집에 있다가 뜻을 얻지 못해 우울하게 지내며 시와 술로 기탁했다. 이 시는 거리낌 없는 이백의 성정을 반영했다. 그 어투에는 후한 때 태상시(太常寺) 장관을 지냈던 주택(周澤)처럼 처자를 돌보지 않고 천하를 주유하며 술과 달을 즐기며 살았기에 아내에게 조금이나마 부끄러운 마음이 담겨 있고, 시인 내심의 슬픔과 불평도 은연중 드러난다.

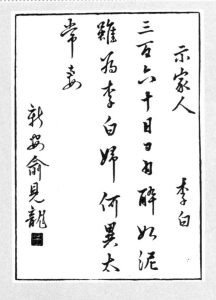

● 서예가 소개

유견룡(兪見龍)의 자호는 운륙만리(雲陸萬里)다. 휘주(徽州) 신안(新安) 사람으로 황봉지와 동향이며 서예에 뛰어났다.

위 시에 나오는 '취'의 상태를 술에 만취해 반쯤 누워있는 인물을 통해 시각화했다. 좌우 두 여인의 술시중을 받으며 술에 취한 주인공은 등과 오른팔을 술독에 기대어 편한 자세로 누워 있다. 자리엔 술잔과 안주, 젓가락이 가지런히 놓여 있으며 왼쪽 여성은 술 주전자를 쥐고 잔을 바라보고 있는데, 술 주전자의 방향으로 보아 술 취한 주인공에게 더 이상 술을 따르려하지 않는 듯한 모습이다.

● 시 원작자 소개

이백(701~762)의 자는 태백(太白), 호는 청련거사(靑蓮居士). 자칭 원적이 농서 성기(지금의 甘肅 泰安) 사람이며 중아시아 쇄엽성(碎葉城 : 지금의 Tokmak 성)에서 태어났다. 어려서부터 경사 백가 서적을 널리 읽었다. 장안에 들어와서 하지장(賀知章)은 그의 시 <촉도난(蜀道難)>를 보고 그를 '적선인(謫仙人)'이라고 불렀다. 천보(天寶) 원년(742)에 조정에 들어가 한림공봉(翰林供奉)이 되었으나 후에 참소를 당해 금을 주고 풀려났으며 안휘(安徽) 당도현(當塗縣)에서 사망했다. 이백은 한평생 시주를 즐겼는데 두보는 <음중팔선가(飮中八仙歌)>에서 "이백은 한 말 술에 시 백편 짓고, 장안 저자의 술집에서 잠든다. 천자가 불러도 배에 오르지 않고, 스스로 술의 신선이라 일컫는다.(李白一斗詩百篇, 長安市上酒家眠. 天子呼來不上船, 自稱臣是酒中仙.)"고 하였다.

12 절구(絶句)_두보

江邊踏青罷,　　강가에서 답청 끝내고,
回首見旌旗.　　머리 돌리자 깃발 보인다.
風起春城暮,　　바람은 해 저문 봄 성에 일고,
高樓高角悲.　　높은 누각의 뿔피리 소리 슬프다.

🌸 시 해설

이 시는 봄날에 전란을 슬퍼하는 작품이다. 대략 보응(寶應) 원년(762) 봄에 쓰였다. 당시 두보는 성도(成都)에 있었는데 사천(四川) 서산(西山)에는 때마침 토번(吐蕃)의 난이 일어났다. 그래서 작자가 답청할 때 낮에는 깃발을 보았고 황혼에는 긴장감이 감도는 북소리와 뿔피리 소리를 들었다. 시어가 정련되고 감정이 침울하여 국가 대사를 우려하는 감정이 녹아 있다.

고대의 답청은 지역마다 달랐으나 보통 2월 2일, 3월 3일(상사절), 청명절에 나갔다고 전한다.

● 서예가 소개

오초(吳初)가 쓴 글씨다.

방이이정필의(倣李以正筆意)

이이정(李以正, ?~1431), 즉 이재(李在)는 포전(蒲田) 사람인데 운남(雲南) 곤명(昆明)으로 옮겨 살았다. 명대 궁정원체 산수화 대표 작가로 선덕(宣德) 연간에는 인지전(仁智殿)에서 근무했다. <금고승리도(琴高乘鯉圖)>, <활저청봉도(闊渚晴峰圖)> 등이 세상에 전한다.

이 그림에서는 두 인물이 강변에서 답청을 마치고 성으로 돌아오다가 저 멀리 운무 속에 잠긴 토번의 깃발을 바라보면서 국가의 안위를 걱정하는 모습을 시각화했다.

시 원작자 소개

두보(712~770)의 자는 자미(子美)이고 공현(鞏縣, 지금의 河南 鞏義市) 사람이다. 먼 선조 두예(杜預, 222~285)가 경조(京兆) 두릉(杜陵, 지금의 陝西 西安) 사람이기에 자신을 '두릉포의(杜陵布衣)', '두릉야로(杜陵野老)', '두릉야객(杜陵野客)'이라 불렀다. 조부 두심언(杜審言, 약 645~708)도 시로 이름이 났다. 청년 시기에 세 차례 유람했는데 천보 10년(751)에 <삼대예부(三大禮賦)>를 바쳐 현종이 그를 기특하게 여겨 집현전대제(集賢院待制)로 임명했다. 안사(安史)의 난 때 죽음을 무릅쓰고 숙종(肅宗)에게 의탁했다. 일찍이 우위솔부병조참군(右衛率府兵曹參軍), 좌습유(左拾遺), 화주사공참군(華州司功參軍), 검교공부원외랑(檢校工部員外郞) 등직을 역임했다. 후반생은 사천, 호상(湖湘) 일대를 떠돌아다니다가 가난하고 병들어 상수(湘水)의 배위에서 사망했다. 두보가 살았던 시기는 태평성대에서 몰락해가는 시기여서 그의 시에는 안사의 난 전후 현실 생활과 사회모순을 널리 반영했기에 '시사(詩史)'로 불렸다. 그는 중국 고전시를 집대성했다. 특히 율시에 뛰어났으며 '시성(詩聖)'이라고도 부른다. 작품으로 ≪두공부집(杜工部集)≫이 있고 ≪전당시≫에 그의 시 19권이 전한다.

13 늙은 말(老馬)__요합(姚合)

臥多扶不起,   누워서 일어나지 못하고

惟向主人嘶.   주인 향해 울기만 한다.

惆愴東郊道,   슬프다, 동쪽 교외로 난 길이

秋來雨不泥.   가을에 비와도 진흙탕 되지 않길.

🌸 시 해설

이 시는 영물시다. 작자는 늙고 병들고 쇠약한 말의 주인에 대한 충성과 어떻게 하지 못하는 심정 묘사를 통해 자신의 고단한 삶을 표현했다. 동시에 늙은 말의 형상 속에 자신이 국가에 대해 충성하는 마음을 기탁했다. 이 시를 통해 당대 사회가 점차 쇠락하는 조짐을 엿볼 수 있다. ≪전당시≫에서 제1구의 '다(多)'는 '래(來)', 제4구의 '불(不)'은 '작(作)'으로 표기되어 있다.

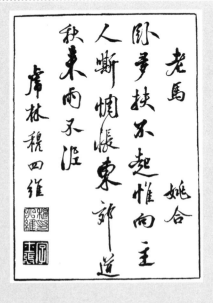

● 서예가 소개

호림 사람 목사유(穆四維)가 쓴 글씨다.

● 화보 해설

　이 그림에서는 말을 타고 운행하다 지쳐 땅에 풀썩 주저앉은 노쇠한 말과 그런 말을 안타깝게 바라보는 주인의 시선을 애처롭게 표현했다. 오른쪽 앞발을 땅에 디디고 일어서고자 하나 그러질 못하자, 주인공과 눈을 맞추는 모습은 이충렬 감독의 <워낭소리>(2008)를 연상하게 할 정도로 애처롭기만 하다.

● 시 원작자 소개

　　요합(781~846)은 오흥(吳興, 지금의 절강 湖州) 사람으로 재상 요숭(姚崇)의 증손이다. 원화 11년(816)에 진사에 급제하고 위박종사(魏博從事), 무공주부(武功主簿), 감찰어사, 간의대부(諫議大夫), 비서소감(秘書少監) 등직을 역임했다. 세상 사람들은 '요무공(姚武功)', '요소감(姚少監)'이라 부른다. 그의 시는 여러 시인의 장점을 배워 일가를 이루었는데 묘사가 스산하고 필치가 청초한데 이를 '무공체(武功體)'라 한다. 가도(賈島, 779~843)와 이름을 같이 하여 '요가(姚賈)'라 하며 만당의 고음파(苦吟派)에 속한다. 작품으로 ≪요소감시집(姚少監詩集)≫이 있고 ≪전당시≫에 그의 시 7권이 전한다.

14 목동(牧竪)__최도융(崔道融)

牧竪持簑笠,　　목동은 도롱이와 삿갓 챙기고
逢人氣傲然.　　사람 만날 때마다 기세등등하다.
臥牛吹短笛,　　소잔등에 누운 채 단소를 불고
耕却傍溪田.　　밭갈이 끝내고 냇가의 밭에 눕는다.

❀ 시 해설

　이 시에서 목동은 기고만장하고 유유자적하게 지내면서 방목하고 밭을 가는데, 도화원에 사는 인물 같다. 이 시는 작자의 청고한 지조를 표현했고 평화스럽고도 안정된 생활에 대한 작자의 동경심을 기탁했다. 목가적이고 탈속적 분위기가 물씬 풍겨나는 자연시다.

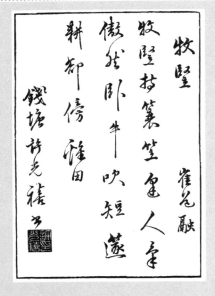

● 서예가 소개

　전당 사람 허광희(許光禧)가 쓴 글씨다.

이 그림은 소와 소 등 위에 누워 피리를 불고 있는 목동과 그들을 바라보는 두 인물을 그렸다. 냇길 가운데 서서 고개를 돌린 소의 커다란 눈과 목동의 눈은 부러운 시선으로 바라보는 과객의 눈과 맞닿아 있어 무언의 대화를 나누는 듯하다. 이러한 형상은 <와우도>, <십우도>, <춘우도> 등 그림과는 색다른 느낌을 준다.

● 시 원작자 소개

최도융(?~907)은 형주(荊州, 지금의 호북 江陵) 사람이다. 당말에 전란을 피해 모친과 함께 영가(永嘉, 지금의 절강성 온주시 영가현)에 은거하며 스스로 '동구산인(東甌散人)'이라 불렀다. 독서와 시 짓기, 노모 봉양을 즐거움으로 삼았다. 일찍이 영가현령(永嘉縣令)을 역임했으며 특히 오언절구에 뛰어났다. 《전당시》에 그의 시 1권(68수)이 전한다.

15 서시석에 쓰노라(題西施石)_왕헌(王軒)

嶺上千峰秀,　　산마루의 온갖 봉우리 빼어나고
江邊細草春.　　봄날 강가의 가는 풀 푸르도다.
今逢浣紗石,　　지금 완사석을 만났으나
不見浣紗人.　　빨래하는 여인 보이지 않는다.

🌸 시 해설

　이 시는 왕헌이 절강성 서강(西江)에 놀러가서 저라산(苧羅山) 아래에 배를 정박하고 바위에 적었다고 한다. 서시석은 절강성 소흥(紹興) 남쪽의 완사계에 있다. 앞의 두 구는 봄날 서강 일대의 수려한 경치를 묘사했으며, 뒤의 두 구는 미녀 서시에 대한 앙모의 감정을 표현했다. 전하는 말에 의하면, 이 시를 적은 뒤 오래지 않아 보라색 옷을 입은 여자가 서시의 신분으로 분장하고 왕헌과 만나서 시를 지어 응수했다고 한다.

妾自吳宮還越國,　첩은 오나라에서 월나라로 돌아왔으나
素衣千載無人識.　흰옷 입은 여인을 천년토록 알아본 이 없었지요.
當時心比金石堅,　당시 마음이야 금석처럼 굳었건만
今日爲君堅不得.　지금은 그대 때문에 견디질 못한다오.

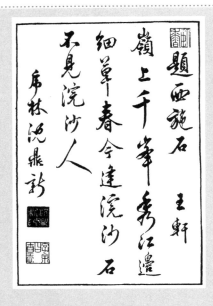

● 서예가 소개

　심정신(沈鼎新)의 자는 자옥(自玉)이고 무림(武林, 지금의 항주)사람이다. 서예와 산수화에 뛰어났으며 명대 만력(1573~1620)연간의 ≪명공선보(名公扇譜)≫에 그가 그린 산수선(山水扇)이 들어 있다. 황면중(黃冕仲)이 발문을 쓴 ≪시여화보(詩餘畵譜)≫에도 그의 글씨가 있다.

● 채충환 그림

채충환의 그림이다. 채충환(蔡冲寰), 즉 채원훈(蔡元勳)의 자는 여좌(汝佐), 충환(冲寰)이며 명대 화가다. 일찍이 <단계기(丹桂記)>, <옥잠기(玉簪記)> 삽도와 <도회종이(圖繪宗彝)>를 그려 이름이 났다.

하단 화면에 시적 주인공이 서있고 바로 옆에는 넓적한 돌이 놓여 있다. 매끈하게 잘 다듬은 듯 바위가 평평하며 그것을 경계로 쓸어내릴 듯이 붓질을 하여 암석을 표현했다. 주인공이 뒷짐을 지고 고개를 돌린 채 평평한 바위를 주시하고 있고, 시동이 종이 두루마리를 쥐고 급히 달려 나오는 모습으로 보아 이 바위에 시를 적을 기세다.

● 시 원작자 소개

왕헌의 자는 공원(公遠)이고 문종(文宗) 대화(827~835) 연간에 진사에 급제하고 막부 종사를 역임했다. ≪전당시≫에 그의 시 3수가 수록되어 있다.

16 좌액문의 배꽃(左掖梨花)__구위(丘爲)

冷艶全欺雪,	차갑고 고운 배꽃 완전히 눈인 듯 속고
餘香乍入衣.	남은 향기 금세 옷에 스며든다.
春風且莫定,	봄바람아, 잠시 멈추지 말고
吹向玉階飛.	불어다 궁궐 계단으로 날려다오.

✿ 시 해설

이 시는 왕유, 황보염(皇甫冉, 약 717~약 770)과 창화(唱和)한 시다. '좌액'은 궁전 정문 왼쪽의 작은 문을 가리킨다. 이 시에선 궁중 좌액문 곁에 핀 배꽃을 읊으며 '냉염기설(冷艶欺雪)'이라 하여 눈보다 더 하얀색을 강조했고, '여향입의(餘香入衣)'로 배꽃 향기를 강조했다. 뒤의 두 구에서는 봄바람이 불어 배꽃을 궁궐의 계단에 떨어트려 달라고 간청한다. 시인은 자신이 조정에 발탁되고 싶은 바람을 제3, 4 구를 통해 은연중 내비쳤다.

구위와 창화한 왕유의 시는 다음과 같다.

閒灑堦邊草,	섬돌 가 풀밭에 한가로이 떨어지고	輕隨箔外風.	발 밖 바람 따라 가볍게 날린다.
黃鶯弄不足,	꾀꼬리는 희롱하기에도 부족한지	嗛入未央宮.	입에 물고 미앙궁으로 날아드누나.

● 서예가 소개

인화(仁和) 사람 왕용광(王龍光)이 쓴 글씨다.

● 화보 해설

　삽화 원경에는 뭉게뭉게 피어오르는 구름 사이로 궁궐의 지붕만 보일 뿐이다. 근경에는 관리가 시동을 뒤에 거느리고 좌액문 밖을 나와 만발한 배꽃을 바라보며 서있다. 바람이 불자 배꽃은 관리가 서있는 계단으로 하늘하늘 떨어진다. 이 광경을 바라보는 관리는 무슨 생각을 하고 있을까. 떨어지는 배꽃을 바라보며 흘러가는 세월의 무상함을 느끼는 동시에, 조정에 중용되고 싶은 마음을 품고 있을지도 모른다.

● 시 원작자 소개

　구위(약 703~약 798)는 소주(蘇州) 가흥(嘉興, 지금의 절강에 속함) 사람이다. 천보 2년(743)에 진사에 급제했고 주객낭중(主客郎中), 사훈낭중(司勳郎中), 좌산기상시(左散騎常侍) 등직을 역임했다. 계모를 지극히 섬겨 세상에 이름이 났다. 향년 96세. 그의 시는 전원시가 많으며 ≪전당시≫에 18수가 수록되어 있다.

17 한가로운 밤에 술에서 깨어나서(閑夜酒醒)__피일휴(皮日休)

醒來山月高,　　술에서 깨니 산에 걸친 달 높고
孤枕羣書裏.　　외롭게도 책 더미를 베개 삼았다.
酒渴漫思茶,　　숙취로 잠시 차 생각이 나지만
山童呼不起.　　시동은 불러도 일어나지 않노라.

✿ 시 해설

이 시는 산속에 은거하는 한적한 생활을 묘사했다. 시인은 술 취한 뒤 책 더미를 베개 삼아 잠에 들었다가 한밤중에 깨어나 홀로 일어나 앉았다. 목이 너무 말라 시동을 불러 차를 끓여오게 하고 싶었다. 아무런 근심걱정 없는 시동 녀석은 달콤한 잠에 빠져 아무리 불러도 일어나지 않는다. 서사가 간결하고 언어가 상당히 해학적이다.

● 서예가 소개
호림 사람 동삼책(董三策)의 글씨다.

● 화보 해설

삽화 왼쪽 하단엔 오른쪽 무릎을 세우고 땅에 앉아 달콤한 잠에 빠진 시동의 모습을 그렸다. 반면에 산봉우리 위로 둥근 달이 휘영청 비추는 달밤에 주인공은 책을 베개 삼아 누웠다가 숙취가 남아 있어 평상에서 몸을 반쯤 일으켰다. 그리고 차 한 잔 마시고자 손사래까지 치며 시동을 불러보지만, 이놈의 시동은 꿈적도 하지 않는다. 그 옆엔 난로 위에 올린 차 주전자가 보인다. 이후 어떻게 되었을까? 끝까지 시동을 깨워 차를 마셨을까, 아니면 스스로 차를 끓여 마셨을까, 아니면 그것도 귀찮아 도로 자리에 누워 남은 잠을 청했을까? 이 마지막 구절을 접할 때마다 독자들은 온갖 연상을 할 것이거니와 입가에도 미소가 저절로 걸릴 것이다.

● 시 원작자 소개

피일휴(약 834~883)의 자는 일소(逸少), 습미(襲美)이고 양양(襄陽) 경릉(竟陵, 지금의 湖北 天門) 사람이다. 가난한 집안에서 태어나 처음에는 녹문산(鹿門山)에서 은거하여 스스로 '녹문자(鹿門子)'라 불렀다. 술과 시를 좋아하여 '취음선생(醉吟先生)', '취사(醉士)'로 자처했다. 함통 8년(867)에 진사에 급제했고 저작좌랑(著作佐郎), 태상박사(太常博士), 비릉부사(毗陵副使) 등직을 역임했다. 일찍이 황소(黃巢) 봉기군을 따라 장안에 입성하여 한림학사를 제수받았다. 봉기가 실패하자 그의 행방이 묘연했다. 그의 작품은 현실을 반영했는데, 육구몽(陸龜蒙, ?~881)과 더불어 '피륙(皮陸)'이라 부른다. 《송릉집(松陵集)》은 두 사람의 창화 시집이다. 《피자문수(皮子文藪)》(10권)가 세상에 전해지고 《전당시》에 그의 시 9권이 수록되어 있다.

18 우연히 적노라(偶題)_사공도(司空圖)

水榭花繁處,　　물가의 정자 꽃 무성한 곳
春晴日午前.　　봄 날씨 맑은 오전에
鳥窺臨檻鏡,　　새들은 난간에 다가와 비춰보고
馬過隔牆鞭.　　말은 담 너머로 채찍 맞으며 지난다.

🌸 시 해설

이 시는 봄날의 아름다운 경치를 형상화하면서 무성한 꽃과 해, 움직이는 새, 채찍을 맞으며 지나가는 말을 묘사했는데, 네 구가 서로 대구가 되도록 경물을 나열했다.

반덕여(潘德興, 1785~1839)는 사공도의 <만제(漫題)>, <우제(偶題)>, <잡제(雜題)> 등의 소시를 논하면서 웅혼한 기풍은 없지만 "그윽한 정취가 많다(亦多幽致)"(<養一齋詩話>)고 평했다.

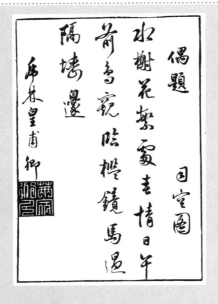

● 서예가 소개

호림 사람 황보경(皇甫卿)의 글씨다.

● 화보 해설

　　그림 하단에는 말을 타고 떠나는 주인
을 전송하는 시동의 모습을 그렸고, 이
모습을 안주인인 듯한 부인이 물가 정자
의 누각에서 걱정스럽게 지켜보고 있다.
경치 좋은 물가 정자에 새들이 날아와
맑은 수면이 거울인양 비춰보며, 버들과
꽃이 정자를 뒤덮었다. 이처럼 화창한 봄
날에 주인공은 무슨 일이 있어 채찍을
휘두르며 급히 떠나는 것일까.

● 시 원작자 소개

　　사공도(837~908)의 자는 표성(表聖)이고 자호는 지비자(知非子), 내욕거사(耐辱居士)이며 하중(河
中) 우향(虞鄕, 지금의 山西 永濟) 사람이다. 함통 10년(869)에 진사에 급제했으며 왕응(王凝)으로부
터 인정을 받아 장기간 그의 막부에서 종사했다. 후에 광록시주부(光祿寺主簿), 예부낭중(禮部郎中)
등직을 역임했다. 황소가 장안을 공략하자 사공도는 하중으로 물러나 거주했다. 후에 소종(昭宗)
의 부름을 받았으나 질병 때문에 고사했다. 후량(後梁) 개평(開平) 2년(908)에 애제(哀帝)가 피살되
었단 소식을 듣고 단식하다가 사망했다. 그의 시는 근체시가 많으며 은일을 읊조리고 경물을 묘
사한 내용이 가장 많다. 저작으로 ≪사공표성시집(司空表聖詩集)≫이 있고 ≪전당시≫에 그의 시
3권이 수록되어 있다.

19 호남으로 가는 사람을 전송하며(送人遊湖南)__두목(杜牧)

賈傅松醪酒,　　가의의 고택과 송진 막걸리

秋來美更香.　　가을 오면 미주는 더 맛나리라.

憐君片雲思,　　그대의 뜬 구름 같은 마음 어여삐 여기노니

一棹去瀟湘.　　홀로 노 저어 상수로 가는구나.

🌸 시 해설

≪전당시≫의 제목은 <호남으로 가는 설종을 전송하며(送薛種遊湖南)>이다. 이는 강가에서 손님을 전송하는 시다. 시속에 이별의 슬픔이 엿보인다. 가련한 친구는 뜬 구름, 외로운 배처럼 혼자서 호남으로 간다. 친구를 객지로 보내는 작자는 상대방을 애써 위로하고 있다. 호남은 아름다운 곳이고 그곳엔 한대 장사왕(長沙王) 가의(賈誼, 200 B.C.~168 B.C.)의 유적이 있으며, 송진으로 빚은 호남의 특산 미주가 있다고. 가을이 다가오면 술맛이 더 나게 마련이다. 가의 고택은 호남성 장사시(長沙市) 태평가(太平街)에 있으며 호남성 중점문물보호단위이기도 하다.

● 서예가 소개

　호림 사람 이장춘(李長春)의 글씨다.

  부둣가에서 두 선비는 마주서서 읍한 채 아쉬운 작별을 나누고 있다. 앞엔 사공이 곧 출발할 태세를 보이며 긴 노를 물속 깊이 넣었고, 밑에 있는 시동은 무료하게 여행하는 동안 주인 친구의 목을 축여줄 술 단지를 들고 있다. 서로 헤어지기 아쉬워하고 걱정해주며 위로해주는 말이 화폭 밖에까지 전해지는 듯하다.

● 시 원작자 소개

  두목(803~853)의 자는 목지(牧之), 경조 만년(지금의 섬서 서안) 사람이며 재상 두우(杜佑, 735~812)의 손자다. 조상들이 장안 번천(樊川)에 거주했기 때문에 세상 사람은 '두번천(杜樊川)'이라 불렀다. 어려서부터 뭇 서적을 두루 읽었고 용병술을 즐겨 이야기했다. 대화 2년(828)에 진사에 합격했고 또 현량방정과(賢良方正科)에 합격하여 홍문관교서랑이란 관직을 받았다. 감찰어사, 좌보궐(左補闕), 황주자사(黃州刺史), 사훈원외랑(司勳員外郎) 등직을 역임했고 중서사인의 관직을 맡을 때 사망했다. 세상 사람들은 '두사훈(杜司勳)', '두사인(杜舍人)'이라 불렀다. 두목은 만당의 대가로, 시, 서, 화에 모두 뛰어나 이상은(李商隱, 약 813~858)과 더불어 '소이두(小李杜)'라고 불렀다. 작품으로는 ≪번천문집(樊川文集)≫(20권)이 있고 ≪전당시≫에 그의 시 8권이 전한다.

20 군중에서 성루에 올라(軍中登城樓)_ 낙빈왕(駱賓王)

城上風威冷,	성위 바람의 위세 거세고
江中水氣寒.	강 속 물 기운 차갑도다.
戎衣何日定,	어느 날 군복을 벗고
歌舞入長安.	가무 즐기며 장안에 입성할까?

❀ 시 해설

  당시 낙빈왕은 서경업(徐敬業, ?~684) 군중에 있었다. 서경업은 광택(光宅) 원년(684) 9월에 양주에서 봉기했는데, 이 시는 작자가 양주에 머물 당시 9, 10월경에 썼으며, 고된 군중 생활과 승리에 대한 기대감을 묘사했다. 이 시에서는 성위에 부는 바람, 강 속의 물이 차가움으로 힘든 군영 생활을 묘사했다. '가무를 즐기며 장안에 입성하는(歌舞入長安)' 것은 무측천을 토벌하고 개선하길 바라는 일종의 희망이자 신념이다. 마지막 구는 북제(北齊) 시대 조정(祖珽)의 <종북정시(從北征詩)>에서 따왔다. 낙빈왕은 한때 반란군 진영에 몸담았고 피살되었기 때문에 이 시도 중시 받지 못해 널리 알려지지도 않았다.

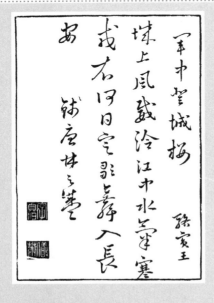

● 서예가 소개

  전당 사람 임지성(林之盛, 1551~1620)의 글씨다. 임지성의 자는 정백(貞伯), 호는 경암(儆庵)이고 전당(지금의 항주) 사람이다. 만력 4년(1576)에 거인이 되었고 경운(慶雲)·융평령(隆平令), 응천부추관(應天府推官)을 역임했다. 향년 70세. 서화에 뛰어났으며 저작으로는 <건이고(建夷考)>, <응시명신고(應諡名臣考)> 등이 있다.

● 화보 해설

　왼쪽 상단의 성 꼭대기에는 군영의 깃발이 휘날리는 가운데 세 사람이 밖의 동정을 살피고 있고, 하단의 한 인물은 배를 저으며 정박시키고 있다. 반면에 성 건너편은 거칠게 표현하여 아무런 적의 동정을 그리지 않았다.

● 시 원작자 소개

　　낙빈왕(약 627~684)의 자는 관광(觀光)이고 무주(婺州) 의오(義烏, 지금의 절강에 속함) 사람이다. 신동으로 7세에 시를 지었으며 제로(齊魯) 지방에서 10여 년간 한거하다가 장안에 올라가 대책(對策) 시험에 합격했다. 봉예부(奉禮部), 무공주부(武功主簿), 시어사(侍御史), 임해현승(臨海縣丞) 등직을 역임했는데, 세상 사람들은 '낙임해(駱臨海)'라고 불렀다. 후에 서경업의 봉기군에 가담하여 무측천(武則天, 624~705)을 토벌했는데 저명한 <무조를 토벌하는 격문(討武曌檄)>과 같은 군중의 격문은 모두 그의 손에서 나왔다. 봉기군이 패배하자 피살되었다. 일설에서는 도망하여 승려가 되었다고도 한다. 7언 악부시를 잘 지었으며 오언율시도 뛰어나다. 왕발(王勃, 649~676), 양형(楊炯, 650~약 693), 노조린(盧照隣, 약 637~약 689)과 더불어 '초당사걸(初唐四傑)'이라 부른다. 《낙빈왕문집》이 세상에 전하며 《전당시》에 그의 시 3권이 전한다. 그의 무덤이 남통(南通) 낭산(狼山) 자락에 있다.

21 국화(菊)__진숙달(陳叔達)

霜間開紫蒂,　　서리 가운데 보라색 꽃 피고
露下發金英.　　이슬 아래엔 노란 꽃 피었다.
但令逢采摘,　　다만 꽃 꺾는 사람 만나기만 한다면
寧辭獨晚榮.　　홀로 늦게 무성함이 뭐 그리 대수이랴!

❀ 시 해설

　이 시는 영물시다. ≪전당시≫의 제목은 <국화를 읊으며(詠菊)>이다. 시인은 국화를 빌려 자신이 적극적으로 세상에 뛰어들 생각을 펼쳤다. 앞의 두 구는 서리와 이슬을 두려워하지 않는 정결한 국화의 자태를 묘사했고, 서리와 이슬로 깊은 가을임을 알려준다. 뒤의 두 구는 시적 화자의 감정을 표출했다. 남에게 인정받고 나라의 부름을 받기만 한다면야 대기만성도 무방하다는 뜻이다. 이 시는 영물을 빌려 자신의 내심을 말하고 있다.

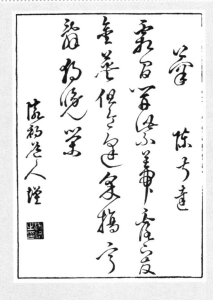

● 서예가 소개

　탕환(湯渙)은 절강 인화 사람으로 자는 요문(堯文), 호는 인초(隣初)다. 융경(隆慶) 연간에 거인이 되었으며 강음교유(江陰敎諭), 한림대조(翰林待詔), 군승(郡丞) 등을 역임했다. ≪강양지(江陽志)≫에서는 "서예에 뛰어나 흰 비단을 가지고 찾아오면 피곤한 기색이 없이 응대했지만, 유독 황금과 비단으로는 부를 수 없었다(工翰墨, 持縑素素者, 應之無倦色, 獨不可以金帛致)"고 했고, 명대 첨경봉(詹景鳳, 1532~1602)의 <첨씨소변(詹氏小辨)>에 "탕환의 해서는 우세남을 배웠고 행서는 조맹부를 배웠으며 초서는 회소(懷素, 725~785)를 배웠는데, 모두 일품에 들 수 있다(湯書楷學虞, 行學趙, 草書學懷素, 幷入能品)"고 평했다.

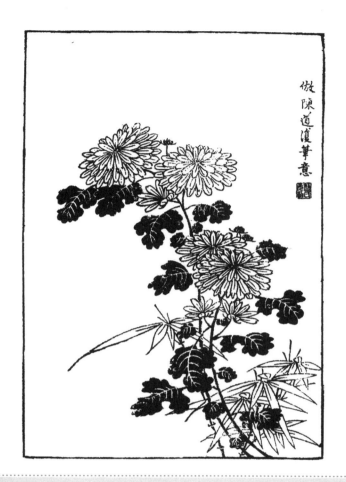

● 방진도복필의(倣陳道復筆意)

진도복(陳道復, 1483~1544)은 명화가로 초명은 순(淳)이고 자는 도복(道復)이다. 이후 자는 복보(復甫)로 개명했고 호는 백양산인(白陽山人)이며 장주(長洲, 지금의 강소 吳縣) 사람이다. 경학, 고문, 시사, 서예에 정통했고 특히 꽃 그림에 뛰어났다. 서위(徐渭, 1521~1593)와 함께 '청등백양(靑藤白陽)'이라 불렸으며 저작으로는 ≪백양집(白陽集)≫이 있다.

이 그림은 배경을 여백으로 남겨두고 국화만을 강조하여 화면 중심에 부각시켰다. 그리고 그 아래에 국화가 풍기는 이미지가 비슷한 대나무 잎사귀를 그렸다.

● 시 원작자 소개

진숙달(?~635)의 자는 자총(子聰)이고 오흥 장성(長城, 지금의 절강 長興) 사람이다. 진조(陳朝) 선제(宣帝)의 열여섯 번째 아들이며 의양왕(義陽王)에 봉해졌다. 십여 세 때 즉석에서 시를 지을 줄 알았다. 당대에 들어와 승상부주부(丞相府主簿), 황문시랑(黃門侍郎)을 역임했으며 강국공(江國公)에 봉해졌다. 정관(貞觀) 연간에 예부상서를 지내다가 사망했다. 그는 태종 때 저명한 궁체(宮體) 시인이다. ≪전당시≫에 그의 시 11수가 남아 있다.

22 갈대 늪에 혼자 배 띄우고(葭川獨泛)__노조린(盧照隣)

獨舞依盤石,	혼자 춤추다 반석에 기대고
群飛動輕浪.	무리지어 나니 물결 가볍게 인다.
奮迅碧沙前,	푸른 모래밭 앞을 떨쳐 날며
長懷白雲上.	늘 흰 구름 위를 마음에 떠올린다.

🌼 시 해설

이 시의 제목은 <갈대 늪에 혼자 배 띄우고(葭川獨泛)>로 되어 있으나, ≪전당시≫의 제목은 <미역 감는 새(浴浪鳥)>로 표기되어 있다. 어디에도 구속을 받지 않으며 자유를 상징하는 새를 노래한 영물 시다. '독무(獨舞)'는 고결함을 의미하고 '군비(群飛)', '분신(奮迅)'은 높고 웅대한 기백을 이른다. '장회 백운상(長懷白雲上)'은 품은 뜻이 고원함을 말한다. 이 시는 청신하고 간략한 시어로 세속을 초탈하고 유유자적한 주인공 형상을 새에 비유하여 묘사했다.

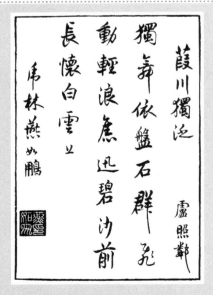

● 서예가 소개

호림 사람 연여붕(燕如鵬)의 글씨다. 연여붕은 연익운(燕翼雲)으로 자호는 수운도(垂雲道)이며 서예에 뛰어났다.

　이 그림의 어부는 배를 띄우고 낚싯대
를 드리우긴 했으나 낚시에는 관심이 없
는 듯 반쯤 누워 있다. 복장도 어부의 것
이 아니라 도사나 선비의 의복인 듯이다.
화면 상단의 구름과 고고한 백로의 모습
등의 이미지를 종합해보면 마치 선경을
그린 듯하다.

● 시 원작자 소개

　　노조린(634~약 680)의 자는 승지(昇之), 자호는 유우자(幽憂子)이며 유주(幽州) 범양(范陽, 지금
의 河北 涿州) 사람이다. 정관 23년(649) 전후 등왕부(鄧王府 : 李元裕) 전첨(典籤)이 되어 중시를 받
았고 사마상여(司馬相如)로 비견되었다. 일찍이 신도위(新都尉)를 맡았는데 풍질(風疾)에 걸려 사직
하고 태백산(太白山), 구자산(具茨山) 등지에 은거하여 단약을 복용하며 요양했다. 후에는 질병에
시달리다가 견디지 못하고 영수(潁水)에 투신자살했다. 칠언 가행(歌行)에 뛰어났고 문채가 화려하
다. '초당사걸'의 하나다. 지금은 ≪유우자집(幽憂子集)≫이 전하고 ≪전당시≫에 그의 시 2권이
실려 있다.

23 낙엽을 읊으며(詠葉)_공덕소(孔德昭)

早秋驚葉落,	이른 가을 낙엽 지는 소리에 놀라
飄零似客心.	영락함이 나그네 마음 같도다.
翻飛未肯下,	나부끼는 바람에 떨어지려 하지 않으니
猶言惜故林.	옛 숲이 그립다 말하는 듯하다.

❀ 시 해설

이 시는 낙엽을 빌려 고향을 그리는 정을 표현했다. 초가을의 나뭇잎이 이리저리 떠도는 나그네의 외로운 마음처럼 의지할 데 없어 바람 부는 대로 나부낀다. 위아래로 흔들리며 땅에 떨어지려 하지 않는 모습이 마치 나뭇가지에 한없이 미련을 두는 것 같은데, 고향을 그리는 뜻을 기탁했다. 의인화 수법이 뛰어난 작품이라 하겠다.

교연(皎然, 약 720~약 800)의 ≪법식(法式)≫, ≪문원영화(文苑英華)≫, ≪전당시≫에는 공소안(孔紹安, 577~약 626)의 <낙엽(落葉)>으로 되어 있다.

● 서예가 소개

허광조(許光祚)의 자는 영장(靈長)이고 관서(關西, 지금의 섬서에 속함) 사람이다. 만력 초년에 거인이 되었고 태평현(太平縣, 지금의 절강 溫嶺縣) 지현(知縣)을 역임했다. 탕환과 동향인데, 해서는 우세남, 행서는 조맹부, 초서는 회소를 배웠으며 당시 사람들은 '탕허(湯許)'라 불렀다. ≪영장집(靈長集)≫ 초집(初集)이 세상에 전한다.

방진희필의 (倣陳熹筆意)

진희(陳熹)의 자는 충백(沖白)이고 호림
(지금의 항주 서북쪽) 사람으로 명대 서
화가다. 그림 하단에는 전송을 받으며 말
타고 길 떠나는 인물을 그렸고, 왼쪽의
나무에서는 떨어지는 낙엽을 그려 가을
을 암시해준다. 나무도 잎이 다 떨어진
것과 윗부분만 떨어진 줄기, 그리고 아직
떨어지지 않은 굽은 줄기를 구분하여 표
현해 실감을 부여했다.

시 원작자 소개

공덕소(?~621)는 회계(會稽, 지금의 절강 소흥) 사람이다. 수나라 때 경성승(景城丞)을 맡았고
후에 두건덕(竇建德, 573~621) 봉기군에 가담하여 격문을 전담했는데 봉기군이 실패하자 피살되
었다. ≪전당시≫에 그의 시 12수를 수록했다.

공소안은 월주(越州) 산음(山陰, 지금의 절강 소흥) 사람이다. 당 고조 때 내사사인(內史舍人), 비
서감(秘書監)을 역임했다. 명을 받아 ≪양서(梁書)≫를 편찬하였으나 완성하지 못하고 사망했다.
≪전당시≫에 그의 시 7수를 수록했다.

24 밤에 동계로 돌아오며(夜還東溪)__왕적(王績)

石苔應可踐,	돌이끼는 응당 밟을 만하고
叢枝幸易攀.	뭇 가지는 다행히 붙잡기 쉽도다.
青溪歸路直,	청계 돌아오는 길 곧아서
乘月夜歌還.	달빛 받고 노래 부르며 돌아온다.

✿ 시 해설

이 시는 달밤에 집으로 돌아오는 길에서 보고 느낀 점을 묘사했다. 다소 미끄럽긴 하지만 돌이끼를 밟고 손으로 나뭇가지를 붙잡으며 돌아오는데, 청계의 길이 직선으로 나있고 험난하지 않은데다가 달빛이 길을 훤히 비쳐주기 때문에 유유자적하게 노래 부르며 돌아올 수 있다. 이는 초탈하고 한적한 작자의 심정을 대변해주는 시라고 하겠다. 시어가 진솔하고 소박하며 탈속적인데, 위진(魏晉) 시대의 풍격을 보여준다. 청계는 지금의 산서 하진(河津) 황협산(黃頰山) 오근령(午芹嶺)에 있다.

● 서예가 소개

명강(明綱)은 호림의 스님으로 자는 종랑(宗朗)이고 서예에 뛰어났으며 숭정 10년(1637)에 <악지화축(樂志畫軸)>를 그렸다.

● 방이사훈필의 (倣李思訓筆意)

이사훈(李思訓, 651~716 혹은 653~718)은 당대 화가로 자는 건(建), 건경(建景)이고 성기(成紀, 지금의 甘肅 天水) 사람으로 산수, 수석 그림에 뛰어났다. 명대 화가 동기창(董其昌, 1555~1636)은 그를 '북종(北宗)'의 조종으로 추앙했다.

이 그림에서는 한 손으로 나무를 붙잡고 한 손엔 죽장을 비껴든 인물 뒤로 봇짐을 지고 뒤따르는 시동을 그렸다. 그 아래엔 길 따라 흐르는 계곡물을 긴 선으로 표현했다.

● 시 원작자 소개

왕적(589~644)의 자는 무공(無功)이고 강주(絳州) 용문(龍門, 지금의 산서 河津) 사람이다. 수나라 때 비서성정자(秘書省正字)를 지냈으나 조정에 있는 게 싫고 공명을 무시하여 양주(楊州) 육합현승(六合縣丞)으로 나가길 요구했다. 거만하고 방종하며 술을 너무 즐겼다가 탄핵되어 벼슬을 버리고 고향에 돌아갔다. 술을 제재로 삼은 시가 많은데, 이로써 현실에 대한 불만을 표현했다. 당대에 들어와 문하성(門下省) 대조(待詔)를 지냈으며 족질(足疾) 때문에 그만두고 동고(東皐)에 은거하여 사람들은 '동고자(東皐子)'라고 불렀다. 문풍이 자연스럽고 시풍은 평담하며 질박하다. ≪왕무공문집(王無功文集)≫이 있고 ≪전당시≫에 그의 시 1권이 수록되었다.

25 이른 봄에 들판을 바라보며(早春野望)__왕발(王勃)

江曠春潮白,	강은 넓고 봄물 하얀데
山長曉岫青.	산은 길고 새벽 산봉우리 푸르다.
他鄉臨眺極,	타향에서 곁눈질해보니
花柳映邊亭.	꽃 버들이 변방 정자에 비친다.

🌸 시 해설

　이 시는 경물 묘사를 빌려 고향을 그리는 마음을 부각시켰다. 강바닥은 드넓고 얼음이 녹기 시작하여 '봄물이 하얗다(潮白)'고 표현했다. 아침 해가 아직 떠오르지 않아 산색은 여전히 몽롱한 청록색을 띠고 있어 '새벽 산봉우리가 푸르다(曉岫靑)'고 했다. 시인은 이를 보며 오랫동안 서있다가 날이 밝기 시작하자, 봄풀, 봄꽃, 부드러운 버들의 그림자가 행인이 지나가며 쉬는 정자에 움직이기 시작한다. 그러나 시적 화자가 돌아갈 조짐은 보이지 않는다. '타향', '변정' 등의 시어로 볼 때 이 시는 작자가 영왕(英王 : 고종 일곱째아들 李顯, 나중에 중종으로 부임)의 투계를 성토하는 격문을 지었다가 고종의 분노를 사서 사천 지역을 떠돌 때 지었거나, 아니면 관노를 죽인 자신의 죄에 연좌되어 지금의 베트남 하노이로 좌천된 부친을 뵙기 위해 찾아가는 도중 변경 근처에서 지었을 지도 모른다.

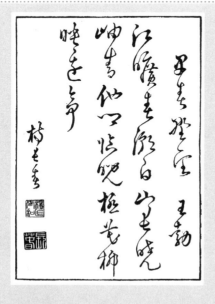

● 서예가 소개
　양장춘(楊長春)이 쓴 글씨다.

방이당필의 (倣李唐筆意)

이당(李唐, 1085~1165)은 남송 서화가로 자는 희고(晞古)이고 하양(河陽) 삼성(三城, 지금의 하남 孟州) 사람이다. 시문, 서화에 모두 뛰어나 남송 화원의 맹주로 '남송 4대가' 가운데 한 사람이다.

이 그림에서는 수양버들을 드리운 정자 앞에서 주인공이 뒷짐을 지고 멀리 내다보는 정경과 그 뒤에서 허리를 비스듬히 굽히고 지시를 기다리는 시동의 모습을 그렸다.

● 시 원작자 소개

왕발(650~676)의 자는 자안(子安)이고 강주 용문(龍門, 지금의 산서 河津) 사람이다. 수대 말기의 유학자 왕통(王通, 584~617)의 손자다. 어려서부터 지혜로워 14세에 과거에 급제하여 신동이라 불렸다. 일찍이 패왕부(沛王府 : 고종의 여섯째아들 章懷太子 李賢) 수찬(修撰), 괵주참군(虢州參軍) 등직을 역임했다. 26세 때 교지령(交趾令)으로 좌천된 부친 왕복치(王福畤)를 찾아가는 도중에 강서 남창(南昌)에서 <등왕각서(滕王閣序)>를 지었다. 그리고 남지나해를 건너다가 불행히도 물에 빠져 숨졌다. 향년 27세. '초당사걸'의 하나다. 지금은 ≪왕자안집(王子安集)≫이 전하고 ≪전당시≫에 그의 시 2권이 수록되었다.

26 바람(風)__이교(李嶠)

解落三秋葉,	가을 낙엽 떨어뜨리고
能開二月花.	봄 꽃 피울 수 있도다.
過江千尺浪,	강 건너면 천 길 물결 일고
入竹萬竿斜.	대숲 들어오면 온 가지 숙인다.

🌸 시 해설

첫 구는 낙엽을 떨어트리는 가을바람을, 둘째 구는 온갖 꽃을 피우게 하는 봄바람을 묘사했다. 셋째, 넷째 구는 물결을 세차게 일게 하는 겨울바람과 대나무에 사각사각 부는 숲속의 여름바람을 묘사했다. 두 구마다 엄정한 대구를 써서 선명한 대비를 이루는데, 시구에 '풍(風)'자를 한 자도 쓰지 않고 바람의 특징을 정확하고도 세밀하게 묘사했다.

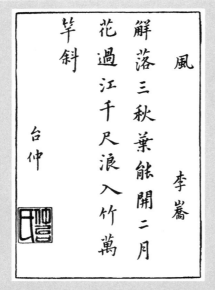

● 서예가 소개

허상경(許相卿)의 자는 백대(伯臺), 대중(臺仲)이고 호는 구기(九杞), 운촌(雲村), 의산당(宜山棠), 구기산인(九杞山人)이며 절강 해령(海寧) 사람이다. 시와 서예에 뛰어났으며 저작으로 ≪운촌집(雲村集)≫이 있다.

● 방주극정필의 (倣朱克正筆意)

　주단(朱端)의 자는 극정(克正)이고 명대 화가로 해염(海鹽, 지금의 절강에 속함) 사람이다. 명 효종(孝宗) 홍치(弘治) 14년 (1501)에 진사가 되었으며 무종(武宗)이 '일초(一樵)'라는 도장을 하사하자, 이를 호로 삼았다. 인물, 산수, 화목, 영모(翎毛)에 뛰어났는데 절파(浙派)의 한 사람이다. <죽석도(竹石圖)>, <연강만조도(煙江晚眺圖)> 등이 세상에 전한다.

　이 그림은 S자형으로 구도를 잡아 상단은 윤곽선으로 연결된 나지막한 산을 그렸다. 산 밑 우측에는 강위에 떠있는 섬과 산 사이에 배 두 척이 보인다. 하단의 우측에는 강가 수목 사이로 집 한 채를 희미하게 그렸다. 시의(詩意)를 표현하기 위해 배의 돛과 강가의 나뭇가지를 바람에 흔들리는 모습으로 표현했다.

● 시 원작자 소개

　　이교(645~714)의 자는 거산(巨山), 조주(趙州) 찬황(贊皇, 지금의 하북에 속함) 사람이다. 20세에 진사에 급제하여 난대소감(鸞臺少監), 지봉각시랑(知鳳閣侍郎), 동평장사(同平章事) 등직을 역임했다. 무측천의 총애를 받던 장역지(張易之, ?~705)에게 의탁했다가 통주자사(通州刺史)로 폄적되었다. 후에는 다시 불려나가 수문관대학사(修文館大學士), 회주자사(懷州刺史) 등직을 역임했고 조국공(趙國公)에 봉해졌다. 소미도(蘇味道, 648~705)와 병칭되어 '소리(蘇李)'라고 부르며 최융(崔融, 653~706), 두심언(杜審言, 약 645~708), 소미도와 함께 '문장사우(文章四友)'라고 부른다. 지금은 ≪이교집(李嶠集)≫이 전하며 ≪전당시≫에 그의 시 5권이 수록되었다.

27 강루(江樓) __위승경(韋承慶)

獨酌芳春酒,	홀로 향긋한 봄 술 마시고
登樓已半曛.	누각에 오르니 반쯤 취했다.
誰驚一行雁,	누가 기러기 떼 놀라게 했나
衝斷過江雲.	강위 구름을 뚫고 날아가누나.

🌸 시 해설

이 시는 작자가 영남으로 유배당했을 때 쓴 작품으로 봄날 경치를 묘사했다. 앞의 두 구는 봄날 혼자서 술에 취해 강가의 성루에 올라 조망하다가 북으로 날아가는 기러기 떼가 강가의 구름을 뚫고 날아가는 모습을 묘사했다. '등루독작(登樓獨酌)', 즉 누각에 올라 혼자 술 마신 것은 유배 생활의 수심을 풀기 위해서다. 이때 하늘을 올려다보다 놀라 줄지어 날아가는 기러기를 통해 작자는 자신의 처지를 연상시키며 이를 시화했다. 둘째구의 석양빛 '훈(曛)'자가 취할 '훈(醺)'자로 표기된 판본도 있다.

● 서예가 소개

호림 사람 장미보(張微甫)가 쓴 글씨다.

● 방동원필의 (倣董源筆意)

　　동원(董源(?~962)은 오대 남당(南唐)의 화가로 자는 숙달(叔達)이고 종릉(鍾陵, 지금의 강서 進縣 서북쪽) 사람이다. 일찍이 북원부사(北苑副使)를 지내서 사람들은 '동북원(董北苑)'이라 불렀고 거연(巨然)과 더불어 '동거(董巨)'라고 불렀다. 수묵화, 산수화를 잘 그렸고 <소상도(瀟湘圖)> 등이 전한다.

　　이 그림은 누각을 사이에 두고 양쪽으로 크고 울창한 수목이 감싸고, 왼쪽에는 절벽이 우뚝 서있다. 누각 안에는 술상을 마주한 주인공과 시동이 앉아 있으며, 다리 위에도 한 사람이 누각을 향해 걸어오고 있다. 그리고 허공의 구름 위엔 기러기 떼가 V자형으로 날아가고 있다.

● 시 원작자 소개

　　위승경(640~705)의 자는 연휴(延休)이고 경조 두릉(지금의 섬서 서안) 사람이다. 무후(武后) 때의 재상 위사겸(韋思謙, ?~689)의 아들이다. 진사에 급제하고 태자사의랑(太子司議郎), 봉각시랑(鳳閣侍郎), 봉각난대평장사(鳳閣鸞臺平章事) 등직을 역임했다. 중종(中宗)이 복위하자 장역지에게 의탁했다는 죄명으로 영남(嶺南)으로 유배당했다. 후에 비서원외소감(秘書員外少監)으로 들어갔고 ≪측천실록(則天實錄)≫을 편찬한 공로로 부양현자(扶陽縣子)에 봉해졌다. ≪전당시≫에 그의 시 7수가 수록되었다.

28 우연히 주인의 별장에 노닐다가(偶遊主人園)__하지장(賀知章)

主人不相識,　　주인장, 서로 알지 못하지만
偶坐爲林泉.　　우연히 앉은 건 산수 때문이오.
莫漫愁沽酒,　　술값 없다 허튼 걱정 마소
囊中自有錢.　　내 주머니엔 돈이 있으니.

🌸 시 해설

시의 제목은 <우연히 주인의 별장에 노닐다가>로 되어 있으나 작자는 별장의 주인을 알지 못한다. ≪전당시≫의 제목이 <원씨 별장에 노닐다가(題袁氏別業)>이니 그 주인이 원 씨임을 알겠다. 이 시는 여요(余姚) 양농진(梁弄鎭)에서 지었다. 양농은 당대의 역참(驛站)으로 이백, 맹교, 피일휴, 육구몽, 유장경, 활수(滑壽, 1304~1386) 등이 노닐면서 시를 남겼던 곳이다. 그리고 양농엔 후인들이 그를 기념해 지은 하수교(賀水橋), 하계(賀溪) 등이 남아 있다. 작자는 별장 주인의 허락도 받지 않고 별장 안으로 들어온 것은 다른 뜻이 아니라 이곳 주변의 경치를 감상하기 위해서고, 또 자신에게 술 살 돈은 충분히 있으니 주인이 공돈을 쓸 필요는 없다고 호언한다. 해학적인 풍격이 살짝 보이기도 한다. 자칭 '사명광객(四明狂客 : 사명산의 미친 손님)'답게 이 시에서는 호방하고도 솔직한 시풍을 보여주며, 유유자적하고 세속에 초연한 정감을 드러낸다.

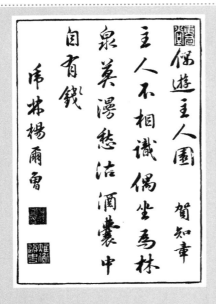

● 서예가 소개

호림 사람 양이증(楊爾曾)이 쓴 글씨다.

● 방천치필의 (倣天馳筆意)

천치(天馳, 1464~1538), 즉 장로(張路)의 자는 천치(天馳)고 호는 평산(平山)이며 상부(祥符, 지금의 하남 開封) 사람이다. 특히 인물화를 잘 그렸고 절파의 한 사람이다. <취소여선도(吹簫女仙圖)>가 세상에 전한다.

이 그림은 다른 그림과는 달리 상단과 하단 두 화면으로 나뉜다. 상단 화면에선 폭포를 바라보는 시인, 별장 주인과 다리 근처에 서있는 시동을 그렸다. 하단엔 주기를 내건 주점과 나무를 그렸는데, 시동이 오른손을 내민 모습으로 보아 주인으로부터 돈을 받아 술을 사올 모양이다.

● 시 원작자 소개

하지장(659~744)의 자는 계진(季眞), 회계(會稽) 영흥(永興, 지금의 절강 蕭山) 사람이다. 어려서부터 문명(文名)을 떨쳤으며 무측천 증성(證聖) 원년(695)에 진사에 급제했고 태상박사, 공부시랑(工部侍郎), 비서감(秘書監), 태자빈객(太子賓客)을 역임했으며 세상 사람들은 '하감(賀監)'이라 불렀다. 그는 서예와 시에 뛰어났고 특히 초서와 예서에 뛰어났다. 오월(吳越) 문사 포용(包融, 695~764), 장욱(張旭, 675~약 750), 장약허(張若盧, 약 660~약 720)와 함께 '오중사사(吳中四士)'라고 불렸다. 성격이 분방하고 술을 좋아하여 스스로 '사명광객'이라 불렀고, 이백 등 8인과 합쳐 '음중팔선(飮中八仙)'이라 불렸다. 지금은 ≪하비감집(賀秘監集)≫이 있고 ≪전당시≫에 그의 시 1권이 수록되었다.

29 삼월 규수의 원망(三月閨怨)__원휘(袁暉)

三月時將盡, 춘삼월 다 지나가건만
空房妾獨居. 빈방엔 나 홀로 기거한다.
蛾眉愁自結, 미인의 근심 스스로 쌓여
蟬髮沒情梳. 머리빗을 마음조차 없다.

❀ 시 해설

이는 대언체(代言體) 규원시(閨怨詩)다. 즉 여성을 내세워 남성을 원망하는 시를 지음으로써 자신의 시대적 불만이나 회재불우의 정서를 간접적으로 표출한 시다. 이 시에서는 독수공방하는 아가씨의 형상을 묘사했다. 봄은 본래 만물을 소생시키며 춘정을 싹트게 한다. 그러나 주인공은 이미 독수공방한 지 오래, 남은 봄을 맞이한 그녀는 자신의 청춘이 허망함을 느끼고 슬픔에 젖어 단장할 엄두도 나지 않는다. ≪전당시≫의 제목은 <삼월 규수의 감정(三月閨情)>이고, 첫째구의 '시(時)'는 '춘(春)', 마지막 구의 '선(蟬)'은 '빈(鬢)'으로 되어 있다. 어떤 판본에서는 장열(張說, 667∼730)의 시라고도 한다.

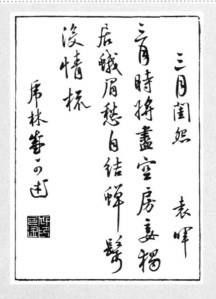

● 서예가 소개
호림 사람 성가술(盛可述)이 쓴 글씨다.

● 화보 해설

이 그림은 규방 안에서 병풍을 뒤로 하고 탁자에 턱을 괴고 앉은 여인의 모습을 그렸다. 화면 하단의 담장과 너럭바위 앞의 난간을 평행으로 그어 여성의 규방 공간임을 표시한다. 용마루에는 문수(吻獸 : 건축 용마루 끝에 있는 동물 형상의 조각품)가 장식되어 있다. 이를 척문(脊吻), 치미(蚩尾), 치문(鴟吻)이라고도 하는데, 전설에서 치우(蚩尤)는 수신(水神)이다. 그래서 치미를 지붕 위에 얹었는데 화재를 물리친다는 뜻을 가지고 있다. 치(蚩)는 나중에 치(鴟)로 잘못 바뀌었다. 그래서 치미(蚩尾)를 치미(鴟尾)로 잘못 표기하고 치문(蚩吻)도 치문(鴟吻)으로 잘못 썼다. 흔히 도깨비기와라고 불리는 귀면와(鬼面瓦)도 그것의 일종이다. 서까래와 처마 사이의 띠 모양의 장식이 섬세한데 주인의 성격을 반영한 듯하다. 규방의 여성은 다리를 꼬고 둥근 걸상에 비스듬히 걸터앉았고 탁자 위에는 화병, 거울, 책자가 놓여 있다.

● 시 원작자 소개

원휘는 경조(지금의 섬서 서안) 사람이다. 경운(景雲) 2년(711)에 문이경국과(文以經國科)에 급제하여 좌보궐(左補闕), 예부원외랑(禮部員外郎), 중서사인 등직을 역임했다. ≪전당시≫에 그의 시 8수가 수록되었다.

30 죽리관(竹里館)_왕유

獨坐幽篁裏,	나 홀로 그윽한 대숲에 앉아
彈琴復長嘯.	거문고 타다 휘파람 길게 불어본다.
深林人不知,	깊은 숲 아는 사람 없어
明月來相照.	밝은 달이 찾아와 비춘다.

❀ 시 해설

이 시는 왕유 ≪망천집(輞川集)≫의 제17수다. 작자가 홀로 깊숙한 대나무 숲에서 거문고를 타며 길게 휘파람 부는 고아한 정취를 묘사했다. 앞의 두 구는 수려하고 그윽한 대나무 숲을 표현했는데, 한가로운 대숲에서의 정취를 아는 사람은 없고 밝은 달만이 그와 어울릴 따름이다. 이 시에서는 상당히 절제된 언어로 시각성(회화성)과 청각성을 강하게 형상화하였다. 그리고 왕유는 불교에 심취했기 때문에 이 시에서도 선적인 의경을 표출했다.

照 俞汝忠藎臣　嘯深林人不知明月來相　獨坐幽篁裏彈琴復長　竹里館 王維

● 서예가 소개

유여충(俞汝忠)의 자는 신신(藎臣)이고 명대 서화가다.

● 방이성필의 (倣李成筆意)

이성(李成, 919~967)의 자는 함희(咸熙)고 대대로 장안에서 살았다. 관동(關仝, 907~960), 범관(范寬, ?~1031)과 더불어 북송 3대 산수화가로 불린다. 그의 집안 대대로 유학에 조예가 깊었고 시문에 능통하여 큰 뜻을 품었으나 뜻을 이루지 못해 산수화를 그리며 소일했다. 그는 고원(高遠)·심원(深遠)·평원(平遠)이라는 '3원법(三遠法)'을 절묘하게 운용했으며 특히 평원법을 위주로 산동성 일대의 산수를 잘 묘사했다. 움직이듯 죽 이어져 있는 산봉우리, 약동적인 구름과 돌, 가물거리는 아지랑이를 대부분 담묵(淡墨)으로 그려내어 사람들이 꿈이나 안개 속에 있는 것처럼 깊은 사념에 젖게 했다. 그림속의 산과 바위가 살아있는 듯한데, 이 준법(皴法)을 '권운준(捲雲皴)'이라 부른다. '준법'이란 동양회화에서 산이나 바위의 입체감과 질감을 나타내기 위해 사용한 기법을 말한다.

● 시 원작자 소개

왕유(701~761)의 자는 마힐(摩詰)이다. 원적은 태원(太原) 기현(祁縣, 지금의 산서에 속함)이며 포주(蒲州, 지금의 산서 永濟)로 이주하여 살았기 때문에 하동(河東) 사람이 되었다. 개원 9년(721)에 진사가 되었고 태악승(太樂丞), 우습유(右拾遺) 등직을 역임했다. 안사의 난 때 장안이 반란군에게 함락되자 그는 반란군에게 사로잡혀 낙양으로 끌려가 관직을 맡게 되었는데, 나중에 이러한 경력을 시로 지어 불만을 표출한 바 있다. 장안을 수복한 뒤 태자중윤(太子中允)으로 강등되었고 태자중서자(太子中庶子), 중서사인, 우승상(右丞相) 등직을 역임했다. 세상 사람들은 '왕우승(王右丞)'이라 불렀다. 왕유는 다재다능하여 시, 서, 화에 정통했다. 남종화의 시조로 불리기도 한다. 소식은 그의 "시 속에 그림이 있고, 그림 속에 시가 있다"고 극찬했다. 맹호연(孟浩然, 689~740)과 더불어 '왕맹(王孟)'이라 불렀으며 성당 전원시파의 대표자다. 지금은 《왕우승집(王右丞集)》이 전하고 《전당시》에 그의 시 4권이 수록되었다.

31 강가의 매화(江濱梅)__왕적(王適)

忽見寒梅樹,　　문득 차가운 매화나무 바라보니
開花漢水濱.　　꽃이 한수 물가에 피었다.
不知春色早,　　봄빛이 이른 줄 모르고
疑是弄珠人.　　구슬 갖고 노는 사람인 줄 알았다.

❀ 시 해설

　이 시는 저명한 영물시다. 매화가 너무 일찍 피었기 때문에 '홀견(忽見)', '부지(不知)'라고 표현했고 매화의 아름다움을 미녀로, 매화의 탈속적인 면모를 속세에 내려온 선녀로 의인화하여 묘사했다. 시에서는 '한고신녀(漢皐神女)'의 전고를 써서 매화의 아름다움과 사람에게 주는 무한한 상상력을 형용했다. 주나라 정교보(鄭交甫)가 남쪽 초나라로 가는 도중 한고에서 두 여자를 만났는데, 크기가 계란만한 구슬을 차고 있었다. 정교보가 구슬을 달라하자 두 선녀는 구슬을 풀러주고 길을 떠났는데, 돌아보니 구슬도 없어지고 두 선녀도 사라졌다고 한다.(≪한시외전≫) 왕적의 시는 고작 5수만 남아 있는데, 명대 양신(楊愼)의 ≪승암시화(升庵詩話)≫에서는 이 시를 가리켜 "≪당음≫에서 이를 선록했는데, 이 시가 절묘하다(≪唐音≫選之, 一首足佳矣)"고 말했다. 그리고 호응린(胡應麟)의 ≪시수(詩藪)≫에서도 고금의 매화시를 논하며 왕적을 극찬했다.

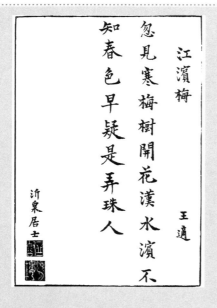

● 서예가 소개
기천거사(沂泉居士)가 쓴 글씨다.

● 화보 해설

　이 그림은 아찔한 절벽을 기준으로 화
폭을 대각선으로 나누었다. 밑에는 강물
이 흐르고 절벽 가운데 강가에는 S자형
으로 굽은 매화나무를 그렸다. 남쪽으로
향한 매화는 활짝 피어 있지만, 북쪽으로
향한 매화는 꽃망울이 져있거나 필 준비
가 한창이다. 하얀 매화를 강조하기 위해
상당히 큼직하게 그렸다.

● 시 원작자 소개

　왕적은 유주(幽州, 지금의 북경 서남) 사람이다. 무후 때 이부(吏部)에 명령하여 호명(糊名 : 시
험 답안지에 종이를 붙여 이름을 가림)으로 현재(賢才)를 뽑게 했다. 왕적은 이 시험에서 2등으로
선발되어 옹주사공참군(雍州舍功參軍)을 지냈다. 일찍이 촉(蜀)에 폄적되었을 때 진자앙(陳子昂, 약
661~702)의 <감우시(感遇詩)>를 보고 왕적은 깜짝 놀라며 "이 사람은 문종에 틀림없다(此子必爲
文宗矣)"고 말했다. ≪전당시≫에 그의 시 5수가 수록되었다.

32 화자강(華子岡)_배적(裴迪)

落日松風起,　　해 지자 솔바람 일어
還家草露晞.　　귀가 길에 풀 이슬 말랐다.
雲光侵履跡,　　구름 빛은 발자국 적시고
山翠拂人衣.　　산의 푸름이 사람 옷 떨친다.

❀ 시 해설

이는 배적이 왕유와 창화한 ≪망천집≫의 두 번째 시다. 산속에서 솔바람이 불어오자 풀 위의 이슬이 말라버리고, 집으로 돌아가는 도중에 구름 그림자가 걸린 초목이 울창하다. 이 시는 맑고 그윽한 환경을 보여주면서 자신의 스산한 정취를 돋보이게 한다. 화자강의 자연미를 시각·청각적으로 절절히 포착한 시라고 하겠다.

왕유의 원시 <화자강>은 다음과 같다.

飛鳥去不窮, 새는 끝없이 날아가고
連山復秋色. 이어진 산줄기 다시 가을 옷 입는다.
上下華子岡, 화자강을 오르내리니
惆悵情何極. 애끓는 마음 어찌 다하리?

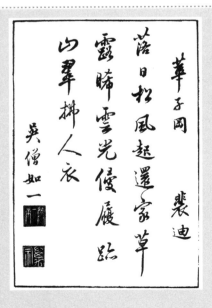

● 서예가 소개
　오승(吳僧) 여일(如一)이 쓴 글씨다.

● 방마린필의 (做馬麟筆意)

마린(馬麟)은 송대 화가로 마세영(馬世榮)의 손자, 마원(馬遠, 1190~1279)의 아들이다. 원적은 하중(河中, 지금의 산서 영제)인데 남도 후에 전당으로 이사했다. 인물, 산수, 화조를 잘 그렸으며 <층첩수초도(層疊水綃圖)>, <석양추색도(夕陽秋色圖)> 등이 세상에 전한다.

이 그림은 수염을 길게 기르고 장삼을 드리운 인물이 앞을 바라보고 있고, 그 뒤엔 시동이 허리를 비스듬히 구부린 채 서있다. 원경의 왼쪽 상단엔 구름과 산을 윤곽선을 그어 표시했고, 근경의 굽은 소나무, 산속의 암석, 초목은 비교적 세밀한 필치로 그렸다.

● 시 원작자 소개

배적은 문희(聞喜, 지금은 산서에 속함) 사람이며 일설에는 관중(關中, 지금의 섬서) 사람이라고도 한다. 천보 연간에 일찍이 왕유, 최흥종(崔興宗) 등과 종남산(終南山)에 은거하며 이들과 창화했다. 왕유가 안사의 난 때 적에게 붙잡혀 낙양(洛陽) 보리사(菩提寺)에 구금되었던 기간에 배적이 비밀리 찾아와 만나보았다. 천보 연간 이후에 촉주자사(蜀州刺史)를 지냈으며 상서성(尙書省)에서 임직했다. 두보와도 창화한 시가 있는데, 배적은 성당 전원산수시파의 중요한 시인이며 오언절구에 뛰어났다. ≪전당시≫에 그의 시 29수가 수록되었다.

33 계곡에 거주하며(溪居)__배도(裴度)

門徑俯淸溪,	문 앞길은 청계 굽어보고
茅簷古木齊.	띠집 처마는 고목과 가지런하다.
紅塵飄不到,	붉은 먼지 날려 오지 않고
時有水禽啼.	때때로 물새가 울부짖노라.

🌸 시 해설

배도는 명신(名臣)으로 정사에 근면했다. 당시 환관의 전횡이 심했는데 배도는 무고당해 재상의 자리를 잃었다. 그는 국사, 정사에 실망하여 낙양 집현리(集賢里)에 저택을 짓고 '녹야당(綠野堂)'이라 부르고 은거하였다. 이 시는 바로 그 당시 지었다.

문 앞에는 맑은 계곡 물이 흐르고 처마 앞엔 하늘을 찌를 듯한 고목이 서있다. 게다가 물새가 짹짹거려서 자연의 분위기를 더해준다. 그래서 작자는 '붉은 먼지 날려 오지 않는다.(紅塵飄不到.)'고 표현했다. 붉은 먼지는 인간 세상의 시끄럽고 번잡한 일을 가리킨다. 이 시에서는 세속의 번잡한 일에 대한 염증을 표현했는데, 사실은 현실에 대한 불만이자 격분이다. 생리적으로나 심리적으로 편안함을 느끼게 해주는 시라고 하겠다.

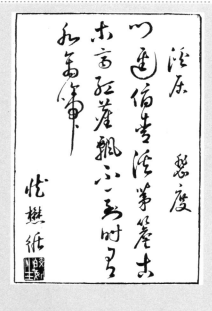

● 서예가 소개

장무순(臧懋循, ?~약 1621)의 자는 진숙(晉叔), 호는 고저(顧渚), 장흥(長興) 사람이다. 만력 연간에 진사가 되었고 남국자감(南國子監) 박사를 역임했다. 박학강기(博學強記)하여 백가(百家)에 정통했고 서예에도 뛰어났다. 저술로는 ≪고시소(古詩所)≫, ≪당시소(唐詩所)≫, ≪원곡선(元曲選)≫ 등이 있다. 시문집 ≪부포당고(負苞堂稿)≫가 세상에 전한다.

● 방고극공필의 (倣高克恭筆意)

고극공(高克恭, 1248~1310)은 원대 화가로 자는 언경(彦敬), 호는 방산도인(房山道人)이다. 선조는 서역(위그르족) 사람인데 만년에는 전당에서 거주했다. 산수화를 잘 그렸고 시에도 능통했다. <춘산욕우도(春山欲雨圖)> 등이 세상에 전한다.

이 그림은 화면을 상, 중, 하 3단으로 나눴다. 상단의 산은 실루엣 풍으로 처리하고 그 경계를 미점(米點)으로 지워나가듯 표현했다. 그리고 물가 정자 안에는 주인공이 전방을 응시하며 날아다니는 물새를 관조하고 있다.

● 시 원작자 소개

배도(765~839)의 자는 중립(中立)이고 하동 문희(聞喜, 지금의 산서에 속함) 사람이다. 정원(貞元) 5년(789)에 진사에 급제했고 교서랑(校書郞), 하음위(河陰尉), 감찰어사, 기거사인(起居舍人) 등 직을 역임했다. 원화 10년(815)에 승상을 맡았고 병사를 이끌고 오원제(吳元濟, 783~817)의 반란을 진압하여 진국공(晉國公)에 봉해졌다. 후에 무고당해 여러 번 폄적되었다. 개성(開成) 2년(837)에 다시 하동절도사(河東節度使)를 제수 받았다. 개성 4년에 조정으로 돌아온 뒤 사망했다. 지금은 ≪배진공집(裵晉公集)≫이 전하고 ≪전당시≫에 그의 시 1권이 수록되었다.

34 뜰의 대나무(庭竹)_유우석(劉禹錫)

露滌鉛華節,　　이슬은 마디의 흰 가루 씻어내고
風搖靑玉枝.　　바람은 청옥빛 가지를 흔든다.
依依似夫子,　　의젓한 모습 군자 같아
無地不相宜.　　어디서나 잘 자란다.

✿ 시 해설

　이는 사물에 기탁하여 자신의 뜻을 밝힌 영물시다. 이 시는 꾸밈없는 대나무를 묘사했는데 자연스럽고 청신한 맛이 있으며 군자의 풍격이 깃들어 있다. 특히 대나무는 생명력이 강해 어디서나 자랄 수 있다. 진(晉)의 왕희지는 대나무를 뜰에 심고는 "하루라도 이 군자가 없으면 안 된다(不可一日無此君)" (≪진서·왕희지전≫)고 말했다. 당대의 백거이는 <양죽기(養竹記)>에서 군자는 뜰에 대나무를 심는다고 말했다. 그러나 직접적으로 대나무를 군자에 비긴 사람은 유우석이 최초가 아닐까한다. 송대 이후부터 문인은 매, 란, 국, 죽을 '사군자'라 불렀다. 유우석은 일찍이 여러 번 황량한 지방관으로 좌천되었는데, 그가 나쁜 세력가에게 고개를 숙이지 않는 기백과 결심을 반영했다. 첫구의 '연화(鉛華)'는 ≪전당시≫에선 '연분(鉛粉)'으로 되어 있다.

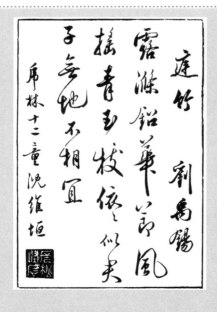

● 서예가 소개
　호림 사람 12동 심유원이 쓴 글씨다.

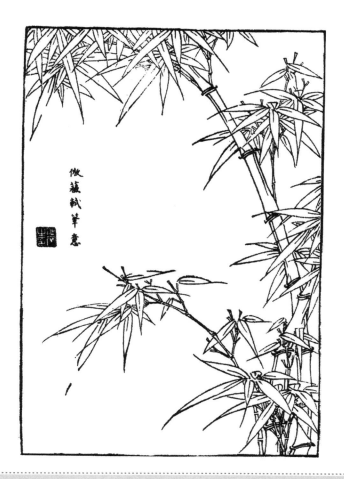

● 방소식필의(倣蘇軾筆意)

소식(蘇軾, 1037~1101)의 자는 자첨(子瞻), 종중(種仲), 호는 동파거사(東坡居士)이고 미산(眉山, 지금의 사천에 속함) 사람으로 북송 문학가, 서화가다. 가우(嘉祐) 2년(1057)에 진사가 되었으나 벼슬길이 평탄치 않아 여러 번 좌천되었다. 부친 소순(蘇洵, 1009~1066), 아우 소철(蘇轍, 1039~1112)과 함께 '삼소'라고 불리며 '당송팔대가' 가운데 하나다. 해서, 행서에 뛰어나 채양(蔡襄, 1012~1067), 황정견(黃庭堅, 1045~1105), 미불과 함께 '송사가(宋四家)'라 불렸다. 특히 대나무 그림을 잘 그렸으며 <고목괴석도(枯木怪石圖)>, <죽석도(竹石圖)> 등이 세상에 전한다.

이 그림에서는 대나무의 특성을 가는 필선으로 부각시켰다. 배경을 여백으로 남겨두어 관객의 시선을 대나무에만 집중시킨다. 대나무는 품행이 방정하고 성정이 올곧은 겸허한 군자를 상징한다.

● 시 원작자 소개

유우석(772~842)의 자는 몽득(夢得)이고 낙양 사람이다. 정관 9년(793)에 진사에 급제했고 태자교서(太子校書), 위남주부(渭南主簿), 감찰어사 등직을 역임했다. 왕숙문(王叔文, 753~806)의 혁신운동에 참가했다가 누차 폄적 당했다. 개성 원년(836)에 태자빈객으로 들어가 동도(東都)를 관장했는데, 세상 사람들은 '유빈객(劉賓客)'이라 불렀다. 후에는 비서감분사(秘書監分司)가 되었고 검교예부상서(檢校禮部尙書)를 지내다가 사망했다. 유우석은 백거이와 함께 '유백(劉白)', 유종원과 함께 '유류(劉柳)'라고 불렸으며 백거이는 그를 '시호(詩豪)'라고 불렀다. 저작으로 ≪유몽득집≫이 있고 ≪전당시≫에 그의 시 12권이 수록되었다.

35 밤에 친구가 방문하여(友人夜訪)_백거이(白居易)

簷間清風簟,	처마 사이로 대자리에 맑은 바람 불고
松下明月杯.	소나무 아래 술잔에 밝은 달 비친다.
幽意正如此,	그윽한 정취 바로 이와 같은데
況乃故人來.	하물며 옛 친구가 찾아옴에라.

❀ 시 해설

이 시는 원화 9년(814), 백거이가 하규(下邽)에 살 때 지었다. 백거이는 일찍이 자신의 시를 풍유(諷諭), 한적(閑適), 감상(感傷), 잡률(雜律) 시 등 네 부류로 나눴는데, 이 시는 한적시에 속한다. 시인이 처마 앞에 대자리 깔자 청풍이 솔솔 불어오고, 소나무 아래에 술상을 벌이자 술잔 속에 밝은 달이 비친다. 이렇게 그윽한 야경을 즐기고 있다가, 때마침 찾아온 친구와 더불어 정담을 나눈다.

첫째구의 '첨간(簷間)'이 '첨전(簷前)'으로 표기된 판본도 있다.

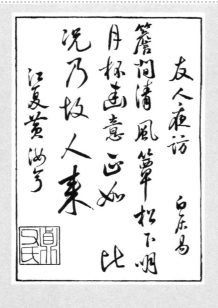

● 서예가 소개

황여형(黃汝亨)은 강하(江夏, 지금의 호북 武漢 일대) 사람으로 자는 정보(貞父), 정보(貞甫)이고 호로는 남병(南屛), 우용자(寓庸子), 운상헌(雲上軒), 옥형주인(玉衡主人), 우림거사(寓林居士), 소봉래재(小蓬萊齋) 등이 있다. 서예에 뛰어났다.

● 화보 해설

　이 그림은 정자와 소나무 사이에 대자리를 깔고 술상을 마주하며 하늘 높이 뜬 초승달과 별을 감상하고 있는 시적 화자와 그의 친구를 그렸다. 두 사람 뒤에 앉은 동자는 한 손에 부채를 들고 불을 지피고 있는데, 그의 시선도 하늘을 향해 있다. 정자를 사이에 두고 우뚝 솟은 바위와 지붕의 키를 훌쩍 넘은 소나무 두 그루 사이의 구도가 특히 달 밝은 밤에 보면 환상적일 것이다.

　이 그림에서 주안상은 소나무에 의해 반쯤 가려져 있다. 당시 주안상엔 무슨 술과 안주가 올랐을까? 애주가의 한 사람으로 궁금하기만 하다.

● 시 원작자 소개

　백거이(772~846)의 자는 낙천(樂天)이고 원적은 태원(지금의 산서에 속함)이고 하규(下邽, 지금의 섬서 渭南)로 옮겨 살았는데, 그는 신정(新鄭, 지금의 하남 新鄭)에서 태어났다. 정원 16년(800)에 진사에 급제했고 주질위(盩厔尉), 좌습유, 좌찬선대부(左贊善大夫) 등직을 역임했다. 상서를 올려 직간했다가 여러 번 폄적 당했다. 원화 10년(815)에 강주사마(江州司馬)로 좌천되었다. 사상적으로는 '겸제천하(兼濟天下)'에서 '독선기신(獨善其身)'으로 전향했다. 후에는 비서감, 형부시랑(刑部侍郎), 태자소부(太子少簿) 등직을 역임했고 형부상서를 마지막으로 은퇴했다. 백거이는 만년에 낙양에 은거하여 불교에 귀의했는데 자호는 '취음선생(醉吟先生)', '향산거사(香山居士)'다. 그는 신악부운동을 제창했으며 원진(元稹)과 함께 친하게 지냈다. 지금은 ≪백씨장경집(白氏長慶集)≫이 전하며 ≪전당시≫에 그의 시 39권이 수록되었다.

36 봄 새벽(春曉)_맹호연(孟浩然)

春眠不覺曉,　　봄잠에 날 새는 줄 몰랐는데
處處聞啼鳥.　　여기저기 새 소리 들린다.
夜來風雨聲,　　밤사이 비바람 소리에
花落知多少.　　꽃은 얼마나 떨어졌는지?

🌸 시 해설

　이 시는 평이하고도 자연스럽기로 유명한 맹호연의 오언절구 절창이다. 시인은 제목이나 첫 구에서 암시하는 것처럼 봄을 연상하면서 생리적인 춘곤증을 떠올렸다. 그래서 봄잠에 흠뻑 빠져 날 새는 줄도 모르고 잠에 취해 있다. 새벽이 되어 시인의 잠을 깬 주체는 사람이 아니라 새들이다. 새벽에 울부짖는 새의 울음소리를 통해 시적 화자가 잠든 사이에 비바람이 세차게 불어온 줄 추측할 뿐이다. 새 우는 소리, 빗소리와 같은 청각을 통해 화창한 봄날의 시각적 아름다움을 시구에 끌어들이지 않고 생략한 채, 모든 것을 이 시를 읽는 독자의 시각적 상상에 맡기고 있다. 고요한 봄밤, 찬란한 봄꽃, 봄비, 날이 갠 뒤의 청신한 정경 등. 그리고 마지막 구에서는 지나가는 봄을 애석해하는 뜻을 내비친다.

● 서예가 소개
　호림 사람 장일선(張一選)의 글씨다.

임량(林良, 약 1416~1480)의 자는 이선(以善), 남해(南海, 지금의 廣東에 속함) 사람으로 명대 원체(院體) 화조화 화가이며, 근대 영남화파의 선구자다. 명 영종(英宗) 때 조정에서 근무했으며 금의위지휘(錦衣衛指揮)를 지냈다. 지금 전하는 그림으로는 <산다백우도(山茶白羽圖)>, <쌍응도(雙鷹圖)> 등이 있다.

이 그림에서는 봄이 무르익어 만개한 꽃과 꽃을 시샘하듯 입을 벌리고 있는 새를 그렸다. 새가 바라보는 시선이 하늘이 아니라 떨어지는 꽃잎인 것으로 보아 새 소리에 놀라 꽃이 저절로 떨어지는 듯한 모습을 그렸다. 그러니까 시에서 꽃을 떨어뜨린 주체는 비바람이지만, 이 그림에선 새로 표현된다.

● 시 원작자 소개

맹호연(689~740)의 이름은 호(浩), 자는 호연(浩然)이며 양양(지금의 호북 襄樊市) 사람이다. 일찍이 고향의 녹문산(鹿門山)에 은거했으며 진사 시험에 응시했으나 급제하지 못했다. 후에 장강, 회수(淮水) 등지에 유람했으며 개원 25년(737)부터 형주자사 장구령의 빈객이 되었다. 740년 왕창령이 양양으로 놀러왔을 때 함께 생선을 안주삼아 술을 마셨는데, 이때 등에 종기가 심해져 사망했다고 한다. 성당 산수 전원시파의 대표 시인이다. 지금은 ≪맹호연집≫이 있고 ≪전당시≫에 그의 시 2권이 수록되었다.

37 북루(北樓)__한유(韓愈)

郡樓乘曉上,　　새벽에 괵주군 북루에 올라

盡日不能回.　　하루 종일 돌아오지 않는다.

晚色將秋至,　　황혼에 가을이 오려는지

長風送月來.　　장풍이 달을 보내오노라.

❀ 시 해설

이 시는 원화 9년(814)에 지은 것으로, 연작시 <괵주 유 급사 사군 삼당에 새로 지은 시에 봉답한 21수(奉和虢州劉給事使君三堂新題二十一詠)> 가운데 한 편인데, 성루에 올라 감상한 가을 풍경을 묘사했다. 제목의 유 사군은 유백추(劉伯芻, 755~815)인데 당시 급사에서 괵주자사로 부임했으며 한유와 친하게 지냈다. 앞의 두 구는 시인이 이른 아침에 성루에 올라 가을 감상에 흠뻑 젖어 저녁이 되어도 내려올 줄 모르는 정경을 묘사했다. 뒤의 두 구는 직접적으로 가을 저녁 무렵의 경치를 묘사했다. 석양이 지자 스산한 가을 기운이 대지를 뒤덮는다. 높은 성루에 차가운 바람이 불고 밝은 달이 서서히 떠오른다.

● 서예가 소개

진원소(陳元素)의 자는 고백(古白), 효평(孝平), 금강(金剛)이고 호는 소옹(素翁), 처곽선생(處廓先生), 장주(長洲, 지금의 강소 소주) 사람으로 명대 서화가다. 만력 34년(1606)에 향시에 응시하여 급제하지 못했지만 뭇 서적을 두루 읽어 일시에 이름을 떨쳤다. 시문, 서화에 정통했는데 해서는 구양순과 닮았고 초서는 왕희지, 왕헌지를 배웠다. 산수화에 뛰어났으며 <묵란도(墨蘭圖)>, <난죽도(蘭竹圖)> 등이 세상에 전한다.

이 그림은 휘영청 달 밝은 가을날 밤에 관복을 입고 이층 누각에 앉아 주변 경관을 감상하는 주인공을 그렸다. 그리고 그 밑에는 언제부터 대기하고 있었는지 모를 마부와 말이 지루한 표정으로 주인의 하명을 기다리고 있다. 언제든지 출발할 수 있도록 안장을 얹은 말도 지친 듯 고개를 숙이고 있다.

● 시 원작자 소개

한유(768~824)의 자는 퇴지(退之)이고 하남 하양(河陽, 하남 孟州市) 사람이다. 후에 한유는 자신의 본관을 창려(昌黎) 한 씨라고 소개했기 때문에 세상 사람은 그를 '한창려(韓昌黎)'라고 불렀다. 정원 8년(792)에 진사에 급제했고 사문박사(四門博士), 국자박사(國子博士), 중서사인 등직을 역임했다. 불골을 맞아들이려는 헌종(憲宗)에게 반대하는 상서를 올렸다가 호주자사(湖州刺史)로 좌천되었다. 후에 부름을 받아 병부시랑, 경조윤(京兆尹), 이부시랑 등직을 역임했다. 세상 사람은 '한문공(韓文公)', '한이부(韓吏部)'라고 불렀다. 그는 고문, 시가의 이론과 창작에서 중대한 성과를 얻었는데, '당송팔대가' 가운데 한 사람이다. 지금은 ≪창려선생집≫이 전하며 ≪전당시≫에 그의 시 10권이 수록되었다.

38 근 박사에게(答靳博士)__장구령(張九齡)

上苑春先入,　　　상원에 봄이 먼저 들고
中園花盡開.　　　중원엔 꽃 만개했도다.
唯餘幽徑草,　　　남은 외진 길의 풀들만
尚待日光催.　　　아직도 햇빛 기다린다.

❀ 시 해설

　《전당시》의 제목은 <태상 근 박사가 시를 보여주기에 절구 한 수로 답하며(答太常靳博士見贈一節)>이다. 이 시는 봄날의 경물 묘사를 통해 사회에서 버림받은 사람을 내버려두지 말고 양지로 끌어줄 것을 비유한 영물시다. 첫 두 구는 궁중 정원의 만물이 햇빛을 받아 무럭무럭 자라는 광경을 묘사했는데, 이로써 신하가 황제의 은총을 입는 것으로 비유했다. 뒤의 두 구는 외진 길가에서 자라 생기가 없는 봄풀을 묘사했는데, 그곳엔 햇빛이 들지 않기 때문이다. 이로써 신하가 군주에게 버림받은 것으로 비유했다.

　이 시는 일반적인 영물시가 아니라 비흥(比興) 수법을 운용하여 시인 자신을 포함해 힘없고 소외된 사람도 황제, 고관에게 관심 받기를 갈망한다.

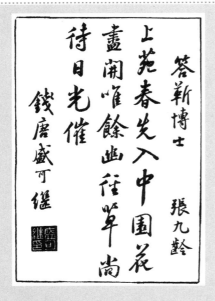

● 서예가 소개

　성가계(盛可繼, 1563~1620)는 전당 사람으로 행서를 잘 썼다. 《시여화보》에도 그의 글씨가 들어 있다.

● 방이함필의 (倣李咸筆意)

이함(李咸)은 이성(李成)이다. 이성에 대해서는 77쪽 참조. 이 그림은 중단에 궁궐을 뒤덮을 정도로 무성한 버드나무를 그렸으며 버드나무 사이로 복사꽃이 만개했다. 화면 하단에는 말을 탄 인물이 다리를 건너려고 하는 모습을 그렸다. 그리고 그 뒤론 시동이 왼손 어깨엔 일산을 메고, 오른손엔 짐을 들고 힘겹게 따라오고 있다. 버드나무를 배경으로 하여 왠지 쓸쓸한 감정이 묻어난다.

● 시 원작자 소개

장구령(678~740)은 일명 박물(博物)이고 자는 자수(子壽)이며 소주(韶州) 곡강(曲江, 지금의 廣東 韶關市) 사람인데 세상 사람은 '장곡강(張曲江)'이라 부른다. 무후 장안(長安) 2년(702)에 진사에 급제했고 동중서문하평장사(同中書門下平章事), 중서령(中書令)을 역임했다. 조정에 들어가 아부하지 않고 강직했는데, 개원 시대의 현상(賢相) 중의 하나였다. 나중엔 이임보(李林甫, 683~752)에게 잘못 보여 형주장사로 좌천당했다. 그는 진자앙의 뒤를 이어 성당의 시풍을 연 시단의 영수였다. 작품으로 ≪장곡강선생문집(張曲江先生文集)≫이 있고 ≪전당시≫에 그의 시 3권을 수록하였다.

39 눈을 만나 부용산에서 자면서(逢雪宿芙蓉山)_유장경(劉長卿)

日暮蒼山遠,	해 저물자 푸른 산 멀어지고
天寒白屋貧.	날씨 추운데 빈민의 집 초라하다.
柴門聞犬吠,	사립문에 개 짖는 소리 들리니
風雪夜歸人.	눈보라 치는 밤 누가 돌아오나 보다.

❀ 시 해설

≪전당시≫의 제목은 <눈을 만나 부용산 주인댁에서 자면서(逢雪宿芙蓉山主人)>로 되어 있다. 이 시는 부용산 속에서 눈을 만나 밤에 투숙하는 정경을 묘사했다. 부용산은 강소성 의흥시(宜興市) 양선산(陽羨山)의 동쪽에 있는데, 유장경은 대력(大曆) 연간에 양선산에 별장을 가지고 있었다. ≪전당시≫ 권148에 실린 유장경의 <저주 사군 이유경이 보낸 시를 받고 화답하며(酬滁州李十六使君見贈)> 시 원주(原註)에 "이공과 나는 양선산 속에 새로 별장을 짓고 그와 뜻을 같이하며 이 시를 짓는다.(李公與予俱於陽羨山中新營別墅, 以其同志, 因有此作.)"라고 언급했다. 이공은 이유경(李幼卿)으로 양선산에 옥담장(玉潭莊)이란 별장을 가지고 있었다.(≪당시기사≫ 권27)

첫 구에서는 길가기 어려움을, 둘째 구는 청빈한 숙박지를 묘사했는데, 이는 모두 작자가 본 장면이다. 셋째, 넷째 구에서는 귀로 들은 소리를 묘사했다. 사립문에서 개가 짖고 깊은 밤에 여행객이 찾아온다. 이 같은 상황에서 사람을 만났으니 그 얼마나 기뻤으랴!

극작가 오조광(吳祖光, 1917~2003)은 이 시의 주제를 바탕으로 극본 <풍설야귀인(風雪夜歸人)>(1942)을 쓴 바 있다.

중국의 부용산은 위의 시에 나오는 강소성 의흥시 말고도 여러 군데가 있다.

1) 산동성 임기시(臨沂市) 남쪽 부용호(芙蓉湖) 위에 있는 산

2) 복건성 민후현(閩侯縣)에서 북쪽으로 60리 떨어진 곳에 있으며 이 산의 영동(靈洞 : 지금의 부용동)에 오대 스님 의존(義存, 822~908)이 산당(山堂)을 열었는데 지금도 석상(石床), 석고(石鼓), 석분(古盆)이 남아 있다고 한다.

3) 호남성 익양시(益陽市) 안화현(安化縣) 선계진(仙溪鎭) 부용촌(芙蓉村)에 있으며 72개의 산봉우리로 이루어져 있다.

4) 호남성 영향현(寧鄕縣) 서쪽에 있으며 옛 이름은 청양산(靑羊山)이다.

5) 사천성 운귀고원(雲貴高原)에 있는 산.

6) 광동 소관시(韶關市)에 있으며 이 산은 한대부터 유명했다. 당시 도사 강용(康容)이 이곳에서 단약을 만들어 후세에 '용산단조(蓉山丹竈)'라는 이름을 갖게 되었으며, 이는 곡강(曲江) 24경의 하나다. 후세 사람들은 강용이 단약을 만들던 곳에 암자를 세우고 '부용고찰(芙蓉古刹)'이라 하였다.

참고로 위에서 언급한 유장경의 시 오언율시 <저주 사군 이유경이 보낸 시를 받고 화답하며>를 한 수 더 보기로 한다.

滿鏡悲華髮, 온 거울에 비친 백발 슬퍼하며

空山寄此身. 텅 빈 산속에 이 내 몸 맡긴다.

白雲家自有, 흰 구름이야 집에도 있지만

黃卷業長貧. 경전에 매달리다 가난에 찌들었다.

懶任垂竿老, 게으르게 낚싯대 드리우며 늙고

狂因釀黍春. 미친 듯이 술을 빚어 마신다.

桃花迷聖代, 복사꽃은 태평성대 홀리고

桂樹狎幽人. 계수나무는 은사 놀린다.

幢蓋方臨郡, 자사 행렬이 비로소 군에 도착하니

柴荊忝作鄰. 누추한 집에 외람되이 이웃 보태노라.

但愁千騎至, 다만 걱정하노니 자사 말이 이를 때

石路却生塵. 돌길에 오히려 먼지만 날릴까봐.

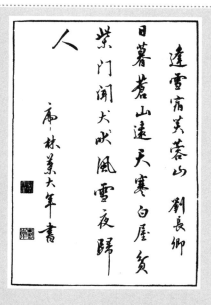

● 서예가 소개

　섭대년(葉大年)은 전당 사람으로 자는 수경(壽卿)이다. 서예와 그림에 뛰어났으며 묵죽(墨竹)과 새를 잘 그렸다.

● 방이소도필의(倣李昭道筆意)

　이소도(李昭道)는 당대 화가로 자는 희
준(希俊)이고 성기(지금의 감숙 천수) 사
람이다. 이사훈(李思訓)의 아들로 산수,
새와 짐승, 누대, 인물 등을 잘 그렸다.
<진왕수렵도(秦王狩獵圖)>, <해안도(海岸
圖)> 등이 세상에 전한다.

　이 그림에서는 추운 겨울날 먼 길을
떠난 주인공과 그를 따르는 시동, 그리고
그를 반갑게 맞이하는 민가의 인물과 사
립문까지 뛰어나온 강아지를 부각시켜
표현했다. 내리는 눈을 피하기 위함인지
주인공은 머리에 수건을 썼으며, 말과 강
아지를 모두 검게 그려 더 춥게 느껴지
도록 표현했다.

● 시 원작자 소개

　유장경(약 714~약 790)의 자는 문방(文房), 선성(宣城, 지금의 안휘에 속함) 사람이다. 천보 연
간에 진사에 급제했고 장주위(長州尉), 남파위(南巴尉), 목주사마(睦州司馬), 수주자사(隨州刺史) 등직
을 역임했는데, 세상 사람은 '유수주(劉隨州)'라고 불렸다. 전기, 낭사원(郞士元), 이가우(李嘉祐)를
합쳐 '전랑유리(錢郞劉李)'라고 불렸다. 유장경은 특히 오언율시에 뛰어나 스스로 '오언장성(五言長
城)'이라 자부했다. 지금은 ≪유장경집≫이 전하는데, ≪전당시≫에 그의 시 5권을 수록했다.

40 천진교 남산 속에서(天津橋南山中)__이익(李益)

野坐分苔石,　　　들판에 나와 이끼 낀 돌에 따로 앉고

山行達菊叢.　　　산길 가다가 국화 밭에 이르렀도다.

雲衣惹不破,　　　구름옷 깨치지 않으려는데

秋色望來空.　　　가을빛 비쳐 허공에 이르도다.

❀ 시 해설

《전당시》의 제목은 <천진교 남산에서 각기 한 구를 적노라(天津橋南山中, 各題一句)>로 되어 있는 데, 이익 단독 작품이 아니다. 첫 구는 이익, 둘째 구는 위집중(韋執中), 셋째 구는 제갈각(諸葛覺), 넷째 구는 가도의 연구(聯句)다. 《전당시》에 1구의 '석(石)'은 '석(席)'으로, 2구의 '달(達)'은 '요(繞)'로 되어 있다.

이 시는 네 명의 시인이 그들의 발자취 따라 감상한 가을날의 높은 기상을 묘사했다. 먼저 이끼 낀 바위에서 잠시 쉬다가 오르기 시작한다. 온통 운무로 휘감아 쌓인 산을 네 시인이 뚫고 지나가면서 이 때의 심정을 '운의야불파(雲衣惹不破)'로 표현했다. 결미에서는 높은 곳에 올라가 내려다보며 맑고 상쾌한 가을날의 즐거움을 만끽하고 있다.

천진교(天津橋)는 수나라 때 건설되어 원나라 때 폐기되었다. 처음엔 부교(浮橋)였으나 후에 석교로 바뀌었다. 수당 때 이 다리는 낙하(洛河) 양안을 연결하는 교통 요지여서 무척 번화했다고 한다. 다리 위에는 사각정이 있었고 다리 초입엔 주루가 있다. '낙양팔경' 가운데 하나가 '천진효월(天津曉月 : 천진교의 새벽달)'이다. 이 터가 발굴되어 지금의 낙양교(洛陽橋) 부근에 복원했다.

천진교는 고대 교통의 요지였던 만큼 수많은 문인들이 이곳을 지나며 천진교의 풍경이나 이를 빌려 세태를 풍자하기도 했다. 천진교를 묘사한 몇 수를 감상해보자.

<낙양교에서 저녁에 바라보며(洛橋晩望)>__맹교(孟郊)

天津橋下冰初結, 천진교 아래에 첫 얼음이 얼자

洛陽陌上行人絶. 낙양 거리엔 행인이 끊어졌다.

楡柳蕭疏樓閣閑, 느릅나무와 버드나무 성기고 누각 한적한데

月明直見嵩山雪. 달은 밝아 곧장 숭산의 눈이 보이노라.

<천진교에서 봄을 바라보며(天津橋望春)>__옹도(雍陶)

津橋春水浸紅霞, 천진교 봄물이 붉은 노을 엄습하고
煙柳風絲拂岸斜. 실버들에 바람 불어 강 언덕 기운 듯하다.
翠輦不來金鎖閉, 황제 수레 오지 않아 금란전(金鑾殿) 문 닫히고
宮鶯銜出上陽花. 황궁에 깃든 꾀꼬리 상양궁의 꽃 물고 나온다.

<천진교 서쪽을 바라보며(天津西望)>__이상은(李商隱)

虜馬崩騰忽一狂, 오랑캐 말 날뛰어 갑자기 미친 듯
翠花無日到東方. 황제는 낙양에 올 날이 없도다.
天津西望腸眞斷, 천진교 서쪽 바라보니 애간장 끊어지고
滿眼秋波出院墻. 궁비들은 궁원의 담장에서 나온다.

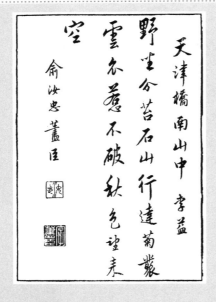

● 서예가 소개
　　유여충(兪汝忠)의 자는 신신(藎臣)이고 명대 서화가다.

● 방고개지필의 (倣顧愷之筆意)

　　고개지(顧愷之, 346~407)는 동진(東晉) 진릉(晉陵, 지금의 강소 無錫) 사람으로 자는 장경(長庚)이다. 시와 서예에 뛰어났고 특히 단청에 뛰어나 '재절(才絶), 화절(畵絶), 치절(癡絶)'이라는 칭호가 있었다.

　　시의 의미대로라면 네 사람이 이끼 긴 돌 위에 앉아 있어야하나, 화가는 네 사람이 쓴 연구시(聯句詩)인줄 몰랐기 때문에 그림에는 한 사람만이 돌 위에 앉아 아래의 시동을 바라보고 있다. 시의를 오해하여 그렸기 때문이다. 인물은 수염을 길게 기르고 얼굴의 정면과 측면을 그렸다. 주인공의 부드러운 이목구비에서 인자함이 풍기며 도사의 풍채가 난다.

● 시 원작자 소개

　　이익(748~827)의 자는 군우(君虞)이고 농서 고장(姑臧, 지금의 甘肅 武威) 사람이다. 대력 4년(769)에 진사에 급제했고 정현주부(鄭縣主簿), 중서사인, 우산기상시(右散騎常侍), 예부상서 등직을 역임했다. 그의 시제가 광범한데 특히 변새시가 유명하다. 칠언절구에 뛰어났으며 "개원 연간 이래로는 마땅히 이익이 으뜸이다.(開元以下, 便當以李益爲第一.)"(호응린(胡應麟) ≪시수(詩藪)・내편(內編)≫ 권6)라는 평가를 받았다. ≪이익집≫이 세상에 전하며 ≪전당시≫에 그의 시 2권을 수록하였다.

　　위집중은 경조(지금의 섬서 서안) 사람으로 원화 5년(810)에 하남현령, 원화 7년에 천주자사(泉州刺史)를 지냈으며 ≪전당시≫에 그의 시 한 수가 실렸다.

　　제갈각은 월주(지금의 절강 소흥) 사람으로 법명은 담연(淡然)으로 한유, 맹교, 가도, 이익 등과 창화한 시가 있다.

　　가도의 자는 낭선(浪仙)이고 유도(幽都, 지금의 북경) 사람이다. 일찍이 장강주부(長江主簿)를 지내어 사람들은 '가장강(賈長江)'이라 부른다. ≪가장강집(賈長江集)≫(10권)이 세상에 전한다.

41 강행(江行)_전기(錢起)

秋寒鷹隼健,	차가운 가을에 새매 건장한데
逐雀下雲空.	참새 쫓아 구름 낀 창공에서 내려온다.
知是江湖闊,	강호가 드넓은 줄 알고는
無心擊塞鴻.	변방 기러기 공격할 마음 사라진다.

✿ 시 해설

≪전당시≫의 이 시 제목은 <강행무제 100수(江行無題一百首)>로 되어 있으며, 그중 제72수다. 이 시는 사물에 기탁하여 세파, 급류에 휩쓸리려고 하지 않는 시인의 담백한 처세관을 표현했다. 여기에서 새매는 나쁜 세력을 상징하며, 참새와 변방 기러기로 무주에 폄적된 자신의 신세를 기탁했다.

전기는 대력 시기의 대표적 시인이다. 이때 안사의 난이 지난 지 얼마 안 되어 당 왕조의 휘황한 시대가 다시는 돌아오지 않아 시인의 심정이 비관적이다. 아울러 시풍도 소침해지고 침체되어 있다.

● 서예가 소개

두대수(杜大綬)는 명대 서화가로 자는 자우(子紆), 오현(吳縣, 지금의 강소 소주) 사람이다. <고목도병서고목부(枯木圖幷書枯木賦)>, <유죽도(幽竹圖)>, <품연도(品硏圖)>(프린스턴대학 예술박물관 소장) 등이 세상에 전한다.

● 방두소릉필의 (倣杜少陵筆意)

두소릉(杜少陵)은 두보다. 두보에 대해서는 41쪽 참조. 두보는 서예에도 뛰어났는데 해서, 예서, 행서, 초서를 잘 썼다고 한다(명 도종의(陶宗儀) ≪서사회요(書史會要)≫).

이 그림은 화조화의 일종이다. 오른쪽 강 언덕엔 가을꽃이 피어 있고 그 밑으로 참새 한 쌍이 내려와 숨는다. 구름 사이로 무시무시하고 날렵한 새매가 뒤쫓아 오기 때문이다.

● 시 원작자 소개

이 시는 <강행무제 100수> 가운데 하나다. 이 백 수의 연작시는 모두 전기의 작품으로 되어 있으나, 사실은 전기의 증손 전후(錢珝)의 작품으로 고증되었다. 이 시는 전후가 중서사인에서 무주사마(撫州司馬)로 좌천되었을 때 지은 시다. 전후의 자는 단문(端文)이고 오흥(지금의 절강 湖州) 사람이다. 광명(廣明) 원년(880)에 진사에 급제했고 일설에는 건부(乾符) 6년(879)에 합격했다고 한다. 태상박사, 남전위(藍田尉), 장육령(章陸令), 중서사인 등직을 역임했다. 건령(乾寧) 2년(895)에 선부낭중지제고(膳部郞中知制誥)를 지냈으며 광화(光化) 3년(900)에 무주사마로 좌천되었다. 전후는 특히 절구에 뛰어났다. ≪전당시≫에 그의 시 1권이 수록되었다. 전후의 시가 전기 시집에 들어간 것이 상당히 많은데, 지금 밝혀진 시가 121수다.

42 산 아래의 샘(山下泉)_황보증(皇甫曾)

漾漾帶山光,	출렁이는 물결엔 산 빛을 띠고
澄澄倒林影.	맑디맑은 물속에 숲 그림자 비친다.
那知石上喧,	어찌 알랴, 돌 위에선 시끄럽지만
却憶山中静.	외려 산속의 고요함 그리워한다.

🌸 **시 해설**

이 시는 산의 샘물을 읊었다. 앞의 두 구는 샘물에 산 빛과 숲 그림자가 비치고 샘물은 고요하며 맑고, 물결은 출렁거리며 흘러간다. 마지막 두 구는 샘물이 졸졸 흘러 마치 인간 세상처럼 근심이나 잡음이 끊임없이 생기는 것 같지만, 깊은 산속에 들어서면 도리어 아무 소리 없이 고요하기만 하다. 동중유정(動中有静)의 경지를 추구하는 시인의 인생관을 보여주는 시다.

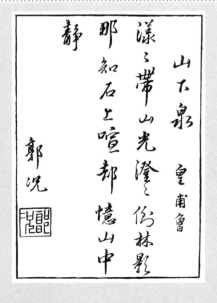

● **서예가 소개**

곽황(郭況)이 쓴 글씨다.

이 그림은 관폭도(觀瀑圖)다. 우뚝 깎아지른 바위에서 떨어지는 폭포 물줄기보다는 바위 위에 강인하게 자라는 수목을 더 부각시켜 그렸다. 앞에는 지팡이를 오른손에 쥐고 떨어지는 물줄기를 감상하는 주인공과 그 뒤에 선 시동을 그렸다. 화폭 정면은 우뚝한 산봉우리를 윤곽선으로 그려 놓았다.

● 시 원작자 소개

황보증(약 723~785)의 자는 효상(孝常)이고 윤주 단양(지금의 江蘇에 속함) 사람이다. 천보 12년(753)에 진사에 급제했고 감찰어사, 전중시어사(殿中侍御史), 음적령(陰翟令) 등직을 역임했다. 그의 형 황보염(皇甫冉, 약 717~770)과 이름을 같이 했으며 모두 시에 뛰어나 당시 '이황보(二皇甫)'라 불렀다. ≪황보증집≫이 세상에 전하고 ≪전당시≫에 그의 시 1권을 수록하였다.

43 시내에서(溪上)__고황(顧況)

採蓮溪上女,	연밥 따는 시내의 아가씨
舟小怯搖風.	배 작아 바람에 흔들릴까 무서워한다.
驚起鴛鴦宿,	잠자던 원앙도 놀라 일어나게 하고
水雲撩亂紅.	물안개는 붉은 연꽃 어지럽힌다.

❀ **시 해설**

이 시는 계곡 물가에서 순식간에 일어난 광경을 묘사했다. 이른 아침에 연밥 따는 아가씨가 작은 배를 저어 시내에서 연밥을 딴다. 배가 너무나 작아 미풍에도 가볍게 흔들리자, 연밥 따는 아가씨는 무서운 생각이 든다. 그런데 갑자기 배를 젓는 소리에 어젯밤 연잎에서 잠들었던 원앙 한 쌍을 놀라게 하여 푸드득 날개 짓하는 바람에 붉은 연꽃, 연잎, 물풀이 어지럽혀진다. 이러한 정경이 연밥 따는 아가씨의 심정을 격동시켜 혼란에 빠진다. 의경이 청신하고 시어가 자연스럽고 생동감이 있으며, 쌍관어(雙關語: '蓮' → '戀')를 사용하여 강남 민가 풍을 띠고 있다.

연밥 따는 노래[採蓮曲]은 제(齊) 나라 경공(景公) 때부터 시작되었다고 한다. 경공은 연밥 따는 배를 만들어 미녀를 시켜 노를 젓게 했다. 뒤에 악부의 곡으로 만들어졌으며 같은 제목으로 수많은 노래가 지어져 불렸다.

● **서예가 소개**

신안 사람 허입언(許立言)이 쓴 글씨다.

● 화보 해설

이 그림은 작은 배를 탄 두 여인을 그렸다. 뒤에 탄 사람은 노를 젓고 앞에 탄 여성은 연밥을 따고 있다. 앞의 여성은 시선을 뒤로 돌린 모습으로 보아 연밥을 따다가 갑자기 놀란 듯 불안한 표정을 짓고 있다. 그리고 연잎에 앉아 잠자던 원앙이 노 젓는 소리에 놀라 강심으로 달아나는 모습을 그렸다.

● 시 원작자 소개

고황(약 727~820)의 자는 포옹(逋翁), 자호는 화양산인(華陽山人), 소주 해염(海鹽) 사람이다. 지덕(至德) 2년(757)에 진사과에 급제했고 염철업에 종사했다. 후에 대리시직(大理寺直), 비서감저작좌랑(秘書監著作佐郎)을 역임했다. <갈매기의 노래(海鷗詠)>를 지어 권세가와 부호를 풍자했다가 요주사호(饒州司戶)로 좌천되었다. 후에 모산(茅山)에서 은거했다. 그의 성격은 강직하고 호방하여 매사에 거리낌이 없었으며 시, 서, 화에 모두 뛰어났다. ≪화양집(華陽集)≫이 세상에 전하고 ≪전당시≫에 그의 시 4권을 수록했다.

봄눈을 읊으며(詠春雪)_위응물(韋應物)

裵回輕雪意,	배회하며 가볍게 내리는 눈의 뜻은
似惜豔陽時.	아름답고 좋은 시절을 그리는 듯.
不知風花冷,	뜻밖에 눈꽃에 바람 불어 날씨 차가워지니
翻令梅柳遲.	도리어 매화, 버드나무 더디 피게 한다.

❀ 시 해설

이 시는 봄눈을 읊으면서 봄 춘(春)자를 강조했다. 봄눈이 배회하면서 가볍게 내리는데, 이는 맑은 봄날을 그리는 듯한 느낌을 준다. 그런데 뜻밖에도 바람이 눈꽃에 불고 날씨가 차가워진다. 봄눈은 겨울눈처럼 차갑진 않으나 미미한 차가움으로 매화는 감히 피지도 못하고 버드나무도 잎을 펼칠 수 없다. 셋째구의 '지(知)'는 ≪전당시≫에선 '오(悟)'자로 되어 있다.

● 서예가 소개

오상(吳湘)은 명대 가정(嘉靖, 1522~1567) 연간 전후에 살았으며 절강 영파(寧波) 사람으로 자는 문남(文南), 호는 백양(白洋)이다. 인물, 풀벌레, 화훼, 그림에 뛰어났으며 봉화(奉化) 노연계(盧硯溪)를 스승으로 삼아 필법이 똑같았으며 후에는 장반산(張半山)에게 배웠다고 한다. 일설에는 안휘 전초(全椒) 사람으로 자는 강균(江筠), 호는 신산도사(神山道士)며 시, 서, 화에 능통했다고 한다.

● 방심사필의 (倣沈仕筆意)

심사(沈仕, 1488~1565)의 자는 무학 (懋學), 자등(子登)이고 호는 청문(青門), 청문산인(青門山人)이며 절강 인화 사람 이다. 특히 산수, 화조를 잘 그렸으며 강 소서(姜紹書)의 ≪무성시사(無聲詩史)≫에 서는 "그의 화조화는 산수화보다 많지만 산수화가 더욱 절묘한 작품에 든다(其花 鳥多於山水, 然山水更入妙品)"고 일컬었다. <화훼도(花卉圖)> 등이 세상에 전한다.

이 그림은 커다란 버드나무 두 그루와 그 밑에서 꽃 핀 매화나무를 그렸다. 그 리고 두 사람이 버드나무 사이로 난 작 은 길을 걷고 있다. 두 인물이 쓴 모자 형태가 특이한데, 눈과 꽃샘추위를 막기 위한 방한모의 일종인 듯하다.

● 시 원작자 소개

위응물(737~약 792)은 경조 만년(지금의 섬서 서안) 사람이다. 천보 말년에 현종을 가까이에 서 모셨다. 후에 태학에 들어가 공부했고 낙양승(洛陽丞), 비부원외랑(比部員外郎), 좌사낭중(左司郎 中) 및 저주(滁州), 강주(江州), 소주 자사 등직을 역임하여 세상에서는 '위소주(韋蘇州)', '위좌사 (韋左司)' 혹은 '위강주(韋江州)'라고 불렀다. 위응물은 시에 뛰어나 일가를 이루었는데, 저작으로 ≪위소주집(韋蘇州集)≫(10권)이 있고 ≪전당시≫에 그의 시 10권을 수록했다.

45 유주 아산에 올라(登柳州峨山)__유종화(柳宗化)

荒山秋日午,	황폐한 산 가을날 정오에
獨上意悠悠.	홀로 오르니 기분 울적하도다.
如何望鄕處,	어찌 고향 쪽 바라볼까!
西北是融州.	서북쪽이 융주라네.

🌸 시 해설

　이 시는 유종원이 유주로 폄적된 뒤 아산에 오르고 나서 썼다. 아산은 유주 경내에 있는데, 이 시에서는 '황산(荒山)'으로 묘사했다. 원화 10년(815), 유종원은 유주자사로 폄적되었다. 임지에 도착하여 유주의 여러 산을 유람하며 <유주 산수 가운데 가볼만한 곳을 찾아서(柳州山水近治可遊者記)>를 썼는데, 이 시도 그때 지은 작품이다. 뜻이 좌절된 데다가 오지라서 친구도 사귈 수 없어 당시 유종원의 심정은 무척 적적했다. 그가 홀로 타지에서 고향을 그리는 심정을 묘사했다. 융주는 유주의 북쪽에 있으며, 지금의 광서 경내에 속한다.

● 서예가 소개
　왕정휘(王廷暉)가 쓴 글씨다.

● 화보 해설

　이 그림은 당대 관리 복장을 갖춰 입은 선비가 너럭바위에 올라 뒷짐을 지고 고개 들어 먼 곳을 응시하는 모습을 그렸다. 하늘엔 새들이 북쪽에서 남쪽으로 날아오며, 건너편 산에는 성벽이 둘러쳐져 있는데, 시의 내용을 봤을 때 융주인 듯하다. 건너편 산과 성벽이 시적 화자의 시선을 가로막고 있어, 고향 쪽을 바라볼 수조차 없게 되었다. 고향을 그리는 주인공의 심사를 아는지 모르는지 비탈길의 초입에 선 시동은 주인이 내려오기만을 지루하게 기다리는 눈치다.

● 시 원작자 소개

　작자는 유종화가 아니라 유종원의 잘못이다. 유종원의 자는 자후(子厚)이고 하동(지금의 산서 永濟) 사람이다. 정원 9년(793)에 진사과에 급제했고 집현전정자(集賢殿正字), 감찰어사(監察御史), 예부원외랑 등직을 역임했다. 왕숙문 혁신 집단에 참여했다가 여러 번 좌천되어 영주사마(永州司馬), 유주자사(柳州刺史) 등직을 역임했는데, 사람들은 그를 '유하동(柳河東)', '유유주(柳柳州)'라고 불렀다. 유종원은 유우석과 친한 사이로 그들의 경력이 대동소이하여 세상에서는 '유류(劉柳)'라고 불렀으며 한유와 함께 고문운동의 제창자였기에 '한류(韓柳)'라 불렸다. 당송팔대가 가운데 한 사람이다. 그는 어려서부터 자신감이 넘치고 또 개혁정치에 종사하다가 수구파의 미움을 받아 오랫동안 남방으로 좌천되었다. 당시 마음에 맺힌 일이 많아 그의 시에는 울분이 흘러넘친다. ≪유하동집(柳河東集)≫이 세상에 전하고 ≪전당시≫에 그의 시 4권을 수록했다.

46 황자피(黃子陂)_사공서(司空曙)

岸芳春色曉,	언덕 꽃향기 봄날 새벽에 풍기고
水影夕陽微.	물그림자는 석양에 희미하다.
寂寂深煙裏,	고요하고 깊은 운무 속에
漁舟夜不歸.	고기잡이배 밤에도 돌아오지 않는다.

❀ 시 해설

 이 시는 어부의 시선을 빌려 스산하고 한적한 정취를 표현했다. 봄날 언덕에 핀 꽃은 향기를 머금고, 황혼이 되자 푸른 물결엔 희미한 석양빛이 비친다. 운무가 깊은 산속에서 어부는 온종일 고기 잡으러 돌아다니느라 집에 돌아올 줄 모른다. 이 시는 이른 새벽, 황혼, 야간 등 세 시기의 사물을 묘사하면서 하루 종일 고기잡이로 분주한 어부를 부각시키고 있다.

 제목의 '황자피'는 황자피(皇子陂)라고도 부르며, 섬서성 장안 위곡(韋曲)의 서쪽에 있다. 진(秦)나라 때 우뚝 솟은 북쪽 고개에 황제의 아들을 매장하여 '황자피' 혹은 '황피(皇陂)'라고 부른다. 이를 소재로 삼은 시로는 백거이의 <대신 백운을 써서 원미지에게 부치노라(代書一百韻寄微之)>, 두보의 <저작랑 정건의 옛집에 쓰노라(題鄭十八著作丈故居)>, 나은의 <황피(皇陂)> 등이 전한다.

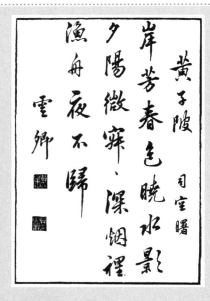

● 서예가 소개

 막시룡(莫是龍, 1537~1587)의 자는 운경(雲卿), 정한(廷韓)이고 호로는 추수(秋水), 후명(後明), 후붕(後朋) 등이 있다. 송강(松江) 화정(華亭, 지금의 상해 송강) 사람으로 막여충(莫如忠, 1508~1588)의 장자다. 서예에 뛰어났으며 작품으로는 <숭란관첩(崇蘭館帖)> 등이 있다.

🔴 방왕몽필의 (倣王蒙筆意)

　왕몽(王蒙, 1308~약 1385)은 원대 화단 '4대가' 가운데 한 사람이다. 자는 숙명(叔明)이고 호는 황학산초(黃鶴山樵), 황학초자(黃鶴樵者), 향광거사(香光居士)이며 오흥(지금의 절강 湖州) 사람이다. 원대 서화가 조맹부의 외손이기도 하다.

　이 그림은 낚싯대를 드리운 채 두 발을 물에 담근 어부를 묘사했다. 복장으로 봐선 어부 같지도 않으며 고기를 낚을 생각도 없는 것 같다. 산에는 뭉게구름으로 몽환적인 분위기를 연출했으며, 강의 양안에는 가지 늘어트린 버드나무와 만개한 꽃을 그려 넣었다. 마치 선경 한 폭을 표현한 듯하다.

🔴 시 원작자 소개

　사공서(약 720~약 794)의 자는 문명(文明) 혹은 문초(文初)이고 광평(廣平, 지금의 하북 永年) 사람이다. 일설에는 경조 사람이라고도 한다. 안사의 난이 일어나자 강남으로 피난했고 후에 진사과에 급제했다. 주부(主簿), 좌습유, 검교수부낭중(檢校水部郞中), 우부낭중(虞部郞中) 등직을 역임했다. 사공서는 당 시인 노윤(盧綸, 약 737~약 799)의 외사촌 형으로 그와 함께 대력십재자(大曆十才子) 가운데 하나다. 지금은 ≪사공서시집(司空曙詩集)≫이 전하고 ≪전당시≫에 그의 시 2권을 수록했다.

47 언덕 위의 꽃(岸花)__장적(張籍)

可憐岸邊樹,　　사랑스러운 언덕의 나무
紅蕊發青條.　　붉은 꽃술 푸른 가지에서 핀다.
東風吹渡水,　　동풍 불자 꽃잎은 물 건너
衝著木蘭橈.　　목란노와 부닥치노라.

❀ 시 해설

　이 시는 봄날의 아름다운 경치를 묘사했다. 언덕 위 푸르른 나뭇가지 위에 싱그러운 꽃이 필 준비를 하고 있다. 봄바람이 수면에 불어 미세한 파문이 일고 배의 노는 물속에서 가볍게 흔들린다. 꽃잎은 동풍에 날려 강물에 떨어지고, 목란으로 만든 노와 부딪쳐 물결 따라 떠다닌다. '목란요(木蘭橈)'는 낙엽교목 목란의 목재로 만든 배의 젓대를 말한다.

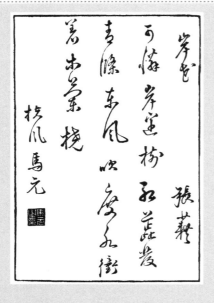

● 서예가 소개
부풍(扶風) 사람 마원(馬元)의 글씨다.

● 방주신필의 (倣周臣筆意)

주신(周臣)은 명대 화가로 자는 순경(舜卿), 호는 동촌(東村)이며 오(吳, 지금의 강소 소주) 사람이다. <창랑정도(滄浪亭圖)>, <춘천소은(春泉小隱)> 등이 전한다.

이 그림에서는 강 언덕의 일부만 그렸다. 양쪽의 언덕 위에 푸르른 나뭇가지 사이에서 꽃이 피어 있고, 그 꽃잎이 노를 젓고 있는 강의 배안으로 떨어지는 정경을 그렸다.

● 시 원작자 소개

장적(약 770~830)의 자는 문창(文昌), 화주(和州) 오강(烏江, 지금의 安徽 和縣) 사람이며 원적은 오군(吳郡, 지금의 강소 소주)이다. 정원 15년(799)에 진사과에 급제했고 태상시태축(太常寺太祝), 국자박사, 수부원외랑(水部員外郎), 국자사업(國子司業) 등직을 역임했으며 세상 사람은 '장사업(張司業)' 혹은 '장수부(張水部)'라고 불렀다. 장적은 악부시 창작에 뛰어났는데, 왕건과 더불어 '장왕(張王)'이라 부른다. 작품으로는 《장사업집(張司業集)》이 있고 《전당시》에 그의 시 5권을 수록했다.

48 스님의 독경당에 쓰노라(題僧讀經堂)_잠삼(岑參)

結室開三藏,　　집을 엮어 삼장을 펼치고
焚香老一峰.　　분향하며 이 봉우리에서 늙어가노라.
雲間獨坐臥,　　구름 사이에 홀로 자리에 앉으니
只是對杉松.　　오직 삼나무, 소나무와 마주할 뿐.

❀ 시 해설

　《전당시》의 제목은 <운제산 남봉 안 스님의 독경당에 쓰노라(題雲際南峰眼上人讀經堂)이다. 원주에 "안공이 이 독경당을 내려오지 않은지 15년이 되었다.(眼公不下此堂十五年矣.)"고 표기했다. 운제산은 섬서 호현(戶縣) 동남쪽에 있으며, 산정에 불사가 있다. 첫째구의 '실(室)'은 '우(宇)'로, '개(開)'는 '제(題)'로, 넷째구의 '삼(杉)'은 '산(山)'으로 되어 있다. 이 시는 심산에 은거하며 세속의 잡념을 물리치면서 온종일 독경하는 안 스님 형상을 통해 그윽한 선적인 경지를 묘사했다.

　잠삼은 독경, 분향, 참선하는 행위를 통해 노승의 정신적 면모를 부각시켰다. 불교 경전을 경(經), 율(律), 논(論) 세 부류로 나누는데, 이를 합쳐 '삼장'이라 부른다.

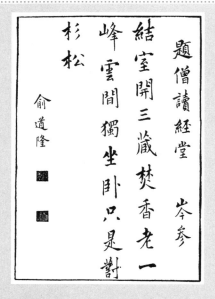

● 서예가 소개
　유도륭(兪道隆)이 쓴 글씨다.

이 그림은 정운붕이 그린 불교인물화다. 정운붕(丁雲鵬, 1547~1628)은 명대 화가로 자는 남우(南羽), 호는 성화거사(聖華居士)이며 안휘 휴령(休寧) 사람이다. 특히 인물, 불상 그림에 뛰어났다. <원당웅도(媛擋熊圖)>, <삼교도(三敎圖)>, <초택유방도(楚澤流芳圖)>, <녹주도(漉酒圖)> 등 대량의 그림이 세상에 전한다.

이 그림은 좌측 화면의 바위와 바위 틈에서 직각으로 쏟아져 떨어지는 폭포, 좌측 상단의 소나무, 그리고 소나무 아래에 정좌하여 참선하는 노승을 그렸다. 신선의 복장과 피어오르는 구름, 앞에 놓인 향로 등이 선적인 분위기를 확인시켜준다.

● 시 원작자 소개

잠삼(약 715~770)은 강릉(江陵, 지금의 호북 荊州) 사람이며 원적은 남양(지금의 하남에 속함)이다. 어려서 부친을 여의고 그의 형을 따라 부지런히 공부했다. 천보 3년(744)에 진사과에 급제했고 일찍이 우내솔부병조참군(右內率府兵曹參軍), 대리평사(大理評事), 가주자사(嘉州刺史) 등직을 역임했다. 고적과 더불어 성당 변새시파의 대표 작가다. ≪잠가주집(岑嘉州集)≫이 세상에 전하며 ≪전당시≫에 그의 시 4권을 수록했다.

49 강총이 9월 9일 양주로 돌아가며 지은 부를 모방하여

(擬江令九日歸揚州賦)__허경종(許敬宗)

心逐南雲逝,	마음은 남쪽 구름 따라가고
形隨北雁來.	몸은 북쪽 기러기 따라온다.
故鄕籬下菊,	고향 울타리 아래의 국화꽃
今日幾花開?	오늘은 몇 송이 피었을까?

🌸 시 해설

이 시는 남조 시인 강총(江總, 519~594)의 <장안에서 양주로 돌아와 9월 9일 미산정에 가서 지은 시(於長安歸還揚州九月九日行薇山亭賦韻詩)>이다. 옛날에 중양절은 온 가족이 모여 술을 마시고 국화를 감상하던 명절이었다. 그래서 이 시에서도 고향에 돌아가지 못하는 그리움을 묘사했다. 시적 화자의 집은 남방에 있었으므로 '마음은 남쪽 구름 따라가고'라고 표현했는데, 자신이 기러기처럼 고독하게 북쪽으로 가는 신세를 한탄했다. 마지막 두 구는 고향의 국화를 물음으로써 고향에 대한 무한한 그리움을 표현했다.

≪전당시≫에는 제목이 <강총이 장안에서 양주로 돌아와 9월 9일 지은 부를 모방하여(擬江令于長安歸揚州九日賦)>로 되어 있다. ≪전당시≫에 수록된 허경종의 시는 이와 다르다.

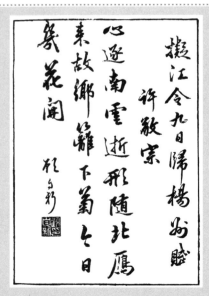

● 서예가 소개

고자신(顧自新)이 쓴 글씨다.

● 화보 해설

이 그림에서 시동은 주인 앞에 서서 무리지어 날아가는 기러기 떼를 응시하며, 그 뒤에는 모자를 쓰고 도포를 걸친 인물이 비스듬히 서있다. 중양절에 밖에 나왔다가 날아가는 기러기 떼를 보고 고향 생각에 잠긴 듯한 표정을 짓고 있다.

● 시 원작자 소개

　　허경종(592~672)의 자는 연족(延族)이고 항주 신성(新城, 지금의 절강 富陽 서남쪽) 사람이며 수대 예부시랑 허선심(許善心, 558~618)의 아들이다. 당대에 들어와 진왕부(秦王府) 18학사의 한 사람으로 저작랑, 중서사인, 급사중(給事中), 예부상서, 중서령(中書令), 우상(右相) 등직을 역임했다. 일찍이 《요산옥채(瑤山玉彩)》, 《초학기(初學記)》 등의 편찬에 참여했다. 《전당시》에 그의 시 27수가 수록되었다.

　　강총은 남조 진(陳)의 문학가로, 자는 총지(總持), 제양(濟陽)이고 고성(考城, 지금의 하남 蘭考 동쪽) 사람이다. 어려서 총민하고 문재가 있어 18세에 법조참군(法曹參軍)이 되었다가 상서전중랑(尙書殿中郎)으로 옮겼다. 후에 양무제에게 인정받아 시랑으로 발탁되었고 태자중사인(太子中舍人)에 이르렀다. 진 후주가 즉위하자 상서령(尙書令)을 역임하여 세칭 '강령(江令)'이라 부른다. 강총은 궁체시의 주요 작가로 지금 전하는 시가 약 100수인데, 시풍이 염정적이고 화려하며 내용은 빈약하다.

50 까마귀를 읊으며(詠烏)__이의부(李義府)

日裏颻朝彩,	태양 속에 아침 햇살 나부끼고
琴中半夜啼.	거문고 속에 깊은 밤 울음소리 짝한다.
上林如許樹,	상림원엔 온갖 나무 허다하나
不借一枝棲.	한 가지도 빌려주지 않는다.

🌸 시 해설

이 시는 당 태종의 명을 받아 쓴 작품이다. 이의부가 처음 소환되어 알현했는데, 태종은 그에게 까마귀를 읊어보도록 명령했다. 마지막 구에서 "상림원엔 온갖 나무 허다하나 한 가지도 빌려주지 않는다."라고 하니, 황제는 "어찌 가지 하나뿐이겠는가? 내가 네게 나무 전체를 빌려주겠노라."라고 말했다.(李義府始召見, 太宗試令詠烏, 其末句云："上林多許樹, 不借一枝栖." 帝曰："吾將全樹借汝, 豈惟一枝.") (≪수당가화(隋唐嘉話)≫) 여기에서 '상림일지(上林一枝)'라는 고사성어가 탄생했다. 첫째 구는 태양 속에 살고 있다는 삼족오(三足烏)를, 둘째 구는 금곡(琴曲) 가운데 <오야제(烏夜啼)>를 묘사했다. 그리고 3, 4구에서는 까마귀를 빌려 하루 속히 벼슬길에 나가고 싶은 조급한 심정을 묘사했다. 이 시로 인해 <이암설당시(而庵說唐詩)>에서는 이의부를 '이오(李烏)'라 불렀다. 둘째구의 '반(半)'은 ≪전당시≫에 '반(伴)'으로 되어 있다.

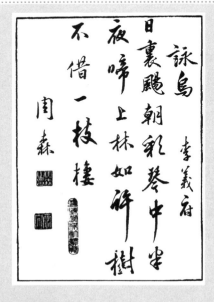

● 서예가 소개

주삼(周森)은 강서 길수(吉水) 사람으로 자는 병앙(秉昻)이며 시문, 서화에 뛰어났다.

이 그림은 물 위에 지은 누각 안에서 한 인물이 거문고를 켜면서 고개 돌려 밖을 내다보는 모습을 그렸다. 그리고 언덕 위의 나무엔 다섯 마리 까마귀가 제각기 다른 모습으로 앉아 있다.

● 시 원작자 소개

　　이의부(614~666)의 원적은 영주(瀛州) 요양(饒陽, 지금의 하북에 속함)이고 영태(永泰, 지금의 사천 鹽亭)에서 살았다. 정관 8년(634)에 진사과에 급제했고 문하성전의(門下省典儀), 태자사인(太子舍人), 중서령, 우승상 등직을 역임했다. 후에 횡령죄로 파면당한 뒤 수주(嶲州)로 추방당해 사망했다. 이의부는 겉으로 보기엔 공손하였으나 음험하고 간교하여 '소중도(笑中刀)', '인묘(人猫)'라고 불렸다. 그 내용이 ≪당서・간신열전≫에 실렸다. ≪전당시≫에 그의 시 8수를 수록했다.

오언당시화보 발문

　《당시화보》가 완성되었다는 소식을 듣고 구해 읽어보았다. 시마다 비단에 수놓은 듯 아름답고 글자마다 구슬처럼 영롱하고 그림마다 신기했다. 과연 어찌하여 이렇게 되었는가? 읍내의 황봉지는 대가들의 시를 뽑고 명필의 서예가를 구하였으며 그림은 명필에게 부탁하였으니, 일마다 최선을 다한 결과라고 하겠다. 일찍이 "대사를 이루려면 큰 비용을 아끼지 않는다"고 하였으니, 이를 두고 한 말이 아닐까? 이를 읽어본 선비는 손뼉을 치며 감탄해마지 않는다. 처음으로 손을 씻고 발문을 쓰노니 지나친 칭찬이 아닐 것으로 믿는다.

신도 유견룡 짓고
호림 연여붕 쓰다

五言唐詩畫譜跋

　　《唐詩畫報》者成, 余聞取而閱之, 詩詩錦繡, 字字珠璣14), 畫畫神奇, 果何爲而致此! 邑內黃公詩選大家, 字求名公, 繪請名筆, 是以事事盡善也. 倘所云"成大事者, 不惜大費." 非耶? 士夫披覽者, 將擊節嘆賞, 始浴手跋之, 不溢美云.

新都兪見龍跋.
虎林翼雲15)具草

---

14) 글자마다 주옥처럼 영롱하고 아름답다. 이 말은 두목의 <새로 남조로 부임하여 조산대부에게 이야기하지도 않고 초가을에 더위가 물러나자 오흥 태수로 나왔기에 이 시를 지어 자신의 뜻을 보이노라(新轉南曹, 未敍朝散, 初秋暑退, 出守吳興, 書此篇以自見志)> 시구 '한 잔은 장막과 자리만큼 넓고, 다섯 글자가 영롱한 주옥을 희롱한다(一杯寬幕席, 五字弄珠璣)'에서 나왔다.
15) 익운(翼雲)은 연여붕(燕如鵬)이다. 그에 대해서는 60쪽 참조.

칠언당시화보

新鐫七言

唐詩畫譜

集雅齋藏板

칠언당시화보 서문

　세칭 '삼불후'는 문장, 시, 그림을 말한다. 모름지기 천하의 정수를 모으고 정리하여 만드
니 이는 마멸되지 않는 전적이라 하겠다. 다소 좋지 않은 것은 높은 누각에 묶어둘 따름이다.
그러므로 글로 논하자면 그 으뜸은 '육경', '사서'이고 그 다음이 ≪좌씨춘추≫, ≪국어≫,
≪한서≫, ≪사기≫이며 그 다음이 이백, 두보, 왕유, 맹호연, 한유, 유종원, 구양수(歐陽修),
소식, 주돈이(周敦頤), 이정(二程), 장재(張載), 주회(朱熹)다. 이는 가히 '불후'라고 할 만하다.
글씨를 논한다면 그 으뜸이 되는 사람은 이사(李斯), 채옹(蔡邕), 종요(鍾繇), 왕희지(王羲之)고
그 다음이 구양순, 우세남, 저수량, 설직(薛稷), 안진경(顔眞卿), 유공권(柳公權), 장욱(張旭), 이
양빙(李陽冰)이며 그 다음 사람이 소식, 황정견(黃庭堅), 미불, 채양(蔡襄), 조맹부(趙孟頫), 송극
(宋克), 문징명(文徵明), 축윤명(祝允明)인데 비로소 '불후'라고 일컬을 만하다. 그림으로 논하
면 진(晋)의 고개지(顧愷之), 송(宋)의 육탐미(陸探微), 양(梁)의 장승요(張僧繇), 당의 염입본(閻立
本), 이사훈(李思訓), 왕유, 한간(韓幹), 송(宋)의 이공린(李公麟), 정사초(鄭思肖), 소식, 미불, 원
(元)의 조맹부, 대진(戴進), 심주(沈周), 여기(呂紀), 우리 명나라의 당인(唐寅), 주지면(周之冕),
문징명, 막시룡(莫是龍) 등도 '불후'라고 할 만하다. 기타 나머지 논의에 미치지 못하는 것은
대부분 천지 사이에 흩어져 있어 모을 수 없었다. 일시에 읊조리면 임모가 없어지고 때때로
임모하다보면 회화가 없어지니 어찌 좋은 것을 취할 수 있겠는가? 신안 사람 황봉지 선생은
평소 집아(集雅)의 뜻을 품고 당시를 뽑아 읽기 교재로 삼았다. 서예 명필을 구하여 임모의
교재로 삼았다. 그림은 홀로 채충환(蔡冲寰) 선생에게 일임하여 제가의 교묘함을 널리 모아서
화가 지망생들을 도와주고 있다. 풍부하고도 원대하고 정세하면서도 정수만을 뽑아 돌잡이
쟁반을 아기한테 보여주는 듯 만물이 모두 갖추어져 있고 뛰어나 괄목할 만하다. 또 왕실 창
고에 소장된 술그릇, 솥, 호련처럼 사물마다 모두 사랑스럽다. 마치 천자의 정원에 핀 형형색
색의 꽃처럼 작품마다 감동적이다. 옛 것을 좋아하는 선비가 임의로 들쳐본다면 일거삼득이
아니겠는가? 황봉지, 채충환 두 선생의 의도는 감동적이고도 정밀하다고 하겠다. 나와 운정
(雲程, 황봉지의 자)은 막역한 친구 사이인지라 교정을 부탁하기에 특별히 서문을 써서 '불후'
한 작품을 알리노라.

전당 임지성 짓고
호림 심정신 쓰다

七言唐詩畫譜敍

世稱'三不朽', 謂文也、詩也、畫也. 蓋必天精天粹, 盡倫盡制, 斯爲不刊之典. 稍有未善, 束之高閣而已. 故以文論, 上之"六經"、"四書", 次之左、國、班、馬, 再次之李、杜、王、孟、韓、柳、歐、蘇、周、程、張、朱, 此可以云'不朽'; 以字論上之李、蔡、鍾、王, 次之歐、虞、褚、薛、顔、柳、張、李, 再次之蘇、黃、米、蔡、趙、宋、文、祝, 始可云'不朽'; 以畫論, 如晋之顧愷之, 宋之陸探微, 梁之張僧繇, 唐之閻、李、王、韓, 宋之李、鄭、蘇、米, 元之趙、戴、沈、呂, 我明之唐、周、文、莫, 此可以云'不朽'. 其餘論所未及者, 大都散在天壤間, 未能會. 而爲一時而諷詠, 則乏臨摹; 時而臨摹, 又乏繪畫, 將安取衷哉? 新安鳳池黃生夙抱集雅之志, 乃詩選唐律, 以爲吟哦之資; 字求名筆, 以爲臨池之助; 畫則獨任沖寰蔡生, 博集諸家之巧妙, 以佐繪士之馳騁. 卽其富而宏, 精而粹, 宛若晬盤16) 示兒, 百物具在, 錚錚刮目; 又若御府珍藏, 彝鼎瑚璉, 物物可愛; 又若上苑天葩, 千紅萬紫, 色色動人. 好古之士, 任意游衍, 殆一擧而三得乎? 二生之用心, 可謂動而精矣. 余與雲程有傾蓋之雅, 因其就正, 特爲之叙, 以識'不朽'云.

錢塘林之盛撰

虎林沈鼎新書

---

16) 갓난아기가 태어난 지 1년째 되는 돌 때 상에 온갖 물건을 차려 놓고 아기에게 마음대로 집도록 하여 그 아기의 장래를 점치는데, 그때 차려놓는 돌상을 수반(晬盤)이라 한다. 혹은 시아(試兒), 시수(試晬)라고도 부른다.

1 구일(九日)_덕종(德宗) 황제

禁苑秋來爽氣多,　　금원에 가을 들어 상쾌한 기운 넘치고
昆明風動起滄波.　　곤명지에 바람 불어 물결 일렁인다.
中流簫鼓誠堪賞,　　강 가운데 울리는 북소리 실로 감상할 만하거늘
詎假橫汾發棹歌!　　어찌 '횡분사(橫汾詞)' 빌려 뱃노래 부를까?

❁ 시 해설

　《전당시》의 제목은 <구일 절구(九日絶句)>다. 9일은 음력 9월 9일 중양절을 가리킨다. 중양절에는 머리에 수유를 꽂고 높은 산에 올라가 국화주를 마신다. 덕종 때 중양절과 2월 1일 중화절(中和節), 3월 3일 상사절(上巳節)을 합쳐서 '삼령절(三令節)'이라 불렸다. 곤명지를 준설한 뒤 덕종은 정원 13년 (797) 9월 9일 친히 이곳을 행차하고 이 시를 썼다. 이 시에서는 중양절에 행하는 민속 활동을 묘사하지 않고 곤명지에서 배를 띄우는 활동을 포착하여 자신의 호매한 심정을 펼쳤다. 첫 구에서는 활동하는 시간과 장소를 설명하고 두 번째 구부터 용선 시합이 벌어지기 시작한다. 곤명지에 북소리가 울리자, 배가 지나가는 광경을 묘사했다. 마지막 구는 한 무제의 <추풍사(秋風辭)> 가운데 세 구 '이층배 띄우고 분하 건널 제 강 가운데를 가로지르니 흰 물결이 이누나. 퉁소와 북 울리고 뱃노래 부르니(泛樓船兮濟汾河, 橫中流兮揚素波, 簫鼓鳴兮發棹歌)' 구에서 따왔다.

● 서예가 소개
　서규(徐虬)가 쓴 글씨다.

● 채충환 그림

　채충환이 그린 이 그림에서는 곤명지 중앙에 용선을 띄운 모습을 그렸다. 뱃머리에는 황제를 대신이 둘러싸고 시중들고 있으며, 선미에서는 두 사람이 노를 저어 용선을 나루에 대려고 하고, 건너편 나루에서는 두 사람 중 앞 사람이 부채를 들고 왕이 내리길 기다리고 있다.

● 시 원작자 소개

　덕종 이적(李適, 742~805)은 대종(代宗) 이예(李豫, 726~779)의 장자다. 대력 14년(779) 5월에 즉위하여 정원 21년(805) 정월에 사망했으니 25년 동안 재위했다. 그는 시문과 서예에 뛰어났는데 신하, 궁인들과 창화하고 학사들과 밤새워 시를 논했다고 한다. ≪전당시≫에 그의 시 15수가 실려 있고, ≪전당문≫ 권 50~56에 그의 문장 6권을 수록했다.

2 사냥 구경(觀獵)_왕창령

角鷹初下秋草稀,	뿔매 처음 내려앉으니 가을 풀 성기고
鐵驄抛鞚去如飛.	철총마는 재갈 풀자 나는 듯 달려간다.
少年獵得平原兎,	소년이 평원의 토끼를 잡아서
馬後橫捎意氣歸.	말 뒤에 가로 동여매고 의기양양 돌아온다.

❀ 시 해설

　이 시는 수렵하는 소년의 용감한 형상을 묘사했다. 사냥 나갈 때는 사냥매, 사냥 말이 필요하다. 첫 구는 왕유의 <사냥 구경(觀獵)> 시 '시들은 풀밭 위로 매 눈이 번득이고(草枯鷹眼疾)'의 뜻을 따왔다. '가을풀이 성긴' 것은 '풀이 말라버렸기' 때문이다. 그래서 들짐승은 은폐물을 잃어버려 사냥매가 도망가는 산토끼를 쉽게 추격할 수 있다. 두 번째 구에서는 왕유의 시구 '말발굽 가볍다(馬蹄輕)'의 뜻을 따왔다. '나는 듯 달려가는' 것은 '말발굽이 가볍기' 때문이다. '횡소(橫捎)'라는 시어를 써서 사냥 말과 이 소년의 의기양양한 모습을 부각시켰다.

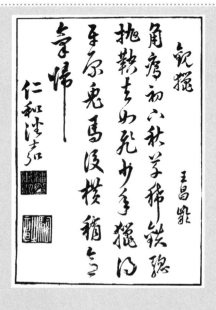

● 서예가 소개

인화 사람 반사홍(潘士弘)이 쓴 글씨다.

　이 그림의 중앙에는 네 발을 뻗어 힘차게 도약하는 말과 소년이 화살을 쏘아 새의 목을 적중시킨 장면을 중점적으로 그렸다. 그리고 우측 하단의 여러 필의 말, 그리고 개와는 대조적으로 사냥하는 장면을 역동적으로 부각시켰다.

● 시 원작자 소개

　　왕창령(약 690~약 756 혹은 698~757)의 자는 소백(少伯)이고 경조 만년(지금의 섬서 서안) 사람이다. 개원 15년(727)에 진사과에 급제했고 교서랑을 제수 받았다. 개원 22년에 박학굉사과(博學宏詞科)에 급제했고 사수위(泗水尉)를 지냈다. 후에 어떤 일로 영남으로 좌천되었고 다시 복귀한 뒤에 강령위(江寧尉)를 지냈는데, 세상 사람들은 '왕강령(王江寧)'이라 불렀다. 천보 연간에는 용표위(龍標尉)로 폄적되었다. 안사의 난이 일어나자 강회(江淮) 지방으로 피난했다가 호주자사(濠州刺史) 여구효(閭丘曉)에게 죽임을 당했다. 신구 《당서》에 전이 있다. 왕창령은 개원, 천보 연간에 활동한 저명한 시인으로 특히 칠언절구에 뛰어났다. 《왕창령집》이 세상에 전하며 《전당시》에 그의 시 4권을 수록했다.

3 아미산 달 노래(峨眉山月歌)_이백

峨眉山月半輪秋,　　아미산에 걸친 반 조각 가을 달
影入平羌江水流.　　그림자 평강에 들어 강물 따라 흐른다.
夜發淸溪向三峽,　　밤에 청계역 떠나 삼협으로 향하며
思君不見下渝州.　　그리운 그대 못보고 유주 내려간다.

❀ 시 해설

　아미산은 촉 지방의 명산이다. 이백은 촉 지방에서 성장했기에 아미산의 달은 고향 달이기도 하다. 개원 12년(724)에 이백은 검을 차고 고향을 떠나 어버이와 헤어져 멀리 유람했는데, 이 시는 그가 촉을 떠나는 도중에 지었다. 이 시는 짧은 28자 속에서 아미산, 평강강, 청계역, 삼협, 유주 등 지명을 삽입하여 풍경화 한 폭처럼 달과 물을 묘사했다.

　아미산은 사천성 낙산시 아미산시 남쪽에 있는데, 절강의 보타산, 안휘의 구화산, 산서의 오대산과 더불어 불교 4대 명산이다. 평강은 청의강(靑衣江)이라고도 부르며, 노산(蘆山) 서북쪽에서 발원하여 낙산시에서 만나 민강(岷江)으로 흘러든다. 청계역은 지금의 낙산시에 있으며, 삼협은 낙산 경내의 이두(犁頭), 배아(背峨), 평강(平羌)을 가리킨다. 이를 외강삼협(外江三峽), 평강소삼협(平羌小三峽), 가주소삼협(嘉州小三峽)이라고도 부른다. 유주는 지금의 중경시다.

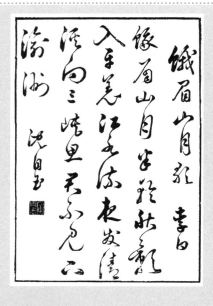

● 서예가 소개

　심정신(沈鼎新)의 자는 자옥(自玉)이고 무림(武林, 지금의 항주) 사람이다. 서예와 산수화에 뛰어났으며 명대 만력(1573~1620) 연간의 ≪명공선보(名公扇譜)≫에 그가 그린 산수선(山水扇)이 들어 있다. 황면중(黃冕仲)이 발문을 쓴 ≪시여화보(詩餘畵譜)≫에도 그의 글씨가 있다.

채충환 그림

충환(冲寰)은 채충환이다. 채충환(蔡冲寰), 즉 채원훈(蔡元勳)의 자는 여좌(汝佐), 충환(冲寰)이며 명대 화가다. 일찍이 <단계기(丹桂記)>, <옥잠기(玉簪記)> 삽도와 <도회종이(圖繪宗彝)>를 그려 이름이 났다.

한 인물이 너른 바위에 앉아 건너편 폭포를 바라보며, 왼손을 등 뒤로 뻗어 몸을 지탱하고 오른손은 무릎에 살포시 얹은 측면과 뒷모습을 그렸다. 그리고 그 뒤에 서있는 시동도 허리를 약간 구부리고 세차게 흐르는 폭포 물줄기를 바라보고 있다. 일종의 관폭도라 하겠다.

시 원작자 소개

이백(701~762)의 자는 태백(太白), 호는 청련거사(靑蓮居士). 자칭 원적이 농서 성기(지금의 甘肅 泰安) 사람이며 중아시아 쇄엽성(碎葉城 : 지금의 Tokmak 성)에서 태어났다. 어려서부터 경사 백가 서적을 널리 읽었다. 장안에 들어와서 하지장(賀知章)은 그의 시 <촉도난(蜀道難)>를 보고 그를 '적선인(謫仙人)'이라고 불렀다. 천보(天寶) 원년(742)에 조정에 들어가 한림공봉(翰林供奉)이 되었으나 후에 참소를 당해 금을 주고 풀려났으며 안휘(安徽) 당도현(當塗縣)에서 사망했다. 이백은 한평생 시주를 즐겼는데 두보는 <음중팔선가(飮中八仙歌)>에서 "이백은 한 말 술에 시 백편 짓고, 장안 저자의 술집에서 잠든다. 천자가 불러도 배에 오르지 않고, 스스로 술의 신선이라 일컫는다.(李白一斗詩百篇, 長安市上酒家眠. 天子呼來不上船, 自稱臣是酒中仙.)"고 하였다.

4 강변을 홀로 거닐며 꽃을 찾노라(江畔獨步尋花)_두보

黃四娘家花滿蹊,　　황 씨네 넷째 딸 집 오솔길엔 꽃 가득하고
千朵萬朵壓枝低.　　온갖 꽃송이가 가지 눌러 휘늘어졌다.
留連戱蝶時時舞,　　못 떠나며 장난치는 나비 때때로 춤추고
自在嬌鶯恰恰啼.　　자유로운 고운 꾀꼬리 꾀꼴꾀꼴 우누나.

✿ 시 해설

　이 시는 연작시로, 상원(上元) 2년(761) 시인이 성도초당(成都草堂)에 머물 때 쓴 작품이다. 시 제목의 강은 금강(錦江)이다. 봄날 화창한 날씨에 두보는 홀로 강변에서 꽃구경하며 노닐다 아름다운 정경에 시적 감흥이 절로 떠올라 <강변을 홀로 거닐며 꽃을 찾노라(江畔獨步尋花)> 7수를 지었는데, 이 시는 그 가운데 여섯 번째 작품이다.

　첫째 구에서는 꽃놀이하고 있는 장소를 밝히는데, 바로 '황 씨 집안 넷째 딸' 집 앞의 작은 골목이다. 여기에서 이웃의 이름을 시에 써놓아 생활과 밀접한 정서가 짙고 정감 있게 드러난다. 그 다음 구에서는 꽃이 만발한 상황을 구체화시킨다. '천 송이, 일만 송이' 만발하여 꽃나무 가지가 휘늘어질 정도다. '압(壓)'과 '저(低)'라는 글자를 써서 꽃이 만발하여 묵직한 가지가 휘어져 늘어진 모습을 묘사하여 봄날의 광경이 눈앞에 펼쳐지는 듯하다.

　셋째 구에서는 화려한 나비가 꽃가지 사이를 나풀나풀 날아다니는 광경을 묘사한다. 나비는 꽃이 아쉬워 차마 떠나지 못하는데, 이는 꽃이 향기롭고 산뜻하고 아름다움을 암시한다. 꽃도 아름답고 춤추는 듯한 나비의 자태도 고와서, 홀로 한가로이 거니는 시인 또한 이 정경에 심취해 떠날 줄 모른다. 하지만 시인은 이곳에 계속 머무르지 않고 계속 앞으로 나아가는데, 봄날의 아름다운 풍경이 끝없이 펼쳐지기 때문이다. 봄날의 광경을 만끽하며 마음이 상쾌해질 무렵, 꾀꼬리 우짖는 노래 소리가 들려와 한참 꽃에 심취한 시인을 일깨운다.

　위 연작시 가운데 세 수를 더 보기로 하자.

[1]
江上被花惱不徹,　강가의 꽃으로 번뇌 끊이지 않아
無處告訴只顚狂.　하소연할 곳 없으니 미치겠다.

走覓南鄰愛酒伴, 남쪽 마을로 술 좋아하는 친구 찾아가나
經旬出飮獨空床. 마시러 나간 지 열흘째 빈 침상만 지킨다.

[5]

黃師塔前江水東, 황사탑 앞 강물은 동쪽으로 흐르고
春光懶困倚微風. 봄빛은 나른하여 미풍에 기댄다.
桃花一簇開無主, 복사꽃 한 떨기 주인 없이 피었는데
可愛深紅愛淺紅. 짙은 홍색이 좋을까, 옅은 홍색이 좋을까?

[7]

不是看花卽索死, 꽃을 좋아하여 죽을 정도는 아니나
只恐花盡老相催. 꽃 다하여 늙음 재촉할까 두려울 뿐.
繁枝容易紛紛落, 무성한 가지 분분히 떨어지기 쉬우니
嫩葉商量細細開. 어린잎은 상의하여 천천히 피어나길.

● 서예가 소개
　　신안 사람 유사인(兪士仁)이 쓴 글씨다.

● 화보 해설

　이 그림에서 산 밑에 버드나무 사이로 보이는 가옥은 '황 씨네 넷째 딸 집'으로 설정했으며, 그 가옥 안에서 한 여성이 지나가는 시적 화자와 얘기를 나누는 모습을 그렸다. 미소를 머금은 얼굴에서 무척 인자한 모습을 풍긴다.

● 시 원작자 소개

　　두보(712~770)의 자는 자미(子美)이고 공현(鞏縣, 지금의 河南 鞏義市) 사람이다. 먼 선조 두예(杜預, 222~285)가 경조(京兆) 두릉(杜陵, 지금의 陝西 西安) 사람이기에 자신을 '두릉포의(杜陵布衣)', '두릉야로(杜陵野老)', '두릉야객(杜陵野客)'이라 불렀다. 조부 두심언(杜審言, 약 645~708)도 시로 이름이 났다. 청년 시기에 세 차례 유람했는데 천보 10년(751)에 <삼대예부(三大禮賦)>를 바쳐 현종이 그를 기특하게 여겨 집현전대제(集賢院待制)로 임명했다. 안사(安史)의 난 때 죽음을 무릅쓰고 숙종(肅宗)에게 의탁했다. 일찍이 우위솔부병조참군(右衛率府兵曹參軍), 좌습유(左拾遺), 화주사공참군(華州司功參軍), 검교공부원외랑(檢校工部員外郞) 등직을 역임했다. 후반생은 사천, 호상(湖湘) 일대를 떠돌아다니다가 가난하고 병들어 상수(湘水)의 배위에서 사망했다. 두보가 살았던 시기는 태평성대에서 몰락해가는 시기여서 그의 시에는 안사의 난 전후 현실 생활과 사회모순을 널리 반영했기에 '시사(詩史)'로 불렸다. 그는 중국 고전시를 집대성했다. 특히 율시에 뛰어났으며 '시성(詩聖)'이라고도 부른다. 작품으로 ≪두공부집(杜工部集)≫이 있고 ≪전당시≫에 그의 시 19권이 전한다.

5 섭 도사 산방(葉道士山房)__고황

水邊垂柳赤欄橋,	물가의 수양버들 붉은 난간 다리에 늘어지고
洞裏仙人碧玉簫.	동굴 속의 신선은 벽옥 빛깔 통소를 분다.
近得麻姑書信否,	최근에 마고 선녀의 서신 받았을까?
潯陽江上不通潮.	심양 강가에 조수도 통하지 않는다.

✿ 시 해설

≪전당시≫에 실린 이 시의 제목은 <섭 도사의 산방에 쓰노라(題葉道士山房)>로 되어 있다. 고황은 친구 섭 도사의 산속 도교 사원을 방문한 일을 시로 적었다.

이 시에서는 섭 도사의 산방을 신선 세계처럼 묘사한다. 먼저 정제되고 깔끔하며 화려한 대우로 시작한다. 즉 산방 주변의 경물과 도관 안에 있는 주인을 '붉은 난간 다리'와 '벽옥 빛깔 통소'로 형용한다. 시어가 화려할 뿐 아니라 소사(簫史)와 농옥(弄玉)의 이야기를 들어 남녀 사이의 애정을 은근히 나타내며 시 후반부의 복선을 깔아두었다. 시인은 섭 도사와 그의 애인 마고의 관계를 잘 알기에 그녀의 근황을 묻는다. 따라서 마지막 두 구는 의문 형식으로 설정하여 심양강의 조수가 높아 물길이 통할 수 없어 서신이 늦게 전달되지는 않았는지 스스로 묻고 대답한다. 만당 이상은(李商隱)의 절구에서도 이러한 풍격이 다분히 나타난다.

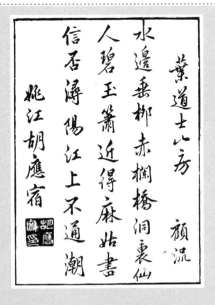

● 서예가 소개

요강(姚江) 사람 호응숙(胡應宿)이 쓴 글씨다.

● 화보 해설

　이 그림의 왼쪽 상단의 동굴 안에서는 마고 선녀가 통소를 불고 있고, 다리 앞에선 한 남성이 미소를 머금으며 다리를 건너오는 시동을 맞이하고 있다. 시동이 오른 손으로 동굴 안의 마고를 가리키는 것으로 보아 마고의 소식을 전하려는 듯하다.

● 시 원작자 소개

　　고황(약 727~820)의 자는 포옹(逋翁), 자호는 화양산인(華陽山人), 소주 해염(海鹽) 사람이다. 지덕(至德) 2년(757)에 진사과에 급제했고 염철업에 종사했다. 후에 대리시직(大理寺直), 비서감저작좌랑(秘書監著作佐郎)을 역임했다. <갈매기의 노래(海鷗詠)>를 지어 권세가와 부호를 풍자했다가 요주사호(饒州司戶)로 좌천되었다. 후에 모산(茅山)에서 은거했다. 그의 성격은 강직하고 호방하여 매사에 거리낌이 없었으며 시, 서, 화에 모두 뛰어났다. ≪화양집(華陽集)≫이 세상에 전하고 ≪전당시≫에 그의 시 4권을 수록했다.

6 소년의 노래(少年行)_왕유

新豐美酒斗十千,	신풍의 좋은 술은 한 말에 만 전
咸陽遊俠多少年.	함양의 협객 중엔 젊은이 많도다.
相逢意氣爲君飮,	만나자 의기 상통하니 그대 위해 마시리
繫馬高樓垂柳邊.	높은 주루의 수양버들 가에 말 매놓고.

🌼 시 해설

왕유의 <소년의 노래(少年行)>는 본래 네 수다. 각각의 시는 장안의 젊은 유협이 높은 누각에서 맘껏 술을 마시는 호방한 정취, 나라에 충성하며 종군하겠다는 웅장한 포부, 용맹하게 적을 무찌르는 기개와 공을 세우고도 보상을 받지 못하는 운명을 노래했다. 각각의 시는 모두 독립적이지만, 합쳐서 읽으면 하나의 총체로 느껴져 인물과 이야기가 서로 이어지는 네 폭의 병풍 그림 같다.

이 시는 그 가운데 첫 수다. 왕유는 악부 <소년의 노래>의 시적 정취를 빌려 장안의 젊은 유협들이 높은 누각에서 맘껏 술을 마시고 교유하는 일상생활의 광경을 묘사했다. 이러한 일상생활 묘사를 통해 젊은 유협들의 정신 풍모와 호방하고 강개한 기개를 보여준다.

앞의 두 구에서는 각각 미주와 유협에 대해 쓰고 있다. 미주와 유협을 대구 방식으로 쓰고 있는데, 언뜻 보면 두 구는 연관성이 없어 보인다. 그러나 미주와 유협은 상보적인 관계로 서로 돋보이게 한다. 세상의 유명한 술 가운데 '신풍미주'가 제일이고, 이 술을 맘껏 즐기는 소년 유협들의 자유분방하고 호탕한 풍류를 잘 드러내준다.

술과 소년 유협은 셋째 구와 연결된다. 셋째 구의 '의기(意氣)'가 함축하는 내용은 풍부하다. 즉 목숨을 버리고 나라를 구하는 장렬함, 의를 내세우고 재물을 가벼이 여기는 의로움, 호방하고 구속되지 않는 기질 등을 포함한다. 소년 유협들에게 '의기투합'은 오랜 세월에 걸친 왕래가 있어야만 가능한 것이 아니라, 짧은 만남과 몇 마디 잡담으로서도 옛 친구처럼 서로 마음이 잘 맞을 수도 있다. 이것이 바로 '상봉의기(相逢意氣)'다.

이 시는 술자리를 빌려 소년 유협을 묘사하고 있으니, 대부분의 독자들은 마지막 구에서 주연이 펼쳐지는 모습을 기대할 것이다. 왕유는 이러한 예상을 뒤엎고 높은 주루 앞에서 붓을 멈춘다. 높고 화려한 주루 앞에는 수양버들이 바람에 이리저리 날리고, 그 밑에 유협과 뗄 수 없는 동반자인 말이 매여 있는 모습이 그림과 같아서 '시 가운데 그림이 있다'는 왕유의 시풍을 잘 보여준다.

이어지는 나머지 세 수는 다음과 같다.

[2]

出身仕漢羽林郞, 이 몸 바쳐 한나라 우림랑으로 벼슬하여
初隨驃騎戰漁陽. 처음 표기 장군 따라 어양에서 싸운다.
孰知不向邊庭苦, 누가 변방 가지 못하는 고통 알리오?
縱死猶聞俠骨香. 죽더라도 유협 유골의 향기 전하리라.

[3]

一身能擘兩雕弧, 한 몸으로 두 활 당길 수 있으니
虜騎千重只似無. 오랑캐 말 수천 마리에도 일없다.
偏坐金鞍調白羽, 황금 안장 모로 앉아 흰 화살 조준해
紛紛射殺五單于. 분분히 다섯 흉노 군주 사살하련다.

[4]

漢家君臣歡宴終, 한나라 군신 연회 마치더니
高議雲臺論戰功. 높은 운대에서 전쟁 공로 논의한다.
天子臨軒賜侯印, 천자 이르러 봉후 직인 내리니
將軍佩出明光宮. 장군 이를 차고 명광궁 나간다.

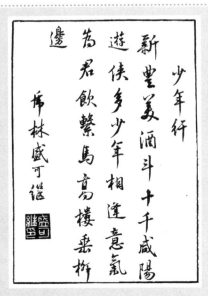

● 서예가 소개

성가계(盛可繼, 1563~1620)는 전당 사람으로 행서를 잘 썼다.
≪시여화보≫에도 그의 글씨가 들어 있다.

● 화보 해설

높은 주루에서는 관모와 관복을 입은 두 사람이 대작하고 있으며 그 옆의 시동이 버드나무 아래의 말을 지켜보고 있다. 말 두 필 가운데 한 필은 버드나무에 고삐가 묶였으며, 말머리를 돌려 주루 쪽을 바라보며 등에 안장을 하고 오른쪽 뒷다리를 살짝 치켜든 도상이다. 그 옆에는 한 필이 엎드려 자고 있다. 누각 아래 층에는 '주루'임을 알리는 깃발이 서있다.

● 시 원작자 소개

왕유(701~761)의 자는 마힐(摩詰)이다. 원적은 태원(太原) 기현(祁縣, 지금의 산서에 속함)이며 포주(蒲州, 지금의 산서 永濟)로 이주하여 살았기 때문에 하동(河東) 사람이 되었다. 개원 9년(721)에 진사가 되었고 태악승(太樂丞), 우습유(右拾遺) 등직을 역임했다. 안사의 난 때 장안이 반란군에게 함락되자 그는 반란군에게 사로잡혀 낙양으로 끌려가 관직을 맡게 되었는데, 나중에 이러한 경력을 시로 지어 불만을 표출한 바 있다. 장안을 수복한 뒤 태자중윤(太子中允)으로 강등되었고 태자중서자(太子中庶子), 중서사인, 우승상(右丞相) 등직을 역임했다. 세상 사람들은 '왕우승(王右丞)'이라 불렀다. 왕유는 다재다능하여 시, 서, 화에 정통했다. 남종화의 시조로 불리기도 한다. 소식은 그의 "시 속에 그림이 있고, 그림 속에 시가 있다"고 극찬했다. 맹호연(孟浩然, 689~740)과 더불어 '왕맹(王孟)'이라 불렸으며 성당 전원시파의 대표자다. 지금은 ≪왕우승집(王右丞集)≫이 전하고 ≪전당시≫에 그의 시 4권이 수록되었다.

7 정삼을 만나 산을 유람하며(逢鄭三遊山)_노동(盧仝)

相逢之處草茸茸,　　그대 만난 곳엔 화초 우거지고
石壁攢峰千萬重.　　석벽에 무리 진 봉우리 무수히 겹친다.
他日期君何處好,　　후일 그댄 어느 곳에서 기약해야 좋을까?
寒流石上一株松.　　차가운 물 흐르는 돌 위의 소나무 밑이겠지.

❀ 시 해설

　이 시의 첫 번째 구와 두 번째 구는 친구 정삼과 만나는 곳에 화초가 무성하게 피었고, 주위의 가파른 절벽과 험준한 봉우리가 겹겹이 이어진 모습을 묘사한다. 이것은 눈앞에 펼쳐진 실제 경물묘사다. 세 번째 구와 네 번째 구는 친구와 다음에 만날 장소를 묻고, 차가운 물이 흐르는 돌 위에 우뚝서있는 소나무에서 만나자고 쓰고 있다. 만날 장소로 차가운 강물이 흐르고 소나무가 있는 곳을 암시한 것은 이곳에서 천성을 기를 수 있고 역경 속에서도 절개를 굽히지 않는 정신을 키울 수 있음을 의미한다.

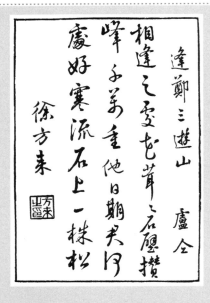

● 서예가 소개

　서방래(徐方來)가 쓴 글씨다.

● 채충환 그림

충환(冲寰)은 채충환이다. 채충환(蔡冲寰), 즉 채원훈(蔡元勳)의 자는 여좌(汝佐), 충환(冲寰)이며 명대 화가다. 일찍이 <단계기(丹桂記)>, <옥잠기(玉簪記)> 삽도와 <도회종이(圖繪宗彝)>를 그려 이름이 났다.

이 그림의 좌측에 높이 솟아오른 바위산과 그 틈으로 쏟아져 내리는 폭포가 있고, 물이 떨어져 내린 지점부터 시작해 화면의 가운데를 차지하고 있는 커다란 소나무를 세밀하게 그렸다. 화면의 오른쪽 하단에 두 인물은 손가락으로 돌 위에 서있는 소나무를 가리키며 대화를 나누고 있는데, 다음에 만날 약속 장소를 이곳으로 정한 듯하다.

● 시 원작자 소개

노동(약 775~835)은 범양(范陽), 즉 지금의 하북성 탁현(涿縣) 사람이다. '초당사걸'의 하나인 노조린의 직계 자손이기도 하다. 할아버지 고향은 범양이고, 자신은 하남성 제원시(濟源市) 무산진(武山鎭), 즉 지금의 사례촌(思禮村)에서 태어났다. 젊은 시절 소실산(少室山)에서 은거했고 자신을 옥천자(玉川子)로 불렀다. 그는 열심히 공부하여 경사를 섭렵했고 시문에 정통했으며 벼슬길에 나아가길 원치 않았다. 후에 낙양에 와 살았다. 집이 가난하여 겨우 다 무너져 가는 집 몇 칸에 살았다. 그러나 열심히 공부하여 집의 서가에는 책이 가득 꽂혀 있었다고 한다. 노동은 성격이 대쪽 같아 맹교와 유사했다. 그러나 그의 대쪽 같은 성격에는 호탕한 기운이 있어 한유에 가깝기도 하다. 문학사적으로 그는 한맹시파(韓孟詩派)의 주요 시인이다. ≪옥천자시집(玉川子詩集)≫(3권)이 전한다.

8 늦가을에 한가로이 기거하며(晩秋閑居)_백거이

地僻門深少送迎,　　땅 외지며 문 깊어 오가는 이 없어
披衣閑坐養幽情.　　옷 걸친 채 한적하게 앉아 그윽한 정 기른다.
秋庭不掃携藤杖,　　쓸지 않은 가을 뜰에 등나무 지팡이 쥐고
閑踏梧桐黃葉行.　　누렇게 물든 오동잎 한가로이 밟고 거닌다.

❁ 시 해설

　이 작품은 백거이가 만년에 낙양에서 거주할 당시 쓴 시다. 첫 번째 구는 집이 먼 곳에 있기에 왕래
하는 손님이 적어 접대해야 하는 번거로움이 없음을 말한다. 두 번째 구는 시인이 옷을 걸친 채 한가
로이 앉아서 고상한 마음을 수양하고 사색하는 정경을 묘사했다. 3, 4구에서는 정적인 모습에서 동적
인 행동으로 화제를 돌려 가을 정원에는 도처에 낙엽이 떨어졌음에도 쓸지 않았으며, 시인은 등나무
지팡이를 짚고 노랗게 물든 오동잎을 밟으며 산책하는 여유로운 장면을 포착했다. 이 시를 보면 백거
이가 유유자적하는 모습이 지면에 그대로 재현되는 듯한 느낌을 준다.

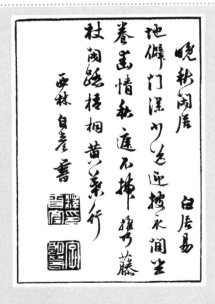

● 서예가 소개

　자언(自彦)은 스님으로 자는 낭약(朗若), 호는 서림(西林), 항주
사람이다. 행서, 초서에 뛰어났고 산수, 난초, 대나무 그림을 잘
그렸다. 만력 연간의 ≪명공선보(名公扇譜)≫에 그가 그린 산수
선(山水扇)이 있으며, ≪시여화보≫, ≪당시칠언화보≫에도 그의
글씨가 들어 있다.

● 화보 해설

　이 그림에서 절반만 그린 정자 앞에 한 인물이 교의에 앉아 있고, 옆엔 한 시 동이 긴 등나무 지팡이를 쥐고 대기하고 있다. 주인이 의자에서 일어나 산보하려는 모습을 그렸다. 그리고 마당에는 오동 잎이 떨어지고 있다.

● 시 원작자 소개

　백거이(772~846)의 자는 낙천(樂天)이고 원적은 태원(지금의 산서에 속함)이고 하규(下邽, 지금의 섬서 渭南)로 옮겨 살았는데, 그는 신정(新鄭, 지금의 하남 新鄭)에서 태어났다. 정원 16년(800)에 진사에 급제했고 주질위(盩厔尉), 좌습유, 좌찬선대부(左贊善大夫) 등직을 역임했다. 상서를 올려 직간했다가 여러 번 폄적 당했다. 원화 10년(815)에 강주사마(江州司馬)로 좌천되었다. 사상적으로는 '겸제천하(兼濟天下)'에서 '독선기신(獨善其身)'으로 전향했다. 후에는 비서감, 형부시랑(刑部侍郞), 태자소부(太子少傅) 등직을 역임했고 형부상서를 마지막으로 은퇴했다. 백거이는 만년에 낙양에 은거하여 불교에 귀의했는데 자호는 '취음선생(醉吟先生)', '향산거사(香山居士)'다. 그는 신악부운동을 제창했으며 원진(元稹)과 함께 친하게 지냈다. 지금은 ≪백씨장경집(白氏長慶集)≫이 전하며 ≪전당시≫에 그의 시 39권이 수록되었다.

9 밤에 상강에서 정박하며(夜泊湘川)_유우석(劉禹錫)

夜泊湘川逐客心,	밤에 상강에 정박한 쫓겨난 신하의 마음 어떨까?
月明猿苦血沾襟.	밝은 달빛에 원숭이 애달파 피로 옷깃 적신다.
湘妃舊竹痕猶淺,	상비의 옛 반죽(斑竹)은 여전히 희미한데
從此因君染更深.	이로부터 그대 때문에 더욱 짙게 물들겠구려.

❀ 시 해설

《전당시》에 이 시의 제목은 <단주 오 대부가 부친 절구 '밤에 상강에서 정박하며'에 수창하노라.(酬端州吳大夫夜泊湘川, 見寄一絶)>로 되어 있다. 개성(開成) 3년(838), 오사구(吳士矩)가 단주(端州 : 지금의 광동 肇慶)로 폄적 당해 그곳으로 가는 도중 <밤에 상강에서 정박하며(夜泊湘川)> 시를 지어 유우석에게 보냈다. 유우석의 이 시는 오사구 시에 대한 답시(答詩)다. 첫 번째 구는 멀리 광동으로 가는 도중 상강에 정박하면서 느끼는 친구의 심정을 묘사했다. 두 번째 구는 '월명(月明)'과 '원고(猿苦)'의 자연경물로 폄적 당한 친구의 서글픔을 부각시킨다. 처량한 달빛 아래에 원숭이의 슬픈 울음소리는 친구의 마음을 애달프게 한다. 이 때문에 귀양 간 나그네는 크게 상심한 나머지 눈물을 흘리고 피가 흘러 옷깃을 적신다. 세 번째 구와 네 번째 구는 오래된 상비죽(湘妃竹)의 눈물자국은 이미 옅어졌지만, 친구의 상심한 피눈물이 상비죽에 흐르면 그 피눈물자국을 다시 진하게 물들일 것이라고 표현했다.

● 서예가 소개

심문헌(沈文憲)의 자호는 독성자(獨醒子), 완초도인(完初道人), 전당노인(錢塘老人)으로 전당(지금의 항주) 사람이며 서예에 뛰어났다.

이 그림은 휘영청 밝은 한밤중에 시동과 함께 배에 올라탄 선비가 강가에 정박한 장면을 그렸다. 시동은 하늘 높이 뜬 보름달을 손으로 가리키고 있으며 선비도 고개를 들어 감상하고 있다. 배 주위를 감싼 대나무의 줄기와 잎을 선묘로 윤곽을 그렸으며, 휘어진 대나무 공간에 두 인물을 배치시켰다.

● 시 원작자 소개

유우석(772~842)의 자는 몽득(夢得)이고 낙양 사람이다. 정관 9년(793)에 진사에 급제했고 태자교서(太子校書), 위남주부(渭南主簿), 감찰어사 등직을 역임했다. 왕숙문(王叔文, 753~806)의 혁신운동에 참가했다가 누차 폄적 당했다. 개성 원년(836)에 태자빈객으로 들어가 동도(東都)를 관장했는데, 세상 사람들은 '유빈객(劉賓客)'이라 불렀다. 후에는 비서감분사(秘書監分司)가 되었고 검교예부상서(檢校禮部尚書)를 지내다가 사망했다. 유우석은 백거이와 함께 '유백(劉白)', 유종원과 함께 '유류(劉柳)'라고 불렸으며 백거이는 그를 '시호(詩豪)'라고 불렀다. 저작으로 ≪유몽득집≫이 있고 ≪전당시≫에 그의 시 12권이 수록되었다.

10 배구 동생과 이별하며(別裴九弟)_가지(賈至)

西江萬里向東流,　　서강은 만 리까지 동으로 흐르고
今夜江邊駐客舟.　　오늘밤 강변엔 객선이 정박한다.
月色更添春色好,　　달빛에 더욱이 좋은 봄빛 더해주니
蘆風勝似竹風幽.　　갈대바람 대나무 바람보다 그윽하다.

❀ 시 해설

　이는 송별시다. '서강'으로 판단하건대 아마 가지가 악주사마(岳州司馬)로 좌천되었을 때 지은 시일 것이다. 첫째 구에선 서강이 동쪽으로 흘러 '만 리'에 이르는 객지 환경을 부각시켰다. '월색'이 비칠 때 객선을 강가에 정박시키자, 떠도는 나그네 서러움은 흘러가는 강물처럼 아득하기만 하다. 하련에서는 분위기를 바꿔 눈앞에 펼쳐진 봄 경치를 묘사했다.

● 서예가 소개
　호림 사람 진기오(陳起鰲)가 쓴 글씨다.

● 채충환 그림

　채충환(蔡沖寰), 즉 채원훈(蔡元勳)의 자
는 여좌(汝佐), 충환(沖寰)이며 명대 화가
다. 일찍이 <단계기(丹桂記)>, <옥잠기
(玉簪記)> 삽도와 <도회종이(圖繪宗彝)>
를 그려 이름이 났다.

　이 그림에서는 상단에 윤곽만 그은 두
산봉우리 사이로 뜬 보름달을 넣었고, 하
단엔 밤에 배를 띄어놓고 두 선비가 그
배에 올라탄 모습을 그렸다. 그리고 갈대
가 휘어진 것으로 봐서, 두 인물은 달빛
을 받으며 갈대소리를 듣는 것으로 보인
다.

● 시 원작자 소개

　가지(718~772)의 자는 유린(幼隣) 혹은 유기(幼幾)이며 낙양 사람이다. 천보 원년(742)에 명경
과에 급제하고 선보위(單父尉), 기거사인, 지제고(知制誥)를 지냈다. 안사의 난이 일어나자 현종을
따라 촉에 들어가 중서사인을 맡았다. 건원(乾元) 원년(758)에 여주자사(汝州刺史)로 나갔고 후에
악주사마로 좌천되었을 때 이백을 만나 시를 지어 창화했다. 보응 원년(762)에 다시 중서사인이
되었고 마지막으로 산기상시를 지냈다. ≪전당시≫ 권235에 그의 시 1권을 수록했고, ≪전당문≫
권366~368에 그의 문장 3권을 수록했다.

11 장입본 딸의 노래를 들으며(聽張立本女吟)__고적(高適)

危冠廣袖楚宮妝,	높은 관 넓은 소매의 초궁 궁녀로 단장한 아가씨
獨步閑庭逐夜涼.	홀로 한적한 뜰 걸으며 한밤의 서늘함 쫓는다.
自把玉釵敲砌竹,	스스로 옥비녀 잡아 섬돌 가 대나무 두드리고
清歌一曲月如霜.	맑은 노래 한 자락에 달빛은 하얀 서리인 듯.

❀ 시 해설

이 시에는 다소 황당한 이야기가 전해진다. ≪전당시≫(권867)에 의하면, 당대 초장관(草場官) 장입본의 딸이 뒤뜰에 있던 시랑 고개(高鍇) 무덤 속의 요괴에게 홀려 지은 작품이라고 한다. 이 시는 사실 ≪회창해이록(會昌解頤錄)≫에 나온다. 혹자는 장입본 딸이 스스로 읊은 것이라고도 한다. 설령 그의 딸이 읊은 것일지라도 고적의 윤색을 거쳤을 것이다. 첫 구에서는 머리가 높고 소매가 넓으며 허리가 가는 초궁 궁녀의 치장을 표현했다. 이어서 세 구에서는 그 주인공의 활동을 세심하게 묘사했다. 혼자서 차가운 밤에 한적한 뜰에서 춤을 추고 노래 부르며, 한편으로는 옥비녀를 쥐고 섬돌 대나무를 두드리는데, 그 노랫소리는 청아하면서도 구슬프다. 1, 2구에서 보여준 시각적 이미지는 3, 4구에서 청각적 묘사로 전환되면서 더욱 부각된다.

● 서예가 소개

사언보(士彦甫)가 쓴 글씨다.

　이 그림은 초승달과 별이 하늘을 수놓은 밤에 화려한 치장을 한 여성 인물을 그렸다. 이 여성은 옥비녀를 빼어 대나무 가지를 두드리고 있는데, 그 청아한 소리가 구름으로 표현한 듯 뭉게구름이 사방으로 번진다.

● 시 원작자 소개

　고적(700~765)의 자는 달부(達夫)이고 발해(渤海) 수(蓨, 지금의 하북 景縣) 사람이고 영태(永泰) 원년(765)에 사망했다. 천보 8년(749)에 유도과(有道科)에 급제하여 봉구현위(封丘縣尉)를 제수 받았다. 후에 관직을 사직하고 하서절도사(河西節度使) 가서한(哥舒翰, ?~757)의 막부에 들어가 장서기를 맡았다. 안사의 난이 일어나자 가서한을 도와 동관(潼關)을 수비했다. 동관이 함락되자 고적은 현종을 따라 촉(蜀)에 들어가 간의대부로 발탁되었다. 후에는 회남절도사(淮南節度使), 촉주자사(蜀州刺史), 검남서천절도사(劍南西川節度使), 형부시랑, 산기상시를 지냈고 발해후(渤海侯)에 봉해졌다.

12 일찍 핀 매화(早梅)__장위(張謂)

一樹寒梅白玉條,   한 그루 차가운 매화나무 백옥 같은 가지
迴臨林村傍溪橋.   멀리 산촌 마주하고 시내 다리 옆에 피었다.
不知近水花先發,   물이 가까워 꽃이 먼저 핀 줄 모르고
疑是經冬雪未銷.   겨울 가도 녹지 않은 눈인가 의심한다.

🌸 시 해설

≪전당시≫에는 장위와 융욱(戎昱, 744~800)의 시편에 이 시가 모두 들어 있다. ≪문원영화(文苑英華)≫에서는 이 시를 융욱 편에 넣고, 장위의 오언율시 <관사에 일찍 핀 매화(官舍早梅)>(≪전당시≫ 권197) 뒤에 수록했는데, 후인들은 이 때문에 이 시를 장위 시집에 잘못 넣었다. 앞의 두 구는 매화의 빼어난 자태를 묘사했다. 뒤의 두 구는 '부지(不知)'에서 지(知)로, '의시(疑是)'에서 확인의 과정을 거친다.

'일자사(一字師)'라는 전고가 있다. '한 글자를 가르쳐준 스승'이란 의미로 정곡을 찔러 핵심을 깨우쳐주는 가르침을 말한다. 이 고사도 매화시에서 비롯한다.

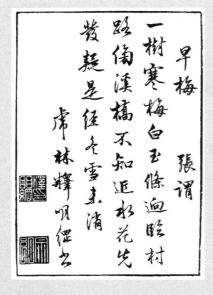

● 서예가 소개

명강(明綱)은 호림의 스님으로 자는 종랑(宗朗)이고 서예에 뛰어났으며 숭정 10년(1637)에 <악지화축(樂志畵軸)>를 그렸다.

● 채충환 그림

채원훈은 채충환이다. 채충환(蔡沖寰), 즉 채원훈(蔡元勳)의 자는 여좌(汝佐), 충환(沖寰)이며 명대 화가다. 일찍이 <단계기(丹桂記)>, <옥잠기(玉簪記)> 삽도와 <도회종이(圖繪宗彝)>를 그려 이름이 났다.

이 그림은 시내를 건너는 다리 한가운데 올라서 하얗게 핀 매화를 감상하는 선비의 모습을 그렸다. 매화 한 그루가 시내 물가에 피었으며, 한 시동이 선비 뒤에 서서 몸 숙여 하명을 기다린다. 왼쪽 옆구리에 무언가를 끼고 있는데, 선비의 시흥이 돋으면 당장 펼쳐놓을 문방구일 듯.

● 시 원작자 소개

융욱(744~800)은 장안 사람으로 일찍이 활주(滑州), 낙양 등지를 유람했다. 대력 원년(766)에 촉에 유람했고 대력 2년에 형남절도종사(荊南節度從事)가 되었으며 3년에 강릉(江陵)에서 두보를 만났다. 4년에 호남관찰사 막부에 들어갔으며 8년에 계주관찰사(桂州觀察使) 막부에 들어갔다. 건원 4년(783)에 진주자사(辰州刺史)가 되었고 뒤에 영주자사(永州刺史)로 부임했다. ≪전당시≫ 권270에 그의 시 1권을 수록했다.

13 삼짇날 이구의 별장을 찾아서(三日尋李九莊)__상건(常建)

雨歇楊林東渡頭,　　비 개인 버드나무 숲의 동쪽 나루터에

永和三日盪輕舟.　　영화 때처럼 삼짇날에 가벼운 배 젓는다.

故人家在桃花岸,　　복사꽃 핀 언덕에 옛 친구 집 있어

直到門前溪水流.　　바로 문 앞까지 시냇물 흐른다.

🌸 시 해설

　3일은 음력 3월 3일 상사일(上巳日)을 가리킨다. 이날 사람들은 무리 지어 물가에 가서 목욕하는 발계(祓禊) 활동을 한다. 이를 통해서 질병과 불길한 기운을 없애고 친구들과 술을 마시며 경치를 감상했다. 앞의 두 구에서는 왕희지의 <난정집서(蘭亭集序)>에 나오는 '곡수유상(曲水流觴)'이란 전고를 써서 이구를 그리워하는 원인을 설명했다. 뒤의 두 구에서는 '도화원' 전고를 써서 이구의 은사 신분을 부각시켰다.

　두 번째 구의 '영화'는 동진 목제(穆帝) 사마염(司馬聃)의 연호(345~356)다. 영화 9년(353) 3월 3일 왕희지, 사안, 손작 등 40명이 회계 산음(지금의 소흥) 난정에 모여 계제(禊祭)를 올리고 유상곡수연을 벌이며 시를 지은 바 있다.

● 서예가 소개

　호림 사람 육유겸(陸維謙)이 쓴 글씨다.

● 화보 설명

　이 그림의 하단엔 버드나무를 그렸다. 시적 화자는 버드나무 숲으로 우거진 동쪽 나루터에서 시동이 젓는 배를 타고 건너편 복사꽃이 핀 언덕의 친구 집을 바라보며 가고 있다. 고개를 돌린 인물의 모습이 다소 부자연스럽고 과장되어 있긴 있지만, 시의 내용을 화면에 세밀하게 담았다.

● 시 원작자 소개

　상건은 개원 15년(727)에 진사과에 급제했고 천보 연간에 우이현위(盱眙縣尉)를 역임했다. 벼슬 길에 뜻을 잃어 거문고를 연주하고 술을 마시며 방랑했으며 후에는 악저(鄂渚 : 지금의 호북성 무한시)의 서산에 은둔했다. ≪전당시≫ 권 144에 그의 시 1권(57수)을 수록했다.

14 봄에 거닐며 감흥을 읊노라(春行寄興)__이화(李華)

宜陽城下草萋萋,	의양성 밑엔 풀이 무성한데
澗水東流復向西.	계곡물 동으로, 다시 서로 흐른다.
芳樹無人花自落,	아름다운 나무 봐주는 이 없어 꽃 절로 지고
春山一路鳥空啼.	봄 산 한 가닥 길엔 새만 부질없이 울어댄다.

✿ 시 해설

이 시는 시인이 의양(宜陽, 지금의 하남에 속함)을 지날 때 즉흥적으로 적은 작품으로, 시인이 기탁한 '흥'은 바로 안사의 난 이후 황폐해진 고을의 모습이다. 두보 <춘망(春望)>의 "나라 패망하니 산과 강만 남았고, 성에 봄 들자 초목만 우거졌도다.(國破山河在, 城春草木深.)"와 같은 감개를 기탁했다. 그러나 네 구 모두 인사(人事)에 관해선 한 마디도 언급하지 않고 순전히 경물만 묘사했다. 앞의 두 구에서는 의양성 아래에 풀이 무성한 가운데 계곡물이 동서로 흘러 생기발랄한 봄날의 정취가 흘러넘친다. 뒤의 두 구는 가는 길에 인적은 없고 나무에 핀 꽃만 저절로 피었다가 지고 봄새는 계곡을 마주하고 울어대어 무척 쓸쓸한 느낌이 든다. '자(自)'와 '공(空)' 자를 써서 더 처량하게 보인다. 작자는 두 정경을 대조하면서 무한한 흥망의 느낌을 기탁했다. 의양성은 지금의 하남성 의양현에 있는데, 당대 때 이곳에 유명한 연창궁(連昌宮)을 축조한 바 있다.

● 서예가 소개

전당 사람 하지원(何之元)이 쓴 글씨다.

● 화보 해설

이 그림은 인물을 넣지 않았다. 오른
쪽 상단에 성만 보이고 그 밑에는 시에
서 언급하지 않은 버드나무를 그렸다. 그
사이로 향기로운 꽃나무에선 꽃이 떨어
지고 그 위로 새 두 마리가 날고 있다.
인물이 없이 풍경묘사만 그려서 그런지
쓸쓸한 분위기가 더 스며든다. 그리고 버
드나무는 쓸쓸하고 외로운 심정을 표현
할 때 자주 쓰인다.

● 시 원작자 소개

이화(715~766)의 자는 하숙(遐叔)이고 조주 찬황(贊皇, 지금의 하북 元氏) 사람이다. 개원 23년
(735)에 진사과에 급제했고 천보 2년(743)에 다시 박학굉사과에 급제했으며 일찍이 감찰어사, 우
보궐(右補闕)을 역임했다. 안녹산이 장안을 함락했을 때 관직을 받았다가 난이 평정된 뒤, 항주사
호참군(杭州司戶參軍)으로 좌천되었다. 후에 이현(李峴, 709~767) 막부에 들어가 검교이부원외랑
(檢校吏部員外郎)을 맡았다. 이화는 한유, 유종원의 고문운동의 선구자다. ≪전당시≫ 권 153에 그
의 시 1권을 수록했으며 ≪전당문≫ 권 314~321에 그의 문장 8권을 수록했다.

15 연밥 따는 노래(採蓮詞)__장조(張潮)

朝出沙頭日正紅,　　아침에 나와 보니 모래 위 해는 마침 붉게 타오르고,
晚來雲起半江中.　　저녁에 돌아오니 구름 일어 강 한가운데 가득하네요.
賴逢鄰女曾相識,　　만나서 의지한 이웃 여인 일찍부터 서로 알고 있어서,
並着蓮舟不畏風.　　연꽃 배를 나란히 붙여 나가니 풍랑도 두렵지 않네요.

❀ **시 해설**

이 시는 강남 수향의 연밥 따는 아가씨의 정경을 묘사했다. 앞 두 구에서는 일찍 나갔다가 늦게 돌아올 때의 날씨 변화를 설명한다. 즉 나갈 때는 뜨거운 날씨였으나 돌아올 때는 갑자기 풍운이 이는데, 그녀들의 심리도 날씨를 따라 기쁨에서 놀람으로 변한다. 아래 두 구에서는 이러한 변화에 대응하는 과정을 묘사하여 함께 연밥 따러 나갔던 다른 여성의 배를 나란히 붙이니, 풍랑도 덜 무섭고 마음도 한결 든든하게 된다.

● **서예가 소개**

요강(姚江) 사람 대사영(戴士英)이 쓴 글씨다.

● 화보 해설

　이 그림은 중간에 두 척의 배를 그렸
다. 뒤쪽의 배에 탄 여인이 앞쪽의 노 젓
는 여성에게 손으로 구름을 가리키며 무
슨 이야기를 하고 있다. 하늘에 구름이
잔뜩 깔린 것으로 봐서 빨리 돌아가자고
재촉하는 듯하다.

● 시 원작자 소개

　　장조는 윤주 곡아(曲阿, 지금의 강소 단양) 사람이다. 대력 연간의 처사였으며 시로 이름이 났
다고 한다. 은번(殷璠)는 장조 등 단양 출신의 시인 18명의 시를 모아 ≪단양집(丹陽集)≫을 펴냈
으나, 이 책은 전하지 않는다. ≪전당시≫ 권 114에 그의 시 5수와 단구 2수를 수록했다.

16 남방에서의 감회(南中感懷)_번황(樊晃)

南路蹉跎客未回,	남쪽 길 헤매는 길손 아직 돌아가지 못하고
常嗟物候暗相催.	항상 물후 탄식하니 암암리에 재촉하는구나.
四時不變江頭草,	사계절 내내 강가의 풀 변치 않으나
十月先開嶺上梅.	시월엔 영남의 매화 먼저 피어난다.

❀ 시 해설

이 시는 번황이 남방에서 자사로 지낼 때 지은 작품이다. 남방에 있었던 시인이 언급한 '남중(南中)'에서 영남의 매화가 꽃망울을 터트리자 절기가 재촉함을 느끼고 세월이 지나감을 한탄한다. 그러다가 나그네 시름이 갑자기 솟아 고향을 떠나 그리는 생각을 '강두초(江頭草)'와 '영상매(嶺上梅)'를 빌려 표현했다. 여기에서 '강두초'는 고향을 가리키고 '사시불변(四時不變)'으로 고향을 그리는 정을 표출시켰다. 아울러 '영상매'로 타향을 표현했는데, '시월선개(十月先開)'라는 시어를 써서 타향의 경물을 빌려 고향 경물을 부각시켰다.

● 서예가 소개

주위연(朱煒然)이 쓴 글씨다.

● 채충환 그림

　채충환(蔡沖寶), 즉 채원훈(蔡元勳)의 자
는 여좌(汝佐), 충환(沖寶)이며 명대 화가
다. 일찍이 <단계기(丹桂記)>, <옥잠기
(玉簪記)> 삽도와 <도회종이(圖繪宗彛)>
를 그려 이름이 났다.

　이 그림의 왼쪽 절벽 위로 난 소로엔
나뭇짐을 진 초동이 아슬아슬하게 내려
오고, 하단의 화폭엔 왜소한 말을 탄 거
구의 인물이 채찍을 들고 길을 재촉하고
있다. 그리고 길옆엔 매화가 활짝 피었
다.

● 시 원작자 소개

　　번황은 구용(句容, 지금의 강소에 속함) 사람으로 개원 연간에 진사과에 급제했고 서판발췌과
(書判拔萃科)에도 급제했다. 협석주부(硤石主簿), 사부원외랑(祠部員外郞), 탁지원외랑(度支員外郞)를
역임했다. 천보, 대력 연간에 정주자사(汀州刺史), 윤주자사를 역임했고 유장경, 황보염과 친하게
지냈는데, 그의 시가 은번의 《단양집》, 예정장(芮挺章)의 《국수집(國秀集)》에도 실려 있다. 윤
주자사를 지낼 때 일찍이 두보 시를 모아 《두보소집(杜甫小集)》 6권(290수)으로 엮고 서문 <두
공부소집서>를 썼는데, 두보 사망 후 간행된 가장 빠른 두시 선집이다. 그의 시는 이 시만 《전
당시》에 전한다.

17 도화기(桃花磯)_장전(張顚)

隱隱飛橋隔野煙,	은은히 나는 다리 안개 긴 들판 마주보고
石磯西畔問漁船.	바윗돌 서쪽 가에서 어부에게 묻는다.
桃花盡日隨流水,	복사꽃 종일 흐르는 물 따라가니
洞在淸溪何處邊?	동굴은 청계의 어디에 있소?

❀ 시 해설

이 시의 제목은 ≪전당시≫ 권 117에 <도화계(桃花溪)>로 되어 있다. 시인이 눈앞에 멀리 보이는 홍교(虹橋)를 보고 도연명의 <도화원기>에 나오는 이상향을 연상하여 쓴 시로, 경물 묘사가 뛰어나다. 도화계는 호남성 도원현(桃源縣) 도화동(桃花洞) 북쪽에 있다. 일설에는 이곳이 <도화원기> 고사의 발생지라고도 한다. 이 시를 읽노라면 원경의 무지개다리, 근경의 물가의 바윗돌을 거쳐, 복사꽃을 따라 시인이 동경하는 이상세계로 이끌어줄 것 같은 느낌을 준다.

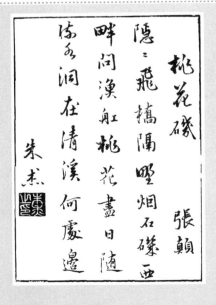

● 서예가 소개

주걸(朱杰)의 자는 신장(宸章)이고 산음(山陰, 지금의 절강 紹興) 사람으로 화훼, 인물화에 뛰어났다.

● 화보 해설

 이 그림은 하단에 낚시하고 있는 어부
에게 선비가 길을 묻는 장면을 그렸다.
시의 내용으로 봐서 도화원으로 가는 길
을 묻는 듯하다. 강에는 복사꽃이 떠내려
오며, 왼쪽 상단에는 산 아래 무지개다리
와 그 위로 동굴 문이 보인다.

● 시 원작자 소개

　　　　장전은 장욱(張旭)의 별명이다. 장욱(약 675~약 750)의 자는 백고(伯高), 소주 사람이다. 상숙위
(常熟尉), 금오장사(金吾長史)를 지냈는데 사람들은 '장장사(張長史)'라 불렀다. 술을 좋아하여 항상
크게 취한 뒤 소리 지르며 광분하고 나서 붓을 들었다. 심지어는 머리카락에 먹물을 묻혀 글씨를
써서 '장전(張顚)'이란 이름을 갖게 되었다. 시인 이기(李頎, 690~751), 고적, 이백과 친하게 지냈
으며 두보는 그를 '음중팔선' 가운데 하나라고 했다. 그의 초서와 이백의 시, 배민(裴旻)의 검무를
당시 삼절(三絶)이라 불렀다. 시문에 능하여 하지장, 포융, 장약허와 더불어 '오중사자(吳中四子)'
라 불렀다. ≪전당시≫에 그의 시 6수가 수록되었다.

18 늦봄에 고산초당으로 돌아가며(暮春歸故山草堂)_전기

谷口春殘黃鳥稀,　　곡구에 봄 저물자 꾀꼬리 드문데
辛夷花發杏花飛.　　신이화 피고 살구꽃 흩날린다.
始憐幽竹山窗下,　　가련쿠나, 산창 아래 그윽한 대나무
不改清陰待我歸.　　맑은 그늘 남겨두고 나 돌아오길 기다린다.

✿ 시 해설

이 시는 유장경 작품이라고도 하는데, <늦봄에 산으로 돌아와 거주하며 창 앞 대나무에 적노라(晩春歸山居, 題窗前竹)>라는 제목으로 ≪전당시≫ 권 150에 보인다. 송대 사람은 유장경 시라 하고, 명대 사람은 전기 시라고 하는데, 어느 설이 옳은지 모르겠다. 다만 전기에게 <곡구에서 새집을 마련하여 동향의 친구에게 부치노라(谷口新居, 寄同省故朋)>, <망천에서 노닐다가 종남산에 이르러 곡구의 왕십육에게 부치노라(遊輞川至南山, 寄谷口王十六)> 등의 시가 있는 것으로 봐서 전기 시일 가능성이 크다. 시인은 남전현(藍田縣) 곡구에 별장을 짓고 오랫동안 살면서 이곳을 고향으로 삼았기에 그 산장을 '고산초당'이라 불렀다. 두 번째 구의 '발(發)'은 ≪전당시≫에 '진(盡)'으로 되어 있다.

● 서예가 소개

신안 사람 유문룡(兪文龍)의 글씨다.

● 화보 해설

　이 그림은 시적 화자가 벼슬을 그만두
고 초당으로 돌아와 쓸쓸하게 지내는 장
면을 그렸다. 자신의 초당 앞에서 그 자
리를 지키고 있는 대나무를 바라보고 있
는데, 높게 자란 대나무는 꼿꼿하게 서있
어 그 절개를 상징한다.

● 시 원작자 소개

　　전기(약 715~약 780)의 자는 중문(仲文)이고 오흥(지금의 절강 湖州) 사람이다. 천보 10년(751)
에 진사과에 급제했고 비서성교서랑, 남전위(藍田尉), 고공낭중(考功郎中) 등직을 역임했다. 낭사원
(郎士元)과 이름을 같이 하여 당시 '전랑(錢郎)'이라 불렸으며 '대력십재자' 가운데 하나다. ≪전고
공집(錢考功集)≫이 있고 ≪전당시≫에 그의 시 4권을 수록했다.

　　유장경(약 714~약 790)의 자는 문방(文房), 선성(宣城, 지금의 안휘에 속함) 사람이다. 천보 연
간에 진사에 급제했고 장주위(長州尉), 남파위(南巴尉), 목주사마(睦州司馬), 수주자사(隨州刺史) 등직
을 역임했는데, 세상 사람은 '유수주(劉隨州)'라고 불렀다. 전기, 낭사원(郎士元), 이가우(李嘉祐)를
합쳐 '전랑유리(錢郎劉李)'라고 불렀다. 유장경은 특히 오언율시에 뛰어나 스스로 '오언장성(五言長
城)'이라 자부했다. 지금은 ≪유장경집≫이 전하는데, ≪전당시≫에 그의 시 5권을 수록했다.

19 추석(秋夕)_두공(竇鞏)

護霜雲映月朦朧,	서릿발 맺히고 구름 비치니 달빛 몽롱하고
烏鵲爭飛井上桐.	까막까치는 우물가 오동나무로 다투어 난다.
夜半酒醒人不覺,	한밤중에 술 깨어도 남은 알아차리지 못하고
滿地荷葉動秋風.	온 땅엔 연잎이 가을바람에 움직인다.

❁ 시 해설

시인은 가을이 왔음을 알리는 대표적인 경물을 포착하여 황혼에서 '야반(夜半)'으로 넘어가는 추석의 하룻밤 정경을 묘사했다. 앞의 두 구에서는 황혼 때의 가을 풍경을 묘사했다. 구름이 몽롱한 달빛에 비치고 가을서리가 맺혔기에 '호상(護霜)'이라 표현했다. 이때 우물가의 오동나무 위에는 까막까치가 날아와 깃든다. 아래 두 구에서는 시선을 사물에서 사람의 활동으로 돌린다. 한밤중에 술에 깨어도 다른 사람은 알아차리지 못한다. 밖의 연못에서 가을바람이 연잎을 움직이는 정경을 바라보던 시적 화자는 슬픈 감정을 느끼게 된다.

'호상'은 방언이다. 물기가 응고하여 서리가 맺히는 현상을 말한다. 당 이가우(李嘉祐)의 <겨울 밤 요주 사당에서 흡주로 부임하는 상공 다섯째 숙부를 전별하며(冬夜饒州使堂餞相公五叔赴歙州)> 시에 "은하수 처음 두성 지나고, 구름 차가워지자 서리 맺힌다.(斜漢初過斗, 寒雲正護霜.)"는 구절이 있다.

● 서예가 소개

왕여겸(汪汝謙)은 전당(일설에는 안휘 흡현) 사람으로 자는 연명(然明), 호는 송계도인(松溪道人)이다.

● 화보 해설

이 그림은 누각을 왼쪽에 배치했다.
누각 안의 탁자엔 촛불과 향로가 놓였고,
그 앞에 비스듬히 누운 선비는 술이 아
직 깨지 않은 듯 게슴츠레한 눈으로 밖
의 연못을 응시한다. 그리고 우물 옆에
우뚝 솟은 오동나무 위로 까치가 깃들고
자 날아간다. 그 위론 운무가 감싸고 있
다.

● 시 원작자 소개

　　두공(772~831)의 자는 우봉(友封)이고 호는 섭유옹(囁嚅翁)이며 경조 금성(金城, 지금의 섬서 興
平) 사람이다. 원화 2년(807)에 진사과에 급제했고 막부 장서기, 시어사, 사훈원외랑, 형부낭중(刑
部郎中)을 지냈다. 대화 4년(830) 정월에 무창절도사(武昌節度使) 원진이 그를 부사(副使)로 불렀다.
원진이 죽자 두공은 경조로 돌아와 그곳에서 사망했다. 시에 뛰어나 당시 그의 형 상(常), 모(牟),
군(群), 상(庠)과 같이 이름을 날렸다. 저장언(褚藏言)이 펴낸 ≪두씨연주집(竇氏聯珠集)≫이 남아
있다. ≪전당시≫ 권 271에 그의 시 39수가 수록되었다.

20 백림사 남쪽을 바라보며(柏林寺南望)_낭사원(郎士元)

溪上遙聞精舍鐘,   계곡 멀리서 절간의 종소리 들리고
泊舟微徑度深松.   배 대고 희미한 길로 깊은 송림 지난다.
青山霽後雲猶在,   청산 개인 뒤 구름 아직 남아 있고
畵出西南四五峰.   서남쪽으로 네다섯 봉우리 그려낸다.

❀ 시 해설

시제의 '백림사'는 하북성 조현(趙縣)에 있으며 동한 말년에 세웠다. 중국에서 가장 오래된 사원 가운데 하나이며, 중국의 유명한 불교 성지이기도 하다. 당대의 현장법사가 인도로 가기 전에 이곳에서 불경 ≪성실론(成實論)≫을 공부한 바 있다. 이 시는 시인이 종소리를 듣고 배를 정박하곤 오솔길을 뚫고 지나가 남쪽을 바라보는 일련의 활동 묘사를 통해 백림사 주위의 아름다운 경관을 부각시켰다. '시중유화(詩中有畫)'의 대표작이라 하겠다. 마지막 구의 '서남'은 ≪전당시≫에 '동남'으로 되어 있다.

● 서예가 소개

신도(新都) 사람 하향(賀香)이 쓴 글씨다.

● 화보 해설

  이 그림의 상단에는 태점(苔點)이 찍힌 석주 다섯 개가 뒤덮인 뭉게구름 가운데 우뚝 서있다. 하단에는 배에서 내려 절의 누각 쪽으로 걸어가는 선비와 강 언덕에서 배를 정박시키고 기다리는 시동을 그렸다. 석주와 사찰 사이에도 구름으로 표현했다.

● 시 원작자 소개

  낭사원(727~780)의 자는 군주(君胄)이고 정주(定州) 중산(中山, 지금의 하북 定縣) 사람이다. 천보 15년(756)에 진사과에 급제했고 습유, 원외랑, 낭중, 위남위(渭南尉), 정주자사(鄭州刺史)를 지냈다. '대력십재자' 가운데 한 사람이다. ≪전당시≫ 권 248에 그의 시 1권을 수록했다.

21 성 선사의 절집을 찾아(尋盛禪師蘭若)_유장경

秋草黃花覆古阡,　　가을 풀 국화가 옛 길 뒤덮고
隔林何處起人煙.　　숲 너머 어느 곳에선가 연기 인다.
山僧獨在山中老,　　산승은 홀로 산속에서 늙고
惟有寒松見少年.　　차가운 송림 사이로 소년 보인다.

❀ 시 해설

　시인이 성 선사가 참선하고 있는 사원을 찾아가면서 사찰 주변의 경물을 묘사했다. 그러나 이 시에서는 선리(禪理)나 사원의 장엄한 경관을 말하지 않고, 사찰 주변의 '추초황화(秋草黃花)', '고천(古阡)', 숲속 너머로 이는 안개, '한송(寒松)' 등 환경을 묘사했다. 그런데 갑자기 차가운 송림 사이로 소년이 나타난다. 이처럼 산속에서 늙어가는 성 선사와 앞으로 이 사찰을 맡아서 참선하고 법통을 이을 소년을 대비하여 묘사했다. 비록 암시하진 않았지만 성 선사는 너무 늙어서 손님을 맞을 수 없을 수도 있고, 죽었을 수도 있다. 셋째 구의 '산승(山僧)'은 원작엔 '산심(山深)'으로 되어 있다.

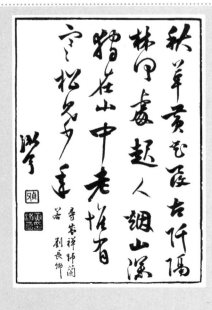

● 서예가 소개

　여형(汝亨)은 황여형(黃汝亨)으로 자는 정보(貞父), 전당 사람이다. 만력 26년(1598)에 진사가 되었으며 강서포정사참의(江西布政司參議)를 역임했다. 그의 행서와 초서는 황정견, 미불의 장점을 흡수했다.

● 화보 해설

　이 그림은 굽은 소나무를 사이에 두고
죽장을 쥔 노승이 시동을 대동한 관리와
대화를 나누는 장면을 표현했다. 길엔 낙
엽이 떨어져 있으며 개울 건너서 인가
두 채가 희미하게 보인다.

시 원작자 소개

　유장경(약 714~약 790)의 자는 문방(文房), 선성(宣城, 지금의 안휘에 속함) 사람이다. 천보 연
간에 진사에 급제했고 장주위(長州尉), 남파위(南巴尉), 목주사마(睦州司馬), 수주자사(隨州刺史) 등직
을 역임했는데, 세상 사람은 '유수주(劉隨州)'라고 불렀다. 전기, 낭사원(郎士元), 이가우(李嘉祐)를
합쳐 '전랑유리(錢郎劉李)'라고 불렀다. 유장경은 특히 오언율시에 뛰어나 스스로 '오언장성(五言長
城)'이라 자부했다. 지금은 《유장경집》이 전하는데, 《전당시》에 그의 시 5권을 수록했다.

22 산중(山中)_노윤(盧綸)

饑食松花渴飮泉,	배고프면 송화 먹고 목마르면 샘물 마시며
偶從山後到山前.	이따금 산 뒤에서 산 앞으로 다가가노라.
陽陂軟草厚如織,	양지바른 비탈의 부드러운 풀 짠 듯 촘촘한데
因與鹿麛相伴眠.	사슴과 더불어 기대어 함께 잠을 자노라.

❀ 시 해설

이 시는 산중에 은거하는 도사의 생활환경과 생활상을 묘사했다. 당 이전의 수도자는 복식(服食)을 좋아했는데 당대엔 복식 기풍이 무척 성행했다. 송화를 먹고 샘물을 마시는 것은 바로 도사의 음식, 수련 생활의 묘사다. ≪포박자(抱朴子)·선약(仙藥)≫에 "선약 가운데 으뜸은 단사이고 그 다음은 황금이며……그 다음이 송지, 복령이다(仙藥之上者丹砂, 次則黃金……次則松柏脂, 茯笭)"라고 했다. 이러한 '송지'나 '복령'은 구하기 힘들기 때문에 그는 단지 '송화'만을 먹을 따름이다. 그 활동 범위는 협소하여 "산 뒤에서 산 앞으로 움직이고" 아침 태양의 "부드러운 풀이 짠 듯 촘촘한" 산언덕에서 어린 사슴과 함께 잠을 잔다. 사슴은 도교에서 영성이 있다는 동물이다. ≪전당시≫의 제목은 <산중일절(山中一絶)>로 되어 있으며, 노동(盧소)의 <산중> 시도 이와 중복된다.

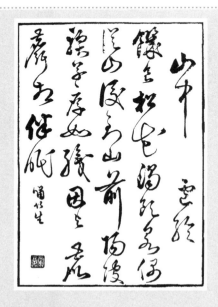

● 서예가 소개
소죽생(蕭竹生)이 쓴 글씨다.

충환은 채충환이다. 채충환(蔡冲寰), 즉 채원훈(蔡元勳)의 자는 여좌(汝佐), 충환(冲寰)이며 명대 화가다. 일찍이 <단계기(丹桂記)>, <옥잠기(玉簪記)> 삽도와 <도회종이(圖繪宗彝)>를 그려 이름이 났다.

이 그림에서는 물가 옆에 앉아 한쪽 팔을 바위에 기댄 인물과 그 옆에서 쉬고 있는 사슴 두 마리를 그렸다. 앞에 솔가지가 담긴 바구니가 놓인 것으로 봐서 송화를 따다가 잠시 휴식을 취하는 것으로 보인다. 그리고 그 뒤에는 소나무 밑에서 한 동자가 솔가지를 따서 내려오고 있는 모습을 그렸다.

● 시 원작자 소개

노윤(약 748~약 798)의 자는 윤언(允言)이고 하중(河中) 포주(蒲州, 지금의 산서 永濟) 사람이다. 대력 6년(771)에 재상 원재(元載, ?~777), 왕진(王縉, 700~781)의 추천으로 문향위(閺鄕尉)가 되었고 이후에는 밀현령(密縣令), 소응령(昭應令), 감찰어사(監察御史), 집현학사(集賢學士), 비서성교서랑(秘書省校書郞) 등직을 역임했다. 정원 12년에는 원재와 왕진에게 연루되어 하옥되었다. 정원 14년(798), 15년에는 외삼촌 위거모(韋渠牟, 749~801)의 추천으로 호부낭중(戶部郞中)에 임명되었는데 세상 사람들은 그를 '노호부(盧戶部)'라고 불렀다. 신구 《당서》에 그의 전이 있다. 노윤은 '대력 10재자' 가운데 한 사람으로 시로 이름이 났다. 반덕여는 그를 십재자 가운데 우두머리로 보고 "노윤의 시는 청고하여 유장경과 필적할 만하고 우두머리가 되기에 부끄럽지 않다.(盧詩淸高, 可以與劉文房匹, 不愧稱首.)"(《양일재시화(養一齋詩話)》 권7)고 말했다. 저작으로는 《노호부시집(盧戶部詩集)》이 세상에 전한다. 《전당시》에는 그의 시 5권을 수록했다.

23 개성사에 쓰노라(題開聖寺)__이섭(李涉)

宿雨初收草木濃,	장맛비 처음 그치자 초목 무성해지고
群鴉飛散下堂鐘.	까마귀 떼 하당 종소리에 흩어진다.
長廊無事僧歸院,	장랑에 일없어 스님 사원으로 돌아가
盡日門前獨看松.	온종일 문 앞에서 홀로 소나무 보노라.

❁ 시 해설

이 시는 오랫동안 비가 내리다가 처음 갠 뒤 개성사의 환경과 스님의 일상사를 묘사했다. 양나라 때 축조된 개성사는 형주(荊州) 사망산(四望山)에 있다. 오랫동안 내리던 비가 초목을 적셔 무성해지고 갑자기 하당종(下堂鐘) 소리가 산중에 퍼지자 까마귀 떼가 놀라서 흩어진다. '하당종'이란 스님이 법당에서 내려올 때 치는 종을 말한다. 이러한 환경에서 스님은 온종일 문 앞에서 소나무만 바라보고 있다. 마지막 구는 독자에게 무한한 상상의 여지를 남겨주고 있다.

중국에 '개성사'는 여러 곳에 있는데, 온정균(溫庭筠)의 칠언율시 <개성사>는 윤주(潤州) 단양(丹陽)에 있는 개성사의 경관을 읊은 시다.

● 서예가 소개

서천목승빈(西天目僧賓)이 쓴 글씨다.

이 그림의 상단 하늘엔 하늘을 나는 까마귀 떼를 그렸고, 하단 오른쪽엔 절간에서 밖을 내다보는 두 스님의 모습을 표현했다. 그리고 절 밖에선 관리 복장을 하고 뒷짐을 지고 고개를 앞으로 뺀 인물이 절간 지붕보다 더 높이 우뚝 선 소나무를 바라보는 모습을 그렸다.

● 시 원작자 소개

이섭은 낙양 사람으로 자호는 청계자(清溪子)다. 젊어서 양원(梁園)을 유람했으며 광려(匡廬) 향로봉 아래의 석동(石洞)에 은거하다가 나중에 종남산으로 옮겼다. 원화 초년에 진허군절도사(陳許軍節度使) 유창예(劉昌裔, 752~813)의 종사관이 되었다가 오래지 않아 이릉현령(夷陵縣令)으로 좌천되었다. 장경(長慶) 원년(821)에 입조하여 태상박사가 되었다. ≪전당시≫ 권 477에 그의 시 1권을 수록했다.

24 우림 소년의 노래(羽林少年行)_ 한굉(韓翃)

駿馬牽來御柳中,　　준마를 궁전의 버드나무에서 끌어내어
鳴鞭欲向渭橋東.　　채찍 울리며 위교 동쪽으로 가려고 한다.
紅蹄亂踏春城雪,　　검붉은 발자국 봄 성의 눈 어지러이 밟고
花頷嬌嘶上苑風.　　꽃은 애교 머금고 상원의 바람에 울부짖는다.

✿ 시 해설

이 시의 제목은 ≪전당시≫ 권 245에 <우림기(羽林騎)>로 되어 있다. 우림은 황실의 의장대 금위군 (禁衛軍)을 말한다. 한대에 우림기를 두었고 당대에는 좌우우림군을 두었다. ≪악부시집≫ 권 6에 <우림랑>과 <우림행> 등 잡곡가사 이름이 있으나, 한굉의 이 시는 보이지 않는데, 상술한 악부와 유사한 악부시일 것이다. 이 시는 젊은 우림의 형상을 묘사했다. 소년은 상원으로 답청가기 위해 준마를 타고 방향을 위교 동쪽으로 잡아 달리고 있다. 그러나 말은 봄이 왔어도 아직 녹지 않은 눈을 밟으며 가다가 상원에서 불어오는 바람을 맞으며 아직도 겨울인가 싶어 머뭇거리며 울어댄다.

● 서예가 소개
호림 사람 왕막(王鏌)이 쓴 글씨다.

● 화보 해설

　이 그림은 울창한 버드나무가 심겨진 아치형 다리 앞에서 각기 말을 탄 두 귀공자가 얼굴을 마주보며 얘기를 나누는 모습과 두 다리와 고개를 들고 우는 앞 말, 그리고 그 뒤에 조용히 따르는 다른 말의 모습을 그렸다.

● 시 원작자 소개

　한굉의 자는 군평(君平)이고 남양 사람이다. 천보 13년(754)에 진사과에 급제하고 여러 절도사의 막부에서 근무했다. 건중(建中) 초년에 <한식> 시로 덕종에게 인정받아 가부낭중(駕部郎中), 지제고를 하사받았고 중서사인을 역임했다. '대력십재자' 가운데 하나다. 그의 시는 창화시가 많고 칠언절구에 뛰어났다. ≪전당시≫ 권 243~245에 그의 시 3권을 수록했다.

25 서정의 저녁 연회(西亭晚宴)__주가구(朱可久)

虫聲已盡菊花乾,	벌레 소리 모두 사라지고 국화 마르고
共坐松陰向晩寒.	함께 송림 그늘 속에 앉으니 저녁때라 차갑다.
對酒看山俱惜去,	술 대하고 산 바라보며 모두 떠나감을 애석히 여기고
不知斜日下欄干.	모르는 사이에 비낀 해가 난간에 떨어진다.

❀ 시 해설

이 시의 제목이 ≪전당시≫ 권 514에는 <유 보궐 서정의 저녁 연회(劉補闕西亭晚宴)>로 되어 있다. 유 보궐의 이름은 유관부(劉寬夫)로, 주경여(朱慶餘)의 친구다. 보력 원년, 2년에 보궐을 지냈다. 이 시의 중점은 '만(晩)'자에 있다. 첫째 구에서는 만연('晩宴')의 절기와 환경을 묘사했다. 이 시의 계절은 '훼성정(虫聲靜)', '국화건(菊花乾)', 향만한('向晩寒')이란 시어를 통해 알 수 있듯이 늦겨울에서 초겨울 사이다. '공좌송음(共坐松陰)'은 공간 환경을 설명하고 있다. 이곳의 연회에 참가한 사람의 활동은 '대주간산(對酒看山)'뿐이다. 그러다가 어느덧 해가 난간으로 떨어지자 시인은 유관부와의 석별의 정을 아쉬워하며 이 시를 끝맺었다. ≪전당시≫에 둘째구의 '좌(坐)'는 '입(立)'으로, 마지막 구의 '일(日)'은 '월(月)'로 되어 있다.

● 서예가 소개

심문헌(沈文憲)의 자호는 독성자(獨醒子), 완초도인(完初道人), 전당노인(錢塘老人)으로 전당(지금의 항주) 사람이며 서예에 뛰어났다.

● 화보 해설

　이 그림의 오른쪽 상단에 쓰러질 듯
표현된 산수 아래로 좌우에 둥글게 휜
소나무 두 그루를 화면 중앙에 배치하여
둥근 공간을 만들었다. 그 공간에 탁자를
사이에 두고 마주앉은 두 인물이 조촐한
술상을 두고 고개 돌려 산을 바라보고
있다. 그 주변으로 주전자를 든 시동과
좌측 하단의 바위의 배치, 그리고 부감법
(俯瞰法)으로 그린 건물의 난간과 잔잔하
게 물결치고 있는 수면의 표현이 잘 어
우러져 있다. 날이 어두워져 허공엔 둥근
달이 떠있다.

● 시 원작자 소개

　　주가구의 자는 경여(慶餘)고 월주(지금의 절강 소흥) 사람이다. 과거 시험을 준비할 때 행권(行
卷)을 장적에게 보낸 적이 있는데 그에게 인정을 받았다. 주가구에게 <규방의 뜻을 장 수부에게
바치며(閨意獻張水部)>가 있다. 장적의 추천을 받아 보력 2년(826)에 진사과에 급제했다. 그는 당
시 저명한 시인 가도, 요합, 장효표(章孝標, 791~873), 고비웅(顧非熊), 장적 등과 창화했다. 그는
오언율시, 칠언절구에 뛰어났으며 송별시, 창화시, 제영시(題詠詩), 기유시(紀遊詩)가 많다. ≪전당
시≫ 권 514~515에 그의 시 2권을 수록했다.

26 난초를 읊으며(詠蘭)_배도(裵度)

雪徑偸開淺碧花,	눈길엔 옅푸른 꽃 은밀히 피어나더니
冰根亂吐小紅芽.	언 뿌리에서 여리고 붉은 싹 어지럽게 토해낸다.
生無桃李春風面,	살아선 도리처럼 봄바람 앞에 지지 않으니
名在山林處士家.	그 명성 산림 속 처사 집에 있노라.

❀ 시 해설

이 시의 작자는 배도(裵度)로 되어 있으나, 사실은 송대 양만리(楊萬里)의 칠언율시 <난 꽃(蘭花)>의 전반부다. 양만리는 난초를 묘사할 때 색깔, 형태에서 내재적인 품격을 언급했다. 난 꽃은 봄바람이 불면 떨어지는 도리처럼 저속하지 않으며 깊은 산속 처사의 집에서 자란다. 셋째 구는 당대 최호(崔護)의 <장안성 남쪽 별장에 적노라(題都城南莊)> 시를 연상케 한다.

去年今日此門中, 지난 해 오늘 이 문 들어설 땐
人面桃花相映紅. 사람 얼굴과 복사꽃 서로 붉게 비쳤지.
人面不知何處去, 미인의 얼굴 간 곳 모르지만,
桃花依舊笑春風. 복사꽃 여전히 봄바람에 살랑인다.

● 서예가 소개

가흥억지보(嘉興抑之甫)는 전사승(錢士升, 1575~1652)이다. 절강 가흥 사람으로 자는 억지(抑之), 호는 어령(御嶺)이고 신종(神宗) 만력 44년(1616) 병진과(丙辰科)에 장원급제했다.

● 화보 해설

● 화보 해설

　이 그림은 바람에 날리는 난을 그렸다. 가늘게 떨리는 난초 잎의 끝 부분과 꽃잎을 대담하게 표현했다. 판화임에도 불구하고 강한 붓 터치의 느낌이 풍긴다.

● 시 원작자 소개

　　남송 시인 양만리(1127~1206)의 자는 정수(廷秀), 호는 성재(誠齋), 길수(吉水, 지금의 강서에 속함) 사람이다. 소흥(紹興) 24년(1154)에 진사가 되었고 대상승(太常丞), 비서감(秘書監), 보모각학사(寶謨閣學士) 등직을 지냈다. 우무(尤袤, 1127~1202), 범성대(范成大, 1126~1193), 육유(陸游, 1126~1210)와 함께 '남송 4대가'라고 부른다. 현존하는 시는 4천여 수가 있는데 애국시가 많다. 처음에는 강서시파(江西詩派)를 배웠으나 55세 이후에는 시풍이 변해 독특한 '성재체(誠齋體)'를 이루게 되었다. 주요 저작으로는 ≪성재집(誠齋集)≫(130권), ≪양문절공시집(楊文節公詩集)≫(42권), ≪성재역전(誠齋易傳)≫(20권), ≪성재시화(誠齋詩話)≫(1권) 등이 있다.

변하의 노래(汴河曲)_이익(李益)

汴水東流無限春,	변수는 동으로 흘러 봄 풍경 끝없는데
隋家宮闕已成塵.	수대의 궁궐은 벌써 티끌이 되었도다.
行人莫上長堤望,	나그네여, 긴 둑에 올라 바라보지 마시게!
風起楊花愁殺人.	바람 일어 버들개지 날리면 근심 자아낼 테니.

❀ 시 해설

변하(汴河)는 수양제 때 굴착한 대운하 통제거(通濟渠)의 끝부분이다. 하남 형양(滎陽) 북쪽에서 황하 물을 끌어와 동남쪽으로 흘러 지금의 강소 우이를 거쳐 회하(淮河)로 빠진다. 수양제는 대운하를 따라 낙양에서 양주에 이르기까지 연도에 40여 개의 행궁을 세운 바 있다. 이 시에서는 변하의 봄빛, 버드나무 꽃을 황폐한 수나라 행궁에 대비시켜 무정한 흥망성쇠를 묘사했다.

● 서예가 소개

담성(潭城) 유희제(劉希弟)가 쓴 글씨다.

汴河曲
汴河東流爽限春隋家宮
闕已成塵行人莫已長隄
望鳳起楊學愁殺人
潭城劉希弟書
李益

　　이 그림에서는 시에 나타나지 않은 시
적 화자를 그려 넣었다. 하단 오른쪽에
말을 타고 가는 인물과 그 뒤에 따르는
시동을 표현하여 이 시의 의미전달을 돕
고 있다. 그리고 건너편에도 죽장을 오른
손에 쥔 선비와 시동을 표현했다. 상단엔
행궁의 성을 넣었으며 강가 양쪽엔 여러
그루의 버드나무를 그려 쓸쓸한 전경을
표현했다.

● 시 원작자 소개

　　이익(748~827)의 자는 군우(君虞)이고 농서 고장(姑臧, 지금의 甘肅 武威) 사람이다. 대력 4년
(769)에 진사에 급제했고 정현주부(鄭縣主簿), 중서사인, 우산기상시(右散騎常侍), 예부상서 등직을
역임했다. 그의 시제가 광범한데 특히 변새시가 유명하다. 칠언절구에 뛰어났으며 “개원 연간 이
래로는 마땅히 이익이 으뜸이다.(開元以下, 便當以李益爲第一.)”(호응린(胡應麟) ≪시수(詩藪)·내편
(內編)≫ 권6)라는 평가를 받았다. ≪이익집≫이 세상에 전하며 ≪전당시≫에 그의 시 2권을 수
록하였다.

28 창곡의 새 죽순(昌谷新竹)_이하(李賀)

籜落長竿削玉開, 　대 꺼풀 떨어지자 긴 장대 옥 깎은 듯하니
君看母笋是龍材. 　그대 보았는가, 대나무가 용재라네.
更容一夜抽千尺, 　한밤 더 지나면 천 자나 뽑아내어
別却池園數寸埃. 　여러 치 티끌 덮인 북원 벗어나리라.

🌸 시 해설

　이 시는 이하의 <창곡 북원의 새 죽순 4수(昌谷北園新笋四首)> 가운데 첫 번째 수다. 이하의 고향에는 남원(南園)과 북원(北園)이라는 장원(莊園)이 있었다. 죽순의 성장 과정을 통해 자신의 포부를 밝힌 영물시다. 첫째 구는 죽순이 자라 대나무가 되고, 둘째 구는 품종의 고귀함을, 셋째 구에선 대나무가 빨리 자라길 바라는 염원을, 마지막 구에서는 대나무가 북원에 쌓인 티끌을 벗어나 하늘 높이 솟기를 바라는 염원을 묘사했다.

　이하는 당의 종실로, 자신을 용종(龍種)이라 했다. 이하는 죽순을 용재[용의 재능]로 보았는데, 죽순의 별명이 용손(龍孫)이다. 자신의 재능을 대나무에 비유하여 곤궁한 처지에서 벗어나 대나무가 자라는 것처럼 출세하리란 욕망을 이 시에 담았다.

● 서예가 소개

　심정신(沈鼎新)의 자는 자옥(自玉)이고 무림(武林, 지금의 항주) 사람이다. 서예와 산수화에 뛰어났으며 명대 만력(1573~1620) 연간의 ≪명공선보(名公扇譜)≫에 그가 그린 산수선(山水扇)이 들어 있다. 황면중(黃冕仲)이 발문을 쓴 ≪시여화보(詩餘畵譜)≫에도 그의 글씨가 있다.

채충환 그림

채충환(蔡冲寰), 즉 채원훈(蔡元勳)의 자는 여좌(汝佐), 충환(冲寰)이며 명대 화가다. 일찍이 <단계기(丹桂記)>, <옥잠기(玉簪記)> 삽도와 <도회종이(圖繪宗彝)>를 그려 이름이 났다.

이 그림에서는 신죽[시누대]의 모습을 가느다란 대나무 가지와 조그만 잎을 통해 표현했다. 신죽의 가녀린 모습과 남은 여백을 보완하기 위해 화면 하단에는 물결 모양을, 상단에는 구름 모양을 삽입하여 장식성을 강화했다.

시 원작자 소개

이하(790~816)의 자는 장길(長吉)이며 복창(福昌, 지금의 하남 宜陽) 사람이다. 당 왕실의 먼 친척이지만 가세가 몰락하여 생활이 궁핍하게 되었다. 그는 복창의 창곡에 살았기 때문에 세상 사람은 '이창곡(李昌谷)'이라 불렀다. 과거에 응시했으나 부친의 이름(李晉肅) 때문에 떨어졌는데 한유를 이를 두고 <이름에 대한 변론(諱辯)>을 쓴 적이 있다. 젊어서부터 시에 뛰어나 한유, 황보식(皇甫湜, 777~835)에게 인정을 받았다. 그의 작품으로는 청대 왕기(王琦, 1696~1774), 요문섭(姚文燮, 1628~1693), 방부남(方扶南)이 평주(評注)한 ≪이장길가시(李長吉歌詩)≫가 비교적 유행한다.

29 여산폭포(廬山瀑布)__서응(徐凝)

虛空落泉千仞直,　　허공에서 떨어지는 샘물 천 길이나 곧고
雷奔入江不暫息.　　우레처럼 강으로 들어와 잠시도 쉬지 않는다.
千古長如白練飛,　　천년 동안 길게 하얀 천 나는 듯하고
一條界破青山色.　　한 줄기 경계가 청산의 색을 깨노라.

❀ 시 해설

　이 시는 여산폭포의 웅장한 풍채를 묘사했다. 서응은 장경 3년(823)에 항주에 이르러 당시 항주 자사이자 과거 주임 시험관이었던 백거이를 알현했다. 당시 항주에서 시행한 시험에 응시한 서응은 이 시를 지어 수석을 차지했다고 한다. 이백의 <여산폭포를 바라보며(望廬山瀑布)>와 버금가는 시라고 하겠다.

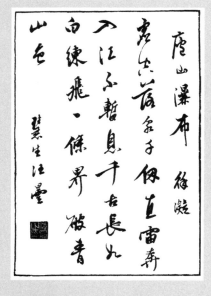

● 서예가 소개
　혜생왕담(慧生汪曇)이 쓴 글씨다.

● 채충환 그림

채충환(蔡冲寰), 즉 채원훈(蔡元勳)의 자는 여좌(汝佐), 충환(冲寰)이며 명대 화가다. 일찍이 <단계기(丹桂記)>, <옥잠기(玉簪記)> 삽도와 <도회종이(圖繪宗彛)>를 그려 이름이 났다.

이 그림은 높은 절벽에서 수직으로 내리쏟는 여산폭포를 감상하는 '관폭도'의 일종이다. 굽은 소나무 앞에서 두 사람이 폭포의 물줄기를 감상하고 있으며, 이 폭포의 거센 위세를 물방울과 굽이 진 잔물결로 표시했다.

● 시 원작자 소개

서응은 목주(睦州, 지금의 절강 建德) 사람이다. 그는 시견오(施肩吾, 780~861)와 같은 마을 출신이라서 친하게 지냈으며 그와 창화한 시가 많다. 백거이, 원진과도 내왕하였는데, "일생에서 만난 사람이라곤 원진과 백거이뿐이다.(一生所遇唯元白.)"라고 말했다(<自鄂渚至河南將歸江外留辭侍郞>). 후에는 목주에 은거해 생을 마감했다. 서응은 칠언절구에 뛰어났는데 시승(詩僧) 방간(方干, 809~888)도 그에게 시를 배운 적이 있다. ≪전당시≫ 권 474에 그의 시 1권을 수록했다.

30 서궁에서 가을을 원망하며(西宮秋怨)_왕창령

芙蓉不及美人妝,　　부용은 미인의 화장에 미치지 못하고
水殿風來珠翠香.　　물가 누각에 바람 부니 치장 향기난다.
却恨含情掩秋扇,　　외려 눈물 머금고 가을 부채처럼 버려질까 한탄하고
空懸明月待君王.　　부질없이 밝은 달 바라보며 군왕 기다리노라.

❀ 시 해설

　이 시에서는 아리따운 궁녀가 총애를 잃은 뒤의 슬픔과 원망을 묘사했다. 첫 구에선 아름다운 미모를, 둘째 구에선 화려한 의상을, 셋째 구에선 독수공방하는 신세를, 넷째 구에선 가을달이 허공에 걸렸건만 군왕이 올지도 몰라 우두커니 바라보는 서글픈 모습을 묘사했다. 마지막 구에서는 사마상여 <장문부(長門賦)> "밝은 달 걸려 스스로 비추니, 맑은 밤에 침실로 간다(懸明月以自照兮, 徂淸夜於洞房)"는 문구를 차용했다.

　한나라 반첩여(班婕妤)는 성제의 총애를 조비연(趙飛燕)에게 빼앗겨버리고 장신궁(長信宮 : 서궁)으로 옮겼는데, 자신의 신세를 용도가 폐기된 가을부채에 빗대어 <원망의 노래(怨歌行)>를 남겼다. 이를 계기로 '단선원(團扇怨)'이나 '추선(秋扇)'이란 전고를 써서 여성이 늙고 쇠약해져 버림받는 신세를 비유한다.

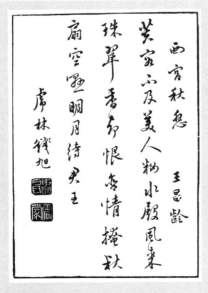

● 서예가 소개

　전욱(錢旭)의 자는 동백(東白)이고 호림 사람이다. 산수화, 인물화에 뛰어났으며 <도회보감찬(圖繪寶鑑纂)>에 그 기록이 있다.

● 화보 해설

　이 그림은 화폭을 대각선으로 잘라 오른쪽 상단은 궁궐을, 왼쪽 하단엔 한 여성을 배치했다. 즉 궁중에서 버림받았으면서도 아리땁게 치장을 하고 부채를 든 궁녀가 저 멀리 궁궐을 애타게 바라보는 모습을 그렸다.

● 시 원작자 소개

　　왕창령(약 690~약 756 혹은 698~757)의 자는 소백(少伯)이고 경조 만년(지금의 섬서 서안) 사람이다. 개원 15년(727)에 진사과에 급제했고 교서랑을 제수 받았다. 개원 22년에 박학굉사과(博學宏詞科)에 급제했고 사수위(汜水尉)를 지냈다. 후에 어떤 일로 영남으로 좌천되었고 다시 복귀한 뒤에 강령위(江寧尉)를 지냈는데, 세상 사람들은 '왕강령(王江寧)'이라 불렀다. 천보 연간에는 용표위(龍標尉)로 폄적되었다. 안사의 난이 일어나자 강회(江淮) 지방으로 피난했다가 호주자사(濠州刺史) 여구효(閭丘曉)에게 죽임을 당했다. 신구 《당서》에 전이 있다. 왕창령은 개원, 천보 연간에 활동한 저명한 시인으로 특히 칠언절구에 뛰어났다. 《왕창령집》이 세상에 전하며 《전당시》에 그의 시 4권을 수록했다.

31 군에서 즉흥적으로 지으며(郡中卽事)_양사악(羊士諤)

紅衣落盡暗香殘,　　붉은 옷 모두 벗어 은은한 향기만 남고

葉上秋光白露寒.　　나뭇잎에 가을빛 돌아 흰 이슬 차갑다.

越女含情已無限,　　월녀가 품은 정 이미 끝없으니

莫敎長袖倚欄杆.　　긴 소매 난간에 기대지 말게나.

🌸 시 해설

　　이 시는 양사악이 원화 3년(808) 파주자사(巴州刺史)로 좌천된 뒤 지은 작품이다. 혹자는 자주자사(資州刺史)로 좌천되었을 당시 지은 시라고도 한다. 이 시는 본래 세 수로 이루어진 연작시 가운데 두 번째 시로, 제목이 <연꽃을 감상하며(玩荷花)>라고 되어 있는 판본도 있다. 이 시에서는 꽃을 의인화했다. '월녀'로 가을철 시들은 연꽃을 비유했는데, 이를 빌려 자신이 좌천 당한데다가 점점 늙어가는 자신의 신세를 돌이켜보면서 서글픈 심정을 담았다.

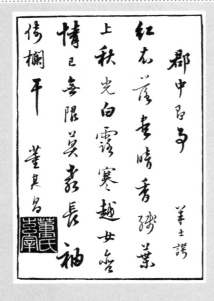

🔴 서예가 소개

　　동기창은 강소 화정 사람으로 자는 현재(玄宰), 호는 사백(思白)이다. 만력 16년(1588)에 진사가 되었으며 만명 강남 문화계의 영수였다. 행서, 초서, 그림에 뛰어났는데, 특히 산수화는 송, 원 대가의 장점을 흡수하여 일가를 이루었다. 저작으로는 ≪화선실수필(畵禪室隨筆)≫, ≪객대집(客臺集)≫ 등이 있다.

● 채충환 그림

　이 그림은 화려하게 치장한 두 여성이 연꽃이 활짝 핀 연못 앞의 난간에 기대 대화하는 장면을 그렸다. 그리고 못가엔 물새들이 한가롭게 노닐고 있다.

● 시 원작자 소개

　양사악(762~822)의 자는 간경(諫卿)이고 태산(泰山, 지금의 산동 泰安) 사람이며 낙양에 살았다. 정원 원년(785)에 진사과에 급제했고 영정(永貞) 연간에 왕숙문에게 미운털이 박혀 정주(汀州) 영화현위(寧化縣尉)로 좌천되었다. 원화 초년에 감찰어사, 장제고(掌制誥)를 지냈으며 이후엔 파주·자주(資州)·양주(洋州)·목주자사를 지냈다. ≪전당시≫ 권 332에 그의 시 1권을 수록했다.

32 반 도사의 동굴에 적노라(題潘師房)__유상(劉商)

渡水傍山尋絶壁,	물 건너 산 따라 절벽을 찾으니
白雲飛處洞門開.	흰 구름 나는 곳에 동굴 문 열렸다.
仙人來往行無迹,	신선 오고감에 자취 남기지 않으니
石徑春風長綠苔.	돌길에 춘풍 불어 푸른 이끼 자란다.

❋ 시 해설

　이 시에서 묘사한 동굴문은 흰 구름으로 덮인 깊은 산속에 있다. 이곳은 찾아가기 힘들 뿐 아니라, 그곳에 거주하는 사람이 도를 깨우친 신선임을 암시한다. 그리고 그와 신선의 내왕, 행적을 남기지 않는 신선의 운행을 묘사했다. 작가 유상은 화가이기도 하다. 화가의 심미안으로 자연 경물을 포착하여 시로 형상화했다. 똑같은 내용의 시로 우곡(于鵠)의 <합계 건동에 쓰노라(題合溪乾洞)>, 조당(曹唐)의 <무릉동에 쓰노라 5수(題武陵洞五首)>가 있는데, 이 시의 원작자가 누구인지 확정할 수 없지만 ≪만수당인절구≫, ≪전당시≫에 의거하여 유상의 시로 보고자 한다.

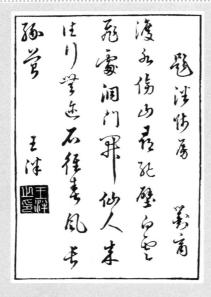

● 서예가 소개

　왕반(王泮)은 산음(지금의 절강 소흥) 사람으로 자는 종로(宗魯), 호는 적재(積齋)다. 가정(嘉靖) 44년(1565)에 진사가 되었으며 만력 연간에 호광참정(湖廣參政)을 지냈다. 만력 12년(1584)에는 마테오리치가 그린 ≪산해여지전도(山海輿地全圖)≫를 간행하는 데 출자하여 마테오리치의 과학지식 전파 활동을 지지했다. 청대 손악반(孫岳頒, 1639~1708)이 모은 ≪패문재서화보(佩文齋書畵譜)≫에 그의 작품이 들어 있다.

이 그림은 도사 복장 차림의 인물이 깊은 산속의 동굴을 찾아 다리를 건너 올라가는 모습과 호리병을 어깨에 멘 시동을 그렸다. 돌길엔 미점으로 이끼를 그렸으며, 절벽엔 굽은 소나무 사이로 동굴 안이 내다보인다.

● 시 원작자 소개

유상의 자는 자하(子夏)이고 팽성(彭城, 지금의 절강 徐州) 사람이며 오랫동안 장안에 거주했다. 대력 연간에 진사과에 급제했고 정원 연간에 변주관찰추관(汴州觀察推官), 검교우부낭중(檢校虞部郎中)을 역임했다. 후에 병으로 사직하고 도사가 되어 상주(常州) 의흥산(義興山, 일설에는 湖州 武康山)에 은거했다. 그는 시문, 그림, 음악에 조예가 깊었으며 그가 지은 <호가십팔박(胡笳十八拍)>은 일시에 유행했다. ≪전당시≫ 권 303~304에 그의 시 2권을 수록했다.

33 봄노래(春詞)__시견오(施肩吾)

黃鳥啼多春日高,　　꾀꼬리 몹시 우니 봄날 해는 높고

紅芳開盡井邊桃.　　붉은 복사꽃 우물가에 만개한다.

美人手暖裁衣易,　　미인 손은 따스하여 옷 마름질하기 쉽고

片片輕雲落剪刀.　　한 조각 가벼운 구름을 가위로 자르는 듯.

✿ 시 해설

　≪전당시≫에서는 이 시 제목을 심아지(沈亞之, 781~832)의 <봄노래를 원미지와 수창하며(春詞酬元微之)>(권 493-16)라고 했다. '춘사(春詞)'는 보통 규원(閨怨)과 관련이 있으나, 이 시는 그렇지 않다. 첫 두 구에서는 미인을 등장시켜 묘사했다. 꾀꼬리 울고 해가 높이 솟았을 때 늦게 일어나 단장함을 말한다. 붉은 복사꽃이 만개했다는 말은 봄이 쉽게 지나감을 의미하며, '인면도화(人面桃花 : 사랑하는 사람이 한번 떠나면 다시 만나지 못한다.)'를 암시한다. 뒤의 두 구에서는 미인의 손재주가 야무져 능수능란하게 옷 마름질하는 장면을 묘사했다.

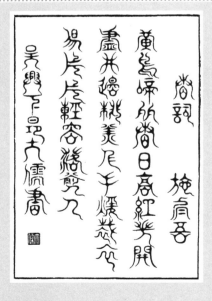

● 서예가 소개

　오흥 사람 하앙대유(下昂大儒)가 쓴 글씨다.

이 그림은 네모진 탁자에서 두 여성이 옷을 마름질하면서 봄의 정경을 관조하는 장면을 그렸다. 앞마당에는 우물이 있고 그 옆에 복사꽃이 활짝 피었으며 하늘엔 꾀꼬리가 날아다닌다.

● 시 원작자 소개

시견오(780~861)의 자는 희성(希聖), 호는 서진자(栖眞子)이고 세상 사람들은 화양진인(華陽眞人)이라 불렀으며 목주(지금의 절강 桐廬) 사람이다. 원화 15년(820)에 진사과에 급제했으나 관직을 제수받기도 전에 홍주(洪州)의 서산(西山)으로 들어가 은거했다. ≪전당시≫ 권 494에 그의 시 1권을 수록했고 ≪전당문≫에 그의 문장 9편이 들어 있다.

34 청양역에 묵으며(宿靑陽驛)__무원형(武元衡)

空山搖落三秋暮,　　빈산에 바람 불어 낙엽 지자 삼추 저물고

螢過疎簾月露團.　　반딧불 성긴 주렴 지나니 둥근 달빛 드러낸다.

寂寞孤燈愁不寐,　　적막한 등불 아래 수심 겨워 잠들지 못하고

蕭蕭風竹夜窓寒.　　쐐쐐 바람이 대숲에 불어 밤의 창이 차갑도다.

❀ 시 해설

　청양역은 당시 지주(池州) 청양현에 있었던 역참이다. 이 시는 무원형의 초기 작품으로 가을날 청양 역에 묵을 때 원경에서 근경으로 시인의 시선을 옮기면서 보고 들은 견문으로 무한한 자신의 비애감 을 표출했다. 그가 바라본 '공산요락(空山搖落)', '형과소렴(螢過疎簾)', '월로단(月露團)', '고등(孤燈)'의 배경에다 자신의 슬픈 감정을 기탁했다. 그래서 객지에 떠돌던 시인은 고향, 가족, 친구 생각으로 수심 에 겨워 잠들지 못한다.

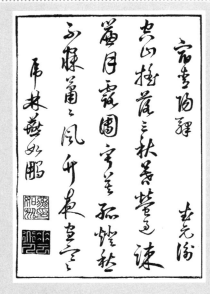

● 서예가 소개

　호림 사람 연여붕(燕如鵬)의 글씨다. 연여붕은 연익운(燕翼雲) 으로 자호는 수운도(垂雲道)이며 서예에 뛰어났다.

● 화보 해설

　이 그림은 주변에 대나무로 둘러싸인 누각 안에서 한 선비가 고개를 들어 하늘의 북두칠성과 달을 바라보는 모습을 그렸다. 그리고 가을을 암시하기 위해 떨어지는 낙엽을 군데군데 그려 넣었다.

● 시 원작자 소개

　　무원형(758~815)의 자는 백창(伯蒼), 구지(緱氏, 지금의 하남 偃師) 사람이며 무측천의 증질손이다. 건중 4년(783)에 진사과에 급제하고 감찰어사, 화원현령(華原縣令), 비부원외랑, 우사낭중(右司郎中), 어사중승(御史中丞)을 역임했다. 원화 2년(807) 정월에 문하시랑(門下侍郎), 평장사를 제수받았고 10월에 임회군공(臨淮郡公)에 봉해졌으며 검남서천절도사(劍南西川節度使)가 되었다. 원화 8년에 조정으로 소환되어 다시 재상이 되었다. 원화 10년 6월 3일 이른 아침에 치청번수(淄靑藩帥) 이사도(李師道, ?~819)가 파견한 자객에게 암살당했다. 지금 전하는 ≪임회시집(臨淮詩集)≫(2권)이 ≪당시백명가시집(唐詩百名家詩集)≫에 들어 있다. ≪전당시≫ 권 316~317에 그의 시 2권을 수록했으며, ≪전당문≫ 권 531에 그의 문장 10편을 수록했다.

35 돌아가는 제비의 노래를 지어 주사에게 바치노라(歸燕獻主司)__장효표(章孝標)

舊壘危巢泥已落,	가파른 옛 보루에 제비집 이미 떨어져
今年故向社前歸.	올해에도 여전히 추사 전에 돌아온다.
連雲大廈無棲處,	구름이 큰 집 이었으나 깃들 곳 없으니
更傍誰家門戶飛.	다시 어느 집에 기대 날아갈까?

❀ 시 해설

　장효표는 원화 9년(814)에 장안에 올라가 진사과에 응시했으나 이후 번번이 낙제했다. 원화 13년 (818)에 떨어졌을 때 낙제생들이 시를 지어 주사(主司 : 시험관)였던 우승선(庾承宣)을 풍자했으나, 장효표만은 이 시를 바쳐 아쉬운 마음을 표시했다. 그가 낙제했을 때의 처량함을 추사 이전에 돌아가는 제비를 빌려서 묘사했다. 제비는 춘사(春社 : 입춘이 지난 뒤 다섯째 무일(戊日)) 때 돌아오고 추사(秋社 : 입추 뒤 다섯 번째의 무일) 때 돌아간다. 이전에 머물던 옛 둥지는 이미 없어졌다. 그리고 고층누각이 많기는 하나 제비가 깃들 곳은 어디에도 없다. 마지막 구의 '방(傍)'자는 ≪전당시≫에선 '망(望)'으로 되어 있다.

　이 시를 계기로 장효표는 그 이듬해 과거 시험에 합격하게 된다. 이 얘기는 범터(范攄)의 ≪운계우의(雲溪友議)≫에 보인다.

● 서예가 소개

　자주자(自住子)가 쓴 글씨다.

● 화보 해설

이 그림의 상단 오른쪽엔 화려한 누각이 보이는데, 시의 내용으로 봐서 이곳의 옛 제비집이 떨어진 듯하다. 그래서 제비 두 마리가 화면 중앙에서 맴돌며 헤매고 있는데, 중앙의 건물이 온통 지붕만 남겨 두고 구름 속에 잠겨 있는 모습을 그렸다.

● 시 원작자 소개

장효표(791~873)의 자는 도정(道正), 목주 동려(桐廬, 지금의 절강에 속함) 사람이며 전당(지금의 절강 항주)에서 살았다. 누차 과거에 응시했으나 낙제했다. 원화 14년(819)에 급제했는데, 바로 이 시에서 도움을 받게 되었다. 원화 13년 낙제했을 때 이 시를 지어 우승선에게 바치자 우승선은 이 시를 읽고 안타까워하다가 때마침 14년에 우승선이 지공거(知貢擧)가 되어 그를 발탁했다. 먼저 비서정자(秘書正字)를 지냈고 대화 연간에 대리평사(大理評事)의 신분으로 산남동도절도사(山南東道節度使) 종사관이 되었다. 백거이, 원진, 이신(李紳) 등과도 내왕하며 시를 주고받았다. ≪전당시≫ 권 506에 그의 시 1권을 수록했다.

36 여러 동생에게 부치노라(寄諸弟)_위응물

秋草生庭白露時,　　가을 풀 뜰에 돋아 하얀 이슬 맺히니
故園諸弟益相思.　　고향의 여러 동생들 더욱 생각나누나.
盡日高齋無一事,　　온종일 높은 집에 할 일 없어
芭蕉葉上獨題詩.　　파초 잎 위에 홀로 시 적노라.

❀ 시 해설

이 시의 제목이 ≪전당시≫(권 188)에는 <한거하며 여러 동생에게 부치노라(閑居寄諸弟)>로 되어 있다. 이 시는 건중 4년(783) 가을 저주(滁州)에 있을 때 지었다. 이 시의 절기는 백로라서 가을풀이 온 뜰에 가득하여 여러 동생을 더 그리워지게 만든다. 위응물 시에는 '기제제(寄諸第 : 여러 동생에게 부친다)'란 시제가 많은데 그만큼 형제애가 두터웠던 모양이다. 동생들이란 사촌동생을 포함한 위단(韋端), 위계(韋繫), 위척(韋滌), 위무(韋武) 등을 말한다. 그래서 무료한 나머지 파초 잎에 시를 적어 안부를 묻는다. 절기를 만나니 가족이 그리워지고 가족을 그리워하다가 이 시를 지었다. '파초'라는 시어는 ≪전당시≫에 70번 출현하는데, 대부분 그리움과 연관이 있으나 파초 잎에 써서 부치는 시는 그리 많지 않다. 당대의 서예가이자 스님이었던 회소가 종이 대용으로 파초 잎에 썼다고 전한다. 이 얘기는 송대 도곡(陶穀)의 ≪청이록(淸異錄)≫에 나온다.

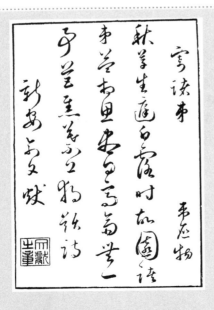

● 서예가 소개
　신안 사람 유문헌(兪文獻)이 쓴 글씨다.

● 화보 해설

이 그림은 가옥 앞의 뜰에 심은 파초 앞에서 붓을 들고 넓은 파초 잎에 시를 쓰고 있는 선비의 모습을 그렸다. 그 표정이 자못 진지하다. 그 뒤로 한 서동이 주인을 바라보며 먹과 벼루를 들고 서있다. 가옥 문틈으로 여러 종류의 분재 화분과 주전자가 보인다.

● 시 원작자 소개

위응물(737~약 792)은 경조 만년(지금의 섬서 서안) 사람이다. 천보 말년에 현종을 가까이에서 모셨다. 후에 태학에 들어가 공부했고 낙양승(洛陽丞), 비부원외랑(比部員外郎), 좌사낭중(左司郎中) 및 저주(滁州), 강주(江州), 소주 자사 등직을 역임하여 세상에서는 '위소주(韋蘇州)', '위좌사(韋左司)' 혹은 '위강주(韋江州)'라고 불렀다. 위응물은 시에 뛰어나 일가를 이루었는데, 저작으로 ≪위소주집(韋蘇州集)≫(10권)이 있고 ≪전당시≫에 그의 시 10권을 수록했다.

이사하면서 호상정과 작별하며(移家別湖上亭)__융욱(戎昱)

好是春風湖上亭,	좋기도 하다 봄바람 부는 이곳 호상정에서
柳條藤蔓繫離情.	버들가지, 등나무 덩굴이 떠나는 내 마음 붙든다.
黃鶯久住渾相識,	꾀꼬리도 오랫동안 서로 잘 알고 지냈기에
欲別頻啼四五聲.	헤어지려니 너댓 번이나 자주 울어댄다.

❀ 시 해설

　시제의 '호상정'은 성당 시인 융욱이 살던 곳의 정자 이름이다. 혹자는 기생이름이라고도 한다. 이 시는 봄날 호상정의 아름다운 경치를 묘사했다. 시인이 이사를 앞두고 봄바람 일렁이고 버드나무가 하늘하늘 춤을 추며 등나무 덩굴이 휘감고 꾀꼬리가 노래하는 정경을 의인화의 수법으로 옛집의 풀, 나무, 새에 대해 연연하는 아쉬움을 펼쳤다.

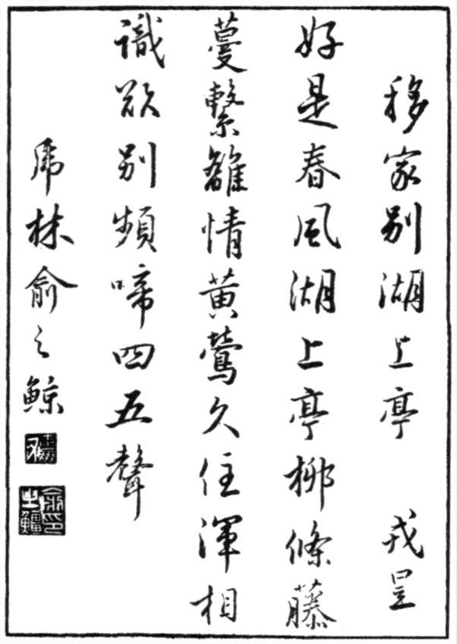

● 서예가 소개

　호림 사람 유지경(兪之鯨)이 쓴 글씨다.

이 그림은 텅 빈 호숫가 정자 앞에서 두 선비가 아쉬운 듯 정자를 바라보는 모습을 그렸다. 정자 주변엔 버드나무와 등나무 덩굴이 보이고, 버드나무 사이로 꾀꼬리 한 마리가 날아가면서 선비와 눈을 맞추고 있다.

● 시 원작자 소개

융욱(744~800)은 장안 사람으로 일찍이 활주(滑州), 낙양 등지를 유람했다. 대력 원년(766)에 촉에 유람했고 대력 2년에 형남절도종사(荊南節度從事)가 되었으며 3년에 강릉(江陵)에서 두보를 만났다. 4년에 호남관찰사 막부에 들어갔으며 8년에 계주관찰사(桂州觀察使) 막부에 들어갔다. 건원 4년(783)에 진주자사(辰州刺史)가 되었고 뒤에 영주자사(永州刺史)로 부임했다. ≪전당시≫ 권 270에 그의 시 1권을 수록했다.

38 박쥐 사는 서동에서 손님을 전송하며(伏翼西洞送人)_진우(陳羽)

洞裏春晴華正開,　　동굴 속에 봄날 개고 꽃은 한창 피어

看花出洞幾時回.　　꽃 보러 동굴 나와 몇 번 돌아보는지.

殷勤好去武陵客,　　간절히 부탁하니 무릉도원 떠나거든

莫引世上相逐來.　　세상 사람들을 끌어오지 마시게.

❀ 시 해설

이 시의 제목이 ≪전당시≫ 권 348에 <박쥐 동굴 서동에서 하방경을 전송하며(伏翼西洞送夏方慶)> 로 되어 있고, ≪만수당인절구≫ 권16에는 <박쥐 동굴 서동에서 사람을 전송하며(伏翼西洞送人)>로 되어 있다. 하방경은 진우의 친구로, 정원 10년에 진사에 급제했다.

이 동굴은 시인이 수도하는 곳이며 주변엔 복사꽃이 흐드러지게 피어 있다. 그 다음 연에서도 도연 명의 <도화원기>의 어투를 써서 이 동굴을 '도화원'으로 비기고 환송하는 사람을 무릉(武陵)의 어부 로 여겨 묘사했다. 손님이 동굴을 나와 돌아갈 때 동굴의 주인은 세상 사람들을 끌어오지 말라고 부탁 하면서 시인이 세속과 접촉하지 않고 은둔하겠다는 의지를 표현했다.

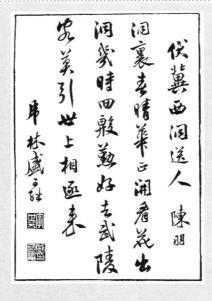

● 서예가 소개

성가계(盛可繼, 1563~1620)는 전당 사람으로 행서를 잘 썼다. ≪시여화보≫에도 그의 글씨가 들어 있다.

● 화보 해설

　이 그림에서는 배에 낚싯대를 걸쳐놓
고 바지를 걷어 부친 어부가 양 발을 물
에 담근 채 노를 저어가는 모습을 그렸
다. 어부는 동굴을 떠나기가 아쉬운지 고
개를 돌려 동굴 쪽을 바라보고 있다. 동
굴 안에 복사꽃이 피어 있으며 동굴 주
변엔 뭉게구름이 감돌고 있다.

● 시 원작자 소개

　　진우는 오현(지금의 강소 소주) 사람이다. 젊어서 시승 영일(靈一)과 교유했으며 이익, 양형(楊
衡)과 친밀하게 지냈다. 정원 8년(792)에 진사과에 급제했으며 동궁위좌(東宮尉佐)를 지냈다. ≪전
당시≫ 권 348에 그의 시 1권을 수록했다.

39 봄날 근교에서 취중에(春郊醉中)_웅유등(熊孺登)

三月踏春能幾日,　삼월에 몇 날이나 답청할 수 있을지?
百回添酒莫辭頻.　백번이고 술 권하니 자꾸 사양하지 마시게.
看君倒臥楊花裏,　보건대 그대 버들개지 속에 누웠으니
始覺春花爲醉人.　비로소 봄꽃이 사람 취하게 만드는 듯.

✿ 시 해설

　이 시의 제목은 ≪전당시≫ 권 476에는 <봄날 근교에서 취중에 장팔원에게 주노라(春郊醉中贈章八元)>로 되어 있다. 장팔원은 시인의 친구다. 휴주(睦州) 동려(桐廬 : 지금의 절강에 속함) 사람으로 대력 원년(771)에 진사과에 급제했다. 구용현(句容縣) 주부(主簿)를 지냈으며 당시에 '장재자(章才子)'라고 불렸는데, 이 시는 바로 그에게 써준 작품이다. ≪전당시≫에 장팔원의 시 6수가 수록되어 있다.

　시인은 처음으로 친구와 답청하면서 술을 마시는데, 미주 때문에 취했고 또는 봄빛 때문에도 도취했다. 첫 구에서는 답청과 음주 장면을 묘사했는데, 때는 춘삼월이다. 삼월은 답청하기 좋은 시절이지만, 호시절도 금방 지나가버리기에 '능기일(能幾日)'을 써서 애석한 마음을 표출했다. 그 다음 연에서도 답청과 음주의 결과, 그리고 취한 느낌을 묘사했다. 취할 '취(醉)'는 두 가지 의미를 갖고 있는 쌍관어다.

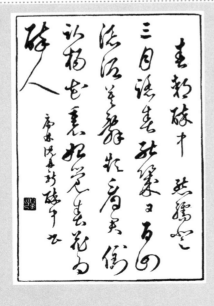

● 서예가 소개

　호림의 심정신이 취중에 쓰다.(虎林沈鼎新醉中書.) 심정신(沈鼎新)의 자는 자옥(自玉)이고 무림(武林, 지금의 항주) 사람이다. 서예와 산수화에 뛰어났으며 명대 만력(1573~1620) 연간의 ≪명공선보(名公扇譜)≫에 그가 그린 산수선(山水扇)이 들어 있다. 황면중(黃冕仲)이 발문을 쓴 ≪시여화보(詩餘畵譜)≫에도 그의 글씨가 있다.

　　이 그림은 계곡가의 버드나무 밑에서 술을 마시는 모습을 그렸다. 그중 한 사람은 술에 취해 술잔을 앞에 놓은 채 자고 있으며, 맞은편의 인물은 시동이 따라 주는 술잔을 받고 있다. 모자를 벗지 않은 반대편의 선비는 그만 마시겠다는 뜻으로 손을 내밀고 있다.

● 시 원작자 소개

　　웅유등은 홍주(洪州) 종릉(鍾陵, 지금의 강서 南昌) 사람으로 원화 연간에 진사가 되었다. 백거이, 유우석, 원진, 이신과 친하게 지내며 시를 써서 주고받았다. 강서·양양·홍원(興元) 등 번진(藩鎭)에서 종사관으로 지냈다. 그의 시는 칠언절구가 많은데, ≪전당시≫ 권 476에 그의 시 30수를 수록했다.

40 강남의 봄(江南春)__이약(李約)

池塘春暖水紋開,	연못에 봄 날씨 따스하여 물무늬 열리고
堤柳垂絲間野梅.	제방 버들개지 들매화 사이로 늘어진다.
江上年年芳意早,	강가에서 해마다 향기로운 정취 이르니
蓬瀛春色逐潮來.	봉래 영주의 봄빛 조수를 따라온다.

❀ 시 해설

지은이 이약은 북방 감숙 출신이라서 강남 경치를 좋아했다. 이 시는 강남의 봄을 묘사한 명작이다. 봄이 오는 기운을 봄 물결, 버드나무, 매화 등의 자연 경물로 표현했다. 연못물은 봄 날씨가 따뜻해지면 파문이 일고, 물가 언덕에 심은 버드나무가 가지를 드리우며, 버드나무 가지 사이로 들매화가 피어 있다. 그리고 봄 향기는 강가로 전해지고 동쪽 바다에 있다는 봉래산, 영주산의 봄빛이 조수를 따라 서쪽으로 전해온다.

● 서예가 소개

구여(勾餘) 호이빈(胡以賓)이 쓴 글씨다.

이 그림의 강가 양안엔 매화꽃과 늘어진 수양버들이 보이고, 화면 하단의 왼쪽엔 한 선비가 둥근 의자에 앉아 봄날의 풍경을 감상하고 있다. 뒤에 서있는 두 시동이 종이 두루마기를 들고 있는 것으로 봐서 시적 화자는 한창 시상을 구상하는 듯하다.

●시 원작자 소개

이약의 자는 존박(存博)이고 농서 성기(지금의 감숙 泰安) 사람이며 낙양에서 거주했다. 당 왕실의 인척이며 정원 10년에서 원화 2년(799~807)까지 절서관찰종사(浙西觀察從事)를 지냈고 후에는 병부원외랑(兵部員外郞)에 이르렀다. 그는 의리를 숭상하고 시문, 음악, 서예에 능통했으며 도가의 학문을 좋아해 끝내 관직을 버리고 은거하다가 생을 마감했다. ≪전당시≫ 권 309에 그의 시 10수가 수록되었다.

41 모란(牡丹)_장우신(張又新)

牡丹一朶直千金,　　모란 한 송이는 천금 값어치
將謂從來色最深.　　여태까지 가장 짙은 색이었다지.
今日滿欄開似雪,　　오늘 난간 가득 눈처럼 하얗게 펴
一生辜負看花心.　　일생 동안 꽃술 보기 저버리리라.

❀ 시 해설

　이 시의 제목이 <성혼(成婚)>으로 된 판본도 있는데, 시의 내용으로 보면 흰 모란을 묘사한 시다. 1~2구에서는 천금의 값어치가 있을 만큼 당대 사람이 중시하던 붉은 모란과 색깔이 짙은 자색 모란을 묘사했다. 그렇지만 오늘 난간 가득 눈처럼 하얗게 피어 있는 흰 모란을 감상한 뒤 전통적인 심미안에 문제가 있음을 발견한다. 시적 화자는 여태까지 흰 모란을 볼 기회가 없었기에 전통적인 심미안[꽃술 보기]을 저버렸다.

　맹계(孟棨)의 ≪본사시(本事詩)・정감(情感)≫의 기록에 의하면, 장우신은 어려서부터 이름을 날렸고 양우경(楊虞卿)과 친하게 지냈다고 한다. 그가 양우경에게 미인을 소개해줄 것을 부탁했으나 결과적으로 추녀를 얻었기에 양우경을 원망하면서 이 시를 지어 조롱했다고 한다.

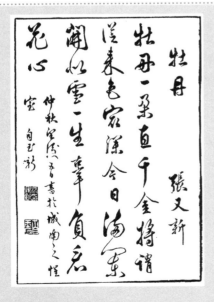

● 서예가 소개

　추석이 지난 지 5일 뒤에 성남의 성실에서 쓰다(中秋望後五日書於城南之惺室). 자옥신(自玉新)은 심정신이다. 심정신(沈鼎新)의 자는 자옥(自玉)이고 무림(武林, 지금의 항주) 사람이다. 서예와 산수화에 뛰어났으며 명대 만력(1573~1620) 연간의 ≪명공선보(名公扇譜)≫에 그가 그린 산수선(山水扇)이 들어 있다. 황면중(黃冕仲)이 발문을 쓴 ≪시여화보(詩餘畵譜)≫에도 그의 글씨가 있다.

● 화보 해설

　이 그림은 활짝 핀 모란꽃과 그 잎을
그린 화조화다.

● 시 원작자 소개

　　장우신의 자는 공소(孔昭)이고 심주(深州) 육택(陸澤, 지금의 하북 深縣 서쪽) 사람이다. 경조부
(京兆府)의 거인 시험에서 수석을 차지했고 원화 9년(814) 진사과 시험에서 장원했으며 13년(817)
박학굉사과 시험에서 일등으로 합격했다. 그래서 그를 '장삼두(張三頭)'라고 불렀다. 처음에는 회
남절도종사(淮南節度從事)가 되었고 보궐(補闕), 사부원외랑을 역임했으며 후에는 산남동도절도행
군사마(山南東道節度行軍司馬), 정주자사(汀州刺史), 주객낭중, 상서랑(尙書郞), 좌사낭중(左司郞中)을
지냈다. 그는 칠언절구에 뛰어났으며 차를 좋아하여 <전차수기(煎茶水記)>(1권)을 지었다. ≪전
당시≫ 권 47에 그의 시 17수를 수록했다.

42 강남의 뜻(江南意)__우곡(于鵠)

偶向江邊採白蘋,	우연히 강가에서 흰 마름을 캐며
還隨女伴賽江神.	여자 친구 따라 강신에게 기도한다.
眾中不解分明語,	동무에게 분명한 의사 표시할 수 없어
暗擲金錢卜遠人.	몰래 동전 던져 멀리 떠난 사람 점친다.

✿ 시 해설

이 시의 제목이 ≪전당시≫ 권 310에는 <강남곡(江南曲)>으로 되어 있다. 이 제목이라면 악부의 옛 제목인 <강남농(江南弄)> 7곡 가운데 하나로, 그 내용은 대부분 강남 여성의 생활과 그리움을 묘사했다. 이 시는 마름 캐는 강남 여성의 일상생활에서 시작하여, 마름 캐는 여성이 강의 신에게 기도하면서 집을 멀리 떠나 돌아오지 않는 남편을 그리워하는 미묘한 심리를 생동감 있게 표현했다. 그러나 남편이 떠나 돌아오지 않았다는 사실을 공개적으로 밝히면 친구들에게 비웃음을 살까봐 비밀에 붙이고, 표면적으로는 친구와 함께 강신에게 기도하면서 아무도 모르게 동전을 던져 남편이 언제 돌아올 것인지 점을 친다.

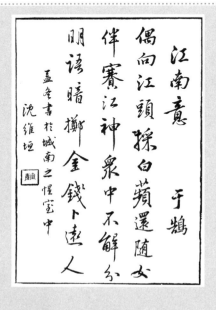

● 서예가 소개

맹동에 성남의 성실에서 쓰다(孟冬書於城南之惺室中). 호림 사람 12동(十二童) 심유원(沈維垣)이 쓴 글씨다.

● 화보 해설

이 그림은 네 명의 여성을 그렸다. 세 여성은 강가에서 수다를 떨고 웃으며 마름을 캐는데 열중한 사이, 한 여성은 바위를 등지고 부채 위에 동전을 던져 점치고 있다. 위 시의 의미와 적절히 부합하는 시의도(詩意圖)라 하겠다.

● 시 원작자 소개

우곡(745~약 787)은 중당 시인으로 장적과 친하게 지냈다. 일찍이 한양(漢陽)의 산속에 은거했으며 흥원(興元) 원년(784)에서 정원 14년(798)까지 산남동도(山南東道), 형남절도(荊南節度)의 막부에서 종사하다가 원화 9년(814) 이전에 사망했다. ≪전당시≫ 권 310에 그의 시 1권을 수록했다.

43 국화(菊花)__원진(元稹)

秋叢繞舍是陶家,　　가을 국화가 집 에두르니 도연명의 집인 듯
遍繞籬邊日漸斜.　　두루 울타리 돌아다니다 보니 해 차츰 기운다.
不是花中偏愛菊,　　꽃 중에 국화만 아끼는 것이 아니라,
此花開盡更無花.　　이 꽃 지고 나면 다시 필 꽃 없기에.

✿ 시 해설

이 시는 정원 17년, 18년 사이에 지은 것으로 새로운 시각에서 가을 국화를 읊었다. 대부분의 국화 시에서는 국화의 자태, 색깔, 모양, 품성 따위를 묘사하는데 반해, 이 시에서는 이러한 묘사법을 의도적으로 피하고 시인의 가슴에 담은 말을 직접 털어놓았다. 앞의 두 구에서는 눈앞에 보이는 경물을 묘사했고, 뒤의 두 구는 국화를 좋아하는 원인을 설명했다. 즉 서리가 내려야만 시드는 국화의 고결한 품격을 찬미했다. 이 시에서는 두를 '요(繞)'자를 두 번이나 썼다. 첫 구 '요'자의 주어는 국화이고, 두 번째 '요'자의 주어는 시인 자신이다.

● 서예가 소개

호림 사람 왕무학(汪懋學)이 쓴 글씨다.

이 그림은 마당과 울타리 주변에 핀 국화꽃을 그렸다. 그리고 도연명의 집인 듯 커다란 소나무 한 그루와 그 밑에 앉아 책을 펴든 인물을 표현했다. 책을 들고 울타리 밖에 서서 기다리는 시동은 이 시에 등장하지 않는데, 두 사람이 눈을 맞추며 무슨 말을 주고받는 듯하여 독자의 상상력을 자극한다.

● 시 원작자 소개

원진(779~831)의 자는 미지(微之)이며 대대로 경조 만년(지금의 섬서 서안)에서 살았다. 정원 9년(793)에 명경과에 급제했고 원화 원년(806)에 재식겸무(才識兼茂), 명어체용과(明於體用科)에 급제하고 좌습유를 제수 받았다. 후에 감찰어사가 되었다. 장경 2년(822)에 공부시랑에서 재상으로 발탁되었고 무창절도사(武昌節度使) 임소에서 사망했다. 그는 악부시, 산문, 전기소설, 서예에 뛰어났다. 작품집으로 ≪원씨장경집(元氏長慶集)≫(60권)이 있다.

44 봄 아가씨의 원망(春女怨)_주강(朱絳)

獨坐紗窗刺繡遲,　　홀로 비단 창가에 앉아 수 더디 놓고
紫荊樹上囀黃鸝.　　자형화 위에선 꾀꼬리 울부짖는다.
欲知無限傷春意,　　한없이 봄에 들뜬 마음 알고자 하나
盡在停針不語時.　　바늘 멈춘 채 전혀 말하지 않는다.

❀ 시 해설

　이 시는 봄 아가씨의 원망을 묘사했다. 실내에서 비단 창가에 홀로 앉아 자수를 놓던 아가씨는 마음이 들떠 자수 작업은 더디기만 하다. 그리고 창밖에선 자형화 위에 앉은 꾀꼬리가 울부짖는데, 이것은 모두 아가씨의 그리움과 원망을 동시에 드러내는 표현이다. '자형화'는 박태기나무 꽃을 말한다. 그리고 시적 화자는 그녀의 마음을 들뜨게 하는 이유가 무엇인지 알고 싶지만, 아가씨는 자수 작업을 멈춘 채 한 마디도 하지 않는다. 시적 인물의 심리묘사가 뛰어난 시라고 하겠다. ≪전당시≫에서 둘째 구의 '수상(樹上)'은 '화하(花下)'로 되어 있다.

● 서예가 소개

　담성(潭城) 유희제(劉希弟)가 쓴 글씨다.

● 화보 해설

　이 그림은 누각 속에 병풍을 뒤로 하고 탁자에 턱을 괴고 앉은 여인의 모습을 그렸다. 탁자 위에 바느질감이 놓여 있는 것으로 봐서 자수를 하다가 중단한 것으로 보인다. 그리고 뜰의 자형화 위에는 꾀꼬리 두 마리가 날고 있으며 왼쪽 하단에는 분재 세 개가 놓였다. 지붕 위에 얹은 귀면와를 인상적으로 표현했다.

● 시 원작자 소개

　　주강의 이 시는 송대 계유공(計有功)의 ≪당시기사(唐詩紀事)≫(권28)에 수록하고 "고도(顧陶)가 이 시를 ≪유선(類選)≫에 넣었다."고 언급했는데, 고도의 ≪당시유선(唐詩類選)≫은 이미 없어졌지만 그 책이 대중(大中) 10년(856)에 이루어졌으니, 주강은 선종(宣宗) 이전에 활동했던 사람임을 알 수 있다.

45 팔월 보름날 밤에 달을 바라보며(十五夜望月)_왕건(王建)

中庭地白樹棲鴉,　　마당의 땅 환하게 밝고 나무엔 까마귀 깃들었는데
冷落無聲濕桂花.　　차갑게 소리 없이 떨어져 계수나무 꽃 적신다.
今夜月明人盡望,　　오늘밤 달 밝아 사람 모두 바라보는데
不知秋思在誰家.　　〈추사〉의 노래 어느 집에서 나오는지.

✿ 시 해설

≪전당시≫ 권 301에는 제목이 〈추석날 밤에 달을 바라보며 두 낭중에게 부치노라(十五夜望月寄杜 郎中)〉로 되어 있다. '십오야'는 중추절 밤을 말한다. 이 날에는 달을 바라보며 감상하는 습속이 있었 다. 따라서 이 시에서는 달을 바라볼 때의 주변 경물과 친구를 그리워하는 마음을 묘사했다. 〈추사〉 는 금곡(琴曲) 이름이며 채옹의 〈청계오롱(靑溪五弄)〉 가운데 하나다. ≪전당시≫엔 둘째 구의 '락(落)' 은 '로(露)', 마지막 구의 '재(在)'는 '락(落)'으로 되어 있다.

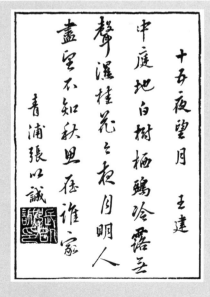

● 서예가 소개

장이성(張以誠, 1568~1615)은 직예(直隷) 청포(靑浦, 지금의 상해 청포) 사람으로 자는 군일(君一), 호는 영해(瀛海)다. 신종 만력 29년(1601) 신축과(辛丑科)에서 장원급제했다. ≪패문재서 화보≫에 그의 작품이 들어 있다.

화보 해설

이 그림은 다섯 사람이 추석날 휘영청 하늘에 걸린 밝은 달을 감상하는 모습을 그렸다. 나무 위엔 다섯 마리 까마귀가 이미 깃들었고 허공에서 다시 두 마리가 내려오고 있다.

시 원작자 소개

왕건(770~약 829)의 자는 중초(仲初)이고 관보(關輔, 지금의 陝西) 사람이다. 일찍이 장적과 함께 제주(齊州) 작산(鵲山)에서 공부했다. 정원, 원화 연간에 치청(淄靑), 유주(幽州), 영남(嶺南), 형남(荊南) 등지의 막부에서 종사했고 후에는 소응승(昭應丞)을 역임했다. 환관 왕수징(王守澄, ?~835)과는 종친이라서 궁중의 일을 소상히 알고 있었기에 <궁사(宮詞)> 100수를 지어 명성을 떨치게 되었다. 후에는 태부승(太府丞), 비서랑(秘書郞), 섬주사마(陝州司馬)을 역임했으며 만년에 장안 근교에 머물다가 대화 연간에 사망했다. 왕건은 악부와 궁사에 뛰어났으며 장적과 더불어 신악부운동의 선구자가 되어 이 두 사람을 '장왕(張王)'이라 부른다. ≪전당시≫에 6권이 수록되어 있고 ≪전당시보편≫에 2수를 보충했다.

四面青山是四鄰,　　사방의 청산이 사면의 이웃이고

煙霞成伴草成茵.　　안개노을 짝하고 풀은 자리가 되었다.

年年洞口桃花發,　　해마다 동구에 복사꽃 만발하니

不記曾經迷幾人.　　얼마나 많은 사람 길 잃었을까?

❀ 시 해설

　이는 시인이 독고 현위의 원림을 묘사한 시다. 첫 두 구에서는 실경을 묘사했다. 청산이 원림의 사면을 두르고 있고 청산에서 안개와 노을이 생겨나 이를 짝한다. 청산, 안개와 노을, 그리고 풀 자리로 이어지는 의인화 수법을 운용했다. 뒤의 두 구에서는 허경, 즉 도연명의 <도화원기> 고사를 차용하여 고요하고 아름다운 원림을 찬미했다. 골짜기 입구마다 복사꽃이 만발하여 어느 길이 도화원으로 가는지는 아무도 모른다.

● 서예가 소개

　초굉(焦竑, 1541~1620)은 강소 금릉 사람으로 자는 약후(弱侯), 호는 담원(澹園)으로 만력 17년(1589) 을축과(乙丑科)에 장원급제했다.

● 화보 해설

　이 그림은 복사꽃이 피어 있는 동굴 입구를 바라보는 선비와 그의 시동을 그렸다. 운무에 감긴 절벽 아래로 동굴로 들어가는 길이 끊겼다.

● 시 원작자 소개

　육창의 자는 달부(達夫)이고 호주(湖州, 지금의 절강에 속함) 사람이다. 일찍이 서천절도사(西川節度使) 위고(韋皐)에게 인정을 받자 <촉 가는 길 쉬워라(蜀道易)>를 써서 찬미했다. 원화 원년(806)에 진사과에 급제했고 태자 곁에서 근무했으며 전중시어사(殿中侍御史), 회남절도사(淮南節度使) 단문창(段文昌, 773~835) 종사관, 봉상사마(鳳翔司馬) 등직을 역임했다. 순종(順宗)의 딸 운안(雲安) 공주가 유사경(劉士涇)에게 시집갔는데, 육창은 빈상(儐相)이 되어 결혼축하 시 6수를 남겼다. 한유, 맹교, 장적, 요합 등 저명한 시인과 친하게 지냈다. ≪전당시≫ 권 478에 그의 시 1권을 수록했다.

47 대나무 속의 매화(竹裏梅)_유언사(劉言史)

竹裡梅花相幷枝,	대나무 속의 매화는 서로 가지를 기대고
梅花正放竹枝垂.	매화 때마침 피고 대나무 가지 드리웠다.
風吹總向竹枝上,	바람 불 때마다 대나무 가지 위로 기우니
直是王家雪下時.	곧장 왕공이 눈 내리는 가운데 방문하는 듯.

❀ 시 해설

　소나무, 대나무, 매화를 '세한삼우'라고 하는데, 이곳에선 대나무와 매화만 읊었다. 대나무와 매화가 엉켜 자라서 매화나무에 대나무 가지가 놓여 있다. 바람이 불 때마다 하얀 매화가 대나무 가지 위로 불어 마치 눈꽃이 춤을 추는 듯하다. 이 시에서는 ≪세설신어·임탄(任誕)≫에서 왕휘지가 눈 내리는 가운데 친구를 방문했던 고사와 ≪진서(晉書)·왕공전(王恭傳)≫에서 왕공이 눈 내리는 가운데 학창의를 걸치고 높은 가마를 타고 떠나는 신선의 고사를 차용했다. ≪전당시≫에서 둘째 구의 '방(放)'은 '발(發)', 마지막 구의 '시(是)'는 '사(似)'로 되어 있다.

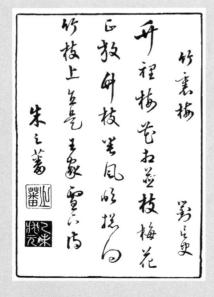

● 서예가 소개

　주지번(朱之蕃, 1561~1626)은 금릉(지금의 남경) 사람으로 자는 원개(元介), 부승(符升)이며 호는 난우(蘭隅)다. 만력 23년(1595) 을미년 과거에서 장원급제했다. 그의 <군자임도권(君子林圖卷)>이 고궁박물원에 소장되어 있다.

　주지번은 1606년 황태손이 태어난 경사를 알리기 위해 조선에 파견된 정사였다. 이때 조선을 몇 곳 둘러보고 전주객사의 '풍패지관(豊沛之館)', 익산 왕궁면 광암리의 '망모당(望慕堂)' 편액을 썼다.

雲靜樓空月色斜
曉來吹笛是誰家
故園四首知何處
一夜江樓畫落花

● 화보 해설

　　이 그림에서는 화폭 중간에 매화와 대나무를 그렸다. 이 나무들은 화면 좌측의 일부만 그린 바위에서 자란다. 대나무 잎맥과 매화의 꽃술, 심지어 거친 바위의 질감까지도 정교하게 표현했다.

● 시 원작자 소개

　　유언사(?~812)는 낙양 사람이다. ≪당재자전≫에서는 조주(지금의 하북에 속함) 사람이며 "어려서부터 절개를 숭상하여 진사 시험을 치르지 않았다.(少尙氣節, 不擧進士.)"고 말했다. 정원 연간에 항기도단관찰사(恒冀都團觀察使) 왕무준(王武俊, 735~801)이 조강현령(棗强縣令)으로 추천했으나 병들었다는 이유로 나가지 않았다. 그런데도 세상 사람은 그를 '유조강(劉棗强)'이라 불렀다. 그의 시풍은 이하와 가까운데 ≪전당시≫ 권 468에 그의 시 1권을 수록했다.

48 약산 고승 유엄에게 주노라(贈藥山高僧惟儼)__이고(李翺)

故國無心渡海潮,　　고국으로 바다 조수 건널 생각 없어
老禪方丈倚中條.　　늙은 주지 스님은 중조산에 의지한다.
夜深雨絕松堂靜,　　밤 깊어가고 비 그치자 송당 조용한데
一點山螢照寂寥.　　산속에 반딧불 한 점이 외롭게 비춘다.

✿ 시 해설

　이 시는 이고(李翺) <약산 고승 유엄에게 주노라 2수(贈藥山高僧惟儼二首)>의 제목을 빌렸지만, 시의 내용은 정곡의 <일본의 감 선사에게 주노라(贈日東監禪師)>이다. '일동(日東)'을 신라로 보는 사람도 있다. ≪전당시≫의 '사공도' 편에도 이 시가 나온다. 내용으로 보면 이 시에서는 일본의 감 선사가 늙었고 환국할 생각도 없어서 중조산의 옛 사찰에서 참선하는 모습과 고독한 생활을 묘사했다. 중조산은 지금의 산서성 영제시(永濟市)에서 동남쪽으로 15리 떨어져 있는 산 이름이다.

● 서예가 소개

　가흥억지보(嘉興抑之甫)는 전사승(錢士升, 1575~1652)이다. 절강 가흥 사람으로 자는 억지(抑之), 호는 어령(御嶺)이고 신종(神宗) 만력 44년(1616) 병진과(丙辰科)에 장원급제했다.

이 그림은 상하 양단으로 나뉜다. 상
단 그림은 선방에서 노승이 앉아 참선하
고 있으며, 하단의 절 문 밖엔 접은 지우
산과 등불을 든 사람이 대기하고 있다.
아마도 스님의 귀국을 재촉하는 듯하다.

● 시 원작자 소개

　　이고(772~841)의 자는 습지(習之)이고 진류(陳留, 지금의 하남 開封) 사람이며 한유의 조카사위다. 정
원 14년(798)에 진사과에 급제했고 조정 내에서 사관수찬(史館修撰), 고공원외랑, 예부낭중, 중서사인, 형
부시랑, 호부낭중 등직을 역임했고 외직으로는 영남동도절도(嶺南東道節度) 장서기, 절동관찰추관(浙東觀
察推官), 낭주(朗州)·서주(舒州)·여주(廬州)·정주(鄭州) 자사, 산남동도절도사(山南東道節度使) 등직을 역
임했다. 지금은 ≪이문공집(李文公集)≫(18권)이 전하고 ≪전당시≫ 권 369에 그의 시 7수를 수록했다.
　　정곡의 자는 수우(守愚)이고 원주(袁州) 의춘(宜春, 지금의 강서 의춘시) 사람이다. 여러 번 진사과에
응시했으나 낙제했다. 광명 원년(880)에 난을 피해 촉에 들어갔고 파촉(巴蜀), 형초(荊楚) 지역을 떠돌아
다녔다. 희종(僖宗) 광계(光啓) 3년(887)에 진사과에 급제하고 도관낭중(都官郎中)을 지내 사람들은 ‘정도
관(鄭都官)’이라 불렀다. 후에는 의춘 앙산서당(仰山書堂)에 들어가 은거했다. 함통 연간에 허당(許棠,
822~?), 온헌(溫憲), 장교(張僑) 등과 이름을 같이 하여 ‘함통십철(咸通十哲)’ 혹은 ‘방림십철(芳林十哲)’
이라 불렀다. 그의 <자고(鷓鴣)> 시가 가장 유명한데, 사람들은 그를 ‘정자고(鄭鷓鴣)’라고 불렀다. 지
금은 ≪운대편(雲臺編)≫이 전하고 ≪전당시≫ 권 674~677에 그의 시 4권을 수록했다.

月落星稀天欲明,　달 지고 별 성긴데 날 밝으려하고
孤燈未滅夢難成.　외로운 등불 끄지 않아 꿈꾸기 어렵다.
披衣更向門前望,　옷을 걸치고 다시 문 앞을 바라보며
不問朝來鵲喜聲.　아침에 들리는 까치 소리에 성내지 않는다.

❀ 시 해설

《서경잡기》 권3에 "까치가 요란하게 울면 길 떠난 사람 돌아오고, 거미가 모여들면 모든 일이 순조롭다.(乾鵲噪而行人至 蜘蛛集而百事喜.)"고 했다. 이 시는 길조를 암시하는 까치 소리로 오랫동안 돌아오지 않는 남편이 조속히 돌아오길 바라는 젊은 새댁의 초조한 심정을 묘사했다. 날이 밝는다는 암시는 이미 기다린 시간이 길어져서 꿈도 꿀 수 없다는 말이다. 옷을 걸치기 전에 남편을 그리는 초조한 심리를 묘사했다. 아침에 들리는 까치 소리에 서둘러 옷을 걸치고 문밖으로 나와 보지만, 기다리던 낭군은 보이질 않는다. 실망한 나머지 원망을 까치에게 퍼부어보지만 그렇다고 무슨 소용이 있겠는가? 무던히 기다릴 뿐이다. 마지막 구의 '문(問)' 자는 《전당시》에선 성낼 '분(忿)'자로 되어 있다.

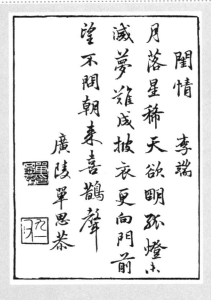

● 서예가 소개

선사공(單思恭)은 양주(지금의 강소에 속함) 사람으로 자는 혜잉(惠仍)이다. 요문전(姚文田, 1758~1827)이 편찬한 《양주부지(揚州府志)》 권62에 기록이 있다.

● 화보 해설

이 그림에서는 옷을 걸치고 문 밖으로 나와 까치 울음소리에 기뻐서 웃고 있는 여성을 그렸다. 시의 내용과는 정반대로 그린 셈이다. 하늘엔 반달과 별이 떠있는 것으로 봐서 아직 날이 환하게 밝지 않은 새벽임을 알 수 있다.

● 시 원작자 소개

이단(733~792)의 자는 정사(正巳)이고 조주(지금의 하북 趙縣) 사람이다. 대력 5년(770)에 진사과에 급제했고 비서성교서랑을 제수 받았다. 건중 연간에 강남으로 이주하여 항주사마를 지냈다. 전기, 노윤 등과 창화했으며 '대력십재자' 가운데 하나다. ≪전당시≫ 권 284~286에 그의 시 3권을 수록했다.

50 촉 땅에서 해당화를 감상하며(蜀中賞海棠)_정곡(鄭谷)

濃淡芳春滿蜀鄉,　　짙고 은은한 봄 향기는 촉 고을에 가득하고
半隨風雨斷鶯腸.　　절반은 비바람 따라 꾀꼬리 창자를 끊는다.
浣花溪上堪惆悵,　　완화계에서 슬픔을 견디노니
子美無情爲發揚.　　두보는 이를 펼쳐 보일 마음이 없도다.

✿ 시 해설

이 시는 정곡이 중화 3년(883)이 낙제한 뒤에 촉 지방으로 피난 갔을 때 쓴 작품이다. 촉 땅의 해당화는 상당히 유명하여 은은한 향기가 촉 고을에 가득 퍼질 정도다. 그런데 두보에게는 해당화를 묘사한 시가 없었다. 이는 만당 시인 정곡에겐 하나의 의문거리였다. 완화계는 일명 백화담(百花潭)이라고도 부르며 탁금강(濯錦江)이라고도 하는데 금강(錦江)의 지류로 성도(成都) 서쪽 교외에 있다. 호숫가에는 두보의 완화초당(浣花草堂)이 있다. 마지막 구의 '정(情)'은 ≪전당시≫에 '심(心)'으로 되어 있다.

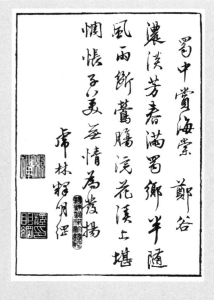

● 서예가 소개

명강(明綱)은 호림의 스님으로 자는 종랑(宗朗)이고 서예에 뛰어났으며 숭정 10년(1637)에 <악지화축(樂志畵軸)>를 그렸다.

이 그림에서 호수 위에 지은 가옥 안에서 한 관리가 바위 위에 핀 꽃을 감상하고 있으며, 밖에선 한 시동이 지우산을 쓴 채 짐을 안고 초당을 향해 걸어가고 있다.

● 시 원작자 소개

정곡의 자는 수우(守愚)이고 원주(袁州) 의춘(宜春, 지금의 강서 의춘시) 사람이다. 여러 번 진사과에 응시했으나 낙제했다. 광명 원년(880)에 난을 피해 촉에 들어갔고 파촉(巴蜀), 형초(荊楚) 지역을 떠돌아다녔다. 희종(僖宗) 광계(光啓) 3년(887)에 진사과에 급제하고 도관낭중(都官郎中)을 지내 사람들은 '정도관(鄭都官)'이라 불렀다. 후에는 의춘 앙산서당(仰山書堂)에 들어가 은거했다. 함통 연간에 허당(許棠, 822~?), 온헌(溫憲), 장교(張僑) 등과 이름을 같이 하여 '함통십철(咸通十哲)' 혹은 '방림십철(芳林十哲)'이라 불렀다. 그의 <자고(鷓鴣)> 시가 가장 유명한데, 사람들은 그를 '정자고(鄭鷓鴣)'라고 불렀다. 지금은 ≪운대편(雲臺編)≫이 전하고 ≪전당시≫ 권 674~677에 그의 시 4권을 수록했다.

칠언당시화보 발문

　내가 ≪당시오언화보≫를 펼쳐보니 규범이 있고 준칙이 있어 가히 아름다움을 다했다고 하겠다. ≪칠언당시화보≫를 출판하니 어찌 선하지 않다고 하겠는가? 모름지기 하늘이 도와주면 사람들이 그 도움을 타게 되어 불후한 문장이 될 것이다. 비유하자면 곤륜산의 아름다운 옥에다가 조탁의 기교를 더하고, 여수에서 나는 순금처럼 찬란하여 오묘한 문장으로 꾸몄으니, 어찌 사람마다 함께 진기한 작품을 흠모하지 않거나 세세토록 영원히 큰 보물로 여기지 않겠는가? 감상하는 선비를 위해 스스로 기록하여 둔다.

전당 임지성 짓고
호림 심유탄 쓰다

七言唐詩畫譜跋

余覽唐詩五言畫報, 有典有則, 可謂盡美矣; 詎意七言譜出, 又盡善乎. 必乃天作其合[17], 人乘其會, 而成此不朽之章也. 譬若崐山[18]粹玉, 加以追琢之巧, 麗水[19]精金, 賁以文章之妙, 豈不人人共羨奇珍, 而世世永爲大寶? 奉賞覽之士自默識之.

錢塘林之盛撰

虎林沈維垣書

---

17) 천작기합(天作其合)이란 말은 ≪시경·대아(大雅)·대명(大明)≫에 나온다. "문왕이 처음 일을 시작하자, 하늘이 그에게 배필을 구해주었다.(文王初載, 天作之合.)" 원래는 원만한 결혼을 가리켰으며 이를 빌려 관계가 친밀한 친구를 비유하기도 한다. 여기에서는 ≪당시화보≫의 편찬이 하늘이 도와서 이루어졌음을 비유한다.

18) 곤산(崐山)은 신강(新疆), 티벳에 걸쳐 있는 곤륜산(崑崙山)을 말한다. 이곳에서 나는 옥을 '곤옥(崑玉)'이라 한다.

19) 여수(麗水)는 물 이름이다. 금사강(金沙江)이 운남성 여수현 경내로 유입되는 지류를 '여수'라고 부른다. '여강(麗江)'이라고도 부르며 물속에서 금이 나온다.

육언당시화보

新鐫六言
唐詩畫譜

集雅齋藏板

육언당시화보 서문

천지자연의 무늬 가운데 시는 그 신묘한 정신을 탐구하고 서예는 그 기교를 모방하며 그림은 교묘함을 본뜬다. 무릇 시, 글씨, 그림은 무늬의 흔적이다. 정신, 기교, 교묘함은 무늬의 정신이다. 정신이 없으면 흔적을 남길 수 없고 흔적이 없다면 정신을 움직일 수가 없다. 마음속으로 깨닫고 이해하여 흥취가 넘쳐흐르고 기교와 신사(神思)가 움직이게 된다. 모든 자연의 생기 있는 뜻, 인물의 변화무쌍한 자태, 바람과 구름이 계곡과 골짜기에 드나들고 초목, 짐승, 물고기들이 생기발랄하다. 오로지 시, 글씨, 그림만이 이 모든 것을 망라하기에 충분하다. 삼자를 겸비하면 천년토록 휘황찬란하게 된다. 이를 셋으로 나누고 하나로 합하지 못한 것이 애석할 뿐이다. 이 글이 흩어지고 체계가 없는 까닭은 전해지는 과정에서 쉽게 없어졌기 때문이다. ≪주역≫에서는 "바람이 물위로 불게 되면 흩어진다(風行水上, 渙)"고 했다. 천하의 무늬를 통해 이 말을 음미할 수 있고 글을 알 수 있다. 신안 사람 황봉지 선생은 마음속으로 가늠하여 당시 육언을 뽑고 명사를 구해 쓰게 하고 명필을 구해 그림을 그리게 했다. 이로써 보는 사람들은 시를 읽고 글의 정신을 탐구할 수 있고, 글씨를 연마하여 글의 기교를 찾을 수 있고 그림을 그려 글의 교묘함을 엿볼 수 있다. 한꺼번에 세 가지를 모두 구비했다. 지금 세상에 당시를 상재한 것들이 번다하지만, 글씨는 명인의 손에서 나온 것이 아니니 기교를 어찌 모방할 수 있겠는가? 서첩을 판각하는 사람들도 매우 많지만 서첩이 성당시가 아니라면 정신을 어떻게 탐구할 수 있겠는가? 그림을 간행하는 사람도 많건만 그림에 당시의 의미가 담기지 않았다면 교묘함을 어찌 본뜰 수가 있겠는가? 독자들은 이것만 봐서 다른 것을 잃고 앞의 것만 보고 뒤의 것을 보지 못할 것이니 유감이 아닐 수가 없다. 일창삼탄하여 박수를 치며 감탄하노니, 이 화보처럼 완벽함을 겸비한 것은 아직 없다. 황 선생의 마음씀씀이가 가히 이 글에 공로가 있다 하겠다. 이 화보가 간행되면 반드시 오랫동안 전해질 것이다. 위대하도다! 우주 내의 일대 볼거리다! 법안을 가지고 감상하면 곧 육안이 즐겁지 않겠는가? 혹자는 글은 정신적 사물이고 화보는 흔적이라 하는데 장차 어떻게 조롱을 풀 수 있겠는가라고 말했다. 내가 말하길, 그 흔적을 경시하지 말아야 한다. 무릇 정신을 갖추면 만물이 붓에 기대 피어나고 정신을 갖추면 명필이 화보에 기대 실리게 된다. 사람들은 정신이 자취에서 분리되지 않음을 알고 자취가 정신에서 벗어나지 않음을 알고 있으니, 이 화보의 흔적으로 글의 정신을 도울 수 있음이 어찌 불가하겠는가? 이 화보는 어찌 천추에 이름을 널리 날리지 않겠는가? 사방의 감상자는 모두 그 공이 크고도 원대함을 흠모한다. 내가 이를 열람해보니 피로하지 않았다. 간략한 서문을 써서 불후할 것으로 기록한다.

신도 정연

六言唐詩詩畫譜叙

天地自然之文, 惟詩能究其神, 惟字能模其機, 惟畫能肖其巧. 夫詩也, 字也, 畫也, 文之迹也; 神也, 機也, 巧也, 文之精也. 精非迹何以載, 迹非精何以運. 當其心會趣溢, 機動神流, 舉造化之生意, 人物之變態, 風雲溪壑之吞吐, 草木禽魚之發越, 惟詩、字、畫足以包羅之. 三者兼備, 千載輝煌. 獨惜分而爲三, 不能合而爲一. 此文所以散而無統, 傳而易湮也. 《易》曰: "風行水上, 渙." 天下之文, 味斯言也, 可以知文矣. 新安鳳池黃生, 權衡於胸臆, 因選唐詩六言, 求名公以書之, 又求名筆以畫之, 俾覽者閱詩以探文之神, 摹字以索文之機, 繪畫以窺文之巧, 一舉而三善, 備矣. 彼世之梓唐詩者非不紛然, 而字非名公之筆, 機奚以模? 鐫字帖者, 非不侈然, 而帖非盛唐之詩, 神奚以探. 刊圖畫者, 非不累然, 而畫非唐詩之意, 巧奚以肖? 覽者顧此失彼, 瞻前乏後, 不無有遺憾焉! 求其一唱三嘆、擊節咏賞, 未有若此譜之美善兼該也. 黃生之用心可謂有功於斯文. 而兹譜所行, 允必其傳且久矣. 偉哉! 宇內之一大觀乎! 法眼固賞鑒, 卽肉眼亦嘉樂乎? 或曰: 文, 神物也; 譜, 陳迹也, 嘲將安解? 余曰: 愼勿輕言迹也. 夫神在庶物, 藉筆發焉; 神在名筆, 兹譜載焉. 人知神之不離乎迹, 又知迹之不離乎神, 卽以此譜之迹佐文之神, 亦奚不可? 是譜也, 豈不博名千秋哉! 四方鑒賞者, 咸羨其功之宏而遠矣! 予閱之不倦, 因爲序之簡端, 以識不朽云.

新都[20] 程涓

---

20) 지금의 안휘성 황산시(黃山市) 흡현(歙縣)을 가리키며 명대 삼대 도서간행 중심지의 하나다.

1 그네(鞦韆)_노윤

紅杏樓前歌舞,	향긋한 살구나무 누각 앞에서 가무 즐기며
綠楊影裏鞦韆.	푸른 버드나무 그늘 아래 그네를 탄다.
含月畫船歸晚,	달 머금고 수놓은 배 타고 늦게 돌아오며
餘情盡付湖煙.	남은 정취 모두 서호 물안개에 부치노라.

❀ 시 해설

이 시는 봄날에 외출하여 봄을 만끽하는 정경을 묘사하고 있다. 앞의 두 구는 '홍행(紅杏)', '녹앙(綠楊)' 등의 시어를 써서 현란한 색채로 봄날의 여흥을 표현했고, 뒤의 두 구는 서호의 경물과 정경을 묘사했다.

이 시는 노윤이 지었다고 했으나 현존하는 노윤 시집에는 이 시가 보이지 않는다. 이 시는 남송의 유국보(俞國寶)의 사 <풍입송(風入松)>을 참조하여 개작했다.

● 서예가 소개

심문헌(沈文憲)의 자호는 독성자(獨醒子), 완초도인(完初道人), 전당노인(錢塘老人)으로 전당(지금의 항주) 사람이며 서예에 뛰어났다.

이 그림은 2단으로 구성되어 있다. 하단은 관모를 쓴 남자 앞에서 춤추는 두 여성의 모습을 그렸고, 상단은 배를 타고 돌아오는 모습을 그렸다.

● 시 원작자 소개

　　노윤(약 748~약 798)의 자는 윤언(允言)이고 하중(河中) 포주(蒲州, 지금의 산서 永濟) 사람이다. 대력 6년(771)에 재상 원재(元載, ?~777), 왕진(王縉, 700~781)의 추천으로 문향위(閺鄕尉)가 되었고 이후에는 밀현령(密縣令), 소응령(昭應令), 감찰어사(監察御史), 집현학사(集賢學士), 비서성교서랑(秘書省校書郞) 등직을 역임했다. 정원 12년에는 원재와 왕진에게 연루되어 하옥되었다. 정원 14년(798), 15년에는 외삼촌 위거모(韋渠牟, 749~801)의 추천으로 호부낭중(戶部郞中)에 임명되었는데 세상 사람들은 그를 '노호부(盧戶部)'라고 불렀다. 신구 ≪당서≫에 그의 전이 있다. 노윤은 '대력 10재자' 가운데 한 사람으로 시로 이름이 났다. 반덕여는 그를 십재자 가운데 우두머리로 보고 "노윤의 시는 청고하여 유장경과 필적할 만하고 우두머리가 되기에 부끄럽지 않다.(盧詩淸高, 可以與劉文房匹, 不愧稱首.)"(≪양일재시화(養一齋詩話)≫ 권7)고 말했다. 저작으로는 ≪노호부시집(盧戶部詩集)≫이 세상에 전한다. ≪전당시≫에는 그의 시 5권을 수록했는데 이 시는 그의 작품집 속에 수록되어 있지 않다.

2 강남(江南)_왕건

青草池邊草色,　　청초호 가에 푸른 색 돋고

飛猿嶺上猿聲.　　비원령 위에 원숭이 운다.

萬里湘江客到,　　만리 상강에 손님이 오다니

有風有雨人行.　　비바람 불어도 사람 오간다.

❀ 시 해설

　이 시는 왕건의 <강남삼대사(江南三臺詞)>(4수) 가운데 세 번째 시다. 이 시는 호남성 상강과 청초호 일대의 쓸쓸하고 처량한 풍경을 묘사했다. 물가의 풀색은 푸르고 언덕 위의 원숭이 소리도 간간이 들리며, 비바람이 부는 가운데 유람객은 여전히 만 리 호수를 쓸쓸히 걷고 있다. 객지 생활의 근심을 생동감 있게 표현했다. 청초호는 호남 악양시(岳陽市) 서남쪽 동정호(洞庭湖)의 남쪽에 있으며, 동정호와 연결된다.

　이 시에서 왕건은 첩자(疊字)를 교묘히 배치했는데, 첫 구의 '초(草)', 둘째구의 '원(猿)', 넷째구의 '유(有)'자를 각기 두 번씩 써서 운치를 더해준다.

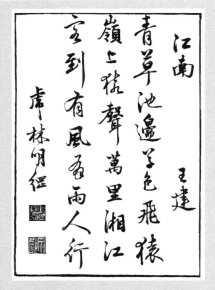

● 서예가 소개

　명강(明綱)은 호림의 스님으로 자는 종랑(宗朗)이고 서예에 뛰어났으며 숭정 10년(1637)에 <악지화축(樂志畵軸)>를 그렸다.

● 화보 해설

그림 상단 왼쪽에는 떨어질듯 대각선으로 그린 언덕 위에 원숭이가 쪼그려 앉아 있고, 그 아래 호수엔 배 한 척이 떠있다. 그림 하단에는 정강이를 걷어 올린 두 사람이 지우산을 쓰고 대화를 나누고 있는데, 앞사람은 신발을 신었고 뒷사람은 벗은 채 걷고 있다.

● 시 원작자 소개

왕건(770~약 829)의 자는 중초(仲初)이고 관보(關輔, 지금의 陝西) 사람이다. 일찍이 장적과 함께 제주(齊州) 작산(鵲山)에서 공부했다. 정원, 원화 연간에 치청(淄靑), 유주(幽州), 영남(嶺南), 형남(荊南) 등지의 막부에서 종사했고 후에는 소응승(昭應丞)을 역임했다. 환관 왕수징(王守澄, ?~835)과는 종친이라서 궁중의 일을 소상히 알고 있었기에 <궁사(宮詞)> 100수를 지어 명성을 떨치게 되었다. 후에는 태부승(太府丞), 비서랑(秘書郎), 섬주사마(陝州司馬)을 역임했으며 만년에 장안 근교에 머물다가 대화 연간에 사망했다. 왕건은 악부와 궁사에 뛰어났으며 장적과 더불어 신악부운동의 선구자가 되어 이 두 사람을 '장왕(張王)'이라 부른다. ≪전당시≫에 6권이 수록되어 있고 ≪전당시보편≫에 2수를 보충했다.

3 외로운 마을에 살면서(村居)_증삼(曾參)

夾岸人家臨鏡,　　언덕의 집은 물가에 비춰지고
孤村燈火懸星.　　고독한 마을의 등불은 별 내건 듯,
喬木千枝鷺下,　　교목나무 뭇 가지에 백로 내려오고
深潭百尺龍吟.　　백 자 깊은 못에 용이 울부짖는다.

❀ 시 해설

　이 시는 물가에 터를 잡은 외로운 마을의 가파르고 아름다운 산세의 풍경을 묘사했다. 큰 강 옆 외로운 촌락의 언덕에 살면서 저녁에 드문드문 보이는 등불은 마치 하늘의 별을 걸어놓은 것 같다. 초목이 우거진 큰 나무 위에서 백로는 유유히 내려온다. 측정할 수 없을 정도로 깊은 못에는 교룡이 용트림하며 울부짖는 소리를 내는 것 같다.

● 서예가 소개

성사룡(盛士龍)이 쓴 글씨다.

　이 그림의 하단엔 수면 위에 나는 백
로 두 마리를 그렸다. 그 가운데 한 마리
는 날아가면서 뒤쪽을 향해 고개를 완전
히 젖혀 기이한 자세를 연출한다. 수면
가운데는 용 한 마리가 용트림하며 세차
게 날아가고, 물가에 지은 집안에서는 두
사람이 이처럼 환상적이고 기이한 장면
을 주시하고 있다.

● 시 원작자 소개

　당시 작가 가운데 증삼(曾參)이란 이름을 가진 시인은 없다. 위의 작자를 알 수가 없다.

4 눈 속의 매화(雪梅)__위원단(韋元旦)

古木寒鴉山徑,　　고목나무 위 차가운 갈가귀는 산길에

小橋流水人家.　　작은 다리 밑 흐르는 물은 인가로.

昨夜前村深雪,　　어젯밤 앞마을엔 눈 깊이 쌓였는데

陽春又到梅花.　　따뜻한 봄이 다시 매화꽃에 이른다.

❀ 시 해설

앞의 세 구에서 연속적으로 배열한 명사와 명사구는 춥고 쓸쓸한 겨울날 풍경을 묘사했다. 3, 4구에서는 '설(雪)', '매(梅)'자를 써서 추운 날씨에 눈이 많이 쌓인 상황을 표현했으며, 핀 매화꽃을 보고서 따뜻한 봄날이 다가올 것이라고 기뻐한다. 마지막 구에서 동사 '도(到)'자를 써서 고목, 차가운 갈가귀, 산길, 작은 다리, 흐르는 물, 인가, 앞마을, 깊은 눈 등 이미지의 연상 조합을 통해 매화의 등장을 부각시켰다.

위의 시에서 첫째, 둘째 구는 원대 마치원(馬致遠)의 <천정사(天淨沙)·추사(秋思)>의 '마른 넝쿨, 고목, 저녁 까마귀, 작은 다리, 흐르는 물, 인가(枯藤老樹昏鴉, 小橋流水人家)', 세 번째 구는 만당 제기(齊己, 863~937)의 <이른 매화(早梅)>의 '앞산 깊은 눈 속에서, 어젯밤 여러 가지가 피었다(前村深雪裏, 昨夜數枝開)' 시구와 흡사하다. 이를 보면 이 시의 원작자는 마치원보다 후대 사람일지도 모른다.

● 서예가 소개

호림 사람 하지원(何之元)이 쓴 글씨다.

● 화보 해설

이 그림에서 지붕 위의 고목나무엔 갈
가마귀 다섯 마리가 앉아있거나 날아다
니고, 가옥 안에는 관모를 쓴 인물이 오
른손엔 지팡이를 짚고 왼손에 주전자를
들고 눈 덮힌 다리를 조심조심 건너오는
사람을 바라보고 있다. 지붕 꼭대기에는
일부 눈이 녹아내린 기왓장이 노출되었
으며, 양지의 매화도 일부 핀 것으로 보
아 봄이 오고 있음을 보여준다.

● 시 원작자 소개

위원단의 자는 훤(烜), 경조 만년(지금의 섬서 서안) 사람으로 조부는 징(澄)이고 월왕부(越王府)
기실이다. 그가 지은 <여계(女戒)>가 세상에 전한다. 위원단은 진사 시험에 급제하여 동아위(東阿
尉), 좌대감찰어사(左臺監察御史) 등직을 역임했다. 장역지와는 인척 관계인데 장역지가 실패하자
신룡(神龍) 원년(705)에 감의위(感義尉)로 좌천되었다. 그는 또 위후(韋后)와의 연줄을 타고 잠시 뒤
에 주객원외랑(主客員外郞)으로 불렸고 중서사인을 맡았다. 경룡(景龍) 2년(708)에는 수문관학사(修
文館學士)가 되었다. 위원단의 명성은 그다지 크지 않았던 궁정 시인으로 심전기(沈佺期) 등과 창
화했다. ≪신당서≫에 전이 있다. ≪전당시≫와 ≪전당시보편≫에 그의 시 열두 수가 전하지만,
이 시는 보이지 않는다.

5 뱃놀이(舟興)_전기

風浦中流漁笛,	바람 부는 포구 중류에서 고기잡이배의 피리소리,
煙波落日蓮歌.	해지는 물안개 사이로 연밥 따는 노래 들린다.
歸舟明月誰語,	밝은 달빛 아래 배타고 돌아와 누구와 담소할까?
山客携琴夜過.	산중 친구가 밤중에 거문고 들고 찾아왔구나.

❀ 시 해설

　여러 시집을 찾아보아도 전기란 이름으로 이 시는 보이지 않는다. 이 시는 여름날 뱃놀이의 고아한 흥취를 잘 표현했으며, 유유자적하고 청아한 느낌을 준다. 시인은 밝은 달빛을 받으며 배를 타고 어촌으로 돌아오다가 주변의 아름다운 경물을 보고 이 시를 지었다. 특히 시각, 청각적 이미지를 조합하여 뱃놀이 과정의 감흥을 집약했다.

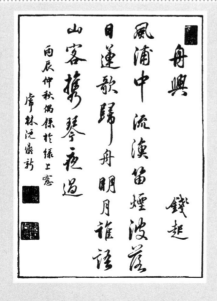

● 서예가 소개

　병진년 중추에 우연히 푸른 창문에 적노라.(丙辰仲秋偶錄於綠上窓.) 심정신(沈鼎新)의 자는 자옥(自玉)이고 무림(武林, 지금의 항주) 사람이다. 서예와 산수화에 뛰어났으며 명대 만력(1573~1620) 연간의 ≪명공선보(名公扇譜)≫에 그가 그린 산수선(山水扇)이 들어 있다. 황면중(黃冕仲)이 발문을 쓴 ≪시여화보(詩餘畵譜)≫에도 그의 글씨가 있다.

● 화보 해설

　이 그림은 상하 구도로 나눠진다. 상
단에는 작은 배안에서 낚싯대를 걸쳐놓
고 피리 부는 사람을 표현했으며, 하단의
오른쪽에선 연밥을 따는 두 여인의 모습
이 보이고 왼쪽의 한 사람은 거문고를
들고 있으며, 그 앞에 선 도사 복장을 갖
춘 사람은 연밥 따는 여인과 무슨 대화
를 주고받는 듯한 표정이다.

● 시 원작자 소개

　　전기(약 715~약 780)의 자는 중문(仲文)이고 오흥(지금의 절강 湖州) 사람이다. 천보 10년(751)
에 진사과에 급제했고 비서성교서랑, 남전위(藍田尉), 고공낭중(考功郎中) 등직을 역임했다. 낭사원
(郎士元)과 이름을 같이 하여 당시 '전랑(錢郎)'이라 불렸으며 '대력십재자' 가운데 하나다. ≪전고
공집(錢考功集)≫이 있고 ≪전당시≫에 그의 시 4권을 수록했다.

6 조용히 살면서(幽居)_왕유

山下孤煙遠村,　　산 아래 먼 촌락에서 외로운 연기 피어오르고
天邊獨樹高原.　　하늘가 고독한 소나무 고원에 우뚝 서있구나.
一瓢顔回陋巷,　　표주박 하나로 안회가 누추한 골목에 사는 듯
五柳先生對門.　　오류선생 도연명의 대문을 마주한 듯하다.

🌸 시 해설

　이 시는 왕유의 <전원의 즐거움 7수(田園樂七首)> 가운데 다섯 번째 시다. 이 시는 전원의 조용하고 한적한 환경을 묘사했으며 안회의 안빈낙도와 도연명의 은거 사상을 잘 나타냈다. 앞의 두 구절은 풍경을 묘사했으며, 뒤의 두 구절은 은거하고픈 왕유의 사상이 잘 드러나 있다. 이 시는 '시 속에 그림이 있다.'는 왕유 시의 특징을 보여준다. 명대의 동기창도 그림에 뛰어난 왕유가 아니라면 이러한 시어를 쓸 수 없다고 극찬했다.(≪화선실수필(畵禪室隨筆)≫)

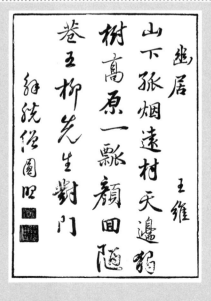

● 서예가 소개
　해굉승(解舡僧) 원조(圓照)가 쓴 글씨다.

● 화보 해설

　이 그림에서 깎아지른 절벽 위로 소나
무 한 그루가 우뚝하고, 그 아래로는 폭
포가 세차게 흐른다. 일종의 관폭도인 셈
이다. 그 밑에 앉은 인물은 면벽하고 있
다가 고개 돌려 버드나무 다섯 그루[五
柳]가 심겨진 곳을 바라보고 있다.

● 시 원작자 소개

　왕유(701~761)의 자는 마힐(摩詰)이다. 원적은 태원(太原) 기현(祁縣, 지금의 산서에 속함)이며
포주(蒲州, 지금의 산서 永濟)로 이주하여 살았기 때문에 하동(河東) 사람이 되었다. 개원 9년(721)
에 진사가 되었고 태악승(太樂丞), 우습유(右拾遺) 등직을 역임했다. 안사의 난 때 장안이 반란군에
게 함락되자 그는 반란군에게 사로잡혀 낙양으로 끌려가 관직을 맡게 되었는데, 나중에 이러한
경력을 시로 지어 불만을 표출한 바 있다. 장안을 수복한 뒤 태자중윤(太子中允)으로 강등되었고
태자중서자(太子中庶子), 중서사인, 우승상(右丞相) 등직을 역임했다. 세상 사람들은 '왕우승(王右
丞)'이라 불렀다. 왕유는 다재다능하여 시, 서, 화에 정통했다. 남종화의 시조로 불리기도 한다.
소식은 그의 "시 속에 그림이 있고, 그림 속에 시가 있다"고 극찬했다. 맹호연(孟浩然, 689~740)
과 더불어 '왕맹(王孟)'이라 불렀으며 성당 전원시파의 대표자다. 지금은 ≪왕우승집(王右丞集)≫
이 전하고 ≪전당시≫에 그의 시 4권이 수록되었다.

7 백로(白鷺)_장위(張謂)

曠野悠悠新水,	넓은 광야의 물 유유히 흐르고
遠山望望晴雲.	먼 산은 아득히 청운 바라본다.
湖北湖南白鷺,	호수의 북쪽, 남쪽 백로들은
三三兩兩成群.	삼삼오오 한 무리를 이룬다.

✿ 시 해설

이 시는 지금 전하는 장위의 시집에 보이지 않는다. 시인은 호숫가에서 자유롭게 날아다니는 백로를 바라보며 서있다. 이때 자연미를 포착하여 짧은 시에 담아 두었다. 첫째 구와 둘째 구에서는 대우법이 쓰였다. 즉 '광야(曠野)'와 '원산(遠山)', '신수(新水)'와 '청운(晴雲)'이 깔끔하게 대우를 이루고 있다. 드넓은 벌판에서 저 멀리 바라보니 큰 호수에는 '맑은 물'이 끊임없이 흐르고, 맞은편 먼 산을 보니 '맑은 구름'이 한들한들 흘러간다. 이 두 구절은 풍경을 묘사하고 있는데, 이를 백로가 노니는 아름다운 배경으로 삼았다. 셋째, 넷째 구에서는 백로로 방향을 바꿔 시의 주제를 끄집어낸다. 호수의 북쪽과 남쪽엔 백로가 삼삼오오 무리를 지어 날아다니다가 물에 들어가기도 하고 먹이를 찾기도 한다. 백로의 이런 모습은 유유히 흐르는 맑은 물과 구름에 가린 푸른 산과 잘 어울린다. 시적 상상을 통한 풍경이 눈앞에 펼쳐져 생동감 넘치고 수려하고도 그윽하다.

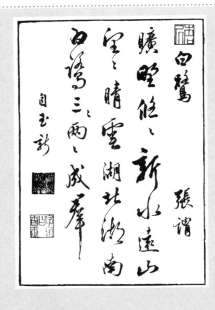

● 서예가 소개

심정신(沈鼎新)의 자는 자옥(自玉)이고 무림(武林, 지금의 항주) 사람이다. 서예와 산수화에 뛰어났으며 명대 만력(1573~1620) 연간의 ≪명공선보(名公扇譜)≫에 그가 그린 산수선(山水扇)이 들어 있다. 황면중(黃冕仲)이 발문을 쓴 ≪시여화보(詩餘畵譜)≫에도 그의 글씨가 있다.

● 화보 설명

이 그림은 호수를 기준점으로 대각선으로 양분했다. 상단에서는 호수 수면 위를 나는 백로를, 하단에서는 그것을 바라보는 인물, 그리고 그 옆에서 대기하는 시동, 물속에 들어가 먹이를 찾는 백로를 그렸다.

● 시 원작자 소개

장위(약 711~약 778)의 자는 정언(正言), 회주(懷州) 하내(河內, 지금의 하남 沁陽) 사람이다. 천보 2년(743) 진사과에 합격하여 벼슬길에 올랐다. 천보 말년에 안서절도부대사(安西節度副大使) 봉상청(封常清)의 막부에 들어가 공을 세웠다. 건원(乾元) 원년(758) 8월에 상서랑(尚書郎)으로 하구(夏口 : 지금의 漢口市)에 출장 갔을 때 장위는 야랑(夜郎 : 지금의 貴州 桐梓와 正安 서부 일대)으로 귀양 가던 이백을 만나 초청하여 함께 하구의 남호(南湖)를 유람했는데, 이백은 시 <면주성 남쪽 낭관호에 배 띄우고(泛沔州城南郎官湖)>를 지어 이 일을 기록했다. 대력(大曆) 초년에 담주자사(潭州刺使)로 부임했고 후에 조정에 들어가 태자좌서자(太子左庶子)가 되었으며, 대력 6년(771)에 예부시랑으로 승진했다.

≪전당시≫에 그의 시 1권이 전해오고 총 39수를 남겼다. 대략 65세라는 그의 생애를 고려할 때 결코 많은 작품은 아니지만 장위는 다양한 제재를 통해 여러 환경과 처지에서 일어난 복잡다단한 사건과 정서를 거의 빠짐없이 표현했다. 장위의 시는 안사의 난을 전후하여 뚜렷한 차이점을 보인다. 전기 시가 성당시의 기상을 그대로 구현하고 있다면, 후기 시는 사회현실보다는 개인의 서정을 읊는데 치중하고 정조 또한 부드럽고 애상적이다. 따라서 장위의 시는 당시가 성당에서 중당으로 넘어가는 과정에서 일정 정도 가교 역할을 했다.

8 달 바라보며(望月)_왕창령

聽月樓高太淸,	높은 누각 올라 달에 귀 기울이니 너무나 맑고,
南山對戶分明.	남산 맞은편 인가가 분명하게 비친다.
昨夜姮娥現影,	어젯밤 꿈속 항아가 나타나더니
嫣然笑裏傳聲.	어여삐 웃는 소리 들린다.

✿ 시 해설

이 시의 제목은 '망월(望月)'이나 첫째 구는 '청월(聽月)'로 시작한다. 보는 것[望]은 시각 기관으로, 듣는 것[聽]은 청각 기관으로 사물의 동작을 감지한다. 달을 바라보는 행위를 달을 듣는 것으로 표현한 것은 서로 다른 감각 기관의 기능을 융합한 것이다. 이를 '통감(通感)' 수법이라 한다.

시인이 높은 누각에 올라 휘영청 밝은 달을 바라볼 때 귓가에 맑은 바람 소리가 들려왔을 것이다. 따라서 시인은 '달에 귀 기울이니 너무나 맑다.'고 표현했다. 하늘 높이 떠있는 밝은 달은 남산 맞은편 인가를 비춰 보일 정도로 분명하기에 제목 '망월'의 '망'의 목적어는 '달' 뿐만 아니라 '남산대호'도 포함되어 있다. 셋째 구에서 그는 오늘 밤 달을 바라보는 행위에서 어젯밤 달을 바라본 것으로 시간을 이동시켰다. 그는 꿈속에서 항아가 모습을 드러내고 생긋 웃는 모습[시각]을 보았고, 월궁에서 전해오는 웃는 소리[청각]도 들을 수 있었다. '웃는 소리 들린다.'고 한 것은 첫째 구의 '달에 귀 기울이니'와 서로 호응하여 시의 의미를 완전하게 해준다.

이 시는 청각과 시각의 기능이 번갈아 발휘되어 시인이 높은 누각에 올라 달을 감상하는 과정 중에 겪은 다양한 심미적 체험을 표현하고 있다. 상상력이 뛰어나고 고상한 정취가 은연중 드러나 육언절구 가운데 뛰어난 가작이라 하겠다.

육언시의 기원에 대해 설이 분분하다. 보통 ≪시경≫ 기원설, 서한 곡영(谷永) 기원설, 동방삭(東方朔) 기원설로 압축할 수 있는데 이후 오·칠언시의 황금기인 당대를 거쳐 송대에 들어와 육언시 창작이 제법 유행하게 되었다. 남송의 홍매(洪邁)의 ≪만수당인절구(萬首唐人絶句)≫에는 육언절구가 37수, 명대 황봉지의 ≪육언당시화보≫엔 57수, 청대 엄장명(嚴長明)이 편찬한 ≪만수당인절구≫엔 50수, ≪전당시≫엔 75수가 수록되었다. 송대의 육언절구는 엄장명의 ≪천수송인절구(千首宋人絶句)≫엔 98수를 실어 전체의 10퍼센트를 차지한다. 이밖에도 육언시를 모아 놓은 책으로는 전겸익(錢謙益)의 ≪승암집고육언시(升庵集古六言詩)≫, 오봉도(吳逢道)의 ≪육언몽구(六言蒙求)≫, 이반룡(李攀龍)의 ≪육언시선(六言詩選)≫, 양신(楊愼)의 ≪고금육언시선(古今六言詩選)≫ 등이 있다. 한편 일본의 고승이자 진언종(眞言

宗) 구카이(空海, 774~835)가 중국에 왔다가 일본에 돌아갈 때 ≪정원영걸육언시(貞元英杰六言詩)≫(3권)를 가져갔다고 하는 걸로 봐서 아마도 이 책이 가장 이른 육언시 선집이었을 것으로 판단된다. 1987년에 중국 대륙에서 ≪육언시 300수(六言詩三百首)≫(중주고적출판사)가 나와 중국 역대 육언시의 진면모를 보여주었다.

이러한 '청월' 행위는 마음속으로 달을 감상하는 망아(忘我)의 경계이며 일종의 명상이라 하겠다. 이러한 경지를 계승하고 확장시킨 사람은 남송 시기의 신기질(辛棄疾)이다. 그는 청각적 이미지를 부각시키기 위해 의성어를 많이 삽입시켰다. 그의 <청월시(聽月詩)>를 감상해보자.

聽月樓頭接太淸, 달을 듣는 누각 머리는 하늘에 이어지고
依樓聽月最分明. 누각에 기대 달을 들으니 가장 똑똑하다.
摩天咿啞冰輪轉, 하늘에 맞닿아 도르르 하얀 달 구르고
搗藥叮哆玉杵鳴. 약 찧는 소리 당당 옥 절구 공이 운다.
樂奏廣寒聲細細, 월궁에서 음악 연주하는 소리 가냘프고
斧柯丹桂響叮叮. 도낏자루로 단계 찍는 소리 뚝딱거린다.
偶然一陣香風起, 우연히 향기로운 바람 불어와
吹落嫦娥笑語聲. 항아의 웃음소리에 떨어진다.

● 서예가 소개
전당 사람 13동 심유원의 글씨다.

● 화보 해설

　이 그림은 화려하고 높은 누각에서 관리 복장을 한 인물이 팔짱을 끼고 몸을 비스듬히 굽히고 난간에 기대 달을 바라보는 모습을 그렸으며, 누각 안에는 두 동자가 마주 앉아 있다.

● 시 원작자 소개

　　왕창령(약 690~약 756 혹은 698~757)의 자는 소백(少伯)이고 경조 만년(지금의 섬서 서안) 사람이다. 개원 15년(727)에 진사과에 급제했고 교서랑을 제수 받았다. 개원 22년에 박학굉사과(博學宏詞科)에 급제했고 사수위(泗水尉)를 지냈다. 후에 어떤 일로 영남으로 좌천되었고 다시 복귀한 뒤에 강령위(江寧尉)를 지냈는데, 세상 사람들은 '왕강령(王江寧)'이라 불렀다. 천보 연간에는 용표위(龍標尉)로 폄적되었다. 안사의 난이 일어나자 강회(江淮) 지방으로 피난했다가 호주자사(濠州刺史) 여구효(閭丘曉)에게 죽임을 당했다. 신구 ≪당서≫에 전이 있다. 왕창령은 개원, 천보 연간에 활동한 저명한 시인으로 특히 칠언절구에 뛰어났다. ≪왕창령집≫이 세상에 전하며 ≪전당시≫에 그의 시 4권을 수록했으나, 이 시는 그의 시집에 보이지 않는다.

9 전원의 즐거움(田園樂)_왕건

採菱渡頭風急,	마름 캐는 나루터에 바람 거세고
杖策林西日斜.	지팡이 집고 숲 거니니 해 기운다.
杏樹壇邊漁父,	행단 가에 어부 있으니
桃花源裏人家.	도화원 사람의 집인가.

❀ 시 해설

이 시의 작자는 왕건으로 되어 있으나 실제 작자는 왕유다. 명대 고린(顧璘, 1476~1545)은 <전원의 즐거움 7수(田園樂七首)>를 "매 수마다 그림 같다(首首如畵)"고 평가했다.(≪당시선맥회통평림(唐詩選脈會通評林)≫에서 인용) 바로 이 시가 대표적이다. 이 시는 왕유가 사직하고 망천(輞川)으로 돌아온 뒤에 쓴 전원시다. 망천 별장의 경물과 한가하고 여유로운 주인장의 기분과 흥취가 잘 묘사되어 있다. 명대 당여순(唐汝詢)은 '마름 캐기, 지팡이 노님을 기록한 것이고, 바람 거세고 해가 기우는 것은 그 정경을 묘사한 것이다(采菱, 杖策, 紀所遊也. 風急, 日斜, 狀其景也)'라고 하였다(≪당시해(唐詩解)≫). 나루터에서 마름을 따고 있을 때 바람이 이는 것은 눈앞의 풍경 묘사이고, 지팡이를 짚고 서서 마을 서쪽으로 해가 뉘엿뉘엿 지는 것을 보는 장면은 자신이 여기저기서 노닐고 다니는 것을 표현했다. 셋째, 넷째 구는 화제를 전환하여 망천 사람들을 적었다. 어부는 행단에서 거문고 타는 노래를 듣고 있는데, 사람들은 모두 도화원 속의 사람들이라고 하는 데서 민가의 풍속이 속되지 않고 순박하며 예스럽다는 것을 알 수 있다.

셋째구의 '행단'과 '어부'는 ≪장자·잡편·어부≫에 나오는 구절이다. "공자가 우거진 숲속을 거닐다가 은행나무 심겨진 단 위에서 앉아 쉬고 있었다. 제자는 책을 읽고 공자는 노래 부르며 거문고를 타고 있었다. 연주하던 곡이 반도 채 끝나기 전에 한 어부가 배에서 내려왔다. 수염과 눈썹은 하얗고 머리칼을 풀어헤치고 소매 휘저으며 강가 둔덕으로 올라와 걸음을 멈췄다. 왼손은 무릎 위에 놓고 오른손으로는 턱을 괴고 들었다.(孔子遊於緇帷之林, 休坐乎杏壇之上. 弟子讀書, 孔子絃歌鼓琴, 奏曲未半. 有漁父者下船而來, 須眉交白, 被髮揄袂, 行原以上, 距陸而止, 左手據膝, 右手持頤以聽.)"

실제로 왕건이 쓴 육언시 <궁중삼대 2수(宮中三臺二首)>를 감상해보자.

[1]

魚藻池邊射鴨, 어조지에서 들오리 사냥하고
芙蓉園裏看花. 부용원에서 꽃을 감상한다.
日色赭袍相似, 햇빛은 적황색 도포와 비슷한데
不著紅鸞扇遮. 난새 수놓은 붉은 용포 입지 않아 부채로 가린다.

[2]

池北池南草綠, 연못 북쪽과 남쪽은 모두 초록색
殿前殿後花紅. 전당 앞과 뒤는 모두 붉은 꽃.
天子千年萬歲, 천자는 만수무강할 터
未央明月淸風. 미앙궁에 달 밝고 바람 맑다.

'삼대'는 한대 악부잡곡(樂府雜曲) 이름으로 묘사하는 제재에 따라 일반적으로 <궁중 삼대>, <강남 삼대>, <돌궐 삼대>로 나뉜다. 위의 작품은 황궁의 경관을 묘사하고 황제의 만수무강을 기원했다.

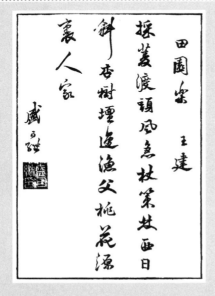

● 서예가 소개

성가계(盛可繼, 1563~1620)는 전당 사람으로 행서를 잘 썼다. ≪시여화보≫에도 그의 글씨가 들어 있다.

● 화보 해설

이 그림에서는 모두 여섯 명을 등장시켰다. 그림을 양분했을 때 왼쪽 하단은 낚싯대를 드리우고 물고기를 잡거나 어망을 던져 물고기를 잡아 올리는 어부의 모습을 사실적으로 그렸다. 그리고 오른쪽에 지팡이를 집고 해가 지는 서산을 바라보고 있는 인물은 시적 화자다. 그 밑의 두 여성은 정답게 대화하며 마름을 따고 있다. 그들의 얼굴에는 온화한 미소와 즐거움이 가득하며 일상의 평온함을 표현했다.

● 시 원작자 소개

왕유(701~761)의 자는 마힐(摩詰)이다. 원적은 태원(太原) 기현(祁縣, 지금의 산서에 속함)이며 포주(蒲州, 지금의 산서 永濟)로 이주하여 살았기 때문에 하동(河東) 사람이 되었다. 개원 9년(721)에 진사가 되었고 태악승(太樂丞), 우습유(右拾遺) 등직을 역임했다. 안사의 난 때 장안이 반란군에게 함락되자 그는 반란군에게 사로잡혀 낙양으로 끌려가 관직을 맡게 되었는데, 나중에 이러한 경력을 시로 지어 불만을 표출한 바 있다. 장안을 수복한 뒤 태자중윤(太子中允)으로 강등되었고 태자중서자(太子中庶子), 중서사인, 우승상(右丞相) 등직을 역임했다. 세상 사람들은 '왕우승(王右丞)'이라 불렀다. 왕유는 다재다능하여 시, 서, 화에 정통했다. 남종화의 시조로 불리기도 한다. 소식은 그의 "시 속에 그림이 있고, 그림 속에 시가 있다"고 극찬했다. 맹호연(孟浩然, 689~740)과 더불어 '왕맹(王孟)'이라 불렀으며 성당 전원시파의 대표자다. 지금은 ≪왕우승집(王右丞集)≫이 전하고 ≪전당시≫에 그의 시 4권이 수록되었다.

10 삼대(三臺)_왕건

酌酒會臨泉水,　　술 따르며 솟구치는 샘물 마주하고
抱琴好倚長松.　　거문고 안고 큰 소나무에 기댄다.
南園露葵朝折,　　남쪽 채소밭의 아욱을 아침에 따고
東谷黃粱夜春.　　동쪽 계곡의 메조를 밤에 찧는다.

❀ 시 해설

　제목은 왕건의 <삼대>로 되어 있으나, 이 시는 왕유의 <전원의 즐거움 7수(田園樂七首)> 가운데 제7수다. 이 시에서는 눈으로 보이는 정경과 자연스러운 언어로 은일자의 전원생활과 정취를 적고 있다. 샘물에 다다라 술잔을 기울이고 큰 소나무에 기대어 거문고를 탄다. 시적 화자는 거문고와 술로 유유자적하는데, 이것은 은거자가 누리는 풍류다. 아침에는 밭에서 이슬에 젖은 아욱을 캐어 국을 끓이고, 밤엔 동쪽 골짜기에서 누런 조를 빻아 먹는다. 완전한 농가의 풍미다.

　조선의 추사 김정희가 남긴 글씨 가운데 '노규황량사(露葵黃粱社)'란 다섯 글자가 있다. 이 말은 다산 정약용이 즐겨 인용하는 글자라는데, 풀어서 얘기하면 '아침에 아욱을 뜯어 국 끓여 조밥과 함께 먹는 사람의 모임'이라는 뜻이다. 강진에 은거하던 다산의 첫 제자 황상(黃裳)의 '일속산방(一粟山房)'을 다산, 추사가 함께 방문하여 남겼던 일화가 전해온다.

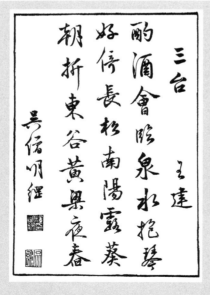

● 서예가 소개

　명강(明綱)은 호림의 스님으로 자는 종랑(宗朗)이고 서예에 뛰어났으며 숭정 10년(1637)에 <악지화축(樂志畵軸)>를 그렸다.

● 화보 해설

　이 그림은 상단에 농가와 가지런한 채소밭을 그렸고, 하단엔 절벽의 바위에서 떨어지는 폭포와 커다란 소나무 아래 앉아서 술잔을 사이에 두고 폭포를 바라보며 거문고를 무릎 위에 얹은 인물의 모습을 그렸다. 관폭도(觀瀑圖)의 일종이다.

● 시 원작자 소개

　　왕유(701~761)의 자는 마힐(摩詰)이다. 원적은 태원(太原) 기현(祁縣, 지금의 산서에 속함)이며 포주(蒲州, 지금의 산서 永濟)로 이주하여 살았기 때문에 하동(河東) 사람이 되었다. 개원 9년(721)에 진사가 되었고 태악승(太樂丞), 우습유(右拾遺) 등직을 역임했다. 안사의 난 때 장안이 반란군에게 함락되자 그는 반란군에게 사로잡혀 낙양으로 끌려가 관직을 맡게 되었는데, 나중에 이러한 경력을 시로 지어 불만을 표출한 바 있다. 장안을 수복한 뒤 태자중윤(太子中允)으로 강등되었고 태자중서자(太子中庶子), 중서사인, 우승상(右丞相) 등직을 역임했다. 세상 사람들은 '왕우승(王右丞)'이라 불렀다. 왕유는 다재다능하여 시, 서, 화에 정통했다. 남종화의 시조로 불리기도 한다. 소식은 그의 "시 속에 그림이 있고, 그림 속에 시가 있다"고 극찬했다. 맹호연(孟浩然, 689~740)과 더불어 '왕맹(王孟)'이라 불렀으며 성당 전원시파의 대표자. 지금은 《왕우승집(王右丞集)》이 전하고 《전당시》에 그의 시 4권이 수록되었다.

11 계사직의 거처를 묻노라(問居季司直)_황보염(皇甫冉)

門外水流何處,	문밖 물은 어디로 흘러가는가?
天邊樹繞誰家.	하늘가 나무는 누구 집 에워싸는가?
山色東西多少,	산세는 동서로 얼마나 되는지?
朝朝幾度雲遮.	아침 이른 운무는 몇 겹 둘렀을까?

❖ 시 해설

이 시의 원래 제목은 <사직 이이가 거처하는 운산을 묻노라(問李二司直所居雲山)>이다. 제목의 '계(季)'는 '이(李)'의 오자다. '이이'는 황보염의 친구 이종(李縱)이다. 자는 영종(令從), 조주(지금의 하북 趙縣) 사람으로 대력 연간에 강남에서 사직을 지냈으며, 뒤에 상주장사(常州長史), 금주자사(金州刺史)를 지냈다. ≪전당시≫에 교연 등과의 연구시(聯句詩) 네 수가 실려 있다.

'운산'은 구름으로 휘감은 높은 산인데, 여기선 속세에서 멀리 벗어난 곳을 가리킨다. 이 시에서는 질문을 통해 친구가 은거하는 환경을 묘사했다. 처음부터 끝까지 질문만하고 그에 대한 답을 주지 않는다. 임방(任昉)의 ≪문장연기(文章緣起)≫에 의하면, 이러한 체재는 한대 대사농(大司農) 곡영(谷永)이 쓴 시에서 시작되었다고 하지만, 그의 시는 전하지 않아 고증할 방법이 없다. 곡영은 포풍착영(捕風捉影 : 바람 잡고 그림자 붙든다) 고사의 원작자다.

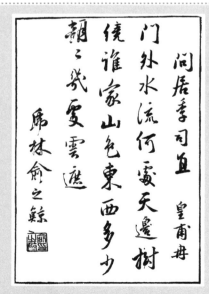

● 서예가 소개

호림 사람 유지경(兪之鯨)의 글씨다.

● 화보 해설

　이 그림은 상·중·하단의 3단으로 구성되어 있다. 원경의 산은 실루엣 풍으로 처리했고 그 경계를 미점으로 지워나가듯 표현했다. 중단과 하단에는 흐르는 물을 사이에 두고 나무에 둘러싸인 가옥을 그렸으며, 하단엔 언제든지 건너갈 수 있도록 정박한 빈 배 한 척을 두었다.

● 시 원작자 소개

　　황보염(717~770)의 자는 무정(茂政), 강소 단양(丹陽) 사람이며 어려서부터 총명하여 열 살 때 문장에 능숙했다. 그는 탈속적이고 직설적이며 비판적 성격의 소유자로, 시풍은 웅장하기보다는 섬세하고 조탁적인 표현을 구사했다. 천보 15년(756)에 진사에 합격하여 무석위(無錫尉)로 관직 생활을 시작했으며 단양에서 사망했다. 동생인 황보증과 더불어 '이황보(二皇甫)'라 불린다. 현재 230여 수가 전한다.

12 산촌에 기거하며(村居)__이태백(李太白)

徑曲萋萋草綠,　　굽은 오솔길에 초록 풀 우거지고
深溪隱隱花紅.　　깊은 계곡에 붉은 꽃 보일 듯 말듯.
鳧鴈翻飛煙火,　　청둥오리, 기러기가 폭죽마냥 퍼덕이며 날고
鷓古啼向春風.　　자고새 울음소리 춘풍에 실려 온다.

🌸 시 해설

　이백 시집에 이 시는 보이지 않는다. 산속의 오솔길은 구불구불하고 깊은 계곡은 보일 듯 말 듯 하며 온산에는 푸른 풀 무성하고 붉은 꽃이 만개해 있다. 하늘을 나는 오리와 기러기는 번쩍이는 폭죽 같다. 봄바람이 스쳐 지나가며 자고새의 울음소리를 전해온다. 이 시는 대칭적인 시어와 첩자를 써서 봄날 산촌의 생기발랄한 정경을 묘사했다.

　마지막 구는 당대 정곡(鄭谷)의 <연회석에서 가수에게 주노라(席上贈歌者)> 시구 "봄바람을 향해 자고곡을 부르지 말게나(莫向春風唱鷓鴣)"에서 따온 듯하다. 자고새는 남방에 사는 새이며, '자고곡'은 노래 이름으로 이별과 객지 생활의 수심을 읊었다고 한다.

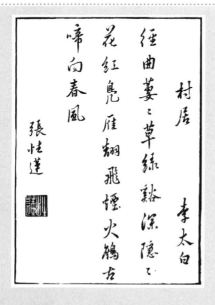

● 서예가 소개

　장성련(張性蓮)의 글씨다.

● 화보 해설

이 그림에서 하늘에는 기러기 떼가 V
자를 그리며 군무를 추고 있고, 그 아래
엔 아름다운 산촌이 보인다. 봄을 맞아
나무엔 꽃이 피었고, 높이 올린 다리 앞
길에서 측면과 뒤태를 보이는 인물이 죽
장을 쥐고 걷고 있으며, 그 뒤로 한 동자
가 바짝 쫓아가고 있다.

● 시 원작자 소개

　　이백(701~762)의 자는 태백(太白), 호는 청련거사(靑蓮居士). 자칭 원적이 농서 성기(지금의 甘
肅 泰安) 사람이며 중아시아 쇄엽성(碎葉城 : 지금의 Tokmak 성)에서 태어났다. 어려서부터 경사
백가 서적을 널리 읽었다. 장안에 들어와서 하지장(賀知章)은 그의 시 <촉도난(蜀道難)>를 보고
그를 '적선인(謫仙人)'이라고 불렀다. 천보(天寶) 원년(742)에 조정에 들어가 한림공봉(翰林供奉)이
되었으나 후에 참소를 당해 금을 주고 풀려났으며 안휘(安徽) 당도현(當塗縣)에서 사망했다. 이백
은 한평생 시주를 즐겼는데 두보는 <음중팔선가(飮中八仙歌)>에서 "이백은 한 말 술에 시 백편
짓고, 장안 저자의 술집에서 잠든다. 천자가 불러도 배에 오르지 않고, 스스로 술의 신선이라 일
컫는다.(李白一斗詩百篇, 長安市上酒家眠. 天子呼來不上船, 自稱臣是酒中仙.)"고 하였다.

13 길에서 읊조리며(途詠)_왕창령

野渡人迷無語,	들판 나루터에 길 잃은 나그네 물을 곳 없고
深林女伴相將.	깊은 숲속에 여인이 동반하여 가노라.
僧舍瀟疏靜掩,	절간엔 적막함이 조용히 내려앉고
漁舟隱隱煙光.	고깃배는 물안개로 보일 듯 말 듯.

❀ 시 해설

왕창령 시집에 이 시는 보이지 않는다. 이 시에서는 잘못 든 길에서 우연히 만난 아름다운 정경을 묘사했다. 야외의 나루터에는 인적이 없어 길 잃은 사람은 길을 물어볼 수 없었는데 때마침 언덕의 밀림 속에서 두 여성이 가고 있는 모습을 목도한다. 먼 곳의 사원은 적막하며 쓸쓸하기조차 하다. 물에 떠있는 고기잡이배는 물안개가 서려 보일 듯 말 듯 한다.

첫째구는 위응물의 시 <저주의 서쪽 강(滁州西澗)>의 "들판 나루터에 사람은 없고 빈 배만 비껴있다(野渡無人舟自橫)"는 시구를 연상시킨다. 셋째구의 '소소(瀟疏)'는 처량하다, 쓸쓸하다는 뜻이다. 피일휴(皮日休)의 <적문언 백련화(赤門堰白蓮花)> 시에 "오늘날 쓸쓸하기가 이와 같거늘, 어찌 다함없는 권력과 지위를 다툴 것인가?(瀟疏今若此, 爭不盡餘尊.)"라는 구절이 있다.

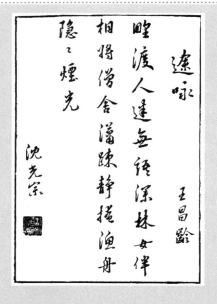

● 서예가 소개
심광종(沈光宗)의 글씨다.

● 화보 해설

　이 그림의 하단은 한 나그네가 배에 쪼그리고 앉아 숲에서 속삭이는 두 여성을 바라보는 모습을 그렸다. 두 여성은 낯선 사내의 출현에 경계의 눈빛을 주고받는 듯하다. 상단에는 절집인 듯 높은 탑이 보인다. 두 여성은 절에서 불공을 드리고 내려오다가 길 잃은 나그네를 만난 듯하다.

● 시 원작자 소개

　　왕창령(약 690~약 756 혹은 698~757)의 자는 소백(少伯)이고 경조 만년(지금의 섬서 서안) 사람이다. 개원 15년(727)에 진사과에 급제했고 교서랑을 제수 받았다. 개원 22년에 박학굉사과(博學宏詞科)에 급제했고 사수위(氾水尉)를 지냈다. 후에 어떤 일로 영남으로 좌천되었고 다시 복귀한 뒤에 강령위(江寧尉)를 지냈는데, 세상 사람들은 '왕강령(王江寧)'이라 불렀다. 천보 연간에는 용표위(龍標尉)로 폄적되었다. 안사의 난이 일어나자 강회(江淮) 지방으로 피난했다가 호주자사(濠州刺史) 여구효(閭丘曉)에게 죽임을 당했다. 신구 ≪당서≫에 전이 있다. 왕창령은 개원, 천보 연간에 활동한 저명한 시인으로 특히 칠언절구에 뛰어났다. ≪왕창령집≫이 세상에 전하며 ≪전당시≫에 그의 시 4권을 수록했으나, 이 시는 그의 시집에 보이지 않는다.

14 소강에서 영 산인을 그리며(小江懷靈山人) _황보염(皇甫冉)

江上年年春早,	강가의 봄기운 해마다 일찍 찾아들고
津頭日日人行.	나룻가엔 날마다 인적 끊이지 않는다.
借問山陰遠近,	소흥이 얼마나 먼 지 물어보니
猶聞薄暮鐘聲.	해질녘 종소리가 들리는 듯.

🌸 시 해설

이 시에 나오는 '소강'은 강서성 신풍현(信豊縣) 서쪽의 강 이름이다. ≪전당시≫의 제목은 <소강에서 영일 산인을 그리며(小江懷靈一山人)>인데, 영일 상인(靈一上人, 727~762)의 속성은 오 씨로 광릉(廣陵, 지금의 강소성 양주) 사람이다. 9세에 출가하여 회계산 남쪽의 현류사(懸溜寺), 양주 경운사(慶雲寺), 여항(餘杭) 의풍사(宜豊寺), 항주 용흥사(龍興寺) 등지의 사찰에서 지냈으며 당시 사람은 '일공(一公)'이라 불렸다. 그의 시는 약동적인데 당시 사람의 칭송을 들었다.

매년 따스한 봄이 올 때마다 소강에 와보면 나루터엔 행인의 왕래로 분주하다. 시인은 이 정경을 보고 문득 영일 상인을 떠올렸다. 당시 영일 상인은 산음(지금의 현류사)에서 수행하고 있었다. 세 번째 구에서는 행인에게 산음까지의 거리가 얼마나 되는지 묻는다. 산음, 현류사, 영일 상인을 연상하고 있는데, 귓가에는 사원에서 치는 만종 소리가 들리는 듯하다.

● 서예가 소개

장일선(張一選)이 쓴 글씨다.

　이 그림 하단에는 관모를 쓴 시적 화
자가 가리키는 손가락 방향으로 봐서 나
루터의 두 행인에게 길을 묻는 듯 대화
를 나누고 있다. 상단에는 고기잡이 배
두 척이 닻을 올린 채 강위에 떠있으며,
오른쪽 상단의 언덕에는 스님이 묵는 듯
한 사찰이 보인다. 당시 영일 산인이 주
석하고 있는 현류사를 그린 듯하다.

● 시 원작자 소개

　　황보염(717~770)의 자는 무정(茂政), 강소 단양(丹陽) 사람이며 어려서부터 총명하여 열 살 때
문장에 능숙했다. 그는 탈속적이고 직설적이며 비판적 성격의 소유자로, 시풍은 웅장하기보다는
섬세하고 조탁적인 표현을 구사했다. 천보 15년(756)에 진사에 합격하여 무석위(無錫尉)로 관직
생활을 시작했으며 단양에서 사망했다. 동생인 황보증과 더불어 '이황보(二皇甫)'라 불린다. 현재
230여 수가 전한다.

15 속내를 드러내며(遣懷)__유종원

小苑流鶯啼晝,	작은 동산의 꾀꼬리 대낮부터 울고
長門浪蝶翻春.	장문궁의 방탕한 나비 봄기운 타고 난다.
煙鎖顰眉慵飾,	안개 속에 찡그린 두 눈썹 단장 게을리 하고
倚欄無限傷心.	난간에 기대 한없이 상심하누나.

❀ 시 해설

유종원 시집에는 이 시가 보이지 않는다. 송대 유극장(劉克莊, 1187~1269)은 ≪후촌선생대전집(後村先生大全集)·당절구속선서(唐絶句續選序)≫에서 "육언시를 잘 짓기란 특히나 어렵다. 유자후의 재주가 높지만 그의 시집에는 한 수가 있을 뿐이다(六言詩尤難工, 柳子厚高才, 集中僅得一篇)"라고 말한 것으로 봐서 위의 시는 유종원의 작품이 아닌 듯하다. 유극장이 언급한 시는 <시랑 양장의 '팔숙 습유를 전송하는 편에 장난삼아 소환 조서를 받은 남쪽의 여러 빈객에게 보낸 시'에 삼가 화답한 시 두 수(奉酬楊侍郎丈因送八叔拾遺, 戲贈詔追南來諸賓二首)>이다.

이 시는 버림받은 부인의 원한을 묘사했다. 앞의 두 구에서는 봄날 꾀꼬리 울음소리와 날아다니는 나비를 통해 버림받은 여성의 춘정을 그려냈다. 뒤의 두 구에선 슬픔과 원망을 표출하면서 단장에 게으름을 피우며 난간에 기대 멀리 조망하면서 상심에 잠겨 있다. 일종의 '규원시'다.

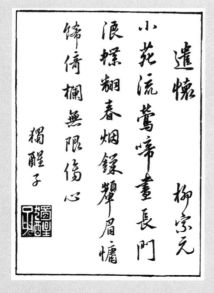

● 서예가 소개

심문헌(沈文憲)의 자호는 독성자(獨醒子), 완초도인(完初道人), 전당노인(錢塘老人)으로 전당(지금의 항주) 사람이며 서예에 뛰어났다.

● 화보 해설

이 그림의 화폭에는 중문, 누각 난간, 버드나무, 꾀꼬리, 나비, 한 부인과 두 시녀를 담았다. 대문을 들어서면 누각이 보인다. 비단옷을 입고 머리를 쪽진 부인은 누구를 애타게 기다리는지 하염없이 밖을 내다보고 있으며, 그 옆에서 두 시녀가 서서 대기하고 있다. 난간에 기댄 채 고개 들어 먼 곳을 응시하는 모습이 애처롭게 보인다.

● 시 원작자 소개

유종원의 자는 자후(子厚)이고 하동(지금의 산서 永濟) 사람이다. 정원 9년(793)에 진사과에 급제했고 집현전정자(集賢殿正字), 감찰어사(監察御史), 예부원외랑 등직을 역임했다. 왕숙문 혁신 집단에 참여했다가 여러 번 좌천되어 영주사마(永州司馬), 유주자사(柳州刺史) 등직을 역임했는데, 사람들은 그를 '유하동(柳河東)', '유유주(柳柳州)'라고 불렀다. 유종원은 유우석과 친한 사이로 그들의 경력이 대동소이하여 세상에서는 '유류(劉柳)'라고 불렀으며 한유와 함께 고문운동의 제창자였기에 '한류(韓柳)'라 불렀다. 당송팔대가 가운데 한 사람이다. 그는 어려서부터 자신감이 넘치고 또 개혁정치에 종사하다가 수구파의 미움을 받아 오랫동안 남방으로 좌천되었다. 당시 마음에 맺힌 일이 많아 그의 시에는 울분이 흘러넘친다. 《유하동집(柳河東集)》이 세상에 전하고 《전당시》에 그의 시 4권을 수록했다.

16 윤달 중양절에 국화를 감상하며(閏月重陽賞菊)__맹완(孟宛)

前月登高落帽,	지난달엔 산에 올라 모자 떨어트렸고
今朝提酒稱觴.	오늘 아침 국화주 들고 축배 돌린다.
上林菊花何幸,	상림원 국화는 얼마나 다행인가
遭逢兩度重陽.	중양절을 두 번이나 만났으니.

❀ 시 해설

이 시는 윤달이 끼었기 때문에 두 번이나 산에 올라가 국화주를 마시며 국화를 감상하는 유쾌한 심정을 묘사했다. 시인은 진(晋) 맹가(孟嘉)의 '용산낙모(龍山落帽)' 전고를 운용한 후, 뒤의 두 구에서는 중양절을 두 번이나 보내는 즐거움을 찬미하고 자신의 고아한 흥취를 묘사했다. 맹가의 전고는 ≪진서(晋書)≫(권 98)에 나온다. "[맹가는] 나중에 정서대장군 환온의 참군이 되었는데, 환온은 그를 매우 중시했다. 9월 9일에 환온이 용산에서 주연을 베풀자 막료들이 모두 모였다. 이때 부관들은 모두 군복을 입고 있었는데, 바람이 불어 맹가의 관모를 떨어트렸지만, 맹가는 이를 알아차리지 못했다. 환온은 좌우 사람으로 하여금 말하지 못하게 하고는 그의 행동을 지켜보고자 했다. 맹가가 한참 뒤 화장실에 가자, 환온은 모자를 가져오게 하고는 손성에게 맹가를 조롱하는 글을 지으라 명하고 맹가 자리에 놓아두었다. 맹가가 돌아와 이를 보고는 즉시 화답하였는데, 그 문장이 무척이나 아름다워 모두 놀라고 감탄했다."

● **서예가 소개**

무림 사람 육유겸(陸維謙)이 쓴 글씨다.

이 그림에서 상단 왼쪽엔 크고 작은 배 두 척을, 오른쪽엔 높이 솟은 불탑을 표현했다. 그 아래로 돌계단이 구불구불 이어지고 그 밑에는 한 인물이 시동으로부터 벗겨진 모자를 건네받고 있다. 왼쪽 하단 다리에는 왼쪽 어깨에 음식물이 담긴 함을 멜대에 메고 뒤따라오는 시동을 그렸다. 중양절에 산에 오르는 모습인데, 이 그림에서도 '등고낙모'의 고사를 운용했다.

● 시 원작자 소개

당대 시인 가운데 '맹완'이란 자는 존재하지 않는다.

17 산촌에 기거하며(村居)_왕건

萋萋芳草春綠,	무성히 우거진 향초 봄 되자 푸르고
落落長松夏寒.	우뚝 솟은 장송 있어 여름에도 서늘하다.
牛羊自歸村巷,	소와 양은 스스로 마을로 돌아오고
童稚不識衣冠.	아이놈은 관료도 알아보지 못한다.

❀ 시 해설

이 시는 왕건의 시가 아니라 왕유의 <전원의 즐거움 7수(田園樂七首)> 가운데 네 번째 시다. 첫째 구의 '방초춘록'은 원래 '춘초추록(春草秋綠)'으로 되어 있으나, ≪전당시≫에 의거하여 고쳤다.

무성한 향초는 봄이 되자 스스로 푸르러지고 우뚝 솟은 장송 아래는 그늘이 짙어 여름이라도 한기가 느껴질 정도로 시원하다. 첫째, 둘째 구는 풍경 묘사다. 초목이 시절에 따라 무성해지는 것을 묘사하고 있는데, 이것은 은일하는 자가 좋아하는 경물이다. 셋째, 넷째 구에서는 화제를 전환하여 짐승과 순진한 시골 아이의 소요유(逍遙遊)를 묘사했다. 저녁 무렵이면 데려가지 않아도 소와 양은 저절로 마을 골목을 찾아 들어온다. 이 구절은 ≪시경·군자우역(君子于役)≫ 편 "해 저물녘에 양과 소가 내려온다.(日之夕矣, 羊牛下來.)"의 시의(詩意)와 유사하다.

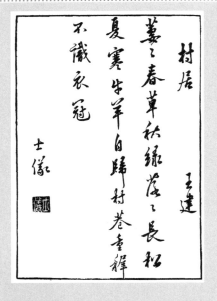

● 서예가 소개

사의(士儀)가 쓴 글씨다.

● 화보 해설

이 그림 하단 오른쪽에서는 두 아이가 관복 입은 관리를 손으로 가리키며 궁금한 듯 얘기를 나누고 있고, 그 옆의 관리는 짓궂은 눈빛으로 옆으로 귀를 기울여 두 아동의 말을 엿듣고 있다. 그리고 그 위쪽엔 소 한 마리와 양 두 마리가 사이 좋게 마을 어귀로 들어서는 광경을 그렸다. 전원목가적이고 평화로운 그림이라 하겠다.

● 시 원작자 소개

　　왕건(770~약 829)의 자는 중초(仲初)이고 관보(關輔, 지금의 陝西) 사람이다. 일찍이 장적과 함께 제주(齊州) 작산(鵲山)에서 공부했다. 정원, 원화 연간에 치청(淄靑), 유주(幽州), 영남(嶺南), 형남(荊南) 등지의 막부에서 종사했고 후에는 소응승(昭應丞)을 역임했다. 환관 왕수징(王守澄, ?~835)과는 종친이라서 궁중의 일을 소상히 알고 있었기에 <궁사(宮詞)> 100수를 지어 명성을 떨치게 되었다. 후에는 태부승(太府丞), 비서랑(秘書郎), 섬주사마(陝州司馬)을 역임했으며 만년에 장안 근교에 머물다가 대화 연간에 사망했다. 왕건은 악부와 궁사에 뛰어났으며 장적과 더불어 신악부운동의 선구자가 되어 이 두 사람을 '장왕(張王)'이라 부른다. ≪전당시≫에 6권이 수록되어 있고 ≪전당시보편≫에 2수를 보충했다.

　　왕유에 대해서는 77쪽 참조.

18 산행(山行)__두목지(杜牧之)

家住白雲山北,	집은 백운산 북쪽에 있는데
路迷碧水橋東.	벽수교 동쪽에서 길 헤맨다.
短髮瀟瀟暮雨,	짧아진 머리엔 쏴쏴 저녁 비 뿌리고
長襟落落秋風.	긴 옷깃 펄럭펄럭 가을바람에 휘날린다.

❀ 시 해설

지금의 두목 시집에는 이 시를 찾을 수 없으며, 칠언절구 <산행(山行)>이 있을 뿐이다. 이 산행시는 집이 있는 백운산 북쪽에서 출발하여 산 동쪽으로 가다가 맑은 물 흐르는 벽수교 주변에서 길을 잃은 장면을 묘사했다. 풍경을 묘사한 앞의 두 구는 시를 돋보이게 하는 장치에 불과하다. 시의 중점은 3, 4구에 있다. 즉 시인은 늙어서 머리털이 빠진 채 길을 헤매고 있는 자신의 형상을 그렸다. 대구가 절묘하다.

● 서예가 소개

심유렴(沈惟廉)의 글씨다.

이 그림은 저녁비가 내리는 추운 날씨에 우장을 갖춘 선비가 당나귀 등에 올라타고 다리를 건너는 모습을 그렸다. 그 뒤론 우산을 쓰고 바지를 걷어 올린 채 봇짐을 멘 시동이 뒤따르고 있다. 당나귀와 우산을 검게 칠하여 더 스산한 느낌을 준다.

● 시 원작자 소개

두목(803~853)의 자는 목지(牧之), 경조 만년(지금의 섬서 서안) 사람이며 재상 두우(杜佑, 735~812)의 손자다. 조상들이 장안 번천(樊川)에 거주했기 때문에 세상 사람은 '두번천(杜樊川)'이라 불렀다. 어려서부터 뭇 서적을 두루 읽었고 용병술을 즐겨 이야기했다. 대화 2년(828)에 진사에 합격했고 또 현량방정과(賢良方正科)에 합격하여 홍문관교서랑이란 관직을 받았다. 감찰어사, 좌보궐(左補闕), 황주자사(黃州刺史), 사훈원외랑(司勳員外郎) 등직을 역임했고 중서사인의 관직을 맡을 때 사망했다. 세상 사람들은 '두사훈(杜司勳)', '두사인(杜舍人)'이라 불렀다. 두목은 만당의 대가로, 시, 서, 화에 모두 뛰어나 이상은(李商隱, 약 813~858)과 더불어 '소이두(小李杜)'라고 불렀다. 작품으로는 ≪번천문집(樊川文集)≫(20권)이 있고 ≪전당시≫에 그의 시 8권이 전한다.

19 가을 석양(秋晩)_백호연(白浩然)

暮鳥煙棲林樹,   어스름에 새는 연무 낀 숲속에 깃들고
高齋露下梧桐.   높은 집에 이슬이 오동나무로 떨어진다.
一帶殘陽衰草,   한 줄기 석양은 마른 풀을 비추고
數家砧杵秋風.   민가 다듬잇방망이 소리 가을바람에 실린다.

❀ 시 해설

　당대 시인 가운데 백호연이란 시인은 보이지 않는다. 이른 가을의 저녁 풍경을 묘사한 시다. 먼저 황혼에 새가 둥지로 돌아오는 것으로부터 시작한다. 가을날 해질 무렵에 새는 연무 자욱한 수림으로 찾아든다. 그 다음 구에서는 사람을 묘사한다. 시인도 이슬 가득 젖은 오동 아래 천장 높은 방에서 쉬고 있다. 3~4구에서는 다시 한 번 제목과 연결시켜 경치를 묘사하고 감정을 드러낸다. 석양이 시들은 들풀을 비추는 적막한 풍경을 형용한다. 가을바람에는 민가의 다듬잇방망이 두드리는 소리가 묻어온다. 월동 준비하기 위해 동네 사람이 겨울옷을 짓기 시작하는 계절이다. 당대 전기는 <낙유원에서 날 개이자 중서 이 시랑을 바라보며(樂遊原晴望上中書李侍郎)>에서 "집집마다 다듬잇방망이 소리는 모두 가을 소리(千家砧杵共秋聲)"라 했는데, 마지막 시구와 유사하다.

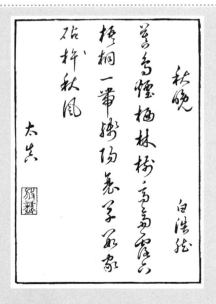

● 서예가 소개

　태진(太眞)이 쓴 글씨다.

● 화보 해설

  이 그림의 상단은 윤곽선으로 산을 그
렸고 공중을 나는 새 한 마리를 그렸다.
그 밑에는 문을 활짝 열어놓고 양손에
방망이를 들고 다듬이질을 하고 있는 두
여인이 보인다. 그리고 하단에는 선비가
초가집 창문 밖으로 상체를 내밀고 다듬
이질 소리를 듣는지, 아니면 집 밖에 흐
르는 개울물을 보고 있는지 얼굴에 미소
를 띠고 있다. 이 인물이 거주하는 초가
집 앞에는 잎이 무성한 나무 한 그루가
운치 있게 서있다.

● 시 원작자 소개

  당대 시인 가운데 '백호연'이란 시인은 보이지 않는다.

20 자술(自述)_백거이

雲霞白晝孤鶴,	구름과 노을 진 대낮에 외로운 학 한 마리
風雨深山臥龍.	비바람 몰아치는 깊은 산 속 와룡 한 마리.
閉戶追思古典,	문 걸고 고전을 돌이켜 생각해보니
著述已足三分.	쓴 저술은 이미 십 분의 삼을 넘었다.

❀ **시 해설**

이 시는 작자의 저술 생애와 그 흥취를 자술하고 있다. 앞의 두 구는 주변 환경을 묘사한다. 대낮에 나뭇가지에 홀로 서있는 한 마리 학을 운무가 두르고 있다. 한밤중에 와룡이 깊은 산속에서 울부짖는 소리는 바람소리와 서로 연결된다. 뒤에 나오는 두 구는 자술의 본래 뜻으로 방향을 틀었다. 작가는 문을 닫아걸고 고전을 다시 생각하며 글을 쓰고 있는데, 저작은 이미 십 분의 삼이 완성되었다. 시를 전체적으로 보면 먼저 경물을 묘사하고 그 뒤에 서술하는 방식을 채택했다.

마지막 구의 '삼분(三分)'은 명대 집아재본(集雅齋本)에는 '삼동(三冬)'으로 되어 있다. 그 고사는 동방삭(東方朔)에게서 나왔다. "나이 13세에 글을 배워 겨울 석 달간 익힌 문사 지식만으로도 응용하기에 충분하다.(年十三學書, 三冬文史足用.)"(≪한서·동방삭전≫).

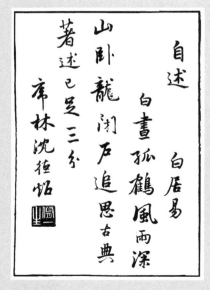

● **서예가 소개**

호림 사람 심덕명(沈德銘)이 쓴 글씨다.

● 화보 그림

● 화보 그림

　이 그림의 상단엔 산허리와 허공에 깔린 구름을 그려 넣었다. 그리고 오른쪽 하단엔 누추한 집안에서 독서하는 선비의 모습과 그 뒤에 비스듬히 서있는 서동의 모습을 표현했다. 집 앞의 소나무 위에 학 한 마리가 고고하게 한쪽 다리를 들고 고개를 뒤로 젖혀 서있다.

● 시 원작자 소개

　이 시는 백거이 시집 어디에도 보이지 않는다. 백거이(772~846)의 자는 낙천(樂天)이고 원적은 태원(지금의 산서에 속함)이고 하규(下邽, 지금의 섬서 渭南)로 옮겨 살았는데, 그는 신정(新鄭, 지금의 하남 新鄭)에서 태어났다. 정원 16년(800)에 진사에 급제했고 주질위(盩厔尉), 좌습유, 좌찬선대부(左贊善大夫) 등직을 역임했다. 상서를 올려 직간했다가 여러 번 폄적 당했다. 원화 10년(815)에 강주사마(江州司馬)로 좌천되었다. 사상적으로는 '겸제천하(兼濟天下)'에서 '독선기신(獨善其身)'으로 전향했다. 후에는 비서감, 형부시랑(刑部侍郎), 태자소부(太子少簿) 등직을 역임했고 형부상서를 마지막으로 은퇴했다. 백거이는 만년에 낙양에 은거하여 불교에 귀의했는데 자호는 '취음선생(醉吟先生)', '향산거사(香山居士)'다. 그는 신악부운동을 제창했으며 원진(元稹)과 함께 친하게 지냈다. 지금은 ≪백씨장경집(白氏長慶集)≫이 전하며 ≪전당시≫에 그의 시 39권이 수록되었다.

21 취흥(醉興)_이백

江風索我狂吟,	강바람은 미친 듯 읊어보라 하고
山月笑我酣飮.	산위의 달은 술 취한 날 비웃는다.
醉臥松竹梅林,	술 취해 소나무 대나무 매화 숲에 누워
天地藉爲衾枕.	하늘과 땅을 이불과 베개로 깔았다.

❀ 시 해설

　이 시는 이백 시집에 보이지 않는다. 이 시는 '취(醉)'로 작품을 구상하여 각 구마다 '취'의 행위가 녹아있는데, '취'한 뒤의 '흥(興)'을 묘사했다. 바람, 달, 소나무, 대나무, 매화는 모두 시인의 감흥을 자아내는 매개체이다. '산월(山月)'이 거나하게 술 마신 작자를 비웃고 있는데, 이것은 '취'의 원인이고 '강풍'은 작자가 취한 뒤에 제멋대로 시를 읊어보길 부탁하였기에 '송죽매' 세 군자와 함께 벗으로 삼아 취해 잠들었으니, 이것은 '취'의 결과다. 마지막 구는 전체를 하나로 응축하여, 술 취한 뒤의 제멋대로인 모습을 표현하면서 천지를 이불과 베개로 삼아 시인이 산중에서 편히 잠든 모습을 형용한다. 유령(劉伶)의 <주덕송(酒德頌)>을 연상케 한다.

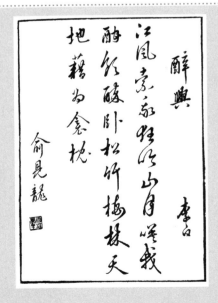

● 서예가 소개

　유견룡(兪見龍)의 자호는 운륙만리(雲陸萬里)다. 휘주(徽州) 신안(新安) 사람으로 황봉지와 동향이며 서예에 뛰어났다.

이 그림에서는 대나무, 매화나무, 소나무 아래 난간을 두른 공간에서 한 동자가 한 손에 부채를 들고 화로에 불을 지피는 모습을 그렸다. 그 앞에는 술 취한 시적 화자가 오른손에 술잔을 든 채 고개를 돌려 길 쪽을 내다보고 있다. 그리고 허공에는 둥근 달이 떠있다.

● 시 원작자 소개

　이백(701～762)의 자는 태백(太白), 호는 청련거사(靑蓮居士). 자칭 원적이 농서 성기(지금의 甘肅 泰安) 사람이며 중아시아 쇄엽성(碎葉城 : 지금의 Tokmak 성)에서 태어났다. 어려서부터 경사 백가 서적을 널리 읽었다. 장안에 들어와서 하지장(賀知章)은 그의 시 <촉도난(蜀道難)>를 보고 그를 '적선인(謫仙人)'이라고 불렀다. 천보(天寶) 원년(742)에 조정에 들어가 한림공봉(翰林供奉)이 되었으나 후에 참소를 당해 금을 주고 풀려났으며 안휘(安徽) 당도현(當塗縣)에서 사망했다. 이백은 한평생 시주를 즐겼는데 두보는 <음중팔선가(飮中八仙歌)>에서 "이백은 한 말 술에 시 백편 짓고, 장안 저자의 술집에서 잠든다. 천자가 불러도 배에 오르지 않고, 스스로 술의 신선이라 일컫는다.(李白一斗詩百篇, 長安市上酒家眠. 天子呼來不上船, 自稱臣是酒中仙.)"고 하였다.

22 눈 속의 매화(雪梅)__이태백

新安江水淸淺,   신안강 강물은 맑고도 얕으며
黃山白雲崔嵬.   황산 흰 구름은 높고 험준하다.
遍地雨中春草,   곳곳에 비 내려 봄풀 자라는데
盈枝雪後寒梅.   눈 내린 뒤 가지 가득 매화 피었다.

❄ 시 해설

이 시도 이백 시집에 보이지 않는다. 이 시는 강가의 눈 덮인 매화를 묘사했다. 첫째 구에서는 신안
강 강물이 맑고 얕다고 했는데, 이 시구는 송대 임포(林逋, 967~1028)의 <산원소매(山園小梅)>의 '성
긴 그림자 맑고 얕은 물속에 비낀다(疏影橫斜水淸淺)'는 의경과 비슷하다. 신안강은 절강의 상류로 황산
에서 발원한다. 둘째 구는 높고 가파른 황산에 흰 구름이 스쳐 지나가는 먼 풍경을 묘사했는데, 첫째
구와 더불어 아름다운 시각적 이미지를 표현한다. 셋째 구에서는 비온 뒤에 곳곳에서 봄풀이 자라나고
땅 기운이 날로 따뜻해지는 정경을 묘사했지만 여전히 '매화'에 대해서는 쓰지 않았다. 마지막 구가
이 시의 핵심이다. 비록 눈이 내리긴 하였으나, 봄비가 내리면서 한매의 성장이 빨라 가지마다 매화꽃
이 피었다.

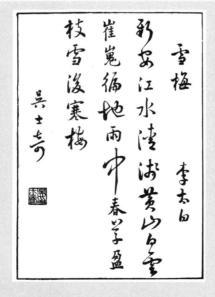

● 서예가 소개

오사기(吳士奇)의 자는 무기(無奇)이고 안휘 흡현 사람이다. 만
력 20년(1592)에 진사가 되었으며 호광우포정사(湖廣右布政使),
태상시경(太常寺卿) 등직을 역임했다. 주요 저작으로는 ≪사재
(史裁)≫, ≪명부서(明副書)≫, ≪녹자관고(綠滋館稿)≫(9권) 등이
있다.

● 화보 해설

이 그림은 2단 구도로 나눠 상단은 황산, 하단은 신안강을 그렸다. 황산에는 눈 속에 핀 매화꽃을, 신안강에서는 도롱이를 걸친 사공이 나그네를 태우고 노를 젓는 모습을 그렸다.

● 시 원작자 소개

이백(701~762)의 자는 태백(太白), 호는 청련거사(靑蓮居士). 자칭 원적이 농서 성기(지금의 甘肅 泰安) 사람이며 중아시아 쇄엽성(碎葉城 : 지금의 Tokmak 성)에서 태어났다. 어려서부터 경사 백가 서적을 널리 읽었다. 장안에 들어와서 하지장(賀知章)은 그의 시 <촉도난(蜀道難)>를 보고 그를 '적선인(謫仙人)'이라고 불렀다. 천보(天寶) 원년(742)에 조정에 들어가 한림공봉(翰林供奉)이 되었으나 후에 참소를 당해 금을 주고 풀려났으며 안휘(安徽) 당도현(當塗縣)에서 사망했다. 이백은 한평생 시주를 즐겼는데 두보는 <음중팔선가(飮中八仙歌)>에서 "이백은 한 말 술에 시 백편 짓고, 장안 저자의 술집에서 잠든다. 천자가 불러도 배에 오르지 않고, 스스로 술의 신선이라 일컫는다.(李白一斗詩百篇, 長安市上酒家眠. 天子呼來不上船, 自稱臣是酒中仙.)"고 하였다.

23 회포를 풀며(散懷)_왕마힐

厭見千門萬戶,   수많은 황궁 물리도록 보았고
經過北里南隣.   북쪽 마을, 남쪽 이웃 지난다.
官府鳴珂有底?   관리가 흰 마노 장식 울린들 무슨 소용 있을까?
崆峒散髮何人?   공동산에서 산발한 사람은 누구인가?

🌸 시 해설

이 시는 왕유의 <전원의 즐거움 7수(田園樂七首)> 가운데 첫수다. 앞의 두 구는 웅장한 궁궐을 출입하고 남북의 여러 동네를 지나면서 많은 고관귀족을 만나는 자신의 경험을 쓰고 있다. 뒤의 두 구는 자신의 표정과 태도를 쓰고 있는데, 어떤 때는 패옥을 두른 말을 타고 장안 거리를 천천히 걷노라면 옥 소리는 댕그랑댕그랑 울려 온화하고 점잖으며 귀티가 난다. 또 어떤 때는 머리를 산발하고 신선 광성자(廣成子)가 살았다는 공동산을 한가로이 거닐며 자유스럽고 얽매이지 않는 모습을 보인다. 셋째, 넷째 구에서는 '유저(有底)', '하인(何人)' 같은 시어를 사용하여 대답을 숨겼다. 그 대답이 시경(詩境) 속에 들어 있기 때문이다.

다른 판본에서 '염견(厭見)'은 '출입(出入)'으로, '관부(官府)'는 '접섭(蹀躞)'으로 되어 있다.

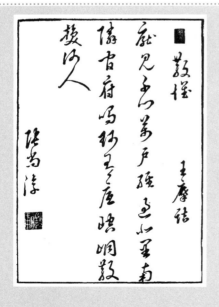

● 서예가 소개
   장상부(張尙浮)가 쓴 글씨다.

● 화보 해설

    이 그림에서 원경의 주봉을 비교적 세밀하게 그렸고 봉우리의 가운데 일부를 빈 공간으로 남겨두어 운무에 가려진, 신선이 산다는 공동산으로 설정했다. 그 아래엔 말 탄 관리와 부채를 든 하급관리, 그리고 시동이 대화를 나누는 모습을 그렸다.

● 시 원작자 소개

    왕유(701~761)의 자는 마힐(摩詰)이다. 원적은 태원(太原) 기현(祁縣, 지금의 산서에 속함)이며 포주(蒲州, 지금의 산서 永濟)로 이주하여 살았기 때문에 하동(河東) 사람이 되었다. 개원 9년(721)에 진사가 되었고 태악승(太樂丞), 우습유(右拾遺) 등직을 역임했다. 안사의 난 때 장안이 반란군에게 함락되자 그는 반란군에게 사로잡혀 낙양으로 끌려가 관직을 맡게 되었는데, 나중에 이러한 경력을 시로 지어 불만을 표출한 바 있다. 장안을 수복한 뒤 태자중윤(太子中允)으로 강등되었고 태자중서자(太子中庶子), 중서사인, 우승상(右丞相) 등직을 역임했다. 세상 사람들은 '왕우승(王右丞)'이라 불렀다. 왕유는 다재다능하여 시, 서, 화에 정통했다. 남종화의 시조로 불리기도 한다. 소식은 그의 "시 속에 그림이 있고, 그림 속에 시가 있다"고 극찬했다. 맹호연(孟浩然, 689~740)과 더불어 '왕맹(王孟)'이라 불렀으며 성당 전원시파의 대표자다. 지금은 ≪왕우승집(王右丞集)≫이 전하고 ≪전당시≫에 그의 시 4권이 수록되었다.

거문고 마주하고(對琴)_유장경

淨几橫琴曉寒,	탁자 닦고 거문고 가로 눕히니 새벽 기운 차가운데
梅花落在弦間.	매화꽃이 거문고 줄 사이로 떨어진다.
我欲淸吟無句,	난 맑게 읊조리고 싶지만 좋은 구 없어
轉煩門外靑山.	도리어 문밖 청산에서 찾으라 한다.

✿ 시 해설

이 시의 원제는 <절구(絶句)>다. 이 시에서는 혼자 살면서 겪는 즐거움을 묘사했다. 먼저 거문고를 타면서 혼자 즐기고 있는데 금곡(琴曲)이 맑고도 유연하며 시간이 흐를수록 흥이 배가된다. 그러나 이러한 감회는 시구로 전하기는 어렵다. 도리어 문밖 청산에 나가면 내 마음에 드는 것을 얻을 수 있으리라 느낀다. 금곡 가운데 <매화삼농(梅花三弄)>이 있는데, 진(晉)나라 환윤(桓尹)이 만든 적보(笛譜)에 의거해 편곡했다고 하며, <매화인(梅花引)>, <매화곡(梅花曲)>이라고도 부른다.

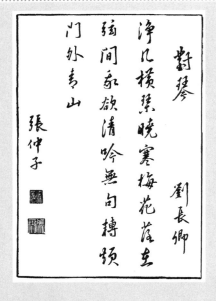

● 서예가 소개

장중자(張仲子)가 쓴 글씨다.

● 화보 해설

　이 그림에서 널찍한 가옥 안의 탁자
위에 거문고가 놓여있고, 그 앞엔 매화
화병이 놓였다. 모자를 쓴 선비가 시구를
구상하기라도 하듯 밖을 내다보며 골똘
히 생각에 잠긴 모습을 그렸다.

● 시 원작자 소개

　이 시의 작가는 유장경이 아니라 송대의 양간(楊簡)이다. 양간(1141~1225)의 자는 경중(敬仲)
이고 호는 자호(慈湖)이며 자계(慈溪. 지금의 절강에 속함) 사람이다. 건도(乾道) 5년(1169)에 진사
과에 급제했고 국자박사, 온주(溫州)지사와 보모각학사(寶謨閣學士)를 지냈으며 심학대사(心學大師)
육구연(陸九淵, 1139~1193)의 제자다. 저작으로는 ≪자호유서(慈湖遺書)≫가 있다.

25 단오절 용선 경기(端陽龍舟)__장한(張瀚)

屈子沈江有幾,	굴원이 강에 빠진 지 얼마인가?
端陽舟渡無窮.	단오절 용선 경기 끝이 없도다.
孤忠今古共鑒,	외로운 충신을 예나지금이나 귀감으로 삼거늘
十載芳名何榮.	천 년 동안 향기로운 이름나니 얼마나 영광인가?

❀ 시 해설

굴원(屈原)은 초나라 정치의 부패상을 보면서 만회할 방법이 없다고 판단하여 5월 5일 멱라강(汨羅
江)에서 투신자살했다. 그 뒤 초나라 민간에서는 이 날 용선 경기를 하며 굴원을 애도하는 풍습이 생
겼다. 이 시에서는 단오절 날 용선 경기를 관람하면서 굴원이 멱라강에 투신하여 목숨을 끊은 불행한
처지와 예나 지금이나 변함없이 전해진 충심을 묘사했다. 마지막 구의 '십(十)'자는 '천(千)'자의 오기
로 보인다.

● 서예가 소개

징경(徵卿)이 쓴 글씨다.

● 화보 해설

　이 그림은 2단 구도로 나누었으나, 위 아래 그림은 똑같은 용선 시합 장면을 그렸다. 상단엔 선미에 선수의 리듬을 조절해주고 응원하는 고수가 있고, 좌우엔 각 세 명씩, 여섯 명이 얼굴을 정면으로 향한 채 노를 젓고 있다. 고수 옆엔 한 사람이 대기하고 있다. 아마도 유사시에 대비한 열외 인원인 듯하다. 하단 그림에는 열외 인원이 보이지 않고, 노를 젓는 방향을 이 그림과 반대로 그렸다.

● 시 원작자 소개

　당시 작자 가운데 장한이란 이름을 가진 시인은 없다.

26 감회(感懷)__유장경

白雲千里萬里,	흰 구름은 천 리 만 리 퍼지고
明月前溪後溪.	밝은 달은 앞 계곡 뒤 계곡 비춘다.
惆愴長沙謫去,	슬프구나, 가의(賈誼)가 귀양 간
江潭芳草淒淒.	강가에 향기로운 풀만 무성하구나.

✿ 시 해설

　이 시의 원제는 <초계에서 양경과 헤어진 뒤 보내온 시에 수창하며(茗溪酬梁耿別後見寄)>다. 양경은 중당의 서예가다. 대략 정원 초년(785~787)에 지어졌다. 원시는 육언율시로 모두 8구인데, 이 시는 뒤의 4구다. 앞의 4구는 뒤에 나오는 <들판 바라보며(野望)> 시다. 초계는 지금의 절강성 오흥현 남쪽에 있다. 서쪽 부왕산(浮王山)에서 동쪽 흥국사(興國寺)에 이르기까지 양안에 갈대가 많이 자라기 때문에 '초계'라고 불렀다.

　이 시는 양경과 이별한 뒤 보내온 시에 화답한 송별시다. 첫 구의 이미지는 양경이 좌천되어 가는 도중의 모습이고, 둘째 구는 시인이 송별지에서 달을 바라보며 친구를 그리는 모습이다. 마지막 두 구에서는 양경이 멀리 떠나는 원인을 밝히며 한 문제 때 장사로 폄적된 가의로 빗대고 있다.

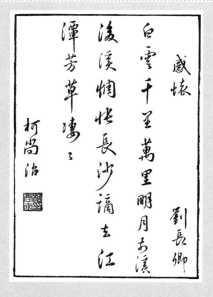

● 서예가 소개

　가상치(柯尙治)가 쓴 글씨다.

● 화보 해설

　이 그림은 2단 구도로 이루어져 있으며 원산을 윤곽선으로 작게 그린 후에 그 봉우리의 밑자락을 운무로 가렸다. 하단 그림에는 말을 탄 인물이 오른손에 채찍을 쥐고 선두에 서서 갈 길을 서두르고 있으며, 그 뒤로 두 시종이 멜대와 봇짐을 메고 대화하며 뒤따르고 있다.

● 시 원작자 소개

　　유장경(약 714~약 790)의 자는 문방(文房), 선성(宣城, 지금의 안휘에 속함) 사람이다. 천보 연간에 진사에 급제했고 장주위(長州尉), 남파위(南巴尉), 목주사마(睦州司馬), 수주자사(隨州刺史) 등직을 역임했는데, 세상 사람은 '유수주(劉隨州)'라고 불렀다. 전기, 낭사원(郎士元), 이가우(李嘉祐)를 합쳐 '전랑유리(錢郎劉李)'라고 불렀다. 유장경은 특히 오언율시에 뛰어나 스스로 '오언장성(五言長城)'이라 자부했다. 지금은 《유장경집》이 전하는데, 《전당시》에 그의 시 5권을 수록했다.

27 산사에 가을비 개이고(山寺秋霽)__장중소(張仲素)

水落溪流淺淺,　　물 떨어져 시냇물 졸졸 흐르고

寺秋山靄蒼蒼.　　가을 산사에 안개 자욱이 피어오른다.

樹色猶含殘雨,　　나무색은 여전히 비를 머금고

鐘聲遠帶斜陽.　　종소리 저 멀리 석양까지 울려 퍼진다.

❀ 시 해설

　이 시는 지금 전하는 장중소 시집에 보이지 않는다. 시인은 가을날 비가 온 뒤 산사를 방문하고 맑고 상쾌한 가을 기운을 만끽하며 즐거운 마음으로 단숨에 이 시를 써내려간다. 먼저 시냇물에 대해 쓴다. 비가 온 뒤 여기저기서 흘러나온 물이 산골짜기 시냇물로 모여든다. 다음으론 산을 묘사하고 나서 수목과 종소리를 묘사했다. 장계(張繼) <풍교에서 밤에 묵으며(楓橋夜泊)>의 마지막 시구가 연상된다.

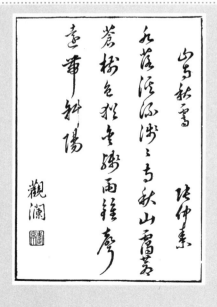

● 서예가 소개

관란(觀瀾)이 쓴 글씨다.

이 그림의 상단에는 우뚝한 산사를 마주한 절벽에서 폭포 두 줄기가 세차게 쏟아지고, 밑의 강에는 도롱이를 걸친 사공이 노를 젓고 있다. 배안에는 비가 그쳤는지 지우산을 접어 둔 채 두 사람이 마주 앉아 있는 모습을 그렸다.

● 시 원작자 소개

장중소(약 769~819)의 자는 회지(繪之), 하간(河間, 지금의 하북에 속함) 사람이다. 정원 14년(798)에 진사과에 급제했고 박학굉사과에도 합격했다. 둔전원외랑(屯田員外郎), 예부원외랑, 사훈원외랑(司勳員外郎), 예부낭중, 한림학사, 중서사인 등직을 역임했다. 장중소는 시, 문, 부에 모두 능통했다. 그의 <연자루시 3수(燕子樓詩三首)>는 장음(張愔)의 애첩 관반반(關盼盼)을 읊었는데 당시 널리 유행하여 백거이에게도 창화시가 있다. 원화 연간에 왕애(王涯, ?~835), 영호초(令狐楚, 766 혹은 768~837)와 함께 중서사인을 지낼 때 세 사람의 악부시를 모아 ≪삼사인집(三舍人集)≫으로 펴냈다. ≪전당시≫에 그의 시 1권을 수록했고 ≪전당시보편≫에선 두 구를 보충했다.

28 장문궁의 원한(長門怨)_백거이

花落長門無語,　　꽃은 장문궁에 말없이 떨어지고
鳥啼芳樹依微.　　새는 향기로운 나무 사이로 어렴풋이 운다.
深殿月來偏早,　　깊은 궁전에 달은 유달리 일찍 찾아오는데
後宮春至何遲.　　후궁에 봄은 어찌 이리도 늦게 오는지.

🌸 시 해설

이 시는 백거이 시집에 보이지 않는다. 시제의 '장문'은 한나라 때의 궁전 이름이다. 한 무제 때 진황후(陳皇后)가 총애를 잃고 이 궁전에 거주했는데, 후대에는 총애를 잃은 비빈의 거처를 가리킨다. 먼저 장문궁의 한낮의 풍경을 쓰고 있다. 봄이 되어 궁궐 안에는 꽃이 피었지만 아무 말 없이 스스로 떨어지고, 봄날 새들도 날아와 꽃나무 위에서 지저귀는데, 그 소리조차 어렴풋이 들려온다. 앞의 두 구에서는 풍경을 묘사하면서 한번도 '원(怨)'자를 쓰지 않았지만 원망스러움이 저절로 묻어난다. 뒤의 두 구는 한밤의 광경을 쓰고 있다. 장문궁은 외지고 적적한 곳이라서 '심전(深殿)'으로 표현했다. 깊은 궁정에서 떠오른 달을 바라보며 임을 그리워하는데, 황제의 총애를 잃은 비빈의 원망과 슬픔의 감정을 불러일으킨다. 결구의 '춘(春)'자는 자연계의 봄이면서도 황제의 총애를 나타내는 쌍관어다.

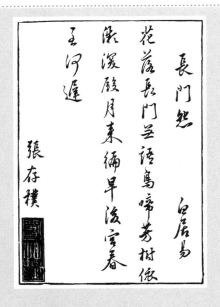

● 서예가 소개
　장존박(張存樸)이 쓴 글씨다.

이 그림은 궁전 대문을 나와 나무 앞에 서서 화려한 복장을 걸친 여인이 고개를 돌려 돌아보는 모습을 그렸다. 나무 사이로 새들이 날아다니고 꽃잎이 떨어지고 있으며, 허공엔 둥근 달이 떠있다.

● 시 원작자 소개

　　백거이(772~846)의 자는 낙천(樂天)이고 원적은 태원(지금의 산서에 속함)이고 하규(下邽, 지금의 섬서 渭南)로 옮겨 살았는데, 그는 신정(新鄭, 지금의 하남 新鄭)에서 태어났다. 정원 16년(800)에 진사에 급제했고 주질위(盩厔尉), 좌습유, 좌찬선대부(左贊善大夫) 등직을 역임했다. 상서를 올려 직간했다가 여러 번 폄적 당했다. 원화 10년(815)에 강주사마(江州司馬)로 좌천되었다. 사상적으로는 '겸제천하(兼濟天下)'에서 '독선기신(獨善其身)'으로 전향했다. 후에는 비서감, 형부시랑(刑部侍郎), 태자소부(太子少簿) 등직을 역임했고 형부상서를 마지막으로 은퇴했다. 백거이는 만년에 낙양에 은거하여 불교에 귀의했는데 자호는 '취음선생(醉吟先生)', '향산거사(香山居士)'다. 그는 신악부운동을 제창했으며 원진(元稹)과 함께 친하게 지냈다. 지금은 ≪백씨장경집(白氏長慶集)≫이 전하며 ≪전당시≫에 그의 시 39권이 수록되었다.

29 봄잠(春眠)_왕유

桃紅復含宿雨,　　복사꽃 붉은데 또 간밤 빗방울 머금었고
柳綠更帶春煙.　　버들잎 푸른데 다시 봄 안개에 쌓였다.
花落家童未掃,　　꽃잎 떨어지나 아이놈은 아직도 쓸지 않고
鶯啼山客猶眠.　　꾀꼬리 우는데 산객은 아직도 자고 있다.

❀ 시 해설

　이 시는 왕유의 <전원의 즐거움 7수> 가운데 여섯째 시다. 앞의 두 구에선 복사꽃(桃)과 버드나무(柳)를 묘사하여 화려하고 눈부신 봄날의 망천 풍경을 묘사했다. 셋째, 넷째 구에서는 사람으로 바꾸어 사람의 정감과 표정 등을 나타내고 있다. 바람이 불어와 꽃이 떨어져도 어린 종이 쓸지 않는다는 묘사는 그 자신이 봄꽃을 아끼는 감정을 표현한 것이다. 여기에서 산객은 시인 자신을 이름이다.

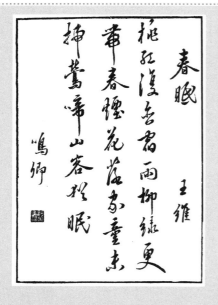

● 서예가 소개
　명경(鳴卿)이 쓴 글씨다.

이 그림은 원경의 토산보다 수목 표현에 집중하여 그렸다. 시적 화자는 나른한 봄날 한가로이 평상에 누워 낮잠을 즐기고 있으며, 한 가동은 잠든 주인이 깰까 봐 고개 돌려 주인을 쳐다보며 조심스레 마당에 떨어진 꽃잎을 쓸고 있다. 중간에 운무로 처리된 부분은 그의 꿈속 여행길을 안내해주는 듯하여 시적 정취를 더해준다.

● 시 원작자 소개

왕유(701~761)의 자는 마힐(摩詰)이다. 원적은 태원(太原) 기현(祁縣, 지금의 산서에 속함)이며 포주(蒲州, 지금의 산서 永濟)로 이주하여 살았기 때문에 하동(河東) 사람이 되었다. 개원 9년(721)에 진사가 되었고 태악승(太樂丞), 우습유(右拾遺) 등직을 역임했다. 안사의 난 때 장안이 반란군에게 함락되자 그는 반란군에게 사로잡혀 낙양으로 끌려가 관직을 맡게 되었는데, 나중에 이러한 경력을 시로 지어 불만을 표출한 바 있다. 장안을 수복한 뒤 태자중윤(太子中允)으로 강등되었고 태자중서자(太子中庶子), 중서사인, 우승상(右丞相) 등직을 역임했다. 세상 사람들은 '왕우승(王右丞)'이라 불렀다. 왕유는 다재다능하여 시, 서, 화에 정통했다. 남종화의 시조로 불리기도 한다. 소식은 그의 "시 속에 그림이 있고, 그림 속에 시가 있다"고 극찬했다. 맹호연(孟浩然, 689~740)과 더불어 '왕맹(王孟)'이라 불렀으며 성당 전원시파의 대표자다. 지금은 ≪왕우승집(王右丞集)≫이 전하고 ≪전당시≫에 그의 시 4권이 수록되었다.

30 들판 바라보며(野望)_두목지

淸川永路何極,   맑은 냇가 긴 길 어디가 끝인지?
落日孤舟自携.   낙조가 외로운 배 저절로 이끈다.
鳥向平蕪遠近,   새는 평야 향해 멀리 가까이 날고
人隨流水東西.   사람은 흐르는 물 따라 동서로 간다.

❀ 시 해설

이 시의 원제는 유장경의 <초계에서 양경과 헤어진 뒤 보내온 시에 수창하며(茗溪酬梁耿別後見寄)>
다. 두목의 작품이 아니다. 이 시에서는 초계에서 친구가 이별을 고하고 멀리 떠나가는 아쉬움을 묘사
했다. 푸른 냇가는 길어서 양경이 가는 길처럼 어디가 끝인지도 모른다. 해질녘 강가의 배 위에서 두
사람은 작별한다. 시야에 보였던 새들은 지평선 저 너머로 날아 가버려 종적을 감춘다. 사람도 흐르는
물을 따라 각기 동서로 갈린다.

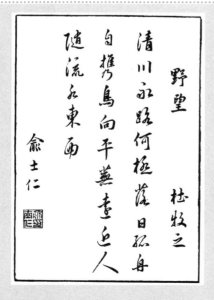

● 서예가 소개

유사인(兪士仁)이 쓴 글씨다.

● 화보 해설

　이 그림에서도 가파른 절벽에서 수직
으로 세차게 내리는 폭포수를 그렸다. 그
리고 강에 뜬 배 안에는 세 사람이 타고
있다. 선미에서 사공은 노를 젓고, 앞에
앉은 나그네는 낚싯대를 드리운 채 전방
을 응시하고 있으며, 가운데 차양을 친
천막 안에는 한 시동이 앉아 있다.

● 시 원작자 소개

　이 시의 작자는 두목지가 아니라 유장경의 잘못이다. 유장경(약 714~약 790)의 자는 문방(文
房), 선성(宣城, 지금의 안휘에 속함) 사람이다. 천보 연간에 진사에 급제했고 장주위(長州尉), 남파
위(南巴尉), 목주사마(睦州司馬), 수주자사(隨州刺史) 등직을 역임했는데, 세상 사람은 '유수주(劉隨
州)'라고 불렀다. 전기, 낭사원(郎士元), 이가우(李嘉祐)를 합쳐 '전랑유리(錢郎劉李)'라고 불렀다. 유
장경은 특히 오언율시에 뛰어나 스스로 '오언장성(五言長城)'이라 자부했다. 지금은 ≪유장경집≫
이 전하는데, ≪전당시≫에 그의 시 5권을 수록했다.

煙雨湖光軟漾,　　안개비에 호수 빛 찰랑거리고

空濛山色生奇.　　어둑한 산 빛에 기이함 돋는다.

憶自段家橋水,　　단가교 밑의 물을 생각하니

流連不覺遄飛.　　머뭇거리는 사이 빠르게 흘러간다.

❀ 시 해설

　이 시는 절강성 항주 서호의 안개비 내리는 호수 빛과 산색을 표현했다. 앞의 두 구는 경물을 묘사했다. 안개비가 호수에 내리자 호수엔 미세한 파문이 일면서 부드러운 빛을 반사한다. 청산은 운무에 뒤덮인 환상적인 분위기를 연출한다. 뒤의 두 구는 그 정경의 감상에 빠진 사람의 심리를 묘사했다. 교량 밑의 흐르는 물은 수량이 늘어나 물살이 빨라지지만 이를 감상하는 사람은 아름다운 광경에 흠뻑 젖었다. 단가교는 항주의 서호에 있으며, 단교(斷橋)라고도 부른다. 이 다리 옆에서 술을 팔던 주막집 주인이 단 씨여서 다리 이름을 '단가교'라 고 불렀으며, 서호 고산(孤山)으로 가는 길이 여기에서 끊겨 '단교'라고도 했다. 당대에는 '단교', 송대엔 '보호교(寶祜橋)', 원대에는 '단가교'라 불렀다.

● 서예가 소개

　유치경(兪稚經)이 쓴 글씨다.

● 화보 해설

　이 그림의 전경은 비를 맞으며 노를 젓는 모습을 그렸다. 배위에서 도롱이를 걸친 사공은 일어서서 노를 젓고 있으며, 맞은편의 시적 화자는 앉아서 지우산을 쓴 채 전방을 응시하며 감상하는 모습을 표현했다.

● 시 원작자 소개

　위원단의 자는 훤(烜), 경조 만년(지금의 섬서 서안) 사람으로 조부는 징(澄)이고 월왕부(越王府) 기실이다. 그가 지은 <여계(女戒)>가 세상에 전한다. 위원단은 진사 시험에 급제하여 동아위(東阿尉), 좌대감찰어사(左臺監察御史) 등직을 역임했다. 장역지와는 인척 관계인데 장역지가 실패하자 신룡(神龍) 원년(705)에 감의위(感義尉)로 좌천되었다. 그는 또 위후(韋后)와의 연줄을 타고 잠시 뒤에 주객원외랑(主客員外郎)으로 불렸고 중서사인을 맡았다. 경룡(景龍) 2년(708)에는 수문관학사(修文館學士)가 되었다. 위원단의 명성은 그다지 크지 않았던 궁정 시인으로 심전기(沈佺期) 등과 창화했다. ≪신당서≫에 전이 있다. ≪전당시≫와 ≪전당시보편≫에 그의 시 열두 수가 전하지만, 이 시는 보이지 않는다.

연꽃(蓮花)__이태백

輕橈泛泛紅妝,　　가볍게 노 저어 미녀를 태우고

湘裙波濺鴛鴦.　　장사의 비단 치마 물 튀겨 원앙 놀랜다.

蘭麝薰風縹緲,　　난초와 사향 향기 훈풍에 은은한데

吹來却作蓮香.　　미풍 불자 외려 연꽃 향으로 여긴다.

🌸 **시 해설**

이 시는 연꽃을 묘사한 영물시가 아니다. 연밥 따는 아가씨가 노를 젓다가 치마폭에 물이 튀기자, 연꽃에 앉아 있던 원앙을 놀라게 한다. 난초와 사향 향기가 감도는 훈풍이 아가씨 몸에 불어와 연꽃의 맑은 향과 뒤섞인다. 다시 미풍이 불자, 사람들은 이를 연꽃 향기라고 여긴다. 감동적인 화면과 후각 묘사를 절묘하게 결합했다. 왕창령의 <채련곡>을 연상케 하는 시다.

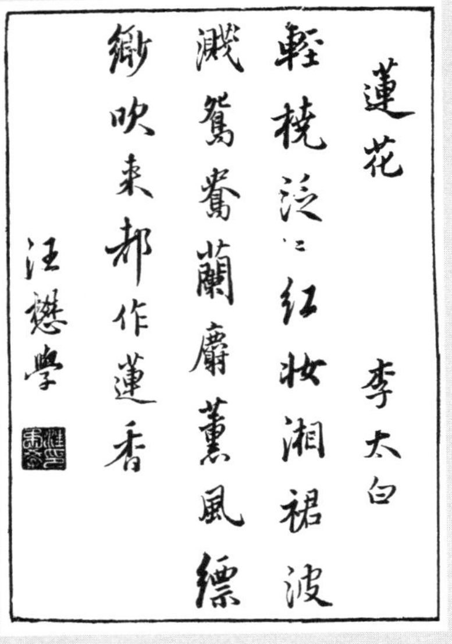

● **서예가 소개**

왕무학(汪懋學)이 쓴 글씨다.

이 그림은 연밥을 따는 여성을 태운 배 두 척을 근경과 중경에 그렸다. 두 배 사이로 연꽃에 앉았던 원앙 한 쌍이 놀라서 급히 헤엄쳐 도망가고 있다. 이에 배 안에 탔던 모든 사람도 푸드덕거리는 원앙 소리에 놀란 듯 고개 돌려 쳐다보고 있다.

● 시 원작자 소개

이 시는 지금 전하는 이백 시집에 보이지 않는다. 이백(701~762)의 자는 태백(太白), 호는 청련거사(青蓮居士). 자칭 원적이 농서 성기(지금의 甘肅 泰安) 사람이며 중아시아 쇄엽성(碎葉城 : 지금의 Tokmak 성)에서 태어났다. 어려서부터 경사백가 서적을 널리 읽었다. 장안에 들어와서 하지장(賀知章)은 그의 시 <촉도난(蜀道難)>를 보고 그를 '적선인(謫仙人)'이라고 불렀다. 천보(天寶) 원년(742)에 조정에 들어가 한림공봉(翰林供奉)이 되었으나 후에 참소를 당해 금을 주고 풀려났으며 안휘(安徽) 당도현(當塗縣)에서 사망했다. 이백은 한평생 시주를 즐겼는데 두보는 <음중팔선가(飲中八仙歌)>에서 "이백은 한 말 술에 시 백편 짓고, 장안 저자의 술집에서 잠든다. 천자가 불러도 배에 오르지 않고, 스스로 술의 신선이라 일컫는다.(李白一斗詩百篇, 長安市上酒家眠. 天子呼來不上船, 自稱臣是酒中仙.)"고 하였다.

33 봄 산길을 어스름에 거닐며(春山晚行)_잠삼

洞口桃花帶雨,　　동굴 입구의 복사꽃 봄비에 젖고
溪頭楊柳牽風.　　계곡 수양버들 바람에 하늘거린다.
鳥度殘陽上下,　　새들은 석양 너머 오르내리고
人隨流水西東.　　사람은 흐르는 물 따라 동서로 가노라.

✿ 시 해설

　잠삼 시문집에는 이 시가 보이지 않는다. 앞의 두 구는 대구를 이루어 봄 산 해질녘에 볼 수 있는 경치를 그리고 있다. 마을 어귀의 복사꽃은 비를 머금고 있어 신선하고 촉촉하다. 시냇가의 버드나무는 바람에 한들한들 흔들린다. 봄 산의 식물 묘사가 출중하다. 뒤의 두 구도 역시 대구를 이루어 봄 산 해질녘에 볼 수 있는 경치를 식물에서 동물로 바꿔 표현했다. 새들은 지는 석양에 오르락내리락하며 둥지로 날아들고, 여러 사람들도 배를 타고 흐르는 물을 따라 정처 없이 떠돈다.

春山晚行　岑參
洞口桃花帶雨溪頭楊柳牽
風鳥度殘陽上下人隨流水西
東
徐士信

● 서예가 소개

　서사신(徐士信)이 쓴 글씨다.

　이 그림은 무릉도원이나 선경처럼 동굴과 인물을 그렸고 주변엔 복사꽃과 버드나무로 둘렸다. 동굴 입구에서 죽장을 쥔 도사와 시동은 배 타고 떠나는 사람을 전송하고 있다. 그리고 윤곽만 그린 봉우리 사이로 해가 지고 있으며, 산봉우리에 새 네 마리가 오르내린다.

● 시 원작자 소개

　　잠삼(약 715~770)은 강릉(江陵, 지금의 호북 荊州) 사람이며 원적은 남양(지금의 하남에 속함)이다. 어려서 부친을 여의고 그의 형을 따라 부지런히 공부했다. 천보 3년(744)에 진사과에 급제했고 일찍이 우내솔부병조참군(右內率府兵曹參軍), 대리평사(大理評事), 가주자사(嘉州刺史) 등직을 역임했다. 고적과 더불어 성당 변새시파의 대표 작가다. ≪잠가주집(岑嘉州集)≫이 세상에 전하며 ≪전당시≫에 그의 시 4권을 수록했다.

34 계곡 마을(溪村)__백낙천(白樂天)

蒲短斜侵釣艇,　　　짧게 기운 부들 속에 낚싯배 띄우고
溪回曲抱人家.　　　굽은 계곡은 인가를 감싼다.
隔樹惟聞啼鳥,　　　나무 건너편엔 새 소리 들리고
捲簾時見飛花.　　　주렴 올리니 꽃이 날아다닌다.

❀ 시 해설

　이 시는 한적한 계곡의 산촌 생활을 묘사했다. 앞의 두 구에서는 계곡 마을의 환경을 묘사하면서 '침(侵)'자, '포(抱)'자를 써서 무지한 부들과 계곡물을 생동감 있게 묘사하여 정취가 흘러넘친다. 뒤의 두 구에서는 마을에 사는 사람이 듣고(청각) 본(시각) 형상을 결합해 묘사했다. 안동 하회마을, 예천 회룡포를 연상시키는 시다.

● 서예가 소개
　문석(文石)이 쓴 글씨다.

　이 그림은 삼단 구도로 되어 있다. 위
에는 점과 윤곽선으로 그린 산봉우리, 그
밑에는 다리 건너 인가가 보이며, 그 밑
계곡엔 부들 사이로 낚싯배가 보인다. 그
리고 전경 왼쪽에는 반만 그린 누각 안
에서 한 사람은 날아다니는 새와 꽃을
감상하고 있으며, 그 옆의 시동은 주렴을
말아 올리고 있다.

● 시 원작자 소개

　이 시는 지금 전하는 백거이 시집에는 보이지 않는다. 백거이(772~846)의 자는 낙천(樂天)이고
원적은 태원(지금의 산서에 속함)이고 하규(下邽, 지금의 섬서 渭南)로 옮겨 살았는데, 그는 신정
(新鄭, 지금의 하남 新鄭)에서 태어났다. 정원 16년(800)에 진사에 급제했고 주질위(盩厔尉), 좌습
유, 좌찬선대부(左贊善大夫) 등직을 역임했다. 상서를 올려 직간했다가 여러 번 폄적 당했다. 원화
10년(815)에 강주사마(江州司馬)로 좌천되었다. 사상적으로는 '겸제천하(兼濟天下)'에서 '독선기신
(獨善其身)'으로 전향했다. 후에는 비서감, 형부시랑(刑部侍郎), 태자소부(太子少簿) 등직을 역임했고
형부상서를 마지막으로 은퇴했다. 백거이는 만년에 낙양에 은거하여 불교에 귀의했는데 자호는
'취음선생(醉吟先生)', '향산거사(香山居士)'다. 그는 신악부운동을 제창했으며 원진(元稹)과 함께 친
하게 지냈다. 지금은 ≪백씨장경집(白氏長慶集)≫이 전하며 ≪전당시≫에 그의 시 39권이 수록되
었다.

가을 규방의 초승달(秋閨新月)_왕건

遙憶征夫遠戍,	멀리 수자리 나간 남편을 그리니
落花幾度風前.	바람 앞에 꽃은 몇 번 떨어졌던가?
雁足鄕書未見,	기러기발에 매단 편지 보이지 않고
蛾眉新月空懸.	눈썹 같은 초승달만 허공에 걸렸다.

❀ 시 해설

이 시는 가을날 깊은 규방에 사는 아낙네가 정벌나간 남편을 그리는 규원시다. '요(遙)', '기도(幾度)'를 써서 이별한 시간이 오래됨을 알 수 있고 '미견(未見)', '공(空)'자로 봐서 전혀 소식이 없었음을 알 수 있다. 바람결에 떨어지는 꽃잎은 남편을 그리는 아내의 비애감을 더해주고, 높은 하늘에 걸린 초승달은 독수공방하는 부인을 상징한다.

'안족향서(雁足鄕書)'는 한나라의 소무(蘇武, BC 140~BC 60)가 흉노를 정벌 나갔다가 억류되었을 때 비단에 쓴 편지를 기러기발에 묶어 무제에게 보냈다는 고사에서 온 말로, 고향 소식이나 편지를 가리킨다.

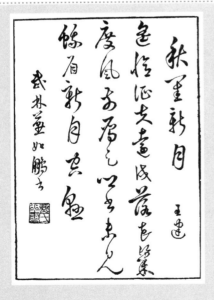

● 서예가 소개

호림 사람 연여붕(燕如鵬)의 글씨다. 연여붕은 연익운(燕翼雲)으로 자호는 수운도(垂雲道)이며 서예에 뛰어났다.

　이 그림은 타마계(墮馬髻 : 머리카락을 한쪽으로 기울게 빗은 헤어스타일) 머리를 한 여성이 밖으로 나와 남편이 돌아오길 기다리는 모습을 그렸다. 상단 오른쪽은 성곽을 그려놓아 남편이 이곳으로 수자리 나갔음을 표현했고 왼쪽의 윤곽만 그린 산에는 기러기들이 날아다니고 있으나, 남편이 기러기 편으로 보낸 소식은 아직 기약이 없다.

● 시 원작자 소개

　이 시는 지금 전하는 왕건 시집에 보이지 않는다. 왕건(770~약 829)의 자는 중초(仲初)이고 관보(關輔, 지금의 陝西) 사람이다. 일찍이 장적과 함께 제주(齊州) 작산(鵲山)에서 공부했다. 정원, 원화 연간에 치청(淄靑), 유주(幽州), 영남(嶺南), 형남(荊南) 등지의 막부에서 종사했고 후에는 소응승(昭應丞)을 역임했다. 환관 왕수징(王守澄, ?~835)과는 종친이라서 궁중의 일을 소상히 알고 있었기에 <궁사(宮詞)> 100수를 지어 명성을 떨치게 되었다. 후에는 태부승(太府丞), 비서랑(秘書郞), 섬주사마(陝州司馬)을 역임했으며 만년에 장안 근교에 머물다가 대화 연간에 사망했다. 왕건은 악부와 궁사에 뛰어났으며 장적과 더불어 신악부운동의 선구자가 되어 이 두 사람을 '장왕(張王)'이라 부른다. ≪전당시≫에 6권이 수록되어 있고 ≪전당시보편≫에 2수를 보충했다.

36 황하를 건너며(渡黃河)_최혜동(崔惠童)

孟津城北河開,　　맹진성 북쪽에 황하가 열리고
商賈移舟徘徊.　　상인들은 배 타고 배회한다.
實有龍蛇地揭,　　실로 용과 뱀이 땅에서 솟는 듯
虛疑牛斗天來.　　우성(牛星)과 두성(斗星)이 하늘에서 내려오는 듯.

❀ 시 해설

　이 시에서는 황하 맹진 나루터에서 얼음이 녹으면서 선박이 왕래하고 황하 물이 용솟음치는 상황을 묘사했다. 맹진은 하남성 맹주시 황하 남안에 있는데, 주(周)나라 무왕(武王)이 주(紂)를 토벌하고 제후들과 맹진에서 모여 만났다고 전해진다.

● 서예가 소개

　호림 사람 연여붕(燕如鵬)의 글씨다. 연여붕은 연익운(燕翼雲)으로 자호는 수운도(垂雲道)이며 서예에 뛰어났다.

●화보 해설

　이 그림 상단 왼쪽에는 성문 앞에 깃발을 내건 맹진성이 보이고, 그 앞의 황하에는 네 척의 배를 그려 왕래하는 선박이 많은 나루터임을 표현했다.

● 시 원작자 소개

　　최혜동은 박주(博州, 지금의 산동 聊城) 사람으로 현종의 딸 진국(晋國) 공주에게 장가들어 부마도위(駙馬都尉)가 되었다. 장안성 동쪽에 그의 별장이 있었는데, 이곳에서 자주 연회를 베풀었다고 한다. ≪전당시≫에 그의 시 한 수를 수록했으나 이 시는 아니다.

37 봄날의 경치(春景)_이백

門對鶴溪流水,　　문은 학계 흐르는 물과 마주하고

雲連雁宕仙家.　　구름은 신선 사는 안탕산과 이어졌구나.

誰解幽人幽意?　　누가 알랴, 은사의 깊은 뜻을!

慣看山鳥山花.　　산새와 산꽃만 익히 바라다본다.

❀ 시 해설

　봄이 오자 은사는 대문 앞에서 학계의 흐르는 물을 바라보며, 하루 종일 졸졸 물 흐르는 소리를 듣는다. 대문 밖의 구름은 신선이 사는 안탕산의 구름을 따라간다. 둘째 구의 '안탕산'은 안탕산(雁蕩山)이라고도 부르며 남안탕산, 북안탕산으로 나뉜다. 남안탕산은 절강 평양현(平陽縣) 서남쪽, 북안탕산은 절강 낙청현(樂淸縣) 동쪽에 있다. 산정에 작은 호수가 있어 봄에 돌아온 기러기가 이곳에 서식한다고 해서 '안탕'이라 한다.

　3, 4구에서는 은사가 봄날의 산새, 산꽃 보는 것이 이미 익숙해져 꽃과 새들이 은사의 마음을 어지럽히는 것을 두려워하지 않는다. 따라서 어느 누구도 평온하고 여유로운 은사의 마음을 진정으로 알지 못한다. 계곡의 흐르는 물로 유유자적하는 은사의 모습을, 산새의 흥겨운 노랫소리로 은사의 평온함과 한가로움을 부각시켰고 만발한 산꽃으로 은사의 깨끗한 마음을 농축시켰다.

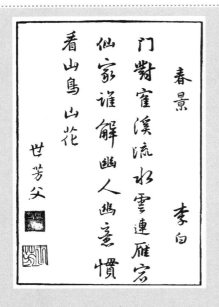

● 서예가 소개

　세방보(世芳父)가 쓴 글씨다.

이 그림은 상하 양단으로 나뉘었다. 상
단의 두 산 사이로 구름이 흘러가고 있
는 것으로 봐서 신선이 산다는 안탕산을
그린 것 같다. 그리고 하단의 정자 안에
서 시중드는 시동과 그 옆에 앉아 봄날
의 정경을 감상하는 은사, 그리고 정자
앞에 봄을 상징하는 매화를 그렸다.

● 시 원작자 소개

　　이백 시집에 이 시는 보이지 않는다. 이백(701~762)의 자는 태백(太白), 호는 청련거사(靑蓮居
士). 자칭 원적이 농서 성기(지금의 甘肅 泰安) 사람이며 중아시아 쇄엽성(碎葉城 : 지금의 Tokmak
성)에서 태어났다. 어려서부터 경사백가 서적을 널리 읽었다. 장안에 들어와서 하지장(賀知章)은
그의 시 <촉도난(蜀道難)>를 보고 그를 '적선인(謫仙人)'이라고 불렀다. 천보(天寶) 원년(742)에 조
정에 들어가 한림공봉(翰林供奉)이 되었으나 후에 참소를 당해 금을 주고 풀려났으며 안휘(安徽)
당도현(當塗縣)에서 사망했다. 이백은 한평생 시주를 즐겼는데 두보는 <음중팔선가(飮中八仙歌)>
에서 "이백은 한 말 술에 시 백편 짓고, 장안 저자의 술집에서 잠든다. 천자가 불러도 배에 오르
지 않고, 스스로 술의 신선이라 일컫는다.(李白一斗詩百篇, 長安市上酒家眠. 天子呼來不上船, 自稱臣是
酒中仙.)"고 하였다.

38 여름 정경(夏景)_이백

竹簞高人睡覺,　　대자리에선 은사가 낮잠을 자고
水亭野客狂吟.　　물가 정자엔 시골사람 미친 듯 읊조린다.
簾外蕉風燕語,　　주렴밖엔 파초 바람, 제비 지저귀는 소리
庭前綠樹蟬鳴.　　뜰 앞엔 푸른 나무와 매미 울음소리.

✿ 시 해설

　네 구 모두 한 구에 경치 대구를 이루고 있고 여름 '하(夏)'자는 한 자도 쓰지 않았지만 매구마다 여름의 경치를 나타낸다. 첫 구는 은거하는 선비가 여름날 할 일없이 대자리에서 자는 모습을 묘사했다. 둘째 구는 시골사람이 물가 정자 위에서 시원한 바람을 쐬며 읊조리는 정경을 묘사했다.

　시의 후반부는 특징이 풍부한 경물을 돋보이게 하여 짙푸른 여름 분위기를 표현했다. 발 밖에는 온화한 동남풍이 재잘재잘 지저귀는 제비들의 속삭임을 전해주는데, 이것은 초여름의 정경이다. 정자 밖에는 녹음이 짙은 나무 위의 매미들이 찌는 듯이 무더운 여름을 견딜 수 없어 쉴 새 없이 울어댄다.

　시인은 네 가지 다른 시각에서 매구 똑같은 경지를 한 폭의 그림으로 그리듯이 펼치면서 여름 정경에서 보고 들을 수 있는 여러 가지 의미를 멋지게 표현했다.

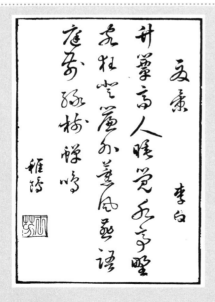

● 서예가 소개

　치곤(稚鵾)은 앞에 나온 세방보(世芳父)다.

● 화보 해설

　이 그림은 산과 산 밑을 감도는 계곡, 그리고 계곡 옆에 지은 정자를 그렸다. 시원한 물가에 지어진 정자에 앉아 벗을 맞이하는 은사와 잎이 무성한 나무와 막 다리를 건너려는 인물의 손에 쥔 부채, 그리고 반쯤 걷어 올린 주렴을 통해 여름날의 계절적 분위기를 느낄 수 있다.

● 시 원작자 소개

　　이백 시집에 이 시는 보이지 않는다. 이백(701~762)의 자는 태백(太白), 호는 청련거사(青蓮居士). 자칭 원적이 농서 성기(지금의 甘肅 泰安) 사람이며 중아시아 쇄엽성(碎葉城 : 지금의 Tokmak성)에서 태어났다. 어려서부터 경사백가 서적을 널리 읽었다. 장안에 들어와서 하지장(賀知章)은 그의 시 <촉도난(蜀道難)>를 보고 그를 '적선인(謫仙人)'이라고 불렀다. 천보(天寶) 원년(742)에 조정에 들어가 한림공봉(翰林供奉)이 되었으나 후에 참소를 당해 금을 주고 풀려났으며 안휘(安徽) 당도현(當塗縣)에서 사망했다. 이백은 한평생 시주를 즐겼는데 두보는 <음중팔선가(飮中八仙歌)>에서 "이백은 한 말 술에 시 백편 짓고, 장안 저자의 술집에서 잠든다. 천자가 불러도 배에 오르지 않고, 스스로 술의 신선이라 일컫는다.(李白一斗詩百篇, 長安市上酒家眠. 天子呼來不上船, 自稱臣是酒中仙.)"고 하였다.

39 가을 정경(秋景)_이백

昨夜西風忽轉,	어젯밤에 가을바람이 갑자기 불어와
驚看雁度平林.	놀라 바라보니 기러기 평평한 숲 지나간다.
詩興正當幽寂,	때마침 그윽하고 한적할 때 시흥이 일어
推敲韻落寒砧.	시구 다듬자니 차가운 다듬잇돌 소리 전해진다.

❀ 시 해설

이백 시집에 이 시는 보이지 않는다. 첫째 구에서는 어젯밤에 바람은 홀연히 가을바람으로 바뀜, 즉 가을이 되었음을 평범하게 서술하고 있다. 다음 구에서는 넓은 숲을 날아가는 기러기를 놀라서 쳐다보는 장면을 표현했다. 그리고 가을밤 그윽하고 고요한 때에 마침 시흥이 떠오른다. 여러 차례 퇴고를 거치며 반복하여 시구의 글자를 숙고한 끝에 운을 정했을 때 마침 저 멀리서 겨울옷 짓는 다듬잇방망이 소리가 들려온다. 다듬잇방망이 소리는 집집마다 서둘러 겨울옷을 짓는 것을 상징한다. 결구에서는 운을 정함으로써 제목 '추경'의 뜻과 연결시킨다. 심사숙고하여 시를 짓는 상황과 가을날의 다듬잇방망이 소리를 결합시켜 가을날의 운치를 더해준다.

● 서예가 소개
고림(古林)이 쓴 글씨다.

● 화보 해설

이 그림에서는 이층 가옥에서 살고 있는 한 가족을 그렸다. 일층에서는 부인이 다듬잇방망이를 들고 옷감을 손질하고 있으며, 위층에서는 막 떠오른 시상을 적고자 종이를 펼쳐놓고 있는 시적 화자와 그 옆에서 먹을 갈고 있는 시동이 보인다. 그리고 하늘에는 다가오는 추위를 피해 남쪽으로 날아가는 기러기 떼를 그려 넣었다.

● 시 원작자 소개

이백(701~762)의 자는 태백(太白), 호는 청련거사(青蓮居士). 자칭 원적이 농서 성기(지금의 甘肅 泰安) 사람이며 중아시아 쇄엽성(碎葉城 : 지금의 Tokmak 성)에서 태어났다. 어려서부터 경사 백가 서적을 널리 읽었다. 장안에 들어와서 하지장(賀知章)은 그의 시 <촉도난(蜀道難)>를 보고 그를 '적선인(謫仙人)'이라고 불렀다. 천보(天寶) 원년(742)에 조정에 들어가 한림공봉(翰林供奉)이 되었으나 후에 참소를 당해 금을 주고 풀려났으며 안휘(安徽) 당도현(當塗縣)에서 사망했다. 이백은 한평생 시주를 즐겼는데 두보는 <음중팔선가(飲中八仙歌)>에서 "이백은 한 말 술에 시 백편 짓고, 장안 저자의 술집에서 잠든다. 천자가 불러도 배에 오르지 않고, 스스로 술의 신선이라 일컫는다.(李白一斗詩百篇, 長安市上酒家眠. 天子呼來不上船, 自稱臣是酒中仙.)"고 하였다.

40 그림에 적노라(題畫)_이옹(李邕)

對雪寒窩酌酒,   눈 마주하고 차가운 집에서 술 마시며

敲冰暖閣烹茶.   얼음 깨서 따스한 누각에서 차 끓인다.

醉裏呼童展畫,   취기에 아일 불러 그림 펼치게 하여

笑題松竹梅花.   웃으며 송, 죽, 매화 그림에 적노라.

❀ 시 해설

≪전당시≫에 수록된 이옹 편에 이 시는 보이지 않는다. 이 제화시는 '세한삼우도(歲寒三友圖)'를 묘사했다. 처음 두 구는 시인이 술잔을 기울이거나 차를 끓이는 행동을 묘사했다. 눈 내리는 날, 집안이 추워 눈에게 술을 권함으로써 추위를 이겨내고, 따뜻한 방안에서 얼음을 깨고 길은 물로 차를 끓인다. 꽤 긴 시간 동안 시인은 술을 마시고 차를 음미하는 즐거움을 다 누리자, 구를 전환하여 그는 술김에 시동을 불러 그림을 펼치게 하고는 '송죽매'가 그려진 그림 위에 웃으며 시구를 적는 상황을 묘사한다. 소나무, 대나무, 매화는 '세한삼우'인데 이들은 서리와 눈을 견디고 엄동설한에도 꿋꿋하게 견디는 기질을 가지고 있다. 시인은 소나무, 대나무, 매화를 자기의 친근한 친구로 삼아 추운 겨울에 이들을 위해 시를 지음으로써 이들의 품성을 노래한다. 이를 빌려 시인 자신도 추위와 곤궁한 처지를 두려워하지 않겠다는 의지를 밝힌다.

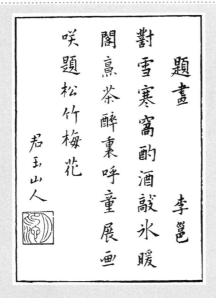

● **서예가 소개**

군옥산인(君玉山人)이 쓴 글씨다.

　　화가는 화실 주변의 세 가지 추위에
강한 식물, 즉 소나무, 대나무, 매화를 화
폭에 담았다. 시동은 그 두루마리를 펼쳐
대기하고 있으며, 겨울날 술에 취한 노인
은 하얗게 눈 내린 누각의 탁자에 앉아
붓을 들어 제화시를 쓰고 있다. 누각 밖
의 또 다른 시동은 꽁꽁 얼어붙은 얼음
을 깨고 차 끓일 물을 긷고 있다.

● 시 원작자 소개

　　이옹(678~747)의 자는 태화(泰和)이고 양주 강도(江都, 지금의 강소 양주) 사람이며 저명한
≪문선(文選)≫ 학자 이선(李善, 630~689)의 아들이다. 장안(長安) 초년에 이교(李嶠, 644~713),
장정규(張廷珪, 약 664~734) 등이 그를 추천하여 좌습유를 제수 받았다. 당륭(唐隆) 원년(710)에
좌대전중시어사(左臺殿中侍御史)를 지냈다. 후에 군사적 업적이 뛰어나 진(陳), 괄(括), 치(淄), 활주
자사(滑州刺史)를 역임했으며 마지막으로 북해태수(北海太守)를 지내 세상 사람은 '이북해(李北海)'
라고 불렸다. 천보 6년(747)에 이임보에게 피살당했다. 이옹은 서예와 문장에 뛰어났다. 지금 그
의 시 11수가 전해지지만, 이 시는 보이지 않는다.

41 산에 은거하는 장 씨를 찾아서(尋張逸人山居)_유장경

危石才通鳥道,   우뚝한 바위엔 새 나는 길만 통하고

空山更有人家.   텅 빈 산에 인가도 있도다.

桃源定在深處,   도원 깊은 곳에 자리 잡았을 터

澗水浮來落花.   산골 물엔 떨어진 꽃 떠다닌다.

✿ 시 해설

  시인은 깊은 산속에 은거하는 친구 장 씨의 거처를 찾아가며 '현담'을 담은 투박스런 말을 사용해 이 시를 써내려간다. 첫째 구에서는 장 씨가 머무는 곳은 산길이 험준하여 오직 산새들만 겨우 날아서 지나갈 수 있다고 형용한다. 다음 구에서는 장 씨의 거처는 텅 빈 듯한 산에 있는데, 겹겹이 이어진 산에 막혀 볼 수 없어 인가가 있으리라곤 생각지도 못했는데 결국 장 씨의 집을 발견했다. 3, 4구는 도치되었다. 압운하기 위해, 또 긴장감을 주기 위해 시인은 시구의 순서를 도치함으로써 시적 감흥이 더욱 생동적이다. 본의는 시냇물에 하늘하늘 떠내려 오는 복사꽃을 보았다는 뜻이지만, 이로 미루어 봤을 때 도화원은 산속 깊은 곳에 있음이 확실하다는 의미라고 하겠다.

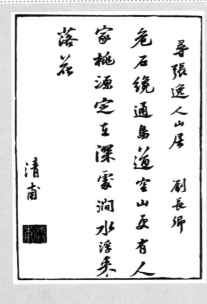

● 서예가 소개

  청보(淸甫)가 쓴 글씨다.

● 시 원작자 소개

  유장경(약 714~약 790)의 자는 문방(文房), 선성(宣城, 지금의 안휘에 속함) 사람이다. 천보 연간에 진사에 급제했고 장주위(長州尉), 남파위(南巴尉), 목주사마(睦州司馬), 수주자사(隨州刺史) 등 직을 역임했는데, 세상 사람은 '유수주(劉隨州)'라고 불렀다. 전기, 낭사원(郎士元), 이가우(李嘉祐)를 합쳐 '전랑유리(錢郎劉李)'라고 불렀다. 유장경은 특히 오언율시에 뛰어나 스스로 '오언장성(五言長城)'이라 자부했다. 지금은 ≪유장경집≫이 전하는데, ≪전당시≫에 그의 시 5권을 수록했다.

42 한식(寒食)__유종원

春雨黃昏草微,	황혼에 봄비 내리자 풀색은 옅고
楡錢滿地浪飛.	느릅나무 열매 온 땅에 어지러이 난다.
只逢今日寒食,	때마침 오늘 한식을 만나
游子跨馬征歸.	나그네 말 타고 돌아온다.

❀ **시 해설**

앞의 두 구에서는 한식날 황혼에 비바람이 불어 풀색은 옅어지고 느릅나무 열매가 날아다니는 모습을 묘사했다. 뒤의 두 구는 이처럼 어둡고 차가운 배경에서 세차게 말 달리는 형상을 출현시켜 나그네가 급히 집에 돌아오고 싶은 심정을 충분히 표현했다.

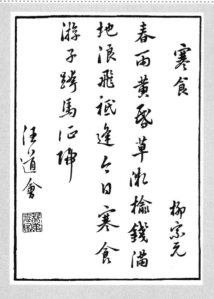

● **서예가 소개**

왕도회(汪道會)가 쓴 글씨다.

● **시 원작자 소개**

이 시는 유종원 시집에는 보이지 않는다. 유종원에 대해서는 109쪽 참조.

43 시골생활의 즐거움(村樂)__두자미(杜子美)

心遠不知市近,   마음 멀어지니 저자 가까운 줄 모르고
家貧惟願年豐.   집안 가난하니 풍년이 되기만 바란다.
炙背寧忘王子,   태양에 등 그을리며 왕자교 일 잊어버리고
顚毛已作山翁.   정수리 머리카락은 벌써 산골 노인이 되었다.

✿ 시 해설

　이 시는 간소하면서도 즐거운 시골 생활을 묘사했다. 앞의 두 구에서는 시골에 살면서 집안 형편은 가난하고 한적한 심경으로 살아가지만, 풍년이 들 것인가 고민할 뿐 번잡한 시장에 대해선 아랑곳하지 않는다. 뒤의 두 구는 노동의 고통을 묘사했는데, 신선이 되고픈 마음이 없어 촌 늙은이로 만족한다. 가난한 농촌 생활, 노동의 고통을 묘사하면서 농촌을 도화원으로 그리지 않았다.

　왕자교(王子喬)는 주나라 영왕(靈王)의 태자 진(晉)으로 생황을 잘 불고 봉황 울음소리를 잘 냈다고 한다. 후에 은거하며 수련하다가 신선이 되어 구지산(緱氏山)에 학을 타고 내려왔다고 한다.

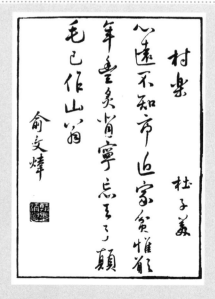

● 서예가 소개
　유문위(兪文煒)가 쓴 글씨다.

● 시 원작자 소개
　이 시는 지금 전하는 두보 시집에 보이지 않는다. 두자미(杜子美) 두보의 자이며 두보에 대해서는 41쪽 참조

44 초가집(草廬)__두목지

昔夢臥龍勝迹,	예전에 제갈량 유적 꿈꾸더니
今登忠武祠堂.	지금에야 무후 사당에 오른다.
南陽樓閣壯麗,	남양 누각 웅장하며 화려하고
草廬千載輝煌.	초가집은 천년 내내 휘황하다.

❀ 시 해설

이 시는 초가집을 빌려서 제갈량의 업적을 칭송하고 동경하는 시인의 마음을 펼쳤다. 이곳에서 '충무'는 제갈량을 가리킨다. 제갈량의 시호가 '충무후(忠武侯)'다. 먼저 '석몽(昔夢)' 두 글자로 오랫동안 초가집을 동경했음을 표현했다. 끝에서는 대비의 수법을 써서 제갈량의 업적을 부각시켰다. 남양은 제갈량이 한때 은거했던 곳으로, 유비(劉備)가 이곳을 세 번이나 찾아갔다고 해서 생긴 성어 '삼고초려'의 역사적 무대이기도 하다.

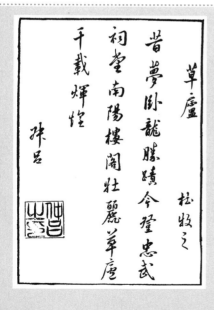

● 서예가 소개

숙려(叔呂)가 쓴 글씨다.

● 시 원작자 소개

이 시는 지금의 두목 시집에 보이지 않는다. 두목에 대해서는 55쪽 참조.

45 홀로 앉아(獨坐)_왕발(王勃)

心事數莖白髮,　백발 몇 올에 신경 쓰이나

生涯一片靑山.　한 평생 청산에 살겠노라.

空山有雪相待,　텅 빈 산엔 눈만 나를 맞아주는데

古道無人獨還.　옛길엔 사람 없고 나 홀로 돌아가노라.

❀ 시 해설

　이 시의 작자와 원제는 고황의 <모산으로 돌아가며 짓노라(歸山作)>이다. 고황은 만년에 모산(茅山, 지금의 강소 句容의 동남쪽)에 은거했는데, 이 시는 시인이 모산 속으로 들어가 살면서 느끼는 고독한 처지와 그 심정을 묘사했다. 마지막 구의 '고도(古道)'는 쌍관어다. 하나는 자연계의 모산에 난 길이고, 또 하나는 산속에 은거하러 들어간 자신의 인생길이기도 하다. 모산은 중국 도교 상청파(上淸派)의 발원지다.

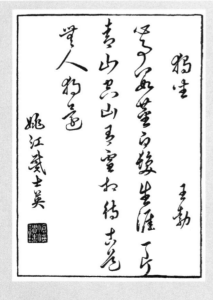

● 서예가 소개

　요강(姚江) 사람 대사영(戴士英)의 글씨다.

● 시 원작자 소개

　이 시의 저자는 왕발이 아니라 고황이다. 고황(약 727~820)의 자는 포옹(逋翁), 자호는 화양산인(華陽山人), 소주 해염(海鹽) 사람이다. 지덕(至德) 2년(757)에 진사과에 급제했고 염철업에 종사했다. 후에 대리시직(大理寺直), 비서감저작좌랑(秘書監著作佐郎)을 역임했다. <갈매기의 노래(海鷗詠)>를 지어 권세가와 부호를 풍자했다가 요주사호(饒州司戶)로 좌천되었다. 후에 모산(茅山)에서 은거했다. 그의 성격은 강직하고 호방하여 매사에 거리낌이 없었으며 시, 서, 화에 모두 뛰어났다. ≪화양집(華陽集)≫이 세상에 전하고 ≪전당시≫에 그의 시 4권을 수록했다.

46 안탕산을 그리며(憶雁山)_나은

天下名山雁宕,	천하의 명산은 안탕산,
人間勝景龍湫.	세상의 명승지는 용추.
我欲乘間到此,	나는 다시 틈을 내어 이곳에 가
携僧竹院同遊.	죽원의 스님과 함께 노닐고 싶다.

✿ 시 해설

시인은 동남의 명산 안탕산과 명승지 용추를 유람한 적이 있었다. 지금 생각해보니 그곳의 정경이 눈에 선하여 이 시를 지어 그 추억을 묘사했다. 시인은 명승지 안탕산과 용추의 구체적인 경물을 사실적으로 그리지 않고, '천하명산(天下名山)', '인간승경(人間勝景)' 여덟 글자로 시인이 안탕산을 좋아하는 심정을 개괄적으로 전달했다. 뒤의 두 구는 다시 한 번 유람하고픈 바람을 표출하고, 다시 '승간도차(乘間到此)'와 '휴승동유(携僧同遊)'를 써서 청아한 분위기를 연출한다. 안탕산에는 대용추(大龍湫), 소용추(小龍湫)라는 두 개의 폭포가 있다고 한다.

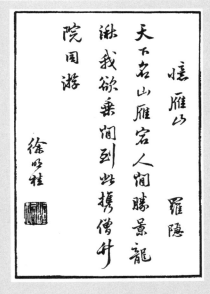

● 서예가 소개

서명계(徐明桂)가 쓴 글씨다.

● 시 원작자 소개

나은(833~909)의 자는 소간(昭諫)이고 항주 신성(新城, 지금의 절강 富陽) 사람이다. 원명이 횡(橫)인데 여러 번 과거에 응시했으나 빈번히 떨어지는 바람에 분하여 '은(隱)'으로 개명했다. 55세에 항주자사 전류(錢鏐, 852~932)에게 기탁하면서부터 벼슬길이 트이게 되었다. 천우(天祐) 3년(906)에 사훈낭중(司勳郎中)이 되었고 진해절도판관(鎭海節度判官)이 되었다. 이듬해에 전류가 오월왕(吳越王)에 봉해지자 나은을 급사중으로 추천했다. 그래서 세상 사람은 '나급사(羅給事)'라 불렀다. 지금은 《갑을집(甲乙集)》이 전하며 《전당시》에 그의 시 11권을 수록했으나, 이 시는 그의 시집에 보이지 않는다.

47 귀농을 생각하며(歸思)_고황

再見封侯萬戶,　　두 번째 알현해 만호 제후에 봉해지고
立譚賜璧一雙.　　잠시 이야기하다가 고리옥 한 쌍 하사받은들
詎勝耦耕南畝,　　어찌 남쪽 밭이랑 나란히 갊을 능가하겠으며
何如高臥東窗?　　어찌 동쪽 창가에 고고히 누움만 하겠는가?

✿ 시 해설

　　이 시의 작자는 고황이 아니라 왕유의 <전원의 즐거움 7수(田園樂七首)> 가운데 두 번째 시다. 1~2구는 ≪사기·평원군우경열전(平原君虞卿列傳)≫에서 따왔다. "우경은 유세객이다. 그는 짚신을 신고 대나무 우산을 걸치고 (조나라에 들어가) 조나라 효성왕에게 유세했다. 한 번 알현하자 그에게 황금백 일과 하얀 고리옥 한 쌍을 하사했고, 두 번 알현하자 그를 조나라 상경으로 삼았다.(虞卿者, 遊說之士也. 躡屩檐簦, 說趙孝成王, 一見, 賜黃金百鎰, 白璧一雙; 再見, 爲趙上卿.)" 2구의 '입담(立譚)'은 '서서 이야기하다'의 뜻으로 짧은 시간을 가리킨다. 양웅(揚雄)의 <해조(解嘲)>에 "혹자는 70번이나 유세했지만 만나지 못했고, 혹자는 잠시 이야기하다가 제후로 봉해졌다.(或七十說而不遇, 或立譚而封侯.)"라는 구절이 있다. 전자는 탕왕에게 유세했던 이윤(혹은 공자)을 가리키고, 후자는 우경을 말한다. 3구의 '우경(耦耕)'은 ≪논어·미자편≫에 나오는 장저(長沮)와 걸닉(桀溺)의 이야기다.

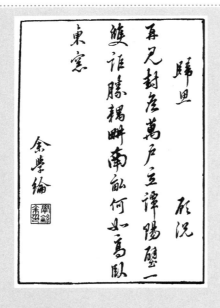

● 서예가 소개
　　여학윤(余學綸)이 쓴 글씨다.

● 시 원작자 소개
　　고황에 대해서는 105쪽 참조. 왕유에 대해서는 77쪽 참조.

48 벗에게 축하하며(賀友)__맹교(孟郊)

煙火萬家聖地,　　밥 짓는 연기 가득한 성지에서
風雲雙劍人歡.　　풍운 만나 쌍검으로 남의 환심 사노라.
千秋莫悲直道,　　천추에 정도를 슬퍼하지 마시라
王喬已應郎間.　　왕교는 이미 상서랑이 되었으니.

🌸 시 해설

맹교의 시집 어디에도 이 작품이 들어 있지 않다. 4구의 '왕교'는 후한 명제(明帝) 때의 하동 사람으로 상서랑을 지낸 바 있다. 왕교가 섭현葉縣)의 현령으로 지낼 때 매달 삭망에 거행하는 조회에 참석했다. 황제는 그가 오는 데 신발이 보이지 않자 이상하게 여겨 태사에게 엿보도록 했다. 태사는 그가 올 때 오리 두 마리가 날아온다고 보고했다. 오리를 잡고 보니 상서랑으로 재직할 때 받았던 신발이었다는 전설이 전한다. ≪후한서·방술열전·왕교전≫에 보인다. 이 시는 친구의 승진을 축하한 축시다. 친구는 인구밀도가 높은 군현에 임직했으며 쌍검으로 혁혁한 공을 세워 그곳 주민을 기쁘게 했다. 1~2구에서는 그의 공로를 높이 산 다음, 3~4구에선 친구에게 권고해준다. 역사적으로 정도를 행하다가 액운을 당한 사람 때문에 슬퍼하지 마라. 정직한 도는 인간의 정도다. 친구가 정도를 걸으면 나중엔 왕교처럼 상서랑의 벼슬에 오를 것이라며 정도대로 관직에 임할 것을 당부한다.

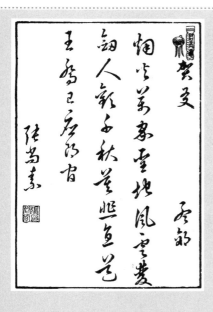

● 서예가 소개

장상소(張尙素)가 쓴 글씨다.

● 시 원작자 소개

이 시는 맹교 시집에 보이지 않는다. 맹교(751~814)의 자는 동야(東野)이고 호주(湖州) 무강(武康 : 지금의 절강성 德淸) 사람이다. 젊어서 숭산(崇山)에 은거했으며 과거에 두 번 응시했으나 실패하고 46세에 진사과에 합격했다. 율양현위(溧陽縣尉), 수륙전운종사(水陸轉運從事), 시협율랑(試協律郎) 등직을 역임했다. 저작으로는 ≪맹동야집(孟東野集)≫이 있으며 400여 수의 시가 전한다. 맹교는 고음(孤吟) 시인으로 유명하며 한유와 교분이 돈독했다.

49 설날(元日)_고적

玉樹金衣翠羽,　　　백화나무, 황금빛 옷, 푸른 깃털
芳尊桂酒椒漿.　　　향기로운 술잔엔 계수나무 술, 산초나무 술.
獻歲杯傾鸚鵡,　　　새해에 앵무배를 기울이니
鳴春韻雜笙簧.　　　봄맞이하는 생황 소리 어지럽다.

❀ 시 해설

이 시는 부귀한 가정에서 보내는 번화한 설날의 모습을 묘사했다. 앞의 두 구에서는 여섯 개의 명사를 써서 화려한 의복, 기물로 화려한 정경을 부각시켰다. 뒤의 두 구에서는 술잔을 기울이고 악기를 연주하며 설날을 맞이하는 희열을 경축하고 있다. 사람들은 황금빛 옷을 입고 푸른 깃털을 꽂고 백화나무 사이를 돌아다니며 온갖 미주를 들면서 새해 축하 인사를 하고 있다. '계주'와 '초장'은 모두 미주로 고대에서는 대부분 신에게 제사지낼 때 사용했다고 한다.

세 번째 구의 '앵무'는 술잔 이름을 말한다. '해라배(海螺杯)'라고도 하는데, 광동 남쪽에서 나며 이곳 원주민들이 소라껍질을 깎아 술잔 형태를 만든 다음, 금은으로 술잔 다리를 칠했는데 이를 '앵무배'라 한다.

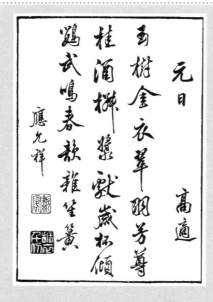

● 서예가 소개
　　응윤상(應允祥)이 쓴 글씨다.

● 시 원작자 소개
　　고적(700~765)의 자는 달부(達夫)이고 발해(渤海) 수(蓨, 지금의 하북 景縣) 사람이고 영태(永泰) 원년(765)에 사망했다. 천보 8년(749)에 유도과(有道科)에 급제하여 봉구현위(封丘縣尉)를 제수받았다. 후에 관직을 사직하고 하서절도사(河西節度使) 가서한(哥舒翰, ?~757)의 막부에 들어가 장서기를 맡았다. 안사의 난이 일어나자 가서한을 도와 동관(潼關)을 수비했다. 동관이 함락되자 고적은 현종을 따라 촉(蜀)에 들어가 간의대부로 발탁되었다. 후에는 회남절도사(淮南節度使), 촉주자사(蜀州刺史), 검남서천절도사(劍南西川節度使), 형부시랑, 산기상시를 지냈고 발해후(渤海侯)에 봉해졌다. 이 시는 그의 시집에 보이지 않는다.

50 안탕산에 노닐며(遊宕山)_왕건

古木疏陰印苔,	고목 성긴데 그늘에 이끼 끼고
隔江山色崔嵬.	강 건너 산세는 우뚝하다.
草長漁溪閒却,	풀 길게 자라 시내 물고기 한가로이 노닐고
月明釣艇歸來.	달 밝은 밤에 낚싯배 돌아온다.

✿ 시 해설

이 시는 안탕산의 자연미를 묘사한 작품이다. 앞의 두 구는 경물을 묘사했는데, 고목의 성긴 그림자가 이끼 속에 박혀 있고, 드높은 산이 강가의 맞은 편 언덕에 솟아있다. 그리고 계곡 물가엔 잡초가 무성하여 물고기가 물풀을 헤집고 한가롭게 헤엄친다. 낚시꾼은 잡초가 엉켜서 도저히 낚싯대를 드리울 수가 없다. 그래서 온종일 한가로이 떠돌아다니다가 달이 떠오를 때에 고기잡이배는 돌아온다.

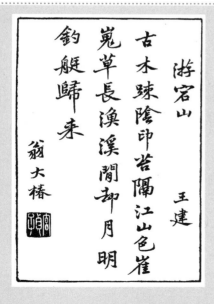

● 서예가 소개

옹대춘(翁大椿)이 쓴 글씨다.

● 시 원작자 소개

이 시는 왕건 시집에 보이지 않는다. 왕건에 대해서는 237쪽 참조

51 유유자적하며(自適)__왕마힐

山南結其敝廬,　　산 남쪽에 허름한 초가집 엮고
林下返吾初服.　　숲 아래에서 내 관복 돌려보낸다.
寧爲五斗折腰,　　어찌 쌀 닷 말에 허리 구부릴 텐가?
何如一瓢滿腹.　　표주박 물 한 바가지로 배 채우리라.

❉ 시 해설

　시인은 퇴직하여 은거할 때 유유자적하는 심경을 이 시로 나타냈다. 이 시는 은퇴하는 것으로 실마리를 풀어간다. 관복을 벗어던지고 평민으로 돌아와 무명옷을 입고 남산으로 물러나 초막을 짓고 은거할 결심을 말한다. 다음 두 구에서는 은퇴하는 이유를 밝히며 제목 '자적(自適)'의 의미와 연계시킨다. 즉 두 가지 힐문을 통해 닷 말의 쌀 때문에 굽실거리는 것을 원하지 않는다. 도연명의 고고한 기개를 지키고 안회처럼 안빈낙도하고자 하는 바람을 풀어낸다. '자적'이란 의미는 부패한 관료 사회의 속박과 굴욕에서 벗어나 조용하고 편안한 생활을 자유롭게 누리는 것을 말한다. 마지막 두 구는 직설적으로 말하지 않고 힐문하는 문장을 씀으로써 시구를 보다 탄력적으로 다듬었다. '服'과 '腹'의 관계망! 그 의미 절묘하다. '腹'을 채우기 위해선 '服'을 입어야 하지만, 시인은 도리어 '服'을 과감하게 벗어던진다.

● 서예가 소개
성가전(盛可傳)이 쓴 글씨다.

● 시 원작자 소개
　이 시는 현존하는 왕유 시집에 보이지 않는데, 왕유에 대해서는 77쪽 참조.

52 바람을 만나(遇風)__백호연(白浩然)

秋風吹日無光,　가을바람 불어 햇볕 보이지 않고
十里塵沙面黃.　십리에 황사 불어 얼굴 노랗다.
忽變南雲女戰,　홀연 남쪽에서 풍운 변해 위세 떨치고
翻疑北海鵬翔.　뒤집으니 북해의 붕새가 나는 듯하다.

❀ 시 해설

　앞에 두 구는 가을날 바람이 세차게 부는 이상 기후를 직접적으로 묘사한다. 가을바람은 태양이 빛을 잃고 어두워지게 할 정도로 맹렬히 분다. 십리 길에 먼지모래가 일어나 사람의 안색이 누렇게 될 정도로 바람이 분다. 뒤의 두 구는 간접적인 전고를 써서 태풍의 위세를 부각시킨다. 셋째 구의 '여전(女戰)'은 풍신(風神)으로 풍이(風姨), 봉이(封姨)라고도 하는데, 바람을 일으킬 때 그 위세가 전쟁 때와 같다고 해서 이런 이름이 붙었다. 남쪽 바람과 구름은 갑자기 변하고 바람의 신은 위세를 부린다. 혹시 북해의 대붕(大鵬)이 날개를 활짝 펼치고 날아올라 싹쓸바람이 갑자기 이른 것은 아닌지 의심할 정도다. '북해의 대붕'은 ≪장자·소요유≫에 나온다. 시인은 직·간접으로 자연계의 풍세(風勢)를 구체적으로 묘사하여 시적 정취가 돋보인다.

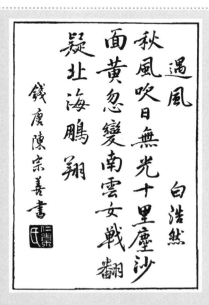

● 서예가 소개
　전당 사람 진종선(陳宗善)이 쓴 글씨다.

● 시 원작자 소개
　당시 작가 가운데 백호연이란 시인은 보이지 않는다.

53 전원의 즐거움(田園樂)_왕마힐

曙色天開紫氣,	새벽하늘은 상서로운 기운 열고
風光序入靑陽.	풍광의 계절 봄으로 접어든다.
耕鑿誰知帝力,	밭 갈고 우물 파는데 누가 황제 힘 알랴?
逍遙人在羲皇.	유유자적하며 지내니 태곳적 사람인 듯.

❁ 시 해설

이 시는 전원생활의 즐거움을 표현하기 위해 환경묘사에서 실마리를 푼다. 앞의 두 구에선 계절이 바뀌어 봄이 오는 즐거움을 묘사했고, 뒤의 두 구에서는 옛 가요 <격양가(擊壤歌)>의 이미지를 차용하여 농부가 새벽에 밖에 나가 일하고 밤늦게 돌아와 휴식하며 우물을 파서 물을 마시고, 밭을 갈아 오곡을 심어 자력갱생하는 생활을 묘사했다. 시인은 순박하고 자연스런 생활을 찬미하고 있다.

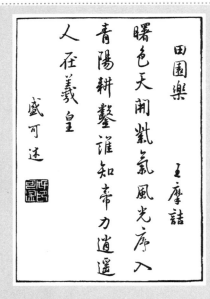

● 서예가 소개

성가술(盛可述)의 글씨다.

● 시 원작자 소개

이 시는 지금 전하는 왕유 시집에 보이지 않는다. 왕유에 대해서는 77쪽 참조.

白社堪臨綠水,　　백사는 푸른 물가에 임하고
青山好駐紅顔.　　청산에 머물면 혈색 좋아진다.
曾厭栽花縣裏,　　일찍이 벼슬살이 싫어하여
還從辟穀人家.　　여전히 생식하는 신선 따르노라.

🌸 시 해설

　이 시는 시인이 속세를 멀리 떠나 청산녹수에 은거하며 수련에 몰두하고픈 심정을 묘사했다. '백사'는 낙양 동쪽에 있던 마을 이름으로, 진(晉)의 동경(董京)이 이곳에 와서 은거했다고 한다. 보통 은사나 은사가 머무는 곳을 말한다. 그리고 진(晉)나라 반악(潘岳, 247~300)은 하양령(河陽令)으로 지낼 때 온 현에 복숭아, 자두나무를 심어서 '하양일현화(河陽一縣花)'란 말이 있게 되었다. 후에 '화현(花縣)'이라 부르게 되었다. 이 구는 벼슬살이에 싫증이 났음을 의미한다.

　'벽곡'은 화식하지 않고 생식하는 도가의 수행법으로, 오곡을 먹지 않으면 장생하여 신선이 될 수 있다고 믿는다.

　이 시는 낙빈왕 시집에 보이지 않는다.

辟穀　駱賓王
白社堪臨綠水青山好駐
紅顔曾厭栽花縣裡還從
辟穀人家
瀛海王繼宗

● 서예가 소개
　영해(瀛海) 사람 왕계종(王繼宗)이 쓴 글씨다.

● 시 원작자 소개
　낙빈왕에 대해서는 57쪽 참조

洛陽女如春花,　　낙양 아가씨는 봄꽃처럼 곱고
白馬金鞭散斜.　　백마의 금빛 채찍 흩어져 기운다.
顧問伊在何處,　　돌아보며 당신 어디 있나 물으니
佳人才子名家.　　과연 명문 집안의 재자가인이로다.

❀ 시 해설

　이 시의 제목은 <낙양>이나 낙양의 여성을 묘사했다. ≪시경≫에서 첫 구의 처음 두 글자를 제목으로 삼는 방법을 모방한 듯하다. 첫 구는 꽃을 사람으로 비유하여 낙양 여성이 봄날에 피는 꽃처럼 산뜻하고 아름답다고 형용한다. 다음 구에서는 그녀가 백마 타고 번쩍번쩍 빛나는 채찍을 말안장에 모로 걸쳐둔 모습을 그렸다. 그녀의 머리 장식이나 복식 묘사는 생략한 채 중점을 말에 두어 묘사했는데, 숨겨진 그녀의 호화로운 장식품은 결구에 나오는 '명가(名家)'의 복선이 된다. 셋째 구에서는 의문문으로 전환하고, 결구에서는 그녀의 신분을 밝혔다. 그녀의 집안은 낙양 시내의 명문 집안이며, 남편은 재자다. 가인과 재자가 행복한 가정을 이루는 것이다. '가인'은 첫 구와 이어지고, '명가'는 다음 구와 이어진다. 이 시는 대구 형식을 사용하지 않으면서도 구법은 자유롭고 그 구성이 빈틈이 없는데, 육언시 절구에서는 보기 드문 형식이다.

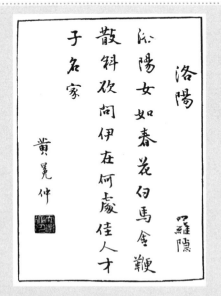

● 서예가 소개
　황면중(黃冕仲)이 쓴 글씨다.

● 시 원작자 소개
　이 시는 나은 시집에 보이지 않는다. 나은에 대해서는 321쪽 참조

56 고향을 그리며(思鄕)__위장(韋莊)

一辭故國千里,	한번 고향 하직하고 천리 떠나
才到公車半年.	이제 부임한지 반년 되었도다.
今日天涯浪迹,	오늘도 하늘 끝에서 정처 없이 떠도는데
滿腔心事誰憐.	가슴 가득한 걱정 어느 누가 동정하랴?

✿ 시 해설

이 시는 고향을 멀리 떠나 고독하고 의탁할 곳 없는 쓸쓸한 심정을 묘사했다. 첫 구에서는 고향을 떠나 천리 밖의 임소로 향한 공간을, 둘째 구에서는 공무용 수레를 타고 임직한지 반년이 되었다는 시간을 강조한다. 비록 떠난 지 반년밖에 되진 않지만, 돌아갈 기약이 없기에 고향을 그리는 정은 더 사무칠 수밖에 없다.

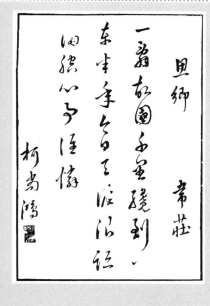

● **서예가 소개**

가상홍(柯尙鴻)이 쓴 글씨다.

● **시 원작자 소개**

위장(약 836~910)의 자는 단기(端己)이고 경조 두릉(지금의 섬서 서안) 사람으로 중화(中和) 3년(883)에 위장이 낙양에서 과거에 응시할 때 <진부음(秦婦吟)> 시를 지어 유명해졌다. 여러 번 과거에 응시했으나 거듭 떨어지고 건녕(乾寧) 원년(894)에 진사과에 급제하고 교서랑, 좌보궐 등직을 역임했다. 광화(光化) 4년(901)에 촉에 들어가 왕건의 장서기가 되었다. 위장은 시뿐 아니라 사에도 뛰어나 온정균(溫庭筠)과 함께 화간파(花間派)의 대표 작가다. 현존 시는 300여 수가 전하는데 이 시는 그의 시집에 들어 있지 않다.

凍筆新詩懶寫,	붓 얼어 새로운 시 쓰기 더디고
寒爐美酒時溫.	차가운 화로에 미주 가끔 데운다.
醉看梅花月白,	취해보니 달빛 속에 매화는 하얗고
恍疑雪滿前村.	황홀하니 앞마을에 눈 가득 쌓인 듯.

❀ **시 해설**

차가운 겨울날 붓이 얼어붙어서 시인은 느릿느릿 새로운 시를 쓰며, 식어버린 화로에 미주를 데워 마시곤 한다. 술에 취해 달빛을 받아 하얀 매화를 보고 눈꽃인가 여겼는데, 이미 대설이 온 천지를 뒤덮었을 것으로 의심한다.

이 시의 제목은 현존하는 이백 시집에 보이지 않는다. 다른 판본에는 이백의 <입동(立冬)>으로 되어 있으며, 셋째구의 '매화'는 '묵화(墨花)'로 되어 있다.

● **서예가 소개**

발승(髮僧) 해지(孩之)가 쓴 글씨다.

● **시 원작자 소개**

이 시의 제목은 현존하는 이백 시집에 보이지 않는다. 이백에 대해서는 39쪽 참조

58 가을 규방의 초승달(秋閨新月)_나은

遙憶故人遠別	멀리 고향 떠나 타향에 있는 남편 그리니
落花幾度風前	바람 앞에 꽃은 몇 번 떨어졌던가?
雁足鄕書未見	기러기발에 매단 편지는 보이지 않고
蛾眉新月空懸	눈썹 같은 초승달만 허공에 걸렸다.

✿ 시 해설

이 시는 가을날 깊은 규방에 사는 아낙네가 멀리 정벌나간 남편을 그리는 규원시다. '요(遙)', '기도(幾度)'를 써서 이별한 시간이 오래됨을 알 수 있고 '미견(未見)', '공(空)'자로 봐서 전혀 소식이 없었음을 알 수 있다. 바람결에 떨어지는 꽃잎은 남편을 그리는 아내의 비애감을 더해주고, 높은 하늘에 걸린 초승달은 독수공방하는 부인을 상징한다.

'안족향서(雁足鄕書)'는 한나라의 소무(蘇武, BC 140~BC 60)가 흉노를 정벌 나갔다가 억류되었을 때 비단에 쓴 편지를 기러기발에 묶어 무제에게 보냈다는 고사에서 온 말로, 고향 소식이나 편지를 가리킨다.

이 시는 나은 시집에 보이지 않는다. 그리고 ≪당시육언화보≫에 같은 제목의 작자 왕건의 이름으로 중복된다. 다만 첫 구['遙憶征夫遠戍, 멀리 수자리 나간 남편을 그리니']만 다를 뿐이다.

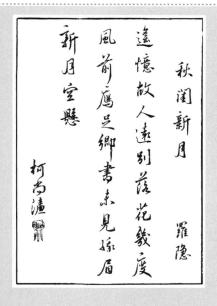

● 서예가 소개

가상렴(柯尙濂)이 쓴 글씨다.

● 시 원작자 소개

이 시는 나은 시집에 보이지 않는다. 나은에 대해서는 321쪽 참조

육언당시화보 발문

　당시화보에 실린 오언, 칠언이 세상에 크게 유행하고 인구에 회자되었음은 새삼 말할 필요도 없다. 그런데 육언시가 홀로 출현한 것은 무엇 때문인가? 대체로 시는 성정을 읊조리는데 원만하고 융합하면 흥을 쉽게 표현할 수 있고, 곧고 모나면 시어를 조합하기가 어렵다. 그런 까닭에 예나 지금이나 드물었다. 근래에 일마다 호기심을 갖고 있다가 시에서 육언시를 추적하여 두루 찾아보았으나 드문드문 보일 뿐이다. 이 또한 전적이 없어졌기 때문이다. 황봉지는 우아한 작품을 모으는 선비로 널리 수집하여 근 50수를 찾아내고 명필과 화가를 구했으며, 이를 판각하여 사방에 공개했다. 이 일은 일거삼득이니 가히 '삼절'이라 부를 수 있다. 단지 이익을 추구하기 위한 일이 아니어서 ≪당시육언화보≫는 시학에 공이 크거늘, 어찌 사소한 보충이라 말할 수 있겠는가? 나는 기꺼이 대작을 보고 존경하는 의미로 이 발문을 짓는다.

신도 유견룡 짓고
무림 장일선 쓰다

六言唐詩畫譜跋

　　唐詩畫譜五言、七言大行宇內，膾炙人口，無庸稱述，乃六言詩家獨步，何耶? 蓋詩以咏性情，員融則易遣興，直方則難措辭，是以古今但鮮. 近時事事好奇，而詩追宗六言，遍索罕見，是亦缺典. 黃鳳池，集雅士也，旁搜博采，僅得五十首，仍求名筆書畫，勒之以公四方. 是役也，一擧三得，可稱三絶. 非直射利，其有功於詩學，豈曰小補云哉! 予樂觀廓成，敬爲之跋.

新都兪見龍撰

武林張一選書

시, 서, 화, 각으로 보는 시각 이미지의 근대

1. ≪당시화보≫의 출판 배경

동아시아 삼국의 전통 지식인이 즐긴 문화 취향의 공통분모 가운데 하나를 '시, 서, 화, 각'으로 모아볼 수 있다. 그러한 문화적 취향을 지닌 지식인은 '시각'이란 인자를 발명하고 이에 눈을 뜨면서 '볼거리'와 '보여줄 거리'를 찾아 그림, 골동품을 수집하는 등, '취(趣)'나 '벽(癖)'의 길로 나아가기 시작했다. 수직적인 지식인 사유체계의 전유물이었던 '시, 서, 화, 각'은 이제 '아(雅) ⟷ 속(俗)'을 넘나들며 경계 허물기를 시도하게 되었다.

필기도구와 인쇄기술의 획기적인 발전을 거친 당송 시기에는 인문학의 수직적, 지배적 구도가 최고조에 이른다. 즉 개성의 해방, 즉 '자아' 내지는 '개성'이라는 '기의'가 '기표' 밑에 억눌리고 억압당했던 '언술적' 동작 내지는 사건, 그리고 그러한 '발화'적 동작이 '수화'자에게 일방적으로 교통을 강요당했던 시기였다. 이러한 구도가 확연하게 재구성된 시기는 원대다. 원대는 '정 → 동[스피드]', '폐 → 개[다문화 현상]', '수직 → 수평'적 사고로 전변하는 격동의 시기였다. 이성의 열림, 그리고 감성의 움직임, 그 결정(結晶)체는 '소리의 혁명'[元曲]이었다. '무미'한 시각에서 청각의 시대로 한 발짝 다가온 것이다. 그렇지만 몽골족의 수평적인 '노마딕' 국가 경영은 그리 오래가지 못했다. 원나라의 존속 기간은 1271년부터 1368년까지 97년에 불과했다. 그들은 한족 문화권, 즉 한족 통치자가 설계해놓은 경직된 '중화'의 구도 안에서 적응하지 못하고 역사의 뒷켠으로 사라지고 말았다.

명대에 들어와서 주원장(朱元璋, 1328~1398)이 내세운 '코드'는 '대의명분'이었다. 자신이 송곳 꽂을 땅 한 뼘도 없는 빈농에다가 고아 출신이라는 콤플렉스를 짊어지고 창업한 '대명'

은 그야말로 동아시아 삼국에서 '화(華)'를 얹고 '이(夷)'의 명분을 챙기는 절호의 기회이기도 했다. 주원장의 '에고이즘', 그리고 영락제의 '불의'한 황제 즉위, 이를 만회하기 하기 위한 '대의명분'적인 해상경영 및 북벌 정략 등은 아이러니하게도 원대 황제가 걸어간 길이었다.

당인(唐寅, 1470~1523)의 <백인가(百忍歌)>에서 잘 보여주듯이 명대의 '공포'적인 정치·사회적 분위기에서 문인[잠재적인 관료]은 수직적이면서도 수평적인 이중적 사고체계를 가질 수밖에 없었다. 한 발은 기성의 유교 이데올로기 체제에 담그고, 다른 한 발은 '궁즉독선기신(窮則獨善其身)'이라는 그들 선배가 걸었던 처세의 길을 딛고 은거한 문인도 출현했다. 이로써 명말에는 '산인(山人)'이라는 새로운 유형의 지식인이 탄생했다.

관직에서 소외당한 명대 지식인[문인]은 당송 시대와는 달리 '은거'라는 타이틀을 걸고 그들만의 '방'에서 외부와 노골적으로 소통하기 시작했다. 그들의 소통 도구는 '시, 서, 화, 각'이었다. 이들의 욕망은 무엇으로도 제압할 수 없었다. 그들은 '욕망'이라는 자신의 정체성을 거울 속에 훤히 들여다보게 해줄 수 있는 '인문학의 정체성'과 연결 지었다. 그들이 선택한 것은 그들의 장기인 '아(雅)'를 빌려서 '속(俗)'을 유혹하는 프로젝트였다. 즉 그들은 선험적으로 체험한 '스펙터클'한 '물질/정신'에의 탐닉을 상인을 포함한 대중에게 '보시'하기 시작한 것이다.

그들이 맨 먼저 손 댄 일은 '시각'의 '근대'이다. '보시'의 차원에서 기획한 일 가운데 하나로서 '근대'의 사물을 접하면서, 자신을 과시하기 위한 일종의 '정체성 확보'의 방편이기도 했다.

시(詩), 서(書), 화(畵), 획(劃), 각(刻)의 공통분모는 '시(示)'와 '율(聿)', '언(言)'과 '도(刀)'로 집약하여 볼 수 있다. 이 네 가지 '기호 이미지' 장치로 그들의 이데올로기를 전파하고 그들만의 '천하'를 재구성하고자 하였다.

'시'는 극도로 절제된 양식으로 자신들의 '자아'를 표출했고, '서'를 빌려서 자신의 '인품'을 드러내고자 했다면, 지식인은 '자아'와 '인품'을 그림으로 가시화해서 인문적 교양 내지는 소양을 소유하고자 힘써왔다.

시각 세계의 개안은 중국 문화의 근대성을 특징지을 수 있는 중요한 요소다. 말하자면 시각 세계가 사물 이해의 주요 척도가 되어 눈에 의한 시각 문화를 열어가게 되었다. 그것은 관념적인 '하드' 문화에서 빠져나와 실물을 통해 지식을 자기화하는 '소프트' 문화를 열어가는 계기를 마련해주었다. 이러한 '시각'의 혁명 기간 동안, 그리고 근대적 매체가 나오기 전까지 출판기획자의 '집중'과 '선택'을 거쳐 종합예술의 결정체인 시각매체가 화려하게 등장했다.

중국의 목각 판화는 유구한 역사를 갖고 있다. 최초의 목각 판화는 돈황(敦煌) 천불동(千佛洞)에서 발견된 당말·오대의 불상으로 이를 통해 당대의 판화예술이 벌써 상당한 수준에 이르렀음을 짐작할 수 있다. 이는 명 신종 만력 연간에 절정기에 이르며 이때는 지역화(localization), 가족화(familialization)–종족화(ethnicization)의 특징을 보여주며 발전을 거듭했다. 건안(建安), 금릉, 북경, 무림(항주), 소주, 호주(湖州), 휘주 등지는 판화예술이 무척 발달했던 도시였다.

삽도는 송·원대엔 '출상(出相)'이라 불렀으며 명·청대에는 '수상(繡像)', '전도(全圖)'로 구별하여 썼다. '수상'은 책에 나오는 인물만 그린 삽도를 말하고, '전도'는 매회의 고사를 그린 삽도본을 말한다. 이렇게 책에 그림을 넣는 이유는 노신(魯迅, 1881~1936)이 <연환도화쇄담(連環圖畫瑣談)>에서 말한 것처럼 "아직 읽지 않은 독자의 구독을 유인하고, 독자의 흥미와 이해를 증가시키는 데 있었다."

"천하의 백성이 농업에 목숨을 걸 때, 휘주 백성은 상업에 목숨을 걸었다.(天下之民寄命於農, 徽民寄命於商.)"고 명대 사람 왕위(汪偉)가 말했듯이 안휘 상인[徽商]이 장거리 유통업에 투신하여 중국 상단에서 웅비할 때, 중국미술사에서는 휘주 판화가 휘황찬란하게 흥성했다. 출판업의 발전에 따라 휘상의 후원을 받으며 자연적으로 흥기했다.

그 가운데 휘주 황씨 가문의 황봉지가 펴낸 ≪당시화보≫가 바로 휘주 판화의 대표작 가운데 하나다.

2. ≪당시화보≫의 편자

이 책은 기획하고 편찬한 사람은 명말의 황봉지다. 황봉지는 휘주(지금의 안휘성 서남부) 사람으로 당호(堂號)가 집아재주인(集雅齋主人)이며 명대의 저명한 장서가, 출판가였다. 그러나 아쉽게도 생몰년 및 사적에 대하여는 거의 알려진 바가 없다. 그는 당시 가운데 먼저 오언, 칠언, 육언 절구를 뽑아 각 시편의 의경을 바탕으로 서예가에게는 글씨를, 화가에게 밑그림을 부탁하여 원고를 모으고 이를 다시 유명한 각공에게 조각을 부탁하여 ≪당시화보≫를 간행했다. 황봉지는 ≪당시화보≫ 외에도 ≪매죽란국사보(梅竹蘭菊四譜)≫, ≪초본화시보(草本花詩譜)≫, ≪목본화조보(木本花鳥譜)≫ 및 청회재(淸繪齋)의 ≪고금화보(古今畫譜)≫, ≪명공선보(名公扇譜)≫를 합간하여 '황씨화보팔종(黃氏畫譜八種)'으로 펴냈다. 이를 '집아재화보'라고 부른다.

1) ≪당해원방고금화보(唐解元仿古今畫譜)≫ : 다른 이름으로 ≪당육여화보(唐六如畫譜)≫라고도 부른다. 당인이 그렸다고는 하나 사실은 조의(曹義 : 有光), 진라(陳裸), 송욱(宋旭) 등이 그렸다. 삽화 그림은 산수, 인물, 화조, 동물 등 48장이다. 만력 연간에 무림 김씨(金氏)의 청회재에서 처음 간행했다.

2) ≪명공선보(名公扇譜)≫ : 손극홍(孫克弘), 진순(陳淳), 문진맹(文震孟), 오병(吳炳) 등이 삽화를 그리고 장성룡(張成龍)이 선록했으며 만력 연간에 무림 김씨의 원각(原刻)이다. 삽화 그림은 산수, 화조, 인물화 등 48장이다.

3) ≪오언당시화보(五言唐詩畫譜)≫ : 채원훈(蔡元勳)이 그리고 유차천(劉次泉) 등이 판각했다. 만력 연간 집아재의 원간본(原刊本)이다. 그림 뒷면에 명대 사람이 쓴 당시 오언절구가 있다. 그림은 모두 50폭이고 그림과 판각이 세밀하고 각선이 둥글며 윤기가 있다.

4) ≪칠언당시화보(七言唐詩畫譜)≫ : 채원훈이 그리고 유차천 등이 판각했다. 만력 연간 집아재의 원간본이다. 권말에 전당 사람 임지성(林之盛)이 쓴 발문이 들어 있다. 그림은 50폭이고 단면이며 그림 뒤에는 명대 사람이 쓴 칠언절구가 들어 있다.

5) ≪육언당시화보(六言唐詩畫譜)≫ : ≪당시육언화보(唐詩六言畫譜)≫라고도 한다. 만력 연간 집아재의 원간본이다. 이 화보 목록은 실린 시, 그림과 합치하지 않는다. 시와 그림이 합치되는 것은 40쪽이다. 40~50쪽까지는 시만 있고 그림은 없다. ≪육언당시화보≫ 발문에서는 50수를 골랐다고 했으나 어찌된 일인지 8수가 더 수록되어 있다. 그림 가운데 그리고 판각한 사람의 이름을 표기하지 않았는데, 아마 채원훈, 유차천의 손길을 거친 것으로 보인다.

6) ≪매죽란국사보(梅竹蘭菊四譜)≫ : 호림(虎林) 사람 손계선(孫繼先)이 그렸다. 만력 연간 집아재의 원간본이다. 매화, 대나무, 난초, 국화 등의 그림 100 폭을 수록했다. 단면에 한 폭의 그림을 담았다.

7) ≪목본화조보(木本花鳥譜)≫ : 천계(天啓) 원년(1621) 집아재의 원간본이다. 그림은 단면으로 되어 있으며 앞에는 그림, 뒤에는 명대 사람이 쓴 꽃 이름과 문자 설명이 들어 있다. 그림과 목록이 합치되지 않는다. 실제로는 44종을 수록했다.

8) ≪초본화시보(草本花詩譜)≫ : 천계 원년 집아재의 원간본이다. 단면으로 되어 있으며 모란 및 계관화(鷄冠花 : 맨드라미) 등 72종을 수록했다. 앞에는 그림, 뒤에는 명대 사람이 쓴 꽃 이름과 종류, 모양 및 심는 방법을 설명한 해설이 들어 있다. 뒤의 두 책은 황봉지가 경물을 보고 직접 그렸다. 이밖에 왕사형(汪士珩, 1573~1620)의 전도본(鐫圖本)이 있는데, 원본과

약간 다르지만 판각은 정교하고도 세밀하다.

이는 중국에서 여러 번 판각되었으며 일본에도 전해져 관문(寬文) 12년(1672)에 처음으로 복각되었고 보영(寶永) 7년(1710)에 일본 나카가와 모헤이(中川茂兵衛)가 팔종을 복각했으며 1918년에 일본 문구당(文求堂)에서 나카가와 모헤이본을 동판으로 인쇄했다. 1926년 일본의 오무라 세이가이(大村西崖, 1867~1927)가 ≪도본총간(圖本叢刊)≫본을 교정하여 집록했는데 이는 일본 남화의 홍기에 자극을 주었다. 그밖에도 번각본, 석인본(石印本)이 세상에 전한다. 이 팔종의 화보는 그림과 판각이 정교하여 시·서·화 삼절(三絶)이라 부른다.

이처럼 신안 출신인 황봉지는 항주로 이주하여 직접 집아재라는 서방을 운영하며 위의 여러 화보를 간행했으며, 당시의 명사 왕적길(王迪吉), 유견룡(兪見龍), 임지성(林之盛) 등에게 서문과 발문을 부탁하여 이 화보의 가치를 한 단계 끌어올렸다.

3. ≪당시화보≫의 삽화가

명대에는 전문적인 밑그림 화가가 많이 활동했지만, 남아 있는 이들의 회화 작품도 드물고 기록된 정보도 거의 없다. ≪당시화보≫에서 확인할 수 있는 사람은 채원훈, 정운붕, 당세정 등 세 명뿐이다. ≪당시화보≫의 서문에서 당대 유명한 삽화가에게 밑그림을 의뢰하여 화보의 완성도를 높이려 했다고 언급한 걸로 봐서 이보다 더 많은 삽화가가 참여했을 것으로 보인다.

그 가운데 채원훈은 ≪오언당시화보≫에서 배이직의 <앞산(前山)>, 고병의 <봄을 보내며(送春)>, 왕헌의 <서시석에 쓰노라(題西施石)>, ≪칠언당시화보≫에서 덕종 황제의 <구일(九日)>, 이백의 <아미산 달 노래(峨眉山月歌)>, 노동의 <정삼을 만나 산을 유람하며(逢鄭三遊山)>, 가지의 <배구 동생과 이별하며(別裴九弟)>, 융욱의 <일찍 핀 매화(早梅)>, 번황의 <남방에서의 감회(南中感懷)>, 노윤의 <산중(山中)>, 이하의 <창곡의 새 죽순(昌谷新竹)>, 서응의 <여산폭포(廬山瀑布)> 등 모두 12점의 삽화를 남겼다. 그의 이름은 원훈(元勳)이고 자로는 여좌(汝佐), 충환(冲寰) 등이 있으며 신안 사람이다. 그는 인물, 산수, 화훼, 매화·난초·대나무, 조수(鳥獸)를 잘 그렸으며, 이외에도 ≪단계기(丹桂記)≫, ≪옥잠기(玉潛記)≫와 회화 교본이었던 ≪도회종이(圖會宗彝)≫(1607)의 삽화를 그렸다.

그리고 정운붕은 ≪오언당시화보≫에서 잠삼의 <스님의 독경당에 쓰노라(題僧讀經堂)> 삽화를 그렸다. 이는 ≪당시화보≫에서 유일한 도석(道釋) 인물화다. 정운붕의 자는 남우(南羽),

호는 성화거사(聖華居士)이며 안휘성 휴령(休寧) 사람이다. 그는 안휘 지역의 의사 집안 출신으로 소주, 송강 지역까지 진출하여 활동했으며 당시 화단의 대가 동기창, 진계유 등과도 교류했다. 그는 첨경봉(詹景鳳, 1532~1602)의 문인으로 서예에도 뛰어나 종요(鐘繇), 왕희지(王羲之)의 필법을 배웠으며 인물화, 산수화, 불상 그림에도 뛰어났다. 특히 그는 구영(仇英) 이후의 가장 저명한 인물화가로 꼽히는데 진홍수(陳洪綬), 최자충(崔子忠)과 더불어 명말 3대 인물화가로 불린다. 가장 뛰어난 장기는 불교 제재인데 부처, 보살, 나한 등을 그린 불도화(佛道畵)는 생동감이 있고 장엄하며 엄숙하다. 이외에도 ≪방씨묵보(方氏墨譜)≫, ≪정씨묵원(程氏墨苑)≫(1606년 정대약(程大約) 편집 간행), ≪선화박고도록(宣和博古圖錄)≫, ≪양정도해(養正圖解)≫의 삽화를 그렸다.

지금 전하는 작품으로는 <대조도(待朝圖)>(≪중국회화사도록(中國繪畵史圖錄)≫ 하책 도록), <복호존자도(伏虎尊者圖)>(안휘성 박물관), <백마타경도(白馬馱經圖)>(대북 고궁박물원), <세상도(洗象圖)>(중국미술관), <나부화월도(羅浮花月圖> 및 <녹주도(漉酒圖)>(상해박물관), <용왕배관음도(龍王拜觀音圖)>(미국 넬슨-앳킨스 미술관), <계산연애도(溪山煙靄圖)>(남경박물원), <총산초경도(叢山樵徑圖)>(천진 예술박물관), <달마도(達磨圖)>(심양 고궁박물원), <자다도(煮茶圖)>(무석시 박물관), <육조상도(六祖像圖)>(영보재(榮寶齋)) 등이 있다.

정운붕은 조판인쇄업, 제묵업이 발달한 휘주에 살면서 수많은 삽화를 그려 신안 목판화의 발전에 지대한 영향을 끼쳤다.

마지막으로 당세정은 ≪육언당시화보≫에 이백의 <여름날(夏日)>, 맹호연의 <배에서(舟中)>, 왕건의 <탕산에 노닐며(游宕山)>, 진순(陳淳)의 <어부와 나무꾼(魚樵)> 등 네 점의 삽화를 그렸다.

4. ≪당시화보≫의 서가

≪당시화보≫에 글씨를 남긴 서화가는 총 154명이다. 이름이 널리 알려진 십여 명을 제외하고는 대부분 이름 없는 지방의 서화가로 추정된다. 이들은 ≪당시화보≫의 기획자 황봉지와 직접적이거나 간접적인 인적 네트워크를 유지했을 것으로 보인다. 그 가운데 2회 이상 쓴 사람으로는 심정신(5회), 성가계(5회), 심유원(4회), 명강(4회), 심문헌(3회), 연여붕(3회), 유견룡(2회) 등이 있다. 그리고 한국에도 그 이름이 알려진 막시룡(사공서의 <황자피(黃子陂)>), 진계유(우세남의 <봄밤(春夜)>), 초굉(육창의 <독고 현위의 원림에 쓰노라(題獨孤少府園林)>),

동기창(양사악의 <군에서 즉흥적으로 지으며(郡中卽事)>), 주지번(유언사의 <대나무 속의 매화(竹裏梅)>) 등도 이 화보의 심미적 가치를 높여주었다. 이들은 전서, 예서, 해서, 행서, 초서 등 다양한 서체로 써서 서예 교본으로서의 역할도 톡톡히 했을 것으로 보인다. 특이한 점은 ≪칠언당시화보≫ 가운데 장조의 <연밥 따는 노래(採蓮詞)>를 쓴 대사영(戴士英)이 ≪칠언당시화보≫와 ≪오언당시화보≫의 목록을 썼다는 것이다.

5. ≪당시화보≫의 각공

≪당시화보≫의 그림을 목판에 새긴 각공도 이 화보의 흥행에 지대한 공을 끼쳤다. 아무리 뛰어난 화가가 밑그림을 그렸다 할지라도 각공의 솜씨가 형편없으면 그 그림은 보나마나다. 따라서 각공의 역할이 매우 중요하다. 본질적으로 판화는 복제 예술이다. 복제에서 가장 중요한 역할을 맡은 사람은 화가가 아닌 각공이다.

만력 연간은 중국 판화의 황금 시대였다. 복건의 건안(건양), 사천의 미산(眉山 : 성도), 하남의 변량(汴梁 : 개봉), 안휘의 휘주(흡현), 강소의 금릉(남경), 절강의 무림(항주), 산서의 평수(平水 : 臨汾), 북경은 당시 저명한 조판인쇄의 중심지였다. 그중에서도 금릉, 건안, 휘주는 3대 판화 생산지로 이곳에서 수많은 각공이 활동했다. ≪당시화보≫의 판각을 맡은 각공 가운데 이름이 알려진 사람은 유차천과 왕사형(汪士珩) 뿐이다. 유차천은 ≪탕해약선생비평비파기(湯海若先生批評琵琶記)≫ 2권과 ≪오언당시화보≫, ≪칠언당시화보≫를 판각한 것으로 알려졌다. 여기에서 특기할 것은 ≪칠언당시화보≫에서 산수 준법(皴法 : 동양 회화에서 산이나 바위의 입체감과 질감을 나타내기 위해 사용한 기법)이 명대 판화에서 볼 수 없는 음각으로 되어 있다는 점이다. 유차천은 ≪오언당시화보≫에 실린 피일휴의 시 <한가로운 밤에 술에서 깨어나서(閑夜酒醒)>와 ≪칠언당시화보≫에 수록된 덕종 황제의 <구일>에 본인의 이름을 새겨놓아 작가 의식을 표명하기도 했다. 한편 ≪육언당시화보≫에는 어느 누구도 각공의 이름을 새겨놓지 않았다.

"휘주 판각의 정교함은 황씨에게서 나오고, 황씨 판각의 정교함은 그림에서 나온다.(徽刻之精在於黃, 黃刻之精在於畫.)"라는 말이 있다. 그리고 ≪안휘풍물지(安徽風物志)≫에 따르면 황씨 각공이 남긴 우수한 삽도가 3천 폭에 달한다고 한다. 그만큼 황씨 종족이 유명했다는 얘기다. 황씨 종족은 3백여 명의 각공을 거느렸다고 하니, 이들도 이름을 남기진 않았지만 ≪당시화보≫의 판각에 참여했을 것으로 보인다.

6. ≪당시화보≫의 구성과 내용

≪당시화보≫가 출판된 순서는 오언→ 칠언→ 육언 순이다. 이후 여러 번 번각되면서 각종 판본에 실린 시와 그림이 일치하지 않는다. 세 종의 절구의 배열순서도 다르다. 중국에서는 주로 북경대학 소장 일본 관문 12년 복각명각본(覆刻明刻本)과 1982년 상해고적출판사에서 영인한 집아재본이 유통되는데, 두 판본의 배열순서도 약간 다르다. 1982년 상해고적판은 집아재본을 실물 크기대로 영인한 것이다.

이 책의 체재 및 수록된 작품을 도표로 정리하면 다음과 같다. 오언당시화보에는 전당 사람 왕적길이 쓴 서문에 이어 목록 그리고 선시후도(先詩後圖)의 형태로 시 50수와 시의도가 수록되어 있으며, 마지막엔 유견룡의 발문이 들어 있다.

▌오언당시화보

연번	시인	제목	서가	서체	화가
1	태종 황제	賜房玄齡	심량사	행서	하규 모방
2	우세남	春夜	진유	행서	마화지 모방
3	이군옥	靜夜相思	심원선	행서	
4	두순학	馬上作	전천유	행서	
5	배이직	前山	명익	행서	
6	허혼	雨後思湖居	심정신	행서	
7	고병	送春	심유원	행서	여좌 모사
8	장교	夜漁	심문덕	행서	
9	항사	江邨夜歸	황보원	행서	
10	좌언	郊原晩望	심응두	행서	
11	이백	示家人	유견룡	행서	
12	두보	絶句	증초	행서	이이정 모방
13	요합	老馬	목사유	행서	
14	최도융	牧竪	허광희	행서	
15	왕헌	題西施石	심정신	행서	충환 모사
16	구위	左掖梨花	왕룡광	해서	
17	피일휴	閑夜酒醒	동삼책	행서	차천
18	사공도	偶題	황보경	행서	
19	두목	送人遊湖南	이장춘	행서	
20	낙빈왕	在軍登城樓	임지성	행서	
21	진숙달	菊	탕환	초서	진도복 모방
22	노조린	葭川獨泛	연여봉	행서	

연번	시인	제목	서가	서체	화가
23	공소안	詠葉	허광조	행서	진회 모방
24	왕적	夜還東溪	석명강	행서	이사훈 모방
25	왕발	早春野望	양장춘	행서	이당 모방
26	이교	風	台仲	해서	주극정 모방
27	위승경	江樓	진원소	해서	동원 모방
28	하지장	偶遊主人園	양이증	행서	천치 모방
29	원휘	三月閨怨	성가술	행서	
30	왕유	竹里館	유여충	해서	이성 모방
31	왕적	江濱梅	근천고사	해서	
32	배적	華子岡	석여일	행서	마린 모방
33	배도	溪居	장무순	행서	주극공 모방
34	유우석	庭竹	심유원	행서	소식 모방
35	백거이	友人夜訪	황여형	행서	
36	맹호연	春曉	장일선	행서	임량 모방
37	한유	北樓	진원소	행서	
38	장구령	答靳博士	성가술	행서	이함희 모방
39	유장경	逢雪宿芙蓉山	섭대년	행서	이소도 모방
40	이익	天津橋南山中	유여충	행서	고개지 모방
41	전후	江行	두대수	해서	두소릉 모방
42	황보증	山下泉	곽황	행서	
43	고황	溪上	허립언	행서	
44	위응물	詠春雪	오상	행서	심사 모방
45	유종화	登柳州峨山	왕정휘	행서	
46	사공서	黃子陂	막운경	행서	왕몽 모방
47	장적	岸花	마원	행서	주신 모방
48	잠삼	題僧讀經堂	유도릉	해서	장운봉
49	허경종	擬江令九日歸揚州賦	고자신	행서	
50	이의부	詠烏	주삼	행서	

오언당시화보에 수록된 시의도는 산수·인물화 38점, 어부도 5점, 사군자 3점, 화조화 2점, 도석인물화 1점, 동물화 1점 순으로 출현한다. 이러한 현상 역시 성당시를 가지고 시의도를 그렸기 때문이다. 이 시의도 가운데 채원훈이 23점, 정운봉이 1점을 그렸다. 나머지 26점은 누가 그렸는지 알 수가 없다. 채원훈이 그린 23점 가운데 20점은 하규, 마화지, 이이정, 진도복, 이사훈, 주극정, 동원, 천치, 이성, 마린, 고극공, 소식, 임량, 이함희, 이소도, 고개지, 두소릉, 심사, 왕몽, 주신 등 위진, 당송, 원명 시기 화가의 작품에서 모티브로 삼아 그린 작품이다.

▌칠언당시화보

칠언당시화보는 임지성이 짓고 심정신이 쓴 서문과 목록 그리고 시 50수와 시의도가 들어 있다. 시인과 시제의 순서는 다음과 같다.

연번	시인	제목	서가	서체	화가
1	덕종 황제	九日	서규	해서	충환 모사
2	왕창령	觀獵	반사홍	초서	
3	이백	峨眉山月歌	심자옥	초서	충환
4	두보	江畔獨步尋花	이사인	행서	
5	고황	葉道士山房	호응숙	행서	
6	왕유	少年行	성가	행서	
7	노동	逢鄭三遊山	서방래	행서	충환
8	백거이	晚秋閑居	석자헌	행서	
9	유우석	夜泊湘川	심문헌	초서	
10	가지	別裴九弟	진기오	초서	충환 모사
11	고적	聽張立本女吟	사언	행서	
12	장위	早梅	석명강	행서	
13	상건	三日尋李九莊	육유겸	초서	
14	이화	春行寄興	하지원	행서	
15	장조	採蓮詞	대사영	초서	
16	번황	南中感懷	주위연	행서	충환 모사
17	장전	桃花磯	주걸	행서	
18	전기	暮春歸故山草堂	유화룡	행서	
19	두공	秋夕	하향	전서	
20	낭사원	柏林寺南望	황여형	행서	
21	유장경	尋盛禪師蘭若	소죽생	초서	충환
22	노윤	山中	서천목승생빈	행서	
23	이섭	題開盛寺	왕모	행서	
24	한굉	羽林少年行	심문헌	초서	
25	주가구	西亭晚宴	전사승	행서	
26	배도	詠蘭	유희	예서	
27	이익	汴河曲	심정신	행서	충환
28	이하	昌谷新竹	왕여겸	행서	
29	서응	廬山瀑布	왕담	행서	충환
30	왕창령	西宮秋怨	전욱	행서	
31	양사악	郡中卽事	동기창	행서	
32	유상	題潘師房	왕반	초서	
33	시견오	春詞	오흥하앙대유	전서	
34	무원형	宿靑陽驛	연여봉	초서	

연번	시인	제목	서가	서체	화가
35	장효표	歸燕獻主司	유주자	행서	
36	위응물	寄諸弟	유문헌	초서	
37	융욱	移家別湖上亭	유지경	행서	
38	진우	伏冀西洞送人	성가	행서	
39	웅유등	春郊醉中贈章八元	심정신	초서	
40	이약	江南春	호이빈	행서	
41	장우신	牡丹	심정신	초서	
42	우곡	江南意	심원	행서	
43	원진	菊花	왕무학	해서	
44	주강	春女怨	유희	초서	
45	왕건	十五夜望月	장이성	행서	
46	육창	題獨孤少府園林	초굉	행서	
47	유언사	竹裏梅	주지번	초서	
48	정곡	贈日東鑒禪師	전사승	예서	
49	이단	閨情	선사공	행서	
50	정곡	蜀中賞海棠	석명강	행서	

칠언당시화보의 시의도는 산수·인물화 40점, 어부도 6점, 사군자 4점 순으로 이루어져 있다. 50점 가운데 채원훈이 9점을 그렸으며 나머진 표기해놓지 않아 누구의 작품인지 구체적으로 알 수가 없다. 각공는 유차천으로 좌측 하단에 '유차천각'이라 표시해놓았다.

▌육언당시화보

육언당시화보는 신도 사람 정연이 서문을 썼으며 그 뒤로 목록, 시와 시의도 각각 40점, 삽화가 없이 시만 수록된 작품 18수가 실려 있다. 마지막 장엔 유견룡이 짓고 장일선이 쓴 발문이 들어 있다. 시인과 시제의 순서는 다음과 같다.

연번	시인	제목	서가	서체	화가
1	노윤	鞦韆	심문헌	행서	
2	왕건	江南	명강	행서	
3	증삼	村居	성사룡	행서	
4	위원단	雪梅	하지원	행서	
5	전기	舟興	심정신	행서	
6	왕유	幽居	원조	행서	
7	장위	白鷺	심정신	행서	

연번	시인	제목	서가	서체	화가
8	왕창령	望月	심유원	행서	
9	왕건	田園樂	성가계	행서	
10	왕건	三臺	명강	행서	
11	황보염	問居季司直	유지경	행서	
12	이백	村居	장성련	행서	
13	왕창령	途咏	심광종	행서	
14	황보염	小江懷靈上人	장일선	행서	
15	유종원	遣懷	심문헌	행서	
16	맹완	閏月重陽賞菊	육유겸	행서	
17	왕건	村居	사의	행서	
18	두목지	山行	심유렴	행서	
19	백호연	秋晩	태진	행서	
20	백거이	自述	심덕명	행서	
21	이백	醉興	유견룡	행서	
22	이백	雪梅	오사기	행서	
23	왕마힐	散懷	장상부	행서	
24	유장경	對琴	장중자	행서	
25	장한	端陽龍舟	징경	해서	
26	유장경	感懷	가상치	행서	
27	장중소	山寺秋霽	관란	행서	
28	백거이	長門怨	장존박	행서	
29	왕유	春眠	명경	행서	
30	두목지	野望	유사인	행서	
31	위원단	煙雨	여치경	해서	
32	이태백	蓮花	왕무학	해서	
33	잠삼	春山晩行	서사신	해서	
34	백낙천	溪村	문석	해서	
35	왕건	秋閨新月	연여봉	초서	
36	최혜동	渡黃河	연여봉	행서	
37	이백	春景	세방보	행서	
38	이백	夏景	치곤(세방보)	초서	
39	이백	秋景	고림	예서	
40	이옹	題畵	군옥산인	해서	
41	유장경	尋張逸人山居	청보	행서	그림 없음
42	유종원	寒食	왕도회	행서	그림 없음
43	두자미	村樂	유문위	초서	그림 없음
44	두목지	草廬	숙여	행서	그림 없음
45	왕발	獨坐	대사영	초서	그림 없음

연번	시인	제목	서가	서체	화가
46	나은	憶雁山	서명계	행서	그림 없음
47	고황	歸思	여학윤	행서	그림 없음
48	맹교	賀友	장상소	초서	그림 없음
49	고적	元日	응윤상	행서	그림 없음
50	왕건	遊宕山	응대춘	해서	그림 없음
51	왕마힐	自適	성가전	행서	그림 없음
52	백호연	遇風	진종선	해서	그림 없음
53	왕마힐	田園樂	성가술	행서	그림 없음
54	낙빈왕	辟穀	왕계종	해서	그림 없음
55	나은	洛陽	황면중	해서	그림 없음
56	위장	思鄉	가상홍	초서	그림 없음
57	이백	冬景	발승해지	행서	그림 없음
58	나은	秋閨新月	가상렴	행서	그림 없음

육언당시화보 발문에는 황봉지가 육언절구 가운데 50수를 뽑아 서예가, 화가, 각공에게 부탁을 의뢰했다고 언급했으나 실제 실린 시는 58수이며 시의도는 40점에 불과하다. 그리고 육언시의 경우 판본마다 다르다. 상해고적 영인본에는 시가 61수이나 삽화는 44점이다. 시와 시의도 각각 4점이 늘어났는데 그 연유를 알 수가 없다. 44점은 산수·인물화가 33점, 어부도가 11점이다. 시의도가 없이 시만 실린 작품은 <산에 은거하는 장 씨를 찾아서(尋張逸人山居(尋張逸人山居)>, <시골생활의 즐거움(村樂)>, <홀로 앉아(獨坐)>, <귀농을 생각하며(歸思)>, <설날(元日)>, <유유자적하며(自適)>, <전원의 즐거움(田園樂)>, <낙양(洛陽)>, <겨울 풍경(冬景)>, <가을 규방의 초승달(秋閨新月)>, <벽곡(辟穀)>, <초가집(草廬)>, <한식(寒食)>, <안탕산을 그리며(憶雁山)>, <벗에게 축하하며(賀友)>, <바람을 만나(遇風)>, <고향을 그리며(思鄉)> 등 18수다.

시의도 44폭 가운데 네 폭은 당세정이 그렸고 나머진 누가 그렸는지 알 수가 없다.

이상의 시인을 분석해보면 성당 시인의 작품이 가장 많은 비중을 차지한다. 당시 고문운동의 주역이었던 전후칠자(前後七子)가 내세운 '산문은 진나라와 한나라를, 시는 성당을 본받자.(文必秦漢, 詩必盛唐.)'는 캠페인의 영향을 받은 것으로 기인한다. ≪당시화보≫의 기획·편집자였던 황봉지도 그 영향을 받아 주로 유선시, 은일시, 산수전원시를 골랐기 때문에 삽화가가 그린 그림도 산수·인물화가 대부분을 차지하고 어부도는 그 다음을 차지한다.

≪당시화보≫는 당시를 이해하기 위해 시와 그림을 맞보게 하여 제작한 시화집의 일종이다. 시를 통해 이해하지 못하는 부분은 그림을 통해 보완하는 시너지 효과를 염두고 제작했다. 그리고 그림만으로도 화가 지망생에겐 화본 교과서의 역할을 톡톡하게 수행했을 것으로 본다.

7. ≪당시화보≫ 전파와 영향

이 책이 나오기 전인 만력 30년~40년 사이에 무림(지금의 항주)의 고병(顧炳)이 간행한 ≪고씨화보(顧氏畵譜)≫와 완릉(宛陵) 왕씨(汪氏)가 간행한 ≪시여화보(詩餘畵譜)≫ 등이 벌써 호평을 받고 있었다. 거기에 황봉지의 ≪당시화보≫가 세상에 나오자 "뒤에 나온 것이 더 훌륭하다(後來居上)"는 찬사를 받으면서 이전의 화보가 누렸던 지위를 대신하게 되었다.

≪당시화보≫가 세상에 나온 뒤에 중국에서 여러 차례 번각이 이루어졌고, 일본에 전해져 마찬가지로 여러 차례 복각되었음은 앞에서 언급한 바 있다.

≪당시화보≫는 언제 조선에 유입되었을까? 이를 확증할 만한 자료는 없지만 중국에서 출간된 뒤 곧바로 유입되었을 것으로 보인다. 남태응(南泰膺, 1687~1740)은 <청죽화사(聽竹畵史)>에서 윤두서(尹斗緖, 1668~1715)가 ≪당시화보≫를 모방하여 그림을 그렸다는 기록을 남겼으니, 늦어도 17세기 후반기에는 조선에 유입되었음이 확실하며, 주지번이 ≪당시화보≫에 글씨를 썼으므로 출간 직후에 조선에 들어왔을 가능성이 크다. 주지번은 1606년 조선 사절단 단장으로 조선을 방문한 적이 있기 때문에 조선에 지인이 많았을 것으로 추정된다. 따라서 그를 통해서 들어왔을 가능성도 배제할 수 없다. ≪당시화보≫는 1620년경에 간행되었다. 중국 서적의 조선 유입은 대부분 연행사를 통해 유통되었으니 이들의 파견 기록을 뒤져 보면 대략 파악할 수 있다. 1620년 이후의 연행 사절단은 1622~1624년엔 각 2회, 1625~1626, 1629~1632년 사이에는 총 11회 파견되었으며, 1632~1636년에는 연행사가 파견되지 않았다. 이를 감안하면 병자호란(1636)이 일어나기 전에 연행사를 통해 전해졌을 것으로 추정된다.

한국 화단에서 당시의 회화성에 대한 인식은 신위(申緯, 1769~1847)의 ≪당시화의(唐詩畵意)≫(1820)에서 집대성된다. 신위는 어려서부터 부친 신대승(申大升, 1731~?)과 이광려(李匡呂, 1720~1783)로부터 성당시를 공부했고 강세황(姜世晃, 1712~1791)에게서 그림을 배웠다. 강세황이 회화 교과서로 선정한 ≪당시화보≫를 통해 당시에 대한 안목을 갖추어 ≪당시화의≫라는 시선집을 간행할 수 있었다.

8. ≪당시화보≫의 평가

≪당시화보≫는 시, 서, 화, 각 등 네 가지 아름다움을 한데 모아놓은 판화도보(版畫圖譜)다. 이 책이 높은 평가를 받을 수 있었던 계기는 몇 가지 이유가 있다. 첫째, 이 책에 수록된 절구는 당대의 저명한 시인 왕유, 맹호연, 이백, 두보, 왕창령, 고적, 잠삼, 위응물, 유장경, 이익, 백거이, 한유, 유종원, 유우석, 이하, 이상은, 두목 등 인구에 회자되는 명시를 골라 실었기 때문이다. 둘째 ≪당시화보≫의 글씨는 전서와 해서체로 쓴 작품 몇 점을 빼면 대부분은 명대 말기 문인 사이에 유행했던 행서와 초서다. 그 가운데 동기창, 유견룡, 진계유 등 당대의 쟁쟁한 서예가 작품은 무척 고귀한 가치를 지닌다. 이를 통해 왕희지와 왕헌지의 여운과 안진경, 유공권, 소식, 황정견 및 조맹부의 풍미를 함께 느낄 수 있다. 셋째 ≪당시화보≫에 밑그림을 그린 사람은 명대 휘파 판화의 저명한 화가다. 주요 화가 채원훈은 ≪단계기≫, ≪옥잠기≫의 삽화와 ≪도회종이≫를 그린 것으로 이름이 나있었던 이 방면의 대가였다. ≪당시화보≫에 표현된 그의 그림은 사대부의 생활정취를 묘사했을 뿐 아니라 시민계급의 심미의식까지 적절히 수용했으며, 무엇보다도 수록된 개별 작품의 시가 전달하고 있는 의경을 그림이라는 다른 장르의 예술로 충분히 반영했다는 평가를 받는다. 넷째 원인은 판각의 정교함과 아름다움에서 찾을 수 있다. 이 책이 간행된 것은 17세기 전반으로 중국에서 판화가 발달했던 만력, 천계 연간에 해당한다. 당시 금릉, 건안, 신안은 중국의 도서 발행 중심지였었고 그 중에서도 휘파 작품이 가장 뛰어났다. 이 책의 판목을 새긴 각공 가운데 한 사람인 유차천은 신안의 명공이었다. 그가 판각한 ≪탕해약선생비평비파기≫는 탕현조(湯顯祖, 1550~1616)의 극찬을 받은 작품이다. 선의 조형이 온건하고 날카로운 칼끝의 흔적이 드러나지 않으며, 특히 산수 배경의 준법(皴法)에서 양각을 대담하게 음각으로 바꾼 점은 특기할 만하다. 요약하자면, '시, 서, 화, 각의 네 가지 아름다움이 한 자리에 모여 있는' 셈이 된다. 이러한 점이 독자를 매혹시켜 ≪당시삼백수≫ 정도는 아니겠지만 널리 보급된 대중 교양서 역할을 했을 것으로 추정한다.

그럼에도 불구하고 ≪당시화보≫에도 결함과 오류가 적지 않게 보인다. 첫째 작자의 이름을 잘못 붙인 경우다. 예를 들어 칠언절구 <이른 매화(早梅)>의 작자를 장위라고 서명했지만, 사실은 융욱의 시다. ≪문원영화≫, ≪만수당인절구≫, 왕안석의 ≪당백가시선≫엔 모두 융욱의 시로 표기되어 있다. 이러한 잘못은 특히 육언절구에서 더 심하다. 왕발의 <홀로 앉아(獨坐)>는 고황의 <모산으로 돌아가며 짓노라(歸山作)> 시이고, 고황의 <귀농을 생각하며

<歸思>는 왕유의 <전원의 즐거움 7수(田園樂七首)> 가운데 두 번째 시이며, 왕건의 <전원의 즐거움(田園樂)>도 왕유의 <전원의 즐거움 7수> 가운데 세 번째 시다. 왕건의 <산촌에 기거하며(村居)>는 왕유의 <전원의 즐거움 7수> 가운데 네 번째, 그리고 왕건의 <삼대(三臺)>도 왕유의 <전원의 즐거움 7수> 가운데 일곱 번째 시다. 심지어 조대를 잘못 쓴 작품도 있다. 유장경의 <거문고를 마주하고(對琴)>는 사실 송대 양간(楊簡)의 작품이다. 이백의 작품으로 명기한 <봄날의 경치(春景)>, <여름의 경치(夏景)>, <가을의 경치(秋景)>, <겨울의 경치(東景)>는 모두 이백시집엔 들어 있지 않다. 그리고 <가을 규방의 초승달(秋閨新月)>은 두 번이나 수록되었다. 이 시의 작자를 한번은 왕건, 한번은 나은으로 표기했는데, 모두 두 사람의 작품이 아니다. 육언절구에서 시 제목과 작자 이름이 맞아떨어지는 작품은 십여 수에 불과하다. 둘째 시의 제목을 잘못 적었다. 노조린의 오언절구 <갈대 늪에 혼자 배 띄우고(葭川獨泛)>는 원래 제목이 <미역 감는 새(浴浪鳥)>이다. 그리고 제목은 같지만 내용이 다른 작자의 작품이 실린 경우도 있다. 예를 들어 이고의 칠언절구 <약산 고승 유엄에게 주노라(贈藥山高僧惟儼)> 시 내용은 정곡의 <일본의 감 선사에게 주노라(贈日東監禪師)>이다. 셋째 여러 시인의 연구(聯句)를 한 사람의 시로 오인한 경우다. 예를 들어 이익의 오언절구 <천진교 남산 속에서(天津橋南山中)>는 이익, 위집중, 제갈각, 가도 네 사람의 연구를 모은 시다. 넷째 율시를 절구로 나눈 경우다. 원휘의 오언절구 <삼월 규수의 원망(三月閨怨)>은 원휘의 율시 <삼월 규수의 감정(三月閨情)>의 앞 네 구이다. 유장경의 율시 <초계에서 양경과 헤어진 뒤 보내온 시에 수창하며(苕溪酬梁耿別後見寄)> 같은 경우엔 <들판 바라보며(野望)>과 <감회(感懷)> 두 수로 나누고 <들판 바라보며>의 작자를 두목지로 잘못 표기했다. 배도의 칠언절구로 표기한 <난초를 읊으며(詠蘭)>는 송대 양만리의 칠언율시 <난 꽃(蘭花)>의 절반이다. 또 목차와 화보의 표제가 맞지 않거나 작자의 이름을 잘못 쓴 경우도 있으며 시의 제목을 임의로 빼거나 시만 남아있고 그림이 빠진 경우도 보인다. 이는 당시 서사자나 편집자가 꼼꼼하게 교정을 보지 않은 결과의 반영이라 하겠다.

그러나 ≪당시화보≫가 문인의 본격적인 독서물로 기획된 것이 아니라, 시·서·화·각을 한자리에 모아놓아 그림과 글씨의 교본으로서의 역할을 수행했다는 점을 고려하면, 이러한 결점은 그다지 큰 문제가 되지 않을 것이다. 나아가 이는 그림을 배우기 위한 교본뿐만이 아니라 감상을 위한 완상용, 교육용으로도 활용되어 사용되었다.

이젠 마침표를 찍을 때가 되었다. 이 책을 내는데 많은 분의 도움을 받았다. 역자가 이 책에 대해 관심을 갖게 된 계기는 대학원에서 <중국 예술과 문화>, <중국문학사 특강>이라는 과목을 맡으면서부터다. 그 당시 수업 교재로 ≪당시화보≫를 골라 써봤다. 처음 책을 구입하여 펼쳐보니 시, 그림, 다양한 서체, 전각까지 들어 있어서 수업이 나름 재미있을 것으로 예상했으나 무지에 가까울 정도로 그림이나 서예에 대한 기본 지식이 없어서 매번 허탈하게 수업을 마친 것으로 기억한다. 재미없는 수업임에도 불구하고 수강하여 적극적으로 발표했던 강효숙(姜孝淑), 안민지(安閔知), 장윤정(張允楨), 채윤정(蔡閏廷), 쩌우자샤오(鄒佳笑), 허웨이(和偉) 등 동학에게 고마움을 전한다. 이들이 아니었다면 이 책을 낼 엄두도 나지 않았을 것이다. 그리고 몇 년 묵혀 두었다가 작년부터 부끄러움을 무릅쓰고 용기를 내어 페이스북에 연재하기 시작했다. 당시의 고수에게 가르침을 받기 위해서였다. 바쁜 시간을 틈내어 읽고 오독과 오류를 바로잡아 준 기호철, 김영문(金永文), 김주부(金周富), 서 성(徐 盛), 조관희(趙寬熙), 조규백(曹圭百), 홍상훈(洪尙勳), 홍승직(洪承直) 등 여러 선생님께 머리 숙여 감사드린다. ≪당시화보≫에 대한 관심은 자연스럽게 조선의 신위가 편집한 ≪당시화의(唐詩畵意)≫로 이어졌다. 지금은 ≪당시화의≫를 연재하고 있다. 신위는 시인이자 서화가였던 만큼 나름의 심미안을 세워 시의도를 그려보고 싶은 마음을 분명 가졌을 것이다. 아쉽게도 ≪당시화의≫에는 한 점의 그림도 수록되지 않았다. 신위에 대한 관심을 일깨워주고 ≪당시화의≫를 선뜻 영인하여 보내준 강정서(姜正瑞) 선생에게도 감사의 말을 전한다. 그리고 이 책을 역해하는데 본문엔 낱낱이 적지 않았지만, 아래의 기존 연구 성과물을 참조했음을 밝혀둔다. 강호 제현의 질정을 바란다.

2015년 9월 30일
천안 안서산방에서

참고자료

鄭振鐸 편, 《唐詩畫譜》(上海古籍出版社, 1982)

黃鳳池 편/趙睿才·綦維·梁桂芳 정리, 《唐詩畫譜》(山東畫譜出版社, 2004)

黃鳳池 편, 《中國古版畫：唐詩畫譜》(河南大學出版社, 2004)

吳啓明·閭昭典 評解, 《唐詩畫譜說解》(齊魯書社, 2005)

明 黃鳳池, 《詩情畫意》(京華出版社, 2008)

明 黃鳳池 輯, 《唐詩畫譜》(廣陵書社, 2009)

明 黃鳳池 輯, 《唐詩畫譜》(金城出版社, 2013)

劉永濟, 《唐人絶句精華》(人民文學出版社, 2004)

명 汪氏, 《中國古版畫：詩餘畫譜》(河南大學出版社, 2004)

蕭艾, 《六言詩三百首》(中州古籍出版社, 1987)

李向民, 《中國藝術經濟史》(江蘇教育出版社, 1995)

王振忠, 《明淸徽商與淮揚社會變遷》(三聯書店, 1996)

劉尙恒, 《輝州刻書與藏書》(廣陵書社, 2003)

李泰浩·兪弘濬 편, 《조선후기의 그림과 글씨：仁祖부터 英祖年間의 書畫》(학고재, 1992)

박삼수 역, 《詩佛 王維의 시》(世界社, 1993)

韓正熙, 《韓國과 中國의 繪畫：關係性과 比較論》(학고재, 1999)

김학주, 《조선시대 간행 중국문학 관계서 연구》(서울대출판부, 2000)

박원호, 《明淸徽州宗族史硏究》(지식산업사, 2002)

고바야시 히로미쓰 지음·김명선 옮김, 《중국의 전통판화》(시공사, 2002)

홍선표 외, 《17·18세기 조선의 외국서적 수용과 독서문화》(혜안, 2006)

권석환, 《중국의 강남 예술가와 그 패트론들》(이담, 2009)

尹美香, <조선후기 산수화 倣作繪畫 연구>(동국대 대학원 석사논문, 2001)

閔吉泓, <조선 후기 唐詩意圖의 연구>(서울대 고고미술사학과 석사논문, 2002)

蔣蘭姬, <中國 明·淸代 畫譜와 朝鮮後期의 畫壇>(충남대 미술학과 석사논문, 2003)

姜正瑞, <申緯 詩의 構造와 詩意識 硏究>(경북대 대학원 박사 논문, 2003)

河香朱, <조선 후기 화단에 미친 《唐詩畫譜》의 영향>(동국대 미술사학과 석사논문, 2004)

진보라, <《唐詩畫譜》와 조선 후기 회화>(이화여대 미술사학과 석사논문, 2006)

李京奎, <唐代六言詩硏究>(《중어중문학》 제6집, 1984년 12월)

李致洙, <中國古典詩體 중 六言絶句의 생성·발전과 특색 연구>(《중국어문학》 제24집, 1994년 12월)

張秀民, <明代徽州版畫黃姓刻工考略>(《圖書館》 1964년 제1기)

鄭振鐸, <徽派的木刻家們>(《版畫世界》 1985년 제10·11기)

戎克, <徽派版畫中的複製西洋作品問題>(《安徽史學通訊》 1985년 제4기)

嚴佐之, <論明代徽州刻書>(《社會科學戰線》 1986년 제3기)

楊婉瑜, <晚明≪唐詩畫報≫的女性圖像>(講藝份子, 제12기)

葉樹聲, <談談明淸時期徽州黃氏刻書工人>(≪徽州師專學報≫ 1991년 제2기)

王琳 <試論徽商經濟對明淸徽派版畫的影響>(≪美術硏究≫ 1999년 제4기)

鄭文惠, <身體・慾望與空間疆界∶晚明≪唐詩畫報≫女性意象版圖的文化展演>(≪政大中文學報≫ 제2기, 2004년 12월)

徐柳凡, <明淸徽商與新安畫派>(≪北京化工大學學報≫ 2006년 제2기)

허영환, <唐詩畫譜 연구>(≪미술사학 Ⅲ≫ 학연문화사, 1991)

박은화, <명대 후기의 詩意圖에 나타난 詩畫의 상관관계>(≪미술사학연구≫ 201호, 1994년 3월)

閔吉泓, <朝鮮 後期 唐詩意圖∶山水畫를 중심으로>(≪미술사학연구≫ 233・234호, 2002년 6월)

琴知雅, <申緯의 ≪唐詩畫意≫와 ≪전당근체선≫에 대하여>(≪문헌과 해석≫ 44호, 2008년 가을호, 태학사)

하향주, <≪唐詩畫譜≫와 朝鮮後期 畫壇>(≪東岳美術史學≫ 10호, 2009년)

趙麒永, <紫霞 申緯의 碧蘆舫藏本 ≪唐詩畫意≫에 대하여>(≪동양고전연구≫ 제6집, 1996년 5월)

琴知雅, <申緯 編選 ≪唐詩畫意≫ 중의 杜甫, 그 美學的 屬性>(≪열상고전연구≫ 제18집, 2003년)

조용희, <17세기 초 詩論家들의 中國詩選集 受容 樣相>(≪한국고전연구≫ 7집, 2001)

李成美, <≪林園經齊志≫에 나타난 서유구의 중국회화 및 화론에 대한 관심∶조선시대 후기 회화사에 미치는 중국의 영향>(≪미술사학연구≫ 193호, 1992년 3월)

역해자 조성환(趙誠煥)

충남 서산 출신으로 천안고를 거쳐 경북대 중어중문학과(1987)를 졸업하고, 동 대학 대학원 중어중문학과에서 석사(1989)와 박사(1996) 학위를 받았다. 일찍이 서라벌대학 중국어과에서 전임, 조교수, 부교수를 역임했으며 중국사회과학원 역사연구소에서 방문학자를 지냈다. 지금은 백석대에서 강의하며 번역에 종사하고 있다. 그동안 옮기고 엮은 책으로는 ≪북경과의 대화≫(2008), ≪중국의 최치원 연구≫(2009), ≪경주에 가거든≫(2010), ≪서복동도≫(2010), ≪압록강에서≫(2010), ≪포스트모던 음식문화≫(2011), ≪중국 역대 여성작가 사전≫(2011), ≪빙신 단편집≫(2011), ≪미식가≫(2012), ≪책 향기에 취하다≫(2012) 등 20여 권이 있다.

당시, 그림으로 읽다
당시화보 唐詩畵譜

초판 1쇄 발행 2015년 11월 20일
초판 2쇄 발행 2016년 7월 8일

편찬자 황봉지(黃鳳池)
역해자 조성환
펴낸이 이대현
편 집 권분옥

펴낸곳 도서출판 역락
주 소 서울시 서초구 동광로 46길 6-6 문창빌딩 2층
전 화 02-3409-2058, 02-3409-2060
팩 스 02-3409-2059
등 록 1999년 4월 19일 제303-2002-000014호
e-mail youkrack@hanmail.net

정 가 28,000원
ISBN 979-11-5686-270-3 93820

*잘못된 책은 바꿔 드립니다.

이 도서의 국립중앙도서관 출판예정도서목록(CIP)은 서지정보유통지원시스템 홈페이지(http://seoji.nl.go.kr)와 국가자료공동목록시스템(http://www.nl.go.kr/kolisnet)에서 이용하실 수 있습니다.(CIP제어번호: CIP2015030614)